Como agarrar
uma herdeira

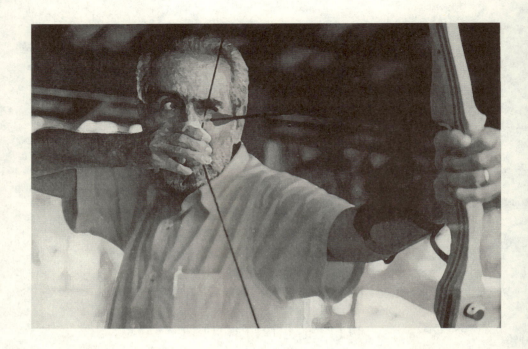

O Arqueiro

GERALDO JORDÃO PEREIRA (1938-2008) começou sua carreira aos 17 anos, quando foi trabalhar com seu pai, o célebre editor José Olympio, publicando obras marcantes como *O menino do dedo verde*, de Maurice Druon, e *Minha vida*, de Charles Chaplin.

Em 1976, fundou a Editora Salamandra com o propósito de formar uma nova geração de leitores e acabou criando um dos catálogos infantis mais premiados do Brasil. Em 1992, fugindo de sua linha editorial, lançou *Muitas vidas, muitos mestres*, de Brian Weiss, livro que deu origem à Editora Sextante.

Fã de histórias de suspense, Geraldo descobriu *O Código Da Vinci* antes mesmo de ele ser lançado nos Estados Unidos. A aposta em ficção, que não era o foco da Sextante, foi certeira: o título se transformou em um dos maiores fenômenos editoriais de todos os tempos.

Mas não foi só aos livros que se dedicou. Com seu desejo de ajudar o próximo, Geraldo desenvolveu diversos projetos sociais que se tornaram sua grande paixão.

Com a missão de publicar histórias empolgantes, tornar os livros cada vez mais acessíveis e despertar o amor pela leitura, a Editora Arqueiro é uma homenagem a esta figura extraordinária, capaz de enxergar mais além, mirar nas coisas verdadeiramente importantes e não perder o idealismo e a esperança diante dos desafios e contratempos da vida.

Julia Quinn

Como agarrar uma herdeira

AGENTES DA COROA

1

ARQUEIRO

Título original: *To Catch an Heiress*

Copyright © 1998 por Julie Cotler Pottinger
Copyright da tradução © 2017 por Editora Arqueiro Ltda.
Publicado mediante acordo com Harper Collins Publishers.
Todos os direitos reservados. Nenhuma parte deste livro pode ser utilizada ou reproduzida sob quaisquer meios existentes sem autorização por escrito dos editores.

tradução: Ana Rodrigues

preparo de originais: Renata Dib

revisão: Hermínia Totti e Livia Cabrini

diagramação: Ilustrarte Design e Produção Editorial

capa: Raul Fernandes

imagem de capa: © Ilina Simeonova/ Trevillion Images

impressão e acabamento: Cromosete Gráfica e Editora Ltda.

CIP-BRASIL. CATALOGAÇÃO NA PUBLICAÇÃO
SINDICATO NACIONAL DOS EDITORES DE LIVROS, RJ

Q64c

Quinn, Julia
  Como agarrar uma herdeira / Julia Quinn; tradução de Ana Rodrigues. São Paulo: Arqueiro, 2017.
  304 p.; 16 x 23 cm.   (Agentes da Coroa; 1)

  Tradução de: To catch an heiress
  ISBN: 978-85-8041-759-3

  1. Ficção americana. I. Rodrigues, Ana. II. Título. III. Série.

17-42769

CDD: 813
CDU: 821.111(73)-3

Todos os direitos reservados, no Brasil, por
Editora Arqueiro Ltda.
Rua Funchal, 538 – conjuntos 52 e 54 – Vila Olímpia
04551-060 – São Paulo – SP
Tel.: (11) 3868-4492 – Fax: (11) 3862-5818
E-mail: atendimento@editoraarqueiro.com.br
www.editoraarqueiro.com.br

CARTA DA AUTORA

Cara leitora,

Todo escritor tem medo da pergunta "De onde você tira suas ideias?", porque a verdade é que, na maior parte do tempo, não sabemos. Só o que podemos fazer é torcer e rezar para que elas continuem a surgir.

Mas, às vezes, sabemos, sim, de onde vêm essas preciosas ideias, e *Como agarrar uma herdeira* é um desses casos. Estava tendo dificuldades com o original, achando que era a pior coisa que eu já havia escrito. (Mas é claro que penso isso de cada livro que escrevo!) O mais perturbador era que eu não tinha certeza se de fato conhecia Caroline, minha heroína, e se há algo que julgo fundamental, é conhecer meus personagens por dentro e por fora.

Então, bem quando eu estava prestes a arrancar os cabelos, meu pai fez algo *realmente* irritante. Ele cadastrou meu e-mail no site A Word a Day (Uma palavra por dia) para receber mensagens diárias com o significado de palavras. Como se eu já não estivesse ocupada o bastante tentando terminar um original problemático, agora ainda recebia aulas não solicitadas de vocabulário por e-mail!

Mas, então, tudo se encaixou. Eu agora conhecia Caroline, e sabia como fazer o leitor conhecê-la também. Caroline manteria uma espécie de diário – na verdade, um dicionário pessoal, no qual ela anotaria palavras novas para utilizar depois. E cada nova entrada mostraria ao leitor (e a mim!) um pouco mais do caráter da minha heroína. Dê uma olhada na primeira página de qualquer capítulo deste livro e verá a que me refiro. Daquele momento em diante, "o original que não se comportava" se tornou "o livro que se escreveu sozinho". Espero que você goste.

Com todo o carinho,

Julia Q.

Para Mama Chicks, Irmã Song, Freener e Nosk, do Bools.

E também para Paul, embora seja um milagre eu ter conseguido terminar este livro, já que ele não parava de roubar meu computador para jogar DOOM.

CAPÍTULO 1

con.tu.ber.nal (substantivo). Aquele que vive debaixo do mesmo teto; companheiro de habitação, camarada.
A ideia de Percy Prewitt como meu contubernal me dá urticária.

– Do dicionário pessoal de Caroline Trent

Hampshire, Inglaterra
3 de julho de 1814

Caroline Trent não tivera a intenção de atirar em Percival Prewitt, mas o fizera, e agora ele estava morto.

Pelo menos era o que ela pensava. Sem dúvida havia bastante sangue. Escorria pelas paredes, encharcando o chão, e as roupas de cama estavam tão manchadas que seriam irrecuperáveis. Caroline não entendia muito de medicina, mas tinha quase certeza de que um corpo não poderia perder tanto sangue e ainda permanecer vivo.

Ela estava bem encrencada agora.

– Maldição – resmungou.

Embora fosse de origem nobre, nem sempre fora criada em circunstâncias particularmente nobres e, às vezes, seu linguajar deixava um pouco a desejar.

– Homem estúpido – disse ela para o corpo no chão. – Por que teve que se atirar em cima de mim daquele jeito? Por que não deixou essa ideia de lado? Eu disse ao seu pai que não me casaria com você. Disse a ele que não faria isso nem se você fosse o último idiota da Grã-Bretanha.

Caroline quase bateu o pé tamanha a sua frustração. Por que as palavras que dizia nunca saíam da forma como pretendia?

– O que eu quero dizer é que você é um idiota – prosseguiu, e Percy, como era de esperar, não respondeu – e que não me casaria com você mesmo se fosse o último homem da Grã-Bretanha, e... Ah, maldição! Por que estou conversando com você, afinal? Está completamente morto.

Caroline gemeu. Que diabo deveria fazer agora? O pai de Percy provavelmente retornaria em apenas duas horas, e não era necessário um diploma de Oxford para deduzir que Oliver Prewitt não ficaria satisfeito ao encontrar o filho morto no chão.

– Dane-se o seu pai – afirmou ela. – No fim das contas, é tudo culpa dele. Isso não teria acontecido se ele não tivesse ficado tão obcecado em conseguir a qualquer custo uma herdeira para você...

Oliver Prewitt era o tutor legal de Caroline, ou ao menos seria pelas próximas seis semanas, até ela completar 21 anos. Caroline vinha contando os dias até 14 de agosto de 1814 desde 14 de agosto de 1813, quando fizera 20 anos. Agora só faltavam quarenta e dois dias. Quarenta e dois dias e ela finalmente teria o controle da própria vida e do próprio destino. Caroline não quis nem pensar quanto de sua herança já havia sido desperdiçado pelos Prewitts.

Ela jogou o revólver na cama, levou as mãos aos quadris e continuou encarando Percy.

Então... ele abriu os olhos.

– Aaaaai! – Caroline deixou escapar um grito alto, deu um salto e pegou o revólver.

– Sua va... – começou a dizer Percy.

– Não ouse completar a frase – avisou ela. – Ainda tenho um revólver.

– Você não seria capaz – declarou ele, tossindo, a mão no ombro ensanguentado.

– Perdão, mas as evidências parecem indicar o contrário.

Percy cerrou os lábios finos e praguejou com violência, então lançou um olhar furioso para Caroline.

– Eu disse ao meu pai que não queria me casar com você – sibilou. – Meu Deus! Imagine só... Ter que viver ao seu lado pelo resto da vida. Eu ficaria louco. Se você não me matasse antes, é claro.

– Se não queria se casar comigo, não deveria ter tentado me forçar a ceder às suas investidas.

Ele deu de ombros, mas logo uivou quando o movimento intensificou a dor em seu ombro. A expressão de Percy era de fúria quando falou:

— A senhorita tem bastante dinheiro, mas, se quer saber, não acho que valha a pena casar com você por isso.

— Faça a gentileza de dizer isso ao seu pai — retrucou Caroline, irritada.

— Ele ameaçou me deserdar se eu não me casasse com você.

— E você não poderia enfrentá-lo pelo menos uma vez nessa sua vida patética?

Percy grunhiu ao ser chamado de patético, mas, devido a seu estado enfraquecido, não pôde fazer muito mais para reagir ao insulto.

— Eu poderia ir para a América — murmurou ele. — Com certeza os selvagens seriam uma opção melhor que *você*.

Caroline o ignorou. Ela e Percy se estranhavam desde que Caroline fora morar com os Prewitts, um ano e meio antes. Percy era uma marionete do pai, e os únicos momentos em que mostrava alguma personalidade eram quando Oliver não estava em casa. Infelizmente, a personalidade dele costumava ser cruel e mesquinha e, na opinião de Caroline, muito desinteressante.

— Acho que agora terei que salvar você — resmungou ela. — Com certeza não vale a pena ser enforcada por sua causa.

— Que gentileza a sua.

Caroline tirou a fronha de um travesseiro, embolou o tecido — de linho da melhor qualidade, provavelmente comprado com o dinheiro dela — e o pressionou contra o ferimento de Percy.

— Temos que estancar o sangramento — falou.

— Parece ter diminuído — observou Percy.

— A bala atravessou o ombro?

— Não sei. Está doendo como o diabo, mas não sei se dói mais quando a bala atravessa direto ou quando fica presa no músculo.

— Imagino que as duas formas sejam bastante dolorosas — admitiu Caroline. Ela levantou um pouco a fronha e examinou o ferimento. Então, virou o corpo dele com delicadeza para examinar as costas. — Acho que atravessou. Você também tem um buraco na parte de trás do ombro.

— Posso mesmo contar com você para me ferir duas vezes.

— Você me atraiu para o seu quarto sob o falso pretexto de precisar de uma xícara de chá para um resfriado e tentou me desonrar! O que esperava? — retrucou Caroline, ríspida.

— Por que diabo você trouxe um revólver?

– Eu sempre carrego um revólver – rebateu ela. – Faço isso desde... ora, não importa.

– Eu não teria ido até o fim – resmungou Percy.

– Como eu iria saber?

– Ora, sabe que nunca gostei de você.

Caroline pressionou o curativo improvisado contra o ombro ensanguentado de Percy talvez com um pouco mais de força do que o necessário.

– O que eu *sei* – devolveu ela, irritada – é que você e seu pai sempre gostaram muito da minha herança.

– Acho que desgosto mais de você do que gosto da sua herança – grunhiu Percy. – Para início de conversa, você é mandona demais, nem sequer é bonita e tem uma língua afiada como uma faca.

Caroline cerrou os lábios. Se tinha um modo áspero de falar, não era culpa dela. Aprendera rapidamente que sua personalidade era sua única defesa contra o desfile de péssimos tutores que fora forçada a suportar desde a morte do pai, quando tinha apenas 10 anos. Primeiro fora George Liggett, primo em primeiro grau do pai. Ele nem era tão ruim, mas certamente não sabia o que fazer com uma menina tão nova. Então George sorrira para ela uma vez – apenas uma vez, entenda –, disse que tinha sido um prazer conhecê-la e largou-a em uma casa de campo com a babá e a governanta, ignorando-a.

Mas George morrera, e a guarda de Caroline passara ao primo em primeiro grau *dele*, que não tinha qualquer parentesco com ela nem com o pai dela. Niles Wickham era um velho avarento e cruel que vira na tutelada uma boa substituta para uma criada e imediatamente entregara a Caroline uma lista de tarefas mais longa do que o braço dela. Caroline cozinhara, limpara, passara a ferro, polira, esfregara e varrera. A única coisa que ela *não fizera* fora dormir.

No entanto, Niles engasgara com um osso de galinha, ficara completamente roxo e morrera. A Corte de Justiça ficou um tanto perdida a respeito do que fazer com Caroline, que, aos 15 anos, parecia bem-educada e abastada demais para ser jogada em um orfanato. Assim, a guarda dela foi passada para Archibald Prewitt, primo em segundo grau de Niles. Archibald fora um libertino que havia considerado Caroline atraente demais para o bem dela, e foi nessa época que Caroline criou o hábito de carregar uma arma o tempo todo. Porém Archibald tinha o coração fraco, então Caroline só tivera que morar com ele por seis meses antes de comparecer ao funeral do homem e ser levada para morar com Albert, o irmão mais novo dele.

Albert bebia muito e gostava de usar os punhos, o que fez com que Caroline aprendesse a correr rápido e a sumir de vista. Archibald sem dúvida tentara apalpá-la em qualquer ocasião possível, mas Albert era um bêbado cruel e quando a acertava... *doía*. Caroline também se tornou especialista em sentir o cheiro de bebida alcoólica até do outro lado de um cômodo. Albert nunca levantava a mão para ela quando estava sóbrio.

Mas, infelizmente, era raro que estivesse sóbrio e, em um de seus ataques de fúria, Albert chutou o cavalo com tanta força que o animal revidou. O coice acertou direto na cabeça. A essa altura, Caroline estava mais do que acostumada a se mudar, por isso, assim que o médico cobriu o rosto de Albert com o lençol, ela fez as malas e esperou que a Corte decidisse para onde seria mandada a seguir.

Logo se viu morando com o irmão mais novo de Albert, Oliver, e com o filho dele, o mesmo Percy que sangrava diante dela naquele momento. A princípio, Oliver parecera ser o melhor de todos até ali, mas Caroline percebeu rapidamente que o atual tutor não se importava com nada além de dinheiro. Depois que ele se dera conta de que a tutelada vinha com uma bela herança, decidira que Caroline – e o dinheiro dela – não lhe escaparia. Percy era apenas alguns anos mais velho que Caroline, por isso Oliver anunciou que os dois se casariam. Percy e Caroline não gostaram do plano e deixaram isso claro, mas Oliver não se importou. Ele atormentou o filho até Percy concordar. Então, passou a se dedicar a convencer Caroline de que ela deveria se tornar uma Prewitt.

Por "convencê-la", entenda-se gritar com ela, esbofeteá-la, deixá-la com fome, trancá-la no quarto e, por fim, mandar Percy engravidá-la, para que Caroline *tivesse* que se casar com ele.

– Prefiro dar à luz um bastardo do que um Prewitt – resmungou Caroline.

– O que disse? – perguntou Percy.

– Nada.

– Você sabe que vai ter que ir embora desta casa – disse ele, mudando abruptamente de assunto.

– Acredite em mim, isso está bem claro.

– Meu pai me disse que se eu não a engravidasse, ele mesmo cuidaria disso.

13

Caroline chegou muito perto de vomitar.

– Como? – indagou, a voz trêmula, o que não era normal.

Até mesmo Percy era preferível a Oliver.

– Não sei para onde você pode ir, mas precisa desaparecer até seu vigésimo primeiro aniversário, que é... quando? Em breve, eu acho.

– Daqui a seis semanas – sussurrou Caroline. – Exatamente seis semanas.

– Pode fazer isso?

– Me esconder?

Percy assentiu.

– Não tenho escolha, não é mesmo? Mas precisarei de dinheiro. Tenho alguns trocados, mas não terei acesso à herança até o meu aniversário.

Percy estremeceu quando Caroline afastou a fronha do ombro dele.

– Posso lhe arranjar algum – disse ele.

– Eu lhe pagarei. Com juros.

– Ótimo. Você precisa partir esta noite.

Caroline correu os olhos pelo quarto.

– Mas essa bagunça... Temos que limpar o sangue.

– Não, esqueça isso. É melhor eu deixar você escapar por ter atirado em mim do que por eu simplesmente não conseguir fazer o que deveria.

– Um dia você vai ter que enfrentar seu pai.

– Será mais fácil com você longe. Há uma jovem absolutamente impecável a duas cidades daqui que pretendo cortejar. Ela é tranquila e pacata, e nem de perto tão magra quanto você.

Caroline imediatamente sentiu pena da pobre moça.

– Torço para que tudo dê certo para você – mentiu ela.

– Não, não torce. Mas não me importo. Na verdade, não importa o que pensa, desde que vá embora.

– Sabe de uma coisa, Percy? É exatamente assim que me sinto a seu respeito.

Surpreendentemente, Percy sorriu e, pela primeira vez em dezoito meses desde que fora morar com a geração mais nova dos Prewitts, Caroline teve uma sensação de camaradagem com aquele rapaz que era tão próximo dela em idade.

– Para onde irá? – perguntou ele.

– É melhor não saber. Dessa forma, seu pai não poderá arrancar nada de você.

– Bem pensado.
– Além do mais, não faço ideia. Não tenho nenhum parente, você sabe. Aliás, foi por isso que acabei vindo para cá. Mas depois de dez anos tendo que me defender de tutores sempre tão atenciosos, acho que consigo me virar no mundo lá fora por mais seis semanas.
– Se existe alguma mulher capaz disso, é você.
Caroline ergueu as sobrancelhas.
– Ora, Percy, isso foi um elogio? Estou pasma.
– Não chegou nem perto de ser um elogio. Que tipo de homem iria querer uma mulher que consegue se cuidar muito bem sozinha?
– O mesmo tipo de homem que conseguiria se cuidar muito bem mesmo sem o *pai* – retrucou Caroline.
Percy fechou a cara e virou a cabeça na direção da escrivaninha.
– Abra a gaveta de cima... não, a da direita...
– Percy, aqui ficam suas roupas de baixo! – exclamou Caroline, fechando a gaveta com força, enojada.
– Quer o dinheiro emprestado ou não? É aí que escondo.
– Bem, sem dúvida ninguém iria querer olhar aqui – murmurou ela. – Talvez se você tomasse banho com mais frequência...
– Meu Deus! – bradou Percy, impaciente. – Mal posso esperar que vá embora. Você, Caroline Trent, é a própria filha do demônio. É uma praga. Uma peste. Uma...
– Ah, cale a boca! – Caroline abriu a gaveta outra vez, aborrecida com as palavras duras dele. Ela não gostava mais de Percy do que ele gostava dela, mas quem não se incomodaria de ser comparada a gafanhotos, insetos e sapos, à peste negra e a rios se transformando em sangue? – Onde está o dinheiro?
– Na minha meia... não, na preta... não, não essa preta... sim, ali, perto do... sim, essa.
Caroline encontrou a meia em questão e sacudiu dela algumas notas e moedas.
– Santo Deus, Percy, você deve ter uma centena de libras aqui. Onde conseguiu todo esse dinheiro?
– Venho economizando há algum tempo. E surrupio uma ou duas moedas todo mês da escrivaninha do meu pai. Como não pego muito, ele nunca percebe.

Caroline achava difícil acreditar naquilo. Oliver Prewitt era tão obcecado por dinheiro que era estranho a pele dele não ter ficado da cor das cédulas de libra.

– Pode pegar metade do que tem aí – disse Percy.

– Só metade? Não seja idiota, Percy. Preciso me esconder por seis semanas. Posso vir a ter despesas inesperadas.

– *Eu* posso vir a ter despesas inesperadas.

– Você tem um teto sobre a sua cabeça! – irritou-se Caroline.

– Posso não ter mais se meu pai descobrir que a deixei fugir.

Caroline era obrigada a concordar com isso. Oliver Prewitt *não* ficaria satisfeito com seu único filho. Ela devolveu metade do dinheiro.

– Muito bem – disse, enfiando sua parte no bolso. – Conseguiu estancar o sangramento?

– Você não será acusada de assassinato, se é isso que a preocupa.

– Talvez seja difícil para você acreditar, Percy, mas não quero que morra. Não quero me casar com você, e com certeza não ficarei triste se nunca voltar a olhar para o seu rosto, mas não quero que morra.

Percy a encarou com uma expressão estranha e, por um momento, Caroline pensou que ele iria dizer algo gentil em retribuição (pelo menos algo tão gentil quanto ela dissera). Mas Percy apenas bufou.

– Tem razão. Acho mesmo difícil acreditar.

Naquele momento, Caroline decidiu deixar de lado qualquer vestígio de sentimentalismo e saiu pisando firme em direção à porta. Já com a mão na maçaneta, anunciou:

– Eu o verei em seis semanas... quando vier tomar posse da minha herança.

– E devolverá o meu dinheiro – lembrou ele.

– E devolverei o seu dinheiro. Com juros – acrescentou ela antes que Percy o fizesse.

– Ótimo.

– Por outro lado – disse Caroline, mais para si mesma –, deve haver um modo de conduzir os negócios sem que seja necessário encontrar os Prewitts outra vez. Eu poderia fazer tudo por meio de um advogado, e...

– Melhor ainda – interrompeu Percy.

Caroline bufou alto, muito irritada, e saiu do quarto. Percy nunca mudaria. Era um rapaz rude, egoísta e, mesmo sendo um pouco mais gentil que o pai... ora, ainda era grosseiro e desajeitado.

Ela desceu às pressas o corredor escuro e subiu um lance de escadas até seu quarto. Era engraçado como seus tutores sempre lhe davam quartos no sótão. Oliver fora pior que a maioria e a relegara a um canto poeirento, com o teto baixo e calhas fundas. Mas, se a intenção dele fora desanimá-la, tinha falhado. Caroline amava seu quartinho aconchegante. Era mais perto do céu. Ela podia ouvir a chuva cair no telhado e ver os galhos das árvores se encher de flores na primavera. Os pássaros faziam ninhos do lado de fora da janela e era comum avistar esquilos correndo pelo parapeito.

Ela começou a jogar os pertences favoritos dentro de uma bolsa, mas parou para espiar pela janela. Fora um dia sem nuvens e, naquele momento, o céu estava muito claro. O fato de aquela ser uma noite estrelada parecia, de algum modo, combinar com o momento. Caroline guardava poucas recordações da mãe, mas lembrava-se de se sentar no colo dela do lado de fora de casa, nas noites de verão, para olhar as estrelas.

– Olhe aquela – sussurrava Cassandra Trent. – Acho que é a mais brilhante do céu. E olhe para lá. Consegue ver a Ursa? – Aqueles momentos sempre terminavam com Cassandra dizendo: – Cada estrela é especial. Sabia disso? Sei que às vezes todas parecem iguais, mas cada uma é especial e diferente, assim como você. Você é a garotinha mais especial do mundo. Não se esqueça disso.

Caroline era jovem demais na época para perceber que Cassandra estava morrendo, mas agora se sentia grata pelo último presente da mãe. Não importava quão triste ou desolada estivesse – e os últimos dez anos haviam lhe dado muitas razões para se sentir assim –, ela só precisava olhar para o céu para ficar em paz. Se uma estrela brilhasse, ela se sentia segura e aconchegada. Talvez não tanto quanto se sentira aquela menininha no colo da mãe, muitos anos antes, mas pelo menos as estrelas lhe davam esperança. Elas resistiam, então Caroline também poderia resistir.

Ela examinou o quarto uma última vez para se certificar de que não deixara nada para trás, jogou algumas velas de sebo na bolsa, para o caso de precisar, e saiu. A casa estava quieta; todos os criados haviam ganhado a noite de folga – possivelmente para não haver testemunhas quando Percy a atacasse. Era típico de Oliver pensar à frente. Caroline só ficava surpresa por ele não ter tentado essa tática antes. Ele provavelmente achara, a princípio, que conseguiria fazer com que ela se casasse com o filho sem recorrer à desonra. Porém, agora que o aniversário de 21 anos de Caroline se aproximava, Oliver começava a ficar desesperado.

E Caroline também. Se tivesse que se casar com Percy, morreria. E não se importava nem um pouco em soar melodramática. A única coisa pior que a ideia de vê-lo todos os dias pelo resto da vida era ter que *ouvi-lo* todos os dias pelo resto da vida.

Caroline seguia pelo saguão em direção à porta da frente quando percebeu o novo candelabro de Oliver pousado majestosamente sobre uma mesa lateral. Ele vinha se gabando da peça a semana toda. Prata de lei, dissera. O mais elegante trabalho artesanal. Caroline gemeu. Antes de se tornar tutor dela, Oliver não podia arcar com candelabros de prata de lei.

Era irônico, na verdade. Caroline teria ficado feliz em compartilhar sua fortuna – até mesmo em doá-la – se houvesse encontrado um lar com uma família que a amasse, que se importasse com ela. Alguém que visse nela algo além de um burro de carga com uma conta bancária.

Em um impulso, Caroline tirou as velas de cera de abelha do candelabro e as substituiu pelas velas de sebo que levava na bolsa. Se precisasse acender uma vela em suas andanças, queria poder sentir o aroma doce da cera de abelha que Oliver reservara para si.

Ela correu para fora de casa, grata pelo clima quente.

– Foi bom Percy não ter decidido me atacar no inverno – murmurou, descendo pelo caminho que levava à entrada da propriedade.

Caroline teria preferido cavalgar – qualquer coisa que a fizesse ir embora de Hampshire o mais rápido possível –, mas Oliver mantinha apenas dois cavalos, que naquele momento estavam atrelados à carruagem que o levara ao carteado semanal na casa do escudeiro.

Caroline tentou enxergar o lado bom da situação e lembrou a si mesma que poderia se esconder com mais facilidade se estivesse a pé, apesar de ser a forma mais lenta. E se esbarrasse com salteadores...

O pensamento a fez estremecer. Uma mulher sozinha chamava muita atenção. E seus cabelos castanho-claros pareciam refletir toda a luz do luar, mesmo que a maior parte deles estivesse enfiada debaixo de um chapéu. Havia pensado em se vestir como um rapaz, mas não tivera tempo. Talvez devesse seguir pela costa até o porto mais próximo, sempre cheio. Não era tão distante. Ela conseguiria viajar mais rápido pelo mar e ficaria longe o bastante para que Oliver não pudesse encontrá-la no período de seis semanas.

Sim, teria que ser para a costa. Mas não seguiria pelas estradas principais. Alguém poderia vê-la. Caroline rumou para o sul e passou a cortar caminho por um pasto. Eram apenas 25 quilômetros até Portsmouth. Se andasse rápido a noite inteira, alcançaria o porto pela manhã. Então conseguiria comprar uma passagem em um navio que a levasse para outra parte da Inglaterra. Não queria deixar o país, afinal, precisaria reclamar sua herança em apenas seis semanas.

Mas o que deveria fazer naquele meio-tempo? Estivera afastada da sociedade por um período tão longo que nem mesmo sabia se estava qualificada para qualquer tipo de trabalho mais nobre. Achou que talvez pudesse ser uma boa governanta, mas provavelmente levaria as seis semanas que tinha apenas para encontrar uma vaga. Então... ora, não era justo aceitar a posição de governanta e abandoná-la poucas semanas mais tarde.

Caroline sabia cozinhar, e seus tutores com certeza haviam se certificado de que aprendesse a limpar a casa. Talvez pudesse trabalhar em troca de um teto e comida em alguma estalagem pouco conhecida e *muito* fora do caminho.

Ela assentiu para si mesma. Fazer limpeza para estranhos não era uma atividade das mais atraentes, mas parecia ser a única esperança de Caroline para garantir sua sobrevivência nas próximas semanas. Mas não importava o que fizesse, precisava se afastar de Hampshire e dos condados vizinhos. Trabalharia em uma estalagem, mas teria que ser bem longe de Prewitt Hall.

Então ela apertou o passo na direção de Portsmouth. A relva sob seus sapatos era macia e seca e as árvores a protegiam da vista da estrada principal. Não havia muito movimento naquela hora da noite, mas cautela nunca era demais. Caroline andava rapidamente e o único som que ouvia era o dos próprios passos conforme as botas encontravam o solo. Até que...

O que tinha sido aquilo?

Caroline se virou, mas não viu nada. O coração dela acelerou. Poderia jurar que ouvira alguma coisa.

– Foi só um ouriço – sussurrou para si mesma. – Ou talvez uma lebre.

Mas não viu nenhum animal, e não se tranquilizou.

– Apenas continue a andar – ordenou a si mesma. – Você precisa chegar a Portsmouth pela manhã.

Ela retomou a caminhada, tão acelerada agora que sua respiração começou a ficar cada vez mais ofegante. Então...

Ela se virou de novo, a mão indo instintivamente para o revólver. Dessa vez com certeza ouvira alguma coisa.

— Sei que está aí — disse em um tom desafiador que não demonstrava o nervosismo que sentia. — Mostre seu rosto ou permaneça escondido como um covarde.

Ela ouviu um farfalhar e um homem emergiu de entre as árvores. Estava todo vestido de preto, da camisa às botas — até o cabelo era preto. Era alto, de ombros largos, e definitivamente o homem de aparência mais perigosa que Caroline já vira.

E ele tinha um revólver apontado bem na direção do coração dela.

CAPÍTULO 2

pug.naz *(adjetivo). Disposto ao combate; que tem o hábito de brigar; brigão.*
Posso ser pugnaz quando acuada.

— *Do dicionário pessoal de Caroline Trent*

Blake Ravenscroft não sabia bem como imaginara que seria a aparência da mulher, mas com certeza não era aquela. Achara que seria suave, recatada e manipuladora. Em vez disso, a jovem à sua frente estava parada muito ereta, os ombros para trás, encarando-o nos olhos.

E tinha a boca mais intrigante que ele já vira. Blake sentia-se incapaz de descrevê-la, a não ser pelo fato de que o lábio superior se arqueava do modo mais delicioso e...

— Poderia apontar esse revólver para outro lugar?

A pergunta interrompeu o devaneio de Blake, que ficou estarrecido pela falta de concentração.

— A senhorita gostaria disso, não é mesmo?

— Ora, sim, na verdade, gostaria. Tenho um probleminha com revólveres, se é que me entende. Não exatamente com a arma em si. Eles são bons para alguns propósitos, imagino.... para caçar e coisas do gênero. Mas a ideia de tê-los apontados para *mim* não me agrada muito, e...

– Quieta!

Ela se calou.

Blake examinou-a por um longo instante. Algo estava errado em relação à mulher. Carlotta De Leon era espanhola... bem, metade espanhola, pelo menos, e aquela moça parecia inglesa da cabeça aos pés. Os cabelos não poderiam ser descritos como louros, mas com certeza eram de um tom acastanhado, e mesmo no escuro da noite ele conseguia notar que seus olhos eram de um azul-esverdeado claro.

Sem falar da voz, que deixava transparecer um leve sotaque da elite britânica.

Mas ele a vira se esgueirar para fora da casa de Oliver Prewitt. Na calada da noite. Quando todos os criados haviam sido dispensados. Só podia ser Carlotta De Leon. Não havia outra explicação.

Blake – e o Departamento de Guerra, que não era bem seu empregador, mas lhe passava missões e uma ordem de pagamento ocasional – já estava atrás de Oliver Prewitt havia quase seis meses. As autoridades locais sabiam fazia algum tempo que Prewitt contrabandeava mercadorias da França e vice-versa, mas só recentemente tinham começado a suspeitar de que ele permitia que espiões de Napoleão usassem seu pequeno barco para transportar mensagens diplomáticas junto com as cargas habituais de conhaque e seda. Como o barco de Prewitt zarpava de uma pequena enseada no sul da costa, entre Portsmouth e Bournemouth, o Departamento de Guerra a princípio não prestara muita atenção às suas movimentações. A maior parte dos espiões atravessava por Kent, que era muito mais perto da França. A localização aparentemente inconveniente do barco de Prewitt acabara sendo um excelente estratagema, e o Departamento de Guerra temia que as forças de Napoleão o estivessem usando para as mensagens mais importantes. Um mês antes, haviam descoberto que o contato de Prewitt era uma tal Carlotta De Leon: meio espanhola, meio inglesa e cem por cento letal.

Blake estivera de tocaia a noite toda, desde que soubera que todos os criados de Prewitt tinham ganhado a noite de folga – um gesto incomum para um homem tão notoriamente mesquinho quanto Oliver Prewitt. Era óbvio que havia algo em andamento, e as suspeitas de Blake foram confirmadas quando ele viu a jovem se esgueirar da casa, protegida pela escuridão da noite. Ela era um pouco mais nova do que ele imaginara, mas Blake não permitiria que a feição inocente da mulher o detivesse. Carlotta De Leon devia cultivar aquela aparência de desabrochar da juventude de propósito. Quem iria suspeitar que uma jovem dama tão adorável fosse culpada de alta traição?

Os cabelos longos da jovem estavam puxados para trás em uma trança, o rosto tinha a cor rosada de uma pele bem lavada, e...

E a mão delicada estava sendo lentamente enfiada no bolso.

Os instintos apurados de Blake assumiram o controle. O braço esquerdo dele disparou a uma velocidade impressionante e afastou a mão dela do alvo enquanto ele se inclinava para a frente. Blake jogou o peso todo em cima dela e os dois caíram no chão. O corpo da jovem era macio sob o dele, a não ser, é claro, pela rigidez do metal do revólver no bolso da capa dela. Se Blake pudesse ter tido alguma dúvida da identidade da dama, agora não tinha mais. Ele pegou a arma dela, enfiou-a no cós da calça e se levantou, deixando-a deitada no chão.

– Muito amador, minha cara.

Ela pareceu ainda um pouco atordoada, então murmurou:

– Bem, sim. É de esperar, já que não sou uma profissional nesse tipo de coisa, embora tenha alguma experiência com...

As palavras ficaram abafadas em um murmúrio ininteligível, e Blake não teve certeza se a jovem falava consigo mesma ou com ele.

– Estou atrás da senhorita há quase um ano – disse Blake com rispidez.

A frase chamou a atenção dela.

– Está?

– Não que eu soubesse sua identidade até o mês passado. Mas agora que a capturei, não vou deixá-la escapar.

– Não vai?

Blake a encarou, confuso e irritado. Qual era o jogo daquela mulher?

– Acha que sou idiota? – perguntou ele, ainda mais irritado.

– Não – retrucou ela. – Acabei de escapar de um covil de idiotas e estou bastante familiarizada com a raça, e o senhor é completamente diferente. No entanto, estou *torcendo* para que não seja um excelente atirador.

– Eu nunca erro.

Ela suspirou.

– Sim, era o que eu temia. O senhor parece ser esse tipo. Bem, se incomoda se eu me levantar?

Blake alterou a posição do revólver que empunhava em menos de um milímetro, apenas o suficiente para lembrá-la de que estava mirando em seu coração.

— Na verdade, acho que prefiro que fique no chão.

— Tive a sensação de que iria preferir — murmurou ela. — Suponho que não vá me deixar seguir meu caminho.

A resposta dele foi uma gargalhada.

— Temo que não, minha cara. Seus dias de espiã estão terminados.

— Meus dias de... meus *o quê*?

— O governo britânico sabe tudo a seu respeito e sobre suas conspirações traiçoeiras, Srta. Carlotta De Leon. Acredito que vá acabar descobrindo que não vemos espiãs espanholas com bons olhos.

O rosto dela era a imagem perfeita do espanto. Por Deus, a mulher era boa.

— O governo sabe sobre mim? — perguntou ela. — Espere um momento, sobre *quem*?

— Não banque a tonta, Srta. De Leon. Sua inteligência é bastante conhecida tanto aqui quanto no continente.

— De fato é um elogio muito gentil, mas temo que haja algum engano.

— Não há engano nenhum. Eu a vi deixando Prewitt Hall.

— Sim, é claro, mas...

— No escuro — continuou ele —, quando todos os criados haviam sido dispensados. Não percebeu que estávamos observando a propriedade, não é?

— Não, é claro que não — retrucou Caroline, a expressão totalmente confusa. Alguém estivera observando a casa? Como ela não percebera? — Há quanto tempo?

— Duas semanas.

Isso explicava tudo. Ela passara as duas últimas semanas em Bath, cuidando da tia solteirona de Oliver, que estava doente. Só retornara naquela tarde.

— Mas foi tempo o bastante para confirmar nossas suspeitas — continuou ele.

— Suas suspeitas? — repetiu ela.

De que diabo ele estava falando? Se fosse louco, ela estaria bastante encrencada, porque o revólver ainda estava apontado para o peito dela.

— Temos informações suficientes para acusar Prewitt. Seu testemunho vai assegurar que ele seja enforcado. E a senhorita, minha cara, vai aprender a amar a Austrália.

Caroline arquejou, os olhos se iluminando de prazer. Oliver estava envolvido em algo ilegal? Ah, que maravilha! Perfeito! Ela deveria ter imaginado que ele não passava de um canalha desprezível. A mente de Caroline estava em disparada. Apesar do que o homem de preto dissera, ela duvidava que Oliver tivesse feito algo terrível o bastante para ser enforcado. Mas talvez fosse mandando para a cadeia. Ou forçado à servidão. Ou...

– Srta. De Leon? – chamou o homem, ríspido.

O tom de Caroline era animado e ofegante quando ela perguntou:

– O que Oliver anda fazendo?

– Pelo amor de Deus, mulher, já cansei dessa sua encenação. Venha comigo. – Ele se adiantou com um grunhido ameaçador e agarrou-a pelos pulsos. – Agora!

– Mas...

– Nem mais uma palavra a menos que seja uma confissão.

– Mas...

– Basta! – Ele enfiou um pedaço de pano na boca de Caroline. – Terá bastante tempo para falar mais tarde, Srta. De Leon.

Caroline tossiu e grunhiu furiosamente enquanto o homem amarrava seus pulsos com um pedaço de corda áspera. Então, para espanto dela, ele levou dois dedos à boca e soltou um assobio alto. Um glorioso cavalo negro irrompeu das árvores, os passos longos e graciosos.

Enquanto ela ainda se encantava com o animal – que devia ser o mais silencioso e bem treinado da história da criação –, o homem a colocou sobre a sela.

– Iiii, xirrr... – grasnou Caroline, absolutamente incapaz de falar com o pedaço de pano enfiado na boca.

– O que foi? – O homem ergueu o olhar para Caroline e percebeu o modo como as saias estavam enroladas nas pernas dela. – Ah, suas saias. Posso cortá-las, ou a senhorita pode dispensar o decoro.

Ela o encarou com severidade.

– O decoro se vai, então – disse ele, e levantou as saias de Caroline para que ela pudesse montar no cavalo com mais conforto. – Lamento por não ter pensado em trazer uma sela lateral, Srta. De Leon, mas acredite em mim, tem muito mais com que se preocupar agora do que com o fato de eu ver suas pernas nuas.

Ela o chutou no peito.

A mão dele se fechou dolorosamente ao redor do tornozelo dela.

– Nunca – disse ele, irritado – chute um homem que está apontando um revólver na sua direção.

Caroline empinou o nariz e olhou para o lado oposto. Aquela farsa já fora longe demais. Assim que se livrasse daquela maldita mordaça, contaria àquele bruto que nunca sequer ouvira falar da tal Srta. Carlotta De Leon. E faria com que a força da lei se abatesse sobre ele com tanta força que o homem imploraria pelo nó do carrasco na forca.

Mas, enquanto isso, teria que se contentar em atormentar a vida dele. Assim que o homem montou no cavalo e se acomodou atrás dela na sela, Caroline enfiou os cotovelos nas costelas dele. Com força.

– O que foi agora?

Ela deu de ombros, com ar inocente.

– Mais um movimento como esse e vou enfiar um segundo trapo em sua boca. E será bem menos limpo que o primeiro.

Como se aquilo fosse possível, constatou Caroline com raiva. Ela não queria nem *pensar* por onde andara aquele pedaço de pano antes de ser enfiado em sua boca. Tudo o que pôde fazer foi encarar o homem com irritação e, pelo modo como ele bufou, Caroline desconfiou que não tinha conseguido assustá-lo nem um pouco.

Mas então ele conduziu o cavalo a meio-galope e Caroline percebeu que, apesar de não estarem indo em direção a Portsmouth, também não estavam seguindo para nenhum lugar próximo de Prewitt Hall.

Se suas mãos não estivessem amarradas, Caroline teria batido palmas de alegria. Ela não teria conseguido fugir de modo mais eficaz de Prewitt Hall nem se tivesse arranjado transporte por conta própria. Aquele homem pensava que ela era outra pessoa – uma criminosa espanhola, para ser mais precisa –, mas Caroline esclareceria tudo depois que ele a levasse para bem longe dali. Enquanto isso, ficaria calada e imóvel e o deixaria incitar o cavalo a pleno galope.

Meia hora mais tarde, um Blake Ravenscroft muito desconfiado apeou em frente a Seacrest Manor, perto de Bournemouth, em Dorset. Carlotta De Leon, que fizera tudo menos atirar nos dedos dos pés dele quando fora

25

encurralada na planície, não mostrara a mínima resistência durante todo o trajeto até a costa. Ela não se debatera nem tentara escapar. Na verdade, ficara tão quieta que o lado cavalheiro de Blake – que erguia a cabeça educada com frequência demais para o gosto dele – sentiu-se tentado a remover a mordaça.

Mas ele resistiu ao impulso de ser gentil. O marquês de Riverdale, seu amigo mais próximo e parceiro frequente no combate ao crime, já lidara com a Srta. De Leon antes e avisara a Blake que ela era ardilosa e letal. A mordaça e as cordas que amarravam seus pulsos não seriam removidas até que a mulher estivesse devidamente trancafiada.

Blake tirou-a do cavalo e segurou-a com firmeza pelo cotovelo enquanto a levava para a casa dele. Havia apenas três criados ali – todos muito discretos –, e estavam acostumados a visitantes estranhos no meio da noite.

– Suba as escadas – grunhiu ele, empurrando-a pelo saguão.

Ela assentiu alegremente – *alegremente?!?* – e acelerou o passo. Blake conduziu-a até o andar de cima e empurrou-a para dentro de um quarto pequeno, mas confortavelmente mobiliado.

– Só para garantir que a senhorita não pense em escapar – avisou ele com rudeza, levantando duas chaves –, a porta tem duas trancas.

Caroline limitou-se a olhar para a maçaneta, sem esboçar qualquer reação.

– E são mais de 15 metros de altura até o chão. Logo, eu não recomendaria que tentasse a janela – acrescentou Blake.

Ela deu de ombros, como se nem por um momento tivesse considerado a janela como uma opção viável de fuga.

Blake a encarou com irritação por causa da despreocupação que a jovem demonstrava e prendeu os pulsos dela à coluna da cama.

– Não quero que tente nada enquanto eu estiver ocupado.

Ela sorriu para ele – o que era um feito e tanto com a mordaça suja na boca.

– Maldição – murmurou Blake.

Ele estava absolutamente confuso com ela, e não gostava nem um pouco da sensação. Blake se assegurou de que as amarras estavam seguras e começou a inspecionar o quarto para se certificar de que não havia deixado à mostra qualquer objeto que a mulher pudesse usar como arma. Ouvira dizer que Carlotta De Leon era habilidosa, e não planejava ser lembrado como o tolo que a subestimara.

Blake colocou no bolso uma pena e um peso de papel antes de empurrar uma cadeira para o corredor. Não achava que ela fosse forte o bastante para quebrar a peça de mobília, mas caso Carlotta conseguisse de algum modo arrancar uma das pernas da cadeira, as farpas da madeira já seriam uma arma perigosa.

Ela o encarou com interesse quando ele voltou.

– Se quiser se sentar – disse Blake secamente –, pode usar a cama.

Ela inclinou a cabeça de um modo irritantemente simpático e se sentou. Não que tivesse muita escolha, afinal suas mãos estavam amarradas à coluna da cama.

– Não tente me conquistar sendo cooperativa – avisou ele. – Sei tudo a seu respeito.

Ela deu de ombros.

Blake bufou, irritado, e virou as costas para ela enquanto terminava de examinar o quarto. Por fim, quando ficou satisfeito achando que o cômodo daria uma prisão aceitável, encarou Carlotta com as mãos nos quadris.

– Se tiver qualquer outra arma, é melhor entregá-la agora, já que terei que revistá-la.

A jovem recuou, com uma expressão de horror virginal, e Blake ficou satisfeito por finalmente ter conseguido abalá-la. Ou então ela era uma atriz bastante prodigiosa.

– Está carregando alguma arma? Eu lhe garanto que serei bem menos delicado se descobrir que tentou esconder algo.

Ela fez que não com a cabeça freneticamente e estirou as cordas, como se tentasse se afastar dele o máximo possível.

– Também não vou gostar de fazer isso – resmungou Blake.

Ele tentou não se sentir um ogro enquanto ela fechava os olhos com força, a expressão carregada de medo e resignação. Blake sabia que as mulheres podiam ser tão más e perigosas quanto os homens – sete anos de trabalho para o Departamento de Guerra o haviam convencido desse fato básico –, mas ele nunca se acostumava àquela parte do trabalho. Fora criado para tratar as mulheres como damas, e revistar uma mulher contra a vontade dela era contrário a tudo em que acreditava.

Blake soltou um dos pulsos dela para que pudesse remover a capa e começou a revistar os bolsos. Não encontrou nada interessante, a não ser por 50 libras em notas e moedas, o que parecia uma soma insignificante para uma espiã tão conhecida. Então voltou sua atenção para a pequena bolsa de viagem que ela levava e esparramou o conteúdo sobre a cama. Duas velas de cera de abelha – só Deus sabia para que ela queria aquilo –, uma escova de cabelos de cabo de prata, uma pequena Bíblia, um caderno de capa de couro e algumas roupas de baixo que ele não conseguiu se forçar a macular com seu toque. Blake achava que todos mereciam certa privacidade, até mesmo espiãs traiçoeiras.

Ele pegou a Bíblia e folheou-a rapidamente, para se certificar de que não havia nada escondido entre as páginas. Satisfeito pelo fato de o livro não conter nada inconveniente, jogou-o de volta sobre a cama, notando com interesse que ela se encolheu ao vê-lo fazer isso.

Em seguida Blake segurou o caderno e o examinou. Apenas as primeiras páginas continham algumas anotações.

– "Contubernal" – leu ele em voz alta. – "Plácido. Diacrítico. Caprichar. Diérese." – Blake ergueu as sobrancelhas enquanto lia. Três páginas cheias de palavras dignas de menção em Oxford ou Cambridge. – O que é isso?

Ela moveu o ombro na direção da boca, indicando a mordaça.

– Está bem – falou Blake com um breve aceno, e pousou o caderno ao lado da Bíblia. – Mas antes de eu retirar a mordaça, terei que... – Ele se interrompeu e bufou, aborrecido. Os dois sabiam muito bem o que Blake teria que fazer. – Se não resistir, poderei ser mais rápido – avisou ele, carrancudo.

Todo o corpo dela estava tenso, mas Blake tentou ignorar a aflição da jovem enquanto a apalpava rapidamente.

– Pronto, terminamos – disse ele, a voz brusca. – Devo dizer que estou surpreso por não estar carregando nada além daquele revólver.

Ela o encarou carrancuda em resposta.

– Vou retirar a mordaça agora, mas, se gritar, ela voltará para o lugar na hora.

A jovem assentiu brevemente e tossiu quando ele retirou a mordaça.

Blake se apoiou contra a parede em uma postura insolente e perguntou:

– E então?

– De qualquer forma, ninguém me ouviria se eu gritasse.

– Isso é verdade – concordou ele. Seus olhos se desviaram para o caderno com capa de couro e ele o pegou. – Agora, imagino que vá me contar de que se trata isto.

Ela deu de ombros.

– Meu pai sempre me encorajou a expandir meu vocabulário.

Blake a encarou, incrédulo, e voltou a folhear as páginas. Era algum tipo de código. Tinha que ser. Mas ele estava cansado e sabia que se ela confessasse alguma coisa naquela noite não seria nada tão comprometedor quanto a chave para um código secreto. Por isso, jogou o caderno sobre a cama e disse:

– Conversaremos mais a respeito amanhã.

Ela deu de ombros mais uma vez, daquele seu modo irritante.

Blake cerrou os dentes.

– Tem algo a dizer em sua defesa?

Caroline esfregou os olhos e lembrou a si mesma que precisava permanecer nas boas graças daquele homem. Ele parecia perigoso e, apesar do óbvio desconforto que deixou transparecer ao revistá-la, ela não tinha dúvidas de que a machucaria se considerasse necessário para sua missão.

Fosse ela qual fosse.

Caroline sabia que estava jogando um jogo perigoso. Queria permanecer ali naquela casa confortável pelo maior tempo possível – certamente era um abrigo mais quente e seguro do que qualquer lugar que pudesse pagar. No entanto, para isso, teria que deixar que aquele homem continuasse a acreditar que ela era aquela tal Carlotta. Não tinha ideia de como conseguir isso, não sabia falar espanhol e com certeza não sabia como uma criminosa deveria agir ao ser presa e amarrada à coluna de uma cama.

Ela imaginou que Carlotta tentaria negar tudo.

– Pegou a pessoa errada – disse, sabendo que ele não acreditaria e, ao mesmo tempo, sentindo um prazer travesso por saber que estava dizendo a verdade.

– Rá – grunhiu ele. – Com certeza consegue pensar em algo um pouco mais original para dizer.

Ela deu de ombros.

– Acredite no que quiser.

– Parece que a senhorita tem muita autoconfiança para alguém que está claramente em desvantagem.

Ele tinha certa razão, admitiu Caroline. Mas se Carlotta fosse mesmo uma espiã, seria uma mestra nas bravatas.

– Não aprecio ser amarrada, amordaçada, arrastada pelo campo e atada à coluna de uma cama. Muito menos – provocou – ser forçada a me submeter ao seu toque insultuoso.

Ele fechou os olhos por um momento. Se Caroline estivesse menos atenta, poderia até ter pensado que o homem sentia algum desconforto. Então ele reabriu os olhos e a encarou com uma expressão dura e distante.

– Acho difícil acreditar que tenha chegado tão longe em sua profissão sem nunca ter sido revistada, Srta. De Leon.

Caroline não sabia o que responder, portanto apenas o encarou com severidade.

– Ainda estou esperando que fale.

– Não tenho nada a dizer.

Pelo menos isso era verdade.

– Talvez reveja sua opinião depois de alguns dias sem água e comida.

– Planeja me deixar na penúria, então?

– Sim, isso já dobrou homens mais fortes antes.

Caroline não considerara essa hipótese. Sabia que ele gritaria com ela, pensou até que poderia bater nela, mas nunca lhe ocorrera a possibilidade de ele a deixar sem água nem comida.

– Vejo que essa alternativa não lhe entusiasma – disse ele, lentamente.

– Me deixe em paz – retrucou ela, irritada.

Precisava bolar um plano. Precisava descobrir quem diabo era aquele homem. E, acima de tudo, precisava de tempo.

Caroline o encarou e disse:

– Estou cansada.

– Não duvido disso, mas não me sinto muito inclinado a deixá-la dormir.

– Não precisa se preocupar com o meu conforto. É pouco provável que eu me sinta descansada depois de passar a noite amarrada à coluna da cama.

– Ah, isso – disse ele e, com um passo rápido e um movimento ágil, libertou-a.

– Por que fez isso? – perguntou ela, desconfiada.

– Porque eu quis. Além do mais, a senhorita não possui armas, dificilmente conseguiria me dominar fisicamente e não tem como escapar. Boa noite, Srta. De Leon.

Ela ficou boquiaberta.

– Está indo embora?

– Eu lhe desejo uma boa noite.

O homem se virou e saiu do quarto, deixando-a com os olhos grudados à porta.

Caroline ouviu as chaves girando nas duas fechaduras antes de recuperar a compostura.

– Meu Deus, Caroline – sussurrou para si mesma –, onde é que você foi se meter?

Seu estômago roncou, e ela desejou ter comido alguma coisa antes de ter fugido naquela noite. O sequestrador dela parecia ser um homem de palavra e, se ele dissera que não lhe daria água nem comida, ela acreditava nele.

Caroline correu para a janela e olhou para fora. Ele não mentira. Eram pelo menos 25 metros até o chão. Mas havia um peitoril e, se ela conseguisse encontrar algum tipo de receptáculo, poderia recolher água da chuva e orvalho. Já passara fome antes, sabia que conseguiria suportar. Mas sede era bem diferente.

Ela encontrou um pote pequeno, cilíndrico, usado para guardar as penas na escrivaninha. O céu ainda estava claro, mas já sabendo como era instável o tempo na Inglaterra, Caroline imaginou que havia uma chance razoável de chover antes do amanhecer, por isso colocou o pote sobre o peitoril só para garantir.

Em seguida foi até a cama e recolocou os pertences na bolsa. Graças aos céus seu sequestrador não percebera o que estava escrito dentro da Bíblia. A mãe deixara o livro para ela antes de morrer e o homem certamente iria querer saber por que o nome Cassandra Trent estava na primeira página. E a reação dele ao pequeno dicionário pessoal dela... santo Deus, ela teria problemas para explicar *aquilo*.

Então Caroline teve a mais estranha das sensações.

Ela tirou os sapatos e se levantou da cama, caminhando em silêncio, os pés enfiados nas meias, até chegar à parede que dava para o corredor. Em seguida se aproximou mais até alcançar a porta, dobrou o corpo e espiou pelo buraco da fechadura.

Arrá! Como imaginara. Um olho arregalado cinza a espiava de volta.

– E boa noite para você! – disse Caroline em voz alta.

Então pegou o chapéu e pendurou-o na maçaneta a fim de tapar o buraco da fechadura. Não queria dormir usando o único vestido, mas com certeza não iria despi-lo se houvesse a possibilidade de *ele* estar olhando.

31

Caroline o ouviu praguejar uma vez, então duas. E logo os passos do homem ecoaram conforme ele se afastava pelo corredor. Caroline ficou apenas de anágua e se enfiou na cama. Ficou olhando para o teto e começou a pensar.

Depois começou a tossir.

CAPÍTULO 3

pos.ta.do *(adjetivo). Em pé; parado.*
Não consigo contar o número de vezes em que ele ficou postado diante de mim, as mãos na cintura. Na verdade, fico nervosa só de pensar.
– Do dicionário pessoal de Caroline Trent

Caroline tossiu a noite toda.

Tossiu durante o amanhecer.

Tossiu enquanto o céu se tornava de um azul radiante, parando apenas para checar seu coletor de água sobre o parapeito. Maldição. Nada. Teria ficado feliz com apenas algumas gotas de chuva ou orvalho. Sua garganta parecia em chamas.

Mas com a garganta dolorida ou não, seu plano funcionara maravilhosamente bem. Quando abriu a boca para testar a voz, o som que saiu teria envergonhado um sapo.

Na verdade, ela achava que o próprio sapo teria ficado envergonhado se fizesse um barulho como aquele. Sem dúvida, Caroline conseguira se tornar temporariamente muda. Aquele homem poderia lhe fazer as perguntas que quisesse, ela não seria capaz de responder nada.

Só para garantir que seu sequestrador não pensaria que ela estava fingindo a aflição que sentia, Caroline abriu bem a boca e olhou no espelho, inclinando a cabeça para que a luz do sol iluminasse sua garganta.

Estava bem vermelha. A garganta dela parecia realmente monstruosa. E as olheiras que desenvolvera por ficar acordada a noite toda tornavam sua aparência ainda pior.

Caroline quase pulou de alegria. Se ao menos houvesse um modo de fingir uma febre, aquilo ainda a faria parecer mais doente. Ela supôs que poderia colocar o rosto próximo a uma vela, na esperança de que sua pele ficasse anormalmente quente, mas se *ele* entrasse, seria difícil explicar por que havia uma vela acesa no quarto em uma manhã tão clara.

Não, a garganta afônica teria que bastar. Mesmo se não bastasse, Caroline não teria escolha, porque já podia ouvir os passos do homem cada vez mais próximos.

Ela atravessou o quarto correndo e se jogou na cama, puxando as cobertas até o queixo. Tossiu mais algumas vezes, então beliscou as bochechas para deixá-las vermelhas e tossiu um pouco mais.

Cof cof cof.

A chave girou na fechadura.

Cof cof cof COF. Estava maltratando a própria garganta, mas queria fazer uma bela encenação quando ele entrasse.

Então outra chave girou na segunda fechadura. Maldição. Tinha esquecido que havia duas fechaduras na porta.

Cof cof cof. Argh argh. Cof. COF.

– Santo Deus! Que barulho infernal é esse?

Caroline ergueu os olhos e, se já não estivesse muda, teria perdido a voz. Seu sequestrador parecera arrojado e perigoso no escuro, mas de dia era capaz de fazer Adônis se sentir envergonhado. De certo modo, ele parecia mais alto à luz do dia. E mais forte também, como se as roupas mal contivessem a força de seu corpo. Os cabelos negros estavam elegantemente penteados, no entanto, um cacho rebelde caía sobre sua sobrancelha. E os olhos... eram de um cinza-claro, mas aquela era a única característica inocente deles. Pareciam já ter visto muita coisa na vida.

O homem a agarrou pelo ombro, seu toque fazendo queimar a pele dela através do vestido. Ela arquejou, mas disfarçou tossindo mais uma vez.

– Acho que lhe disse ontem à noite que já me cansei da sua encenação.

Caroline fez que não com a cabeça depressa, segurou o pescoço com as mãos e tossiu de novo.

– Se você acha por um momento que eu acredito...

Ela abriu bem a boca e apontou para a garganta.

– Não vou olhar para a sua garganta, sua pequena...

Ela apontou de novo, dessa vez indicando a garganta com o dedo em um gesto de urgência.

– Ah, muito bem.

Com os lábios cerrados, o homem se virou, atravessou o quarto com passos firmes e tirou uma vela do castiçal. Caroline observou com interesse indisfarçado enquanto ele acendia a vela e se aproximava da cama. Ele se sentou perto dela, o peso de seu corpo afundando a lateral do colchão. Caroline rolou um pouco na direção dele e apoiou a mão para se deter.

E encostou na coxa dele.

COF!

Caroline chegou muito perto de fugir para o outro lado da cama.

– Ah, pelo amor de Deus, já fui tocado por mulheres mais atraentes e mais interessantes que você – disse o homem, irritado. – Não precisa ter medo. Posso deixá-la na penúria para fazer com que diga a verdade, mas não a violarei.

Por mais estranho que pudesse parecer, Caroline acreditava nele. Apesar de sua inclinação óbvia ao rapto, o homem não parecia do tipo que possuía uma mulher contra a vontade dela. E, inexplicavelmente, ela confiava nele. O homem poderia tê-la machucado – poderia até tê-la matado –, mas não fizera nada disso. Caroline sentia que ele tinha um código de honra e de moral que faltara aos tutores dela.

– E então? – instou ele.

Caroline se aproximou minimamente do lado em que ele estava na cama e pousou as mãos de forma recatada no colo.

– Abra.

Ela pigarreou – como se fosse necessário – e abriu a boca. O homem aproximou a chama do rosto dela e espiou. Depois de um instante, ele recuou e Caroline fechou a boca e ergueu os olhos para ele com ar de expectativa.

A expressão dele era soturna.

– Parece que alguém usou uma navalha em sua garganta, mas acredito que você saiba disso.

Caroline assentiu.

– Imagino que tenha passado a noite acordada, tossindo.

Ela voltou a assentir.

O homem fechou os olhos por uma fração de segundo além do necessário antes de dizer:

– Você conquistou a minha admiração relutante por isso. Infligir tamanha dor a si mesma apenas para escapar de algumas perguntas mostra uma dedicação sincera à causa.

Caroline o encarou com sua melhor expressão de ultraje.

– Infelizmente para você, escolheu a causa errada.

Tudo o que ela conseguiu fazer dessa vez foi encará-lo com uma expressão vazia, mas ao mesmo tempo honesta. Não tinha ideia da causa à qual ele se referia.

– Tenho certeza de que você ainda consegue falar.

Ela balançou a cabeça.

– Tente. – Ele se inclinou para a frente e a encarou com uma expressão tão dura que Caroline se encolheu. – Por mim.

Ela balançou a cabeça de novo, dessa vez mais rápido. Muito rápido.

O homem chegou ainda mais perto, até seu nariz quase encostar no dela.

– Tente.

Não! Ela abriu a boca para dizer, e teria gritado, mas na verdade não saiu nem um som.

– Você realmente não consegue falar – disse ele, parecendo surpreso.

Ela tentou fuzilá-lo com seu melhor olhar de "que diabo você acha que eu estaria tentando dizer se pudesse falar?", mas tinha a sensação de que o sentimento era um pouco complexo demais para ser transmitido em uma única expressão facial.

O homem se levantou de repente.

– Voltarei em um instante.

Caroline não pôde fazer nada além de ficar olhando para as costas do homem enquanto ele deixava o quarto.

~

Blake suspirou irritado enquanto abria a porta de seu escritório. Maldição, estava ficando velho demais para aquilo. Vinte e oito anos talvez ainda parecesse pouca idade, mas sete anos trabalhando para o Departamento de Guerra eram o bastante para deixar qualquer um prematuramente cansado e exaurido. Ele vira amigos morrerem, a família sempre se perguntava por que vivia desaparecendo por longos períodos, e sua noiva...

Blake fechou os olhos sentindo o sofrimento e a revolta o dominarem. Marabelle não era mais sua noiva. Ela não era mais noiva de ninguém e dificilmente se tornaria, já que estava sepultada nas terras da família, em Cotswolds.

Quando a conhecera, Marabelle era tão jovem, tão linda e tão brilhante! Na verdade, Blake achara incrível se apaixonar por uma mulher cujo intelecto superava o dele. Ela fora um prodígio, um gênio nos idiomas, por isso fora recrutada ainda tão jovem pelo Departamento de Guerra.

Então ela recrutara Blake, seu vizinho de longa data, coproprietário da casa de árvore mais bem mobiliada da Inglaterra e parceiro nas aulas de dança. Os dois cresceram juntos, se apaixonaram juntos, mas Marabelle morrera sozinha.

Não, pensou Blake. Isso não era de todo verdade. Marabelle apenas morrera. Ele é quem fora deixado sozinho.

Blake continuara a trabalhar para o Departamento de Guerra por vários anos. E disse a si mesmo que era para vingar a morte dela. Mas com frequência se perguntava se não era apenas porque não sabia o que mais poderia fazer. E seus superiores não queriam dispensá-lo. Após a morte de Marabelle, ele se tornara temerário. Não se importava mais se viveria ou morreria, logo, assumira riscos idiotas em nome do país, e esses riscos tinham valido a pena. Nunca falhara em missão alguma.

É claro que também fora baleado, envenenado e jogado da amurada de um navio, mas isso não importava para o Departamento de Guerra tanto quanto a perspectiva de perder seu agente mais brilhante.

Mas agora Blake estava tentando deixar a raiva para trás. Não havia uma forma de conseguir esconder a dor que sentia, mas lhe pareceu que talvez tivesse uma chance de acabar com aquele ódio intenso por um mundo que roubara dele seu verdadeiro amor e sua melhor amiga. E o único modo de fazer isso era abandonar o Departamento de Guerra para pelo menos tentar levar uma vida normal.

Mas primeiro ele precisava encerrar aquele último caso. O responsável pela morte de Marabelle havia sido um traidor como Oliver Prewitt. Aquele traidor fora executado e Blake estava determinado a fazer com que Prewitt também terminasse na forca.

No entanto, para isso, ele precisava extrair alguma informação de Carlotta De Leon. Maldita mulher. Blake não acreditara nem por um minuto que ela desenvolvera subitamente alguma doença estranha e terrível que lhe tirara a capacidade de falar. Não, era provável que a atrevida tivesse passado metade da noite tossindo para deixar a garganta em carne viva.

Mas quase valera a pena o aborrecimento só para ver a expressão de choque dela quando tentara gritar "Não!" para ele. Blake teve a impressão de que ela esperava ser capaz de emitir algum som. Ele riu. Torcia para que a garganta dela estivesse queimando como o fogo do inferno. A mulher não merecia menos do que isso.

Ainda assim, ele tinha um trabalho a fazer. Aquela missão seria a última de Blake para o Departamento de Guerra e, embora o que ele mais desejasse fosse se aposentar e desfrutar permanentemente da paz e da tranquilidade de Seacrest Manor, estava determinado a não se contentar com nada menos que o sucesso daquela tarefa.

Carlotta De Leon *falaria*, e Oliver Prewitt *seria* enforcado.

Então Blake Ravenscroft se tornaria apenas um entediado cavalheiro do campo, destinado a viver em uma tranquilidade reservada. Talvez ele começasse a pintar. Ou criasse cães de caça. As possibilidades eram infinitas, e infinitamente tediosas.

Mas, por enquanto, ele tinha um trabalho a fazer. Com uma determinação implacável, Blake recolheu três penas, um vidro pequeno de tinta e várias folhas de papel. Se Carlotta De Leon não pudesse lhe contar tudo o que sabia, poderia muito bem escrever.

Caroline sorria de orelha a orelha. Até ali sua manhã tinha sido um sucesso. Seu sequestrador agora estava convencido de que ela não conseguia falar, e Oliver...

Ah, só pensar no que Oliver estaria aprontando naquele exato momento a fez sorrir ainda mais. Gritando a plenos pulmões era o mais provável, e eventualmente jogando um jarro em cima do filho. Nada valioso, é claro. Oliver era calculista demais em seus ataques de raiva para destruir qualquer coisa que tivesse real valor financeiro.

Pobre Percy. Caroline quase sentia pena dele... quase. Era difícil nutrir alguma simpatia pelo rapaz obtuso e desajeitado que tentara abusar dela na noite anterior. Caroline estremeceu ao pensar em como teria se sentido se Percy tivesse sido bem-sucedido em sua empreitada.

No entanto, ela ainda tinha a sensação de que, se algum dia conseguisse sair do domínio do pai, Percy seria um ser humano minimamente decente. Não que ela fosse querer vê-lo com frequência, é claro, mas ele por certo não era o tipo de homem que ficaria atacando mulheres inocentes se o pai não tivesse lhe dado ordens para fazer isso.

Nesse momento Caroline ouviu passos no corredor. Apagou rapidamente o sorriso do rosto e levou uma das mãos ao pescoço. Quando seu sequestrador entrou no quarto de novo, ela estava tossindo.

— Tenho um presente para você — disse ele, a voz perigosamente animada.

Caroline inclinou a cabeça em resposta.

— Olhe para isso. Papel. Pena. Tinta. Não é empolgante?

Ela piscou várias vezes, confusa, fingindo não compreender. Ah, maldição, não tinha pensado nisso. Não haveria como convencê-lo de que ela não sabia escrever — claramente era uma mulher bem-educada. E não era preciso dizer que ela não conseguiria dar um mau jeito no pulso nos próximos três segundos.

— Ah, é claro — disse ele com uma solicitude exagerada. — Você precisa de algo em que se apoiar. Que indelicado da minha parte não pensar nas suas necessidades. Espere, aqui está o mata-borrão da escrivaninha. Deixe-me colocá-lo bem no seu colo. Está confortável?

Ela o encarou irritada, pois preferia a raiva dele ao sarcasmo.

— Não? Espere, deixe-me afofar seus travesseiros.

Ele se inclinou para a frente e Caroline, que já estava farta daquela atitude exageradamente solícita, tossiu em cima da boca e do nariz de Blake. Quando o homem se afastou o bastante para encará-la furioso, o rosto dela era a imagem do mais completo arrependimento.

— Vou ignorar o que você acabou de fazer — sibilou ele —, e deveria ficar eternamente grata por isso.

Caroline apenas baixou os olhos para os apetrechos de escrita em seu colo enquanto tentava desesperadamente bolar um novo plano.

— E então, vamos começar?

Ela sentiu a têmpora direita coçar e levantou a mão para fazer isso. A mão *direita*. Foi quando lhe ocorreu. Caroline sempre usara mais a mão esquerda. Quando era mais nova, os professores a repreendiam, gritavam e insistiam, tentando fazê-la aprender a escrever com a mão direita. Eles a haviam chamado de bizarra, anormal e ímpia. Um professor particularmente religioso chegara até mesmo a se referir a ela como cria do demônio. Caroline tentara aprender a escrever com a mão direita – ah, Deus, como se esforçara –, mas embora conseguisse segurar a pena de forma natural, nunca escrevera nada além de uns garranchos ininteligíveis.

Mas, com exceção dela, todo mundo escrevia com a mão direita, insistiam seus professores. Com certeza ela não queria ser diferente.

Caroline tossiu para disfarçar o sorriso. Nunca antes se sentira mais encantada por ser "diferente". Aquele homem esperava que ela fosse destra, como ele próprio e o resto de seus conhecidos sem dúvida eram. Ora, ela ficaria feliz em dar a ele o que ele queria. Caroline pegou a pena com a mão direita, molhou a ponta na tinta e encarou-o com uma expressão entediada.

– Fico feliz por você ter decidido colaborar – disse o homem. – Tenho certeza de que achará mais benéfico para a sua saúde.

Caroline bufou e revirou os olhos.

– Muito bem, então – continuou ele, encarando-a com um olhar perspicaz. – Conhece Oliver Prewitt?

Não adiantaria negar isso. Ele a vira saindo de Prewitt Hall na noite anterior. Como era melhor não desperdiçar sua arma secreta com uma pergunta tão simples, ela assentiu.

– Há quanto tempo o conhece?

Caroline parou para pensar. Não tinha ideia de há quanto tempo Carlotta De Leon vinha trabalhando para Oliver, se é que esse fosse mesmo o caso, mas ela suspeitava que o homem à sua frente com os braços cruzados também não sabia a resposta.

Era melhor falar a verdade, a mãe dela sempre dizia, e Caroline não via nenhum motivo para não fazer isso naquela hora. Seria mais fácil se manter fiel às histórias que contasse se elas fossem o mais verdadeiras possível. Vamos ver, ela morava com Oliver e Percy havia um ano e meio, mas o conhecia há mais tempo. Caroline levantou quatro dedos, pois ainda queria salvar o trunfo da letra ininteligível para uma resposta mais complexa.

– Quatro meses?
Ela balançou a cabeça, negando.
– Quatro *anos*?
Caroline assentiu.
– Santo Deus! – exclamou Blake.
Eles não faziam ideia de que Prewitt vinha contrabandeando informação diplomática há tanto tempo. Tinham imaginado dois anos, talvez dois e meio. Quando Blake pensava em todas as missões que haviam sido comprometidas... Sem falar nas vidas que provavelmente tinham sido perdidas por causa da traição de Prewitt. Tantos colegas dele mortos. E a pessoa que mais amava...
Blake ardia de raiva e culpa.
– Diga-me a verdadeira natureza da relação de vocês – ordenou ele, a voz tensa.
Dizer a você?, ironizou Caroline, apenas com o movimento dos lábios.
– Escreva! – bradou Blake.
Ela respirou fundo, como se estivesse se preparando para uma tarefa terrível, e começou a escrever com dificuldade.
Blake piscou. E o fez de novo.
Ela ergueu os olhos para ele e sorriu.
– Em que língua do demônio você está escrevendo? – quis saber Blake.
Caroline recuou o corpo, claramente afrontada.
– Para sua informação, não leio espanhol, portanto faça a gentileza de escrever a resposta em inglês. Ou, se preferir, em francês ou latim.
Ela acenou com o dedo na direção dele e fez um movimento que Blake não conseguiu decifrar.
– Repito – esbravejou ele –, escreva a verdadeira natureza de sua relação com Oliver Prewitt!
Ela apontou para cada um dos rabiscos – Blake hesitava em chamá-los de palavras – lenta e cuidadosamente, como se estivesse ensinando algo novo para uma criança pequena.
– Srta. De Leon!
Ela suspirou e, dessa vez, voltou a formar palavras sem som enquanto apontava para os rabiscos.
– Não faço leitura labial, mulher.
Ela deu de ombros.

– Escreva de novo.

Os olhos da jovem mostraram um lampejo de irritação, mas ela fez o que ele pedia.

Dessa vez, os resultados foram ainda piores.

Blake cerrou os punhos para evitar esganá-la.

– Eu me recuso a acreditar que você não sabe escrever.

Ela abriu a boca, ultrajada, e apontou furiosamente para as marcas de tinta no papel.

– Chamar isso de escrita, madame, é um insulto a toda e qualquer pena e tinta desse mundo.

A jovem levou a mão à boca e tossiu. Ou riu? Blake semicerrou os olhos, então se levantou e atravessou o quarto até a penteadeira. Ele pegou o caderninho – o que estava cheio de palavras difíceis – e acenou com o objeto no ar.

– Se você tem uma letra tão horrível, então explique *isto*! – vociferou Blake.

Ela o encarou como se não compreendesse, o que o enfureceu ainda mais. Blake voltou para o lado de Caroline e se aproximou ainda mais dela.

– Estou esperando – grunhiu.

Ela recuou e voltou a tentar dizer, sem emitir som, algo que ele não conseguiu decifrar.

– Acho que não estou entendendo.

Àquela altura, o tom dele deixara de ser furioso e passara para um terreno mais perigoso.

A jovem começou a fazer vários movimentos esquisitos, apontando para si mesma e balançando a cabeça.

– Está tentando me dizer que não foi você que escreveu estas palavras?

Ela assentiu vigorosamente.

– Então quem foi?

Ela voltou a formar palavras sem som que Blake não compreendeu – palavras que ele tinha a impressão de que ela *pretendia* que ele não compreendesse.

Blake suspirou, cansado, e foi até a janela pegar um pouco de ar fresco. Não fazia sentido que ela não pudesse escrever de forma legível e, se de fato não conseguisse, então quem escrevera no caderno, e o que aquilo significava? A mulher dissera – quando ainda conseguia falar – que era apenas uma coleção de palavras, o que era obviamente uma mentira. Ainda assim...

Ele fez uma pausa. Tivera uma ideia.

– Escreva o alfabeto – ordenou.

Ela revirou os olhos.

– Agora! – ordenou.

A jovem franziu o cenho com desprazer enquanto cumpria a ordem.

– O que é isso? – perguntou Blake, levantando o pote cilíndrico para penas que encontrou no parapeito da janela.

Água, foi a palavra que ela formou com os lábios. Era interessante como ela conseguia se fazer entender *algumas* vezes.

Ele deixou escapar um som de escárnio e devolveu o pote para o parapeito.

– Qualquer tolo pode ver que não vai chover.

Ela deu de ombros, como se dissesse, *pode ser que chova*.

– Terminou?

Caroline assentiu, e conseguiu parecer ao mesmo tempo muito irritada e muito entediada.

Blake voltou para o lado dela e olhou para baixo. As letras "m", "n" e "o" mal eram reconhecíveis, e ele supôs que poderia ter decifrado a letra "c" se sua vida dependesse disso, mas quanto ao resto...

Blake estremeceu. Nunca mais. Nunca mais arriscaria a própria vida e, neste caso, a sua sanidade, pelo bem da Inglaterra. Jurara ao Departamento de Guerra que estava fora, mas eles o adularam e insistiram até Blake concordar em aceitar aquela última missão. Seus superiores disseram que, por ele viver muito perto de Bournemouth, poderia ficar atento às atividades de Prewitt sem levantar suspeitas. Insistiram que precisava ser Blake Ravenscroft. Ninguém mais seria capaz de fazer o trabalho.

Então Blake concordara. Mas ele nunca pensara que acabaria como babá de uma espiã metade espanhola, estranhamente atraente e com a pior letra na história do mundo civilizado.

– Gostaria de conhecer sua governanta – murmurou ele –, e de dar um tiro nela.

A Srta. De Leon deixou escapar outro som estranho e, dessa vez, Blake teve certeza de que fora uma risadinha. Para uma espiã traiçoeira, ela até que tinha um senso de humor decente.

– Você – disse Blake, apontando para ela –, não se mexa.

Ela plantou as mãos nos quadris e o encarou como se ele fosse um tolo, como se dissesse: *Para onde eu iria?*

– Volto logo.

Blake saiu rapidamente do quarto, lembrando-se apenas no último minuto de trancar a porta. Maldição. Estava ficando tolerante demais. Era porque ela não parecia uma espiã, racionalizou. Havia algo diferente nela. A maioria das pessoas na linha de trabalho dele trazia uma expressão vazia no olhar, como se tivessem visto demais. Mas aqueles olhos azul-esverdeados dela – bem, se fosse possível deixar de lado a vermelhidão dos olhos pela ausência de sono – eram... eram...

Blake enrijeceu o corpo e baniu o pensamento da mente. Não tinha que ficar pensando nos olhos dela. Não tinha que ficar pensando em mulher nenhuma.

Quatro horas depois, Blake estava pronto para admitir a derrota. Forçara a mulher a tomar seis bules de chá, o que resultou apenas em gestos enlouquecidos da parte dela que ele acabou interpretando como: "Saia do quarto para que eu possa usar o urinol!"

Mas ela ainda não havia recuperado a voz, ou, se havia, tinha muito talento para escondê-la.

Blake fora tolo o bastante para tentar fazê-la usar pena e tinta mais uma vez. A mão da mulher se movera com graça e velocidade, mas os traços que fizera no papel pareciam-se apenas com pegadas de pássaros.

E, maldita fosse a abusada, ela parecia estar tentando conquistar as graças dele. Pior, estava sendo bem-sucedida. Quando Blake reclamou da falta de habilidades comunicativas dela, a jovem dobrara uma das folhas de papel rabiscadas na forma de uma ave estranha e jogara na direção dele. O pássaro de papel voou suavemente pelo ar e, como Blake saiu do caminho, pousou com suavidade no chão.

– Muito bem – comentou Blake, impressionado mesmo contra a vontade, já que sempre gostara de brinquedinhos como aquele.

Ela sorriu, orgulhosa, dobrou outra folha no formato de um pássaro e mandou esse direto pela janela.

Blake sabia que devia repreendê-la por desperdiçar seu tempo, mas queria ver como aquele brinquedinho se saía do lado de fora. Ele se levantou da mesa, foi até a janela e avistou o pássaro de papel bem no momento em que ele descia em espiral no meio de uma roseira.

– Temo que tenha sido abatido pelas plantas – disse Blake, virando-se para encarar a mulher.

Ela o olhou com irritação e foi até a janela.

– Está vendo? – perguntou Blake.

Caroline fez que não com a cabeça.

Ele se inclinou mais para perto dela.

– Bem ali – disse, apontando. – No roseiral.

Ela endireitou o corpo, levou as mãos aos quadris e lançou um olhar sarcástico para ele.

– Como ousa debochar das minhas roseiras? – ralhou ele.

Ela fez um gesto com as mãos que imitava tesouras cortando.

– Acha que precisam ser podadas?

A jovem assentiu enfaticamente.

– Uma espiã que gosta de jardinagem – disse Blake para si mesmo. – As maravilhas nunca cessarão?

Ela levou a mão em concha ao ouvido para demonstrar que não o escutara.

– Devo acreditar que você seria capaz de fazer um trabalho melhor? – ironizou ele.

A jovem assentiu de novo e voltou para a janela a fim de dar outra olhada nas roseiras. Mas Blake não a viu se aproximando e se afastou da janela no mesmo instante. Os dois se chocaram e ele a segurou pelos braços para que ela não cambaleasse.

Em seguida, cometeu o erro de olhar nos olhos da mulher.

Eram suaves, límpidos e, que Deus o ajudasse, não estavam dizendo não.

Blake se inclinou para a frente apenas uma fração de milímetro, a vontade de beijá-la maior do que a vontade de respirar. Ela entreabriu os lábios e deixou escapar um arquejo baixo de surpresa. Ele se aproximou mais. Desejava aquela mulher. Desejava Carlotta. Desejava...

Carlotta.

Maldição, como pudera esquecer, mesmo por um segundo? Ela era uma espiã. Uma traidora. Totalmente sem moral e sem escrúpulos. Blake a empurrou para longe e saiu pisando firme em direção à porta.

– Isso não voltará a acontecer – disse ele, a voz tensa.

Ela pareceu espantada demais para responder.

Blake praguejou baixinho e saiu do quarto, batendo a porta e trancando-a. Que diabo iria fazer com ela?

Pior, que diabo iria fazer consigo mesmo? Ele balançou a cabeça enquanto descia as escadas. A situação estava se tornando absurda. O interesse de Blake nas mulheres não ia além das razões mais básicas e, mesmo para *aquilo*, Carlotta De Leon era terrivelmente inapropriada.

Afinal, Blake não tinha a menor vontade de acordar com a garganta cortada. Ou de não acordar mais, como talvez fosse o caso.

Ele precisava se lembrar de quem ela era.

E precisava se lembrar de Marabelle.

CAPÍTULO 4

pa.na.cei.a (substantivo). Substância medicamentosa preparada para remediar vários males; pancresto.
Ele não parece ter muita fé em suas panaceias, mas ainda assim as força pela minha goela abaixo.
— Do dicionário pessoal de Caroline Trent

Blake a deixou sozinha pelo resto do dia. Estava enfurecido demais para confiar em si mesmo perto dela. A mulher e aquela maldita garganta eram irritantes, mas, na verdade, a maior parte da raiva de Blake era autoinfligida.

Como podia ter cogitado beijá-la, mesmo que por um segundo? A mulher podia ser metade espanhola, mas também era metade inglesa, e isso fazia dela uma traidora. E fora um traidor que matara Marabelle.

Como se para espelhar o humor de Blake, começou a chover e o sol se foi. E tudo em que ele conseguiu pensar foi no potinho que a mulher deixara no parapeito para recolher água.

Ele bufou. Como se ela fosse perecer de sede depois de todo o chá que ele forçara por sua garganta naquela tarde. Ainda assim, enquanto jantava em silêncio, Blake não conseguiu evitar pensar nela no andar de cima, trancada no quarto minúsculo. Certamente estaria faminta. Não comera nada o dia todo.

– Qual é o seu problema? – disse Blake em voz alta.

Sentindo pena de uma espiãzinha ardilosa. Ah! Não dissera a ela que a deixaria na penúria? Nunca fazia promessas que não estivesse determinado a cumprir.

Ainda assim, ela era tão magrinha, e aqueles olhos... ele não parava de vê-los em sua mente. Eram enormes e tão límpidos que quase cintilavam, e se ele os visse naquele momento, pensou Blake, com um misto de irritação e remorso, provavelmente teriam uma expressão faminta.

– Maldição – resmungou, e levantou-se tão rápido que derrubou a cadeira para trás.

Poderia muito bem dar um pãozinho para ela comer. Havia maneiras melhores de convencê-la a lhe dar a informação de que precisava sem ter que fazê-la passar fome. Talvez, se ele desse o pãozinho a ela, mesmo que de forma avarenta, Carlotta ficasse tão grata que começasse a se sentir em dívida com ele. Blake ouvira sobre casos em que os prisioneiros haviam começado a olhar para seus sequestradores como heróis. Ele não se incomodaria de ver aqueles olhos azul-esverdeados encarando-o com uma expressão de devoção.

Ele pegou um pãozinho na bandeja sobre a mesa, então colocou-o de volta para pegar um maior. E talvez um pouco de manteiga. Com certeza não faria mal nenhum. E geleia... não, ele vetou a geleia. Afinal, a mulher *era* uma espiã.

Caroline estava sentada na cama, vesga por estar encarando a chama da vela, quando o ouviu à porta. Uma tranca foi aberta, depois outra, e lá estava ele, assomando no batente.

Como era possível que ele parecesse ainda mais belo cada vez que o via? Realmente não era justo. Toda aquela beleza desperdiçada em um único homem. E um homem insuportável, ainda por cima.

– Eu lhe trouxe um pedaço de pão – disse ele, rabugento, estendendo alguma coisa para ela.

O estômago de Caroline roncou alto quando ela pegou o pãozinho da mão dele.

Obrigada, disse sem emitir som.

Ele se acomodou aos pés da cama enquanto ela devorava o pãozinho sem pensar muito em boas maneiras ou em decoro.

– De nada. Ah, quase esqueci – disse o homem. – Eu lhe trouxe manteiga também.

Ela olhou com tristeza para o pouco de pão que restava em sua mão e suspirou.

– Ainda vai querer?

Caroline assentiu, pegou a tigelinha e enfiou o último pedacinho de pão na manteiga. Ela enfiou o pão na boca e mastigou devagar, saboreando ao máximo. Era o paraíso!

Achei que iria me deixar na penúria, disse ela de novo sem emitir som.

Ele balançou a cabeça, sem compreender.

– "Obrigada" eu consigo entender, mas o que você tentou falar agora está além da minha capacidade. A não ser que sua voz tenha voltado e você queira repetir essa frase em alto e bom som...

Caroline fez que não com a cabeça, o que não era tecnicamente uma mentira. Ela não testara a própria voz desde que ele saíra do quarto mais cedo. Não queria saber se tinha voltado ou não. Por algum motivo, parecia melhor permanecer ignorante em relação a isso.

– Que pena – murmurou o homem.

Caroline revirou os olhos em resposta, então deu batidinhas na barriga e olhou esperançosa para as mãos dele.

– Lamento, mas trouxe apenas um pãozinho.

Caroline baixou os olhos para a tigelinha de manteiga, deu de ombros e enfiou o dedo nela. Afinal, não sabia quando ele voltaria a alimentá-la. Precisava conseguir sustância onde pudesse, mesmo se isso significasse comer manteiga pura.

– Ah, pelo amor de Deus – disse o homem. – Não coma isso. Não pode lhe fazer bem.

Caroline lançou-lhe um olhar sarcástico.

– Como está se sentindo? – perguntou ele.

Ela balançou as mãos, querendo dizer mais ou menos.

– Entediada?

Caroline assentiu.

– Ótimo.

Ela o encarou com severidade.

– Não tenho intenção de entretê-la. Você não é uma hóspede.

Caroline revirou os olhos de novo e bufou.

– Logo, não comece a esperar refeições de sete pratos.

Ela se perguntou se pão e manteiga contavam como dois pratos. Se fosse esse o caso, então ele ainda lhe devia os outros cinco.

– Por quanto tempo mais você pretende manter essa farsa?

Caroline piscou, confusa, e perguntou, mais uma vez sem som: *O quê?*

– Com certeza você já recuperou a voz.

Ela balançou a cabeça e tocou a garganta com uma expressão tão triste que ele não se conteve e riu.

– Tão doloroso assim?

Caroline assentiu.

Blake passou a mão pelos cabelos negros, um pouco irritado por aquela farsante tê-lo feito rir mais naquele dia do que ele rira no último ano.

– Sabe, se não fosse uma traidora, você seria bastante divertida.

Ela deu de ombros.

– Já parou para pensar em suas atitudes? O custo que têm? As pessoas a quem prejudica?

Blake a encarou com intensidade. Não sabia por quê, mas estava determinado a encontrar um mínimo de consciência na espiãzinha. Ela poderia ter sido uma boa pessoa, ele estava certo disso. Era inteligente, divertida e...

Ele balançou a cabeça para afastar os pensamentos. Então Blake se via como o salvador dela? Não a levara até ali para redimi-la. Tudo o que queria era a informação que permitiria acusar Oliver Prewitt. Depois entregaria Carlotta às autoridades.

É claro que ela provavelmente também seria enforcada. E essa ideia sombria não o deixava satisfeito.

– Que desperdício – murmurou.

Ela ergueu as sobrancelhas, questionando-o.

– Não é nada.

A jovem deu de ombros em um movimento tipicamente francês.

– Quantos anos você tem? – perguntou Blake, abruptamente.

Ela levantou os dez dedos duas vezes.

– Apenas 20 anos? – concluiu ele, perplexo. – Não que pareça mais velha, mas pensei...

A jovem rapidamente levantou uma das mãos de novo, todos os cinco dedos estendidos, como uma estrela-do-mar.

– Vinte e cinco, então?

Ela assentiu, mas olhava para a janela ao fazer isso.

– Deveria estar casada, com filhos pendurados às suas saias, e não andando por aí, traindo a Coroa.

Ela baixou os olhos e cerrou os lábios em uma expressão que só poderia ser descrita como melancólica. Então fez o gesto de um ponto de interrogação e apontou para ele.

– Eu?

Ela assentiu.

– O que quer saber?

Ela apontou para o anular da mão esquerda.

– Por que não sou casado?

A jovem assentiu de novo, dessa vez enfaticamente.

– Você não sabe?

Ela o encarou como se não compreendesse e, depois de alguns momentos, negou com a cabeça.

– Quase me casei.

Blake tentou parecer irreverente, mas qualquer tolo conseguiria perceber a tristeza em sua voz.

O que aconteceu?, perguntou ela com movimentos labiais.

– Ela morreu.

Caroline engoliu em seco e pousou a mão sobre a dele em um gesto de empatia.

Sinto muito.

Blake se afastou do toque dela e fechou os olhos por um segundo. Quando voltou a abri-los, sua expressão era desprovida de emoção.

– Não, você não sente – disse ele.

Ela voltou a pousar a mão no colo e esperou que ele falasse. De algum modo, não parecia certo se intrometer no luto dele. Mas o homem não disse nada.

Sentindo-se constrangida pelo silêncio, Caroline se levantou e caminhou até a janela. A chuva batia no vidro, e ela se perguntou quanta água conseguiria recolher no potinho. Provavelmente não muita, e ela com certeza não precisava da água depois de todo o chá que o homem a fizera to-

49

mar naquele dia. Mesmo assim, estava curiosa para saber se o plano tinha funcionado. Caroline aprendera muito tempo antes como se entreter das formas mais simples. Um pequeno projeto aqui e ali, mapeando o modo como o céu da noite mudava de mês a mês. Talvez, se o homem a mantivesse ali por mais algum tempo, ela pudesse fazer registros semanais da precipitação da chuva. No mínimo, isso manteria sua mente ocupada.

– O que está fazendo? – quis saber ele.

Caroline não respondeu, verbalmente nem de qualquer outra forma, e segurou a parte de baixo da janela com os dedos.

– Eu lhe perguntei o que está fazendo.

Os passos acompanharam a voz, e Caroline percebeu que ele se aproximava. Ainda assim, não se virou. A janela foi erguida e a chuva foi soprada para dentro do quarto, molhando a frente do vestido dela.

– Sua tola – disse o homem, pousando as mãos sobre as dela.

Caroline se virou, surpresa. Não esperava que ele a tocasse.

– Vai ficar encharcada. – Ele deu um puxão ligeiro e abaixou de novo a janela. – E acabará realmente doente.

Ela balançou a cabeça e apontou para o potinho no parapeito.

– Você com certeza não pode estar com sede.

Só curiosa, disse Caroline com movimentos labiais.

– O quê? Não entendi.

Ssóóóóó ccuuurrriiioooosaaa.

Ela estendeu as palavras dessa vez, esperando que ele conseguisse ler seus lábios.

– Se você falar em voz alta, talvez eu entenda o que está tentando dizer – declarou o homem em uma voz arrastada.

Caroline bateu com o pé, frustrada, mas quando o pé aterrissou, foi em uma superfície bem mais macia que o chão.

– Aiiii! – gritou Blake.

Ah! Era o pé dele!

Desculpe desculpe desculpe desculpe desculpe desculpe, repetiu ela, ainda sem som. *Não tive a intenção.*

– Se acha que vou conseguir entender o que acabou de dizer, você é mais louca do que imaginei – grunhiu ele.

Caroline mordeu o lábio inferior, arrependida, então levou a mão ao peito, na altura do coração.

– Suponho que esteja tentando me convencer de que foi um acidente.

Ela assentiu com determinação.

– Não acredito em você.

Caroline franziu o cenho e suspirou com impaciência. Sua mudez estava começando a se tornar irritante, mas ela não sabia mais como agir. Exasperada, apontou para o próprio pé.

– O que isso significa?

Ela sacudiu o pé que estava mais para a frente, então pousou-o no chão e pisou nele com o outro pé.

Blake a encarava sem entender nada.

– Está tentando me convencer de que é uma espécie de masoquista? Detesto desapontá-la, mas nunca fui chegado a esse tipo de coisa.

Ela balançou os punhos no ar e apontou para Blake, em seguida para o próprio pé.

– Você quer que eu pise no seu pé? – perguntou ele, sem acreditar.

Caroline assentiu.

– Por que eu faria isso?

Desculpe, disse ela, movendo os lábios, ainda sem som.

– Está mesmo arrependida? – perguntou ele, a voz perigosamente baixa.

Caroline assentiu.

– De verdade?

Ela assentiu de novo.

– E está determinada a me provar isso?

Ela assentiu mais uma vez, mas agora havia menos convicção no gesto.

– Não vou pisar no seu pé – sussurrou ele.

Caroline piscou, sem compreender.

Blake tocou o rosto dela, sabendo que estava louco, mas incapaz de se conter. Os dedos dele desceram pelo pescoço da jovem, deleitando-se com o calor que ela emanava.

– Você vai ter que me compensar de outra forma.

Ela tentou recuar, mas Blake passou a mão pela nuca da jovem e a segurou com firmeza.

– Um beijo, eu acho – murmurou ele. – Só um. Só um beijo.

A mulher entreabriu os lábios, surpresa, e pareceu tão espantada e inocente que Blake conseguiu se iludir, só por aquele instante, que ela não era

Carlotta De Leon. Que não era traidora nem espiã. Que era só uma mulher – uma mulher encantadora – que estava na casa dele, nos braços dele.

Blake cobriu a distância que os separava e roçou a boca delicadamente contra a dela. A jovem não se moveu, mas ele ouviu um arquejo baixo de surpresa escapar dos lábios dela. O barulhinho – o primeiro que ela fizera o dia todo a não ser pela tosse – o encantou, e Blake a beijou com ardor e traçou o contorno dos lábios macios dela com a língua.

O gosto dela era doce e salgado ao mesmo tempo, do modo como devia ser o sabor de uma mulher, e Blake sentiu-se tão dominado pela sensação que não percebeu que ela não estava correspondendo ao beijo. Mas logo se deu conta de que a mulher estava completamente imóvel em seus braços. Por algum motivo, isso o enfureceu. Blake odiava desejá-la daquele modo e queria que ela estivesse sentindo a mesma tortura.

– Corresponda ao beijo – grunhiu ele, as palavras quentes contra os lábios dela. – Sei que você quer. Vejo isso em seus olhos.

Por um segundo, ela não reagiu, mas então Blake sentiu a pequena mão se movendo por toda a extensão das costas dele. Ela se aproximou mais e, quando Blake sentiu o calor da jovem pressionando o corpo dele gentilmente, achou que explodiria.

A boca da mulher não se movia com o mesmo fervor da dele, mas ela entreabriu os lábios, encorajando-o tacitamente a aprofundar o beijo.

– Santo Deus – murmurou Blake, falando apenas quando precisou se afastar para respirar. – Carlotta.

Ela enrijeceu o corpo nos braços dele e tentou se afastar.

– Ainda não – gemeu Blake.

Ele sabia que precisava parar com isso, sabia que não poderia seguir o caminho que seu corpo implorava para que seguisse, mas não estava pronto para soltá-la ainda. Precisava sentir mais o ardor da jovem, tocar a pele dela, usar o calor daquele corpo para lembrar a si mesmo que estava vivo. E ele...

Caroline se contorceu até se libertar e recuou vários passos até estar com o corpo pressionado contra a parede.

Blake praguejou baixinho e levou as mãos aos quadris, enquanto se esforçava para recuperar o fôlego. Quando ergueu os olhos para a jovem, viu que os olhos dela estavam quase frenéticos, e ela balançava a cabeça com urgência.

– Foi tão desagradável assim? – perguntou irritado.

A jovem voltou a balançar a cabeça, o movimento breve mas rápido.

Não posso, disse ela, apenas com o movimento dos lábios.

– Ora, nem eu – rebateu ele, a autodepreciação clara na voz. – Mas fiz de qualquer forma. Então que diabo isso significa?

Ela arregalou os olhos, mas não retrucou.

Blake a encarou por um longo minuto antes de falar:

– Vou deixá-la sozinha, então.

Ela assentiu lentamente.

Blake se perguntou por que se sentia tão relutante em partir. Por fim, após murmurar alguns xingamentos, ele atravessou o quarto a passos largos em direção à porta.

– Eu a verei pela manhã.

A porta bateu e Caroline ficou fitando o espaço onde ele estivera, antes de dizer:

– Ai, meu Deus!

Na manhã seguinte, Blake desceu para o primeiro andar antes de ir ver sua "hóspede". Iria fazê-la falar naquele dia, mesmo se isso o matasse. Aquela bobagem já havia durado tempo demais.

Quando chegou à cozinha, a Sra. Mickle, governanta e cozinheira da casa, estava ocupada mexendo alguma coisa em um caldeirão.

– Bom dia, senhor – cumprimentou ela.

– Ah, então é assim que soa a voz de uma mulher – resmungou Blake. – Eu quase havia esquecido.

– Como?

– Não importa. Poderia ferver água para o chá?

– Mais chá? – perguntou ela. – Achei que o senhor preferisse café.

– Prefiro. Mas hoje quero chá.

Blake tinha quase certeza de que a Sra. Mickle sabia que havia uma mulher no andar de cima, mas ela trabalhava para ele havia vários anos, e os dois tinham um acordo tácito: Blake lhe pagava muito bem e a tratava com o devido respeito e, em troca, ela não fazia perguntas nem comentava nada. O mesmo valia para todos os outros criados dele.

A governanta assentiu e sorriu.

– Então vai querer outro bule *grande*?

Blake sorriu ironicamente em resposta. É claro que o acordo silencioso entre os dois não significava que a Sra. Mickle não gostava de implicar com ele quando tinha chance.

– Um bule bem grande – respondeu Blake.

Enquanto a governanta se ocupava com o chá, Blake saiu em busca de Perriwick, o mordomo. Encontrou-o polindo algumas peças de prata que com certeza não precisavam ser polidas.

– Perriwick – chamou –, preciso que uma mensagem seja enviada a Londres. Imediatamente.

Perriwick assentiu regiamente.

– Para o marquês? – arriscou.

Foi a vez de Blake assentir. A maior parte das mensagens urgentes que enviava eram para James Sidwell, marquês de Riverdale. E Perriwick sabia exatamente como mandá-las para Londres pela rota mais rápida.

– Se me entregar a mensagem – disse Perriwick –, farei com que seja enviada logo em seguida.

– Preciso escrevê-la primeiro – comentou Blake, distraído.

Perriwick franziu o cenho.

– Posso sugerir que escreva suas mensagens antes de me pedir que as envie, senhor? Seria um uso muito mais eficiente do seu tempo e do meu.

Blake abriu um meio sorriso e retrucou:

– Você é bem insolente para um criado.

– Meu desejo é apenas garantir que a casa seja administrada da forma mais eficiente e harmoniosa, senhor.

Blake balançou a cabeça, fascinado com a capacidade do mordomo de manter uma expressão impassível no rosto.

– Espere só um instante, vou escrever a mensagem agora mesmo.

Ele se inclinou sobre uma escrivaninha, pegou papel, pena e tinta e escreveu:

J.,

Estou com a Srta. De Leon e agradeceria sua ajuda com ela imediatamente.

– B.

James já lidara com a espiã hispânica antes. Ele talvez soubesse como fazê-la falar. Nesse meio-tempo, Blake teria apenas que enchê-la de chá e torcer para que a mulher recuperasse a voz. Ele não tinha outra opção. Os olhos de Blake chegavam a doer de olhar para os garranchos dela no papel.

∽

Quando Blake chegou à porta do quarto de Carlotta, pôde ouvi-la tossir.
– Maldição – resmungou.
Mulher maluca. Provavelmente havia recuperado a voz e decidira começar a tossir de novo para voltar a ficar muda. Blake equilibrou a bandeja de chá com dificuldade enquanto destrancava e abria a porta.
– Ainda tossindo, pelo que pude ouvir – comentou ele em tom de deboche.
Ela estava sentada na cama e assentiu; seus cabelos castanho-claros estavam opacos e quebradiços. A jovem não parecia bem.
Blake grunhiu.
– Não me diga que agora está realmente doente.
A jovem assentiu de novo, parecendo bem perto de cair em lágrimas.
– Então admite que fingiu estar doente ontem?
Ela pareceu envergonhada enquanto balançava a mão como se dissesse *mais ou menos*.
– Ou fingiu, ou não fingiu.
Ela assentiu com uma expressão arrasada, mas apontou para a garganta.
– Sim, eu sei que você realmente não conseguia falar ontem, mas nós dois sabemos que não foi um acidente, não é mesmo?
A jovem baixou os olhos.
– Vou aceitar isso como um sim.
Chá?, perguntou ela, ainda sem emitir qualquer som, apontando para a bandeja.
– Sim. – Blake pousou a bandeja e levou a mão à testa dela. – Achei que a ajudaria a recuperar a voz. Maldição, você está com febre!
Ela suspirou.
– Bem feito!
Eu sei, disse ela, sem som, parecendo extremamente arrependida.

Naquele momento, Blake quase gostou dela.

– Tome – falou, sentando-se na beirada da cama –, é melhor você tomar um pouco de chá.

Obrigada.

– Você se serve?

Ela assentiu.

– Ótimo. Sempre fui meio desajeitado com esse tipo de coisa. Marabelle sempre dizia... – Blake se interrompeu.

Como pudera sequer pensar em falar sobre Marabelle com aquela espiã?

Quem é Marabelle?, perguntou a jovem, apenas com o movimento dos lábios.

– Ninguém – respondeu ele, bruscamente.

Sua noiva?, voltou a perguntar ela, movendo os lábios com cuidado para enunciar as palavras silenciosas.

Blake não respondeu, apenas se levantou e seguiu em direção à porta.

– Beba o chá – ordenou. – E puxe o cordão da campainha se começar a se sentir mal.

Ele saiu do quarto e bateu a porta, antes de fechar as duas trancas com um clique cruel.

Caroline ficou fitando a porta, confusa. O que acontecera? O homem era inconstante como o vento. Em um minuto, poderia jurar que ele sentia algum carinho por ela, e no minuto seguinte...

Ora, pensou, enquanto se servia de uma xícara de chá, ele *realmente* achava que ela era uma espiã traiçoeira. Isso devia explicar por que era brusco e insultante com tanta frequência.

Embora – Caroline tomou um longo gole do chá bem quente e suspirou de prazer – isso não explicasse por que ele a beijara. Assim como certamente também não explicava por que ela permitira.

Permitira? Pior ainda, ela gostara. Fora diferente de qualquer sensação que já experimentara, mais parecido com o calor e a segurança que só conhecera quando os pais ainda estavam vivos do que com qualquer outra coisa desde então. Mas houvera a faísca de algo diferente e novo, algo empolgante e perigoso, algo lindo e selvagem.

Caroline estremeceu ao pensar no que teria acontecido se ele não a houvesse chamado de Carlotta. Fora só isso que lhe devolvera o bom senso.

Ela estendeu a mão para o bule a fim de se servir de outra xícara de chá e, no processo, roçou no guardanapo que cobria uma travessa. O que era aquilo? Caroline levantou o guardanapo.

Biscoitos amanteigados! Era o paraíso bem ali na frente dela, na forma de uma travessa de biscoitos.

Caroline mordeu um pedaço e deixou o biscoito derreter na boca enquanto se perguntava se o homem sequer sabia que lhe levara comida. Ela duvidava que tivesse sido ele quem preparara a bandeja de chá. Talvez a governanta houvesse colocado os amanteigados ali sem que ele pedisse.

Era melhor comer rápido, pensou. Quem sabia quando ele voltaria?

Caroline enfiou outro pedaço de biscoito na boca, rindo silenciosamente enquanto os farelos se espalhavam pela cama.

⁂

Blake a ignorou pelo resto do dia e, na manhã seguinte, entrou no quarto dela apenas para se certificar de que a jovem não piorara e para lhe levar mais chá. Ela parecia entediada, faminta e satisfeita por vê-lo, mas ele não fez nada além de deixar a bandeja sobre a mesa, em silêncio, e de pousar a mão na testa dela em busca de sinais de febre. A pele da jovem estava um pouco quente, mas não ardia, por isso ele voltou a orientá-la a puxar a corda da campainha caso se sentisse mal e saiu do quarto.

Blake percebeu que a Sra. Mickle acrescentara um prato de sanduíches à bandeja, mas não teve coragem de retirá-lo. Não adiantaria nada fazer a mulher passar fome, decidira. O marquês de Riverdale com certeza chegaria logo, e ela não conseguiria se manter em silêncio com os dois a interrogando.

Na verdade, não havia nada a fazer além de esperar.

⁂

O marquês só chegou no dia seguinte, e parou a carruagem diante de Seacrest Manor pouco antes do pôr do sol. James Sidwell desceu do veículo, elegantemente vestido como sempre, os cabelos castanho-escuros um pouco compridos demais para os padrões da moda do momento. James tinha uma reputação que faria o próprio diabo enrubescer, mas daria a vida por Blake, e Blake sabia disso.

– Você está com uma cara péssima – comentou James, sem rodeios.

Blake apenas concordou.

– Depois de passar os últimos dias confinado com a Srta. De Leon, eu me considero um ótimo candidato a uma vaga no hospício de Bedlam.

– Tão ruim assim?

– Juro que seria capaz de beijá-lo, Riverdale – disse.

– Espero que as coisas não cheguem a esse ponto.

– Ela quase me deixou louco.

– É mesmo? – retrucou James, olhando o amigo de lado. – Como?

Blake o encarou irritado. O tom sugestivo de James chegava perto demais do ponto.

– Ela não consegue falar.

– Desde quando?

– Desde que passou metade da noite tossindo para perder a voz.

James riu.

– Nunca disse que ela não era cheia de truques.

– E a mulher não consegue escrever.

– Acho difícil acreditar nisso. A mãe dela era filha de um barão. E o pai é muito bem-relacionado na Espanha.

– Permita-me reformular a frase. Ela sabe escrever, mas eu o desafio a decifrar os garranchos que põe no papel. Além disso, a mulher tem um caderno cheio das palavras mais esquisitas, e juro que não consegui descobrir qualquer sentido nelas.

– Por que não me leva para vê-la? Talvez eu consiga convencê-la a recuperar a voz.

Blake balançou a cabeça e revirou os olhos.

– Ela é toda sua. Na verdade, pode assumir a maldita missão, se quiser. Se eu nunca mais precisar pousar os olhos nela...

– Calma, Blake.

– Eu disse a eles que queria parar – resmungou Blake, enquanto subia as escadas. – Mas eles me ouviram? Não. E o que eu consegui? Não foi empolgação nem fama nem fortuna. Não, em vez disso consegui... *ela*.

James encarou o amigo com uma expressão pensativa.

– Se eu não o conhecesse, diria que está apaixonado.

Blake bufou e deu as costas para que James não visse o ligeiro rubor que tomou conta de seu rosto.

– E se eu não gostasse tanto da sua companhia, o faria responder por essa declaração.

James deu uma gargalhada e observou enquanto Blake parava diante de uma porta e girava as chaves nas fechaduras.

Blake abriu a porta e ficou postado ali, as mãos nos quadris, enquanto encarava a Srta. De Leon com uma expressão beligerante. Ela estava recostada na cama, lendo um livro, como se não tivesse uma única preocupação no mundo.

– Riverdale está aqui – bradou –, ou seja, você pode perceber que seu joguinho acabou.

Blake se virou para James, satisfeito, pronto para ver o amigo triturar a mulher, mas a expressão de James, normalmente tão controlada e refinada, mostrava agora o mais absoluto choque.

– Não sei como lhe dizer – falou James –, mas essa com a mais absoluta certeza não é Carlotta De Leon.

CAPÍTULO 5

cho.ra.min.gar *(verbo). 1. Chorar insistentemente em voz fina ou fraca, como uma criança. 2. Miar, como um gato.*
Se houvesse me restado alguma voz, eu com certeza teria choramingado.
– Do dicionário pessoal de Caroline Trent

– Ah, Deus – coaxou Caroline, esquecendo-se de que supostamente estava muda.

– E há quanto tempo recuperou sua maldita voz? – exigiu saber seu sequestrador.

– Eu... ahn... Não faz muito tempo, na verdade.

– Sinceramente, Blake – disse o segundo homem. – É melhor moderar seu linguajar. Há uma dama aqui presente.

– Dane-se! – explodiu Blake. – Sabe quanto tempo desperdicei com essa mulher? A verdadeira Carlotta De Leon provavelmente está a meio caminho da China a essa altura.

Caroline engoliu em seco, nervosa. Então o nome do homem que a raptara era Blake. Curto e objetivo. Ela se perguntou se seria o primeiro nome ou o sobrenome.

– E – continuou ele, cada vez mais furioso –, como obviamente não é a mulher que afirmou ser, quem diabo é você?

– Eu nunca disse que era Carlotta De Leon – insistiu Caroline.

– O diabo que não!

– Só nunca disse que não era.

– Então quem é você?

Caroline pensou sobre a pergunta e decidiu que sua única saída era ser absolutamente honesta.

– Meu nome é Caroline Trent – respondeu, os olhos encontrando os de Blake pela primeira vez naquela conversa. – Oliver Prewitt é meu tutor legal.

Houve um instante de profundo silêncio enquanto os dois homens a encaravam surpresos. Por fim, Blake se virou para o amigo e bradou:

– Por que diabo ninguém sabia que Prewitt tinha uma tutelada?

O outro homem praguejou baixinho, então voltou a praguejar, bem mais alto.

– Como se eu soubesse. Alguém vai responder por isso.

Blake se virou para Caroline e exigiu saber:

– Se você é mesmo tutelada de Prewitt, então onde esteve nos últimos quinze dias? Eu estava vigiando a casa dia e noite, e você, mocinha, com certeza não estava por lá.

– Eu estava em Bath. Oliver me mandou cuidar da tia idosa dele. O nome dela é Marigold.

– Não me interessa o nome dela.

– Não achei que iria interessar – murmurou ela. – Só achei que deveria dizer alguma coisa.

Blake a agarrou pelo ombro e a encarou.

– Tem muitas coisas que você deverá dizer, Srta. Trent.

– Solte-a – disse o amigo de Blake em voz baixa. – Não perca a cabeça.

– Não perca a cabeça?! – esbravejou Blake, parecendo na verdade já ter perdido. – Compreende o que...

– Pense – continuou o outro homem atentamente. – Isso faz sentido. Prewitt recebeu uma grande carga por barco na semana passada. Ele a queria fora do caminho. A jovem obviamente é esperta o bastante para desconfiar das atividades suspeitas que ele anda fazendo.

Caroline ficou satisfeita com o elogio, mas Blake não pareceu se importar com o intelecto dela, de qualquer forma.

– Foi a quarta vez que Oliver me mandou visitar a tia dele – acrescentou ela, tentando ajudar.

– Está vendo? – indagou o amigo de Blake.

Caroline lançou um sorriso hesitante na direção de Blake, torcendo para que ele aceitasse a oferta de paz que ela acabara de oferecer, mas tudo o que ele fez foi levar as mãos aos quadris com uma expressão muito irritada, então falou:

– Que diabo vamos fazer agora?

O outro homem não tinha uma resposta, e Caroline aproveitou a vantagem do silêncio momentâneo de ambos para perguntar:

– Quem são vocês? Os dois.

Os homens trocaram um olhar, como se tentando decidir se deveriam revelar a identidade deles, então o que chegara mais recentemente assentiu de forma quase imperceptível antes de responder:

– Sou James Sidwell, marquês de Riverdale, e este é Blake Ravenscroft, o segundo filho do visconde Darnsby.

Caroline deu um sorriso irônico diante de tamanho desfile de títulos.

– Que elegantes, vocês. Meu pai era do ramo do comércio.

O marquês deixou escapar uma risada estridente antes de se virar para Blake e dizer:

– Por que não me contou que ela era tão divertida?

Blake o encarou irritado e retrucou:

– Como eu iria saber? A mulher não falou nem duas palavras desde a noite em que a capturei.

– Isso não é de todo verdade – protestou Caroline.

– Está querendo dizer que você passou esses dias fazendo discursos e que eu fiquei surdo? – retrucou Blake.

– Não, é claro que não. Só quis dizer que o tenho entretido bastante.

O marquês levou a mão à boca, ao que parecia para abafar uma risada.

Caroline gemeu. Outra em uma longa lista de frases que soou absolutamente equivocada. Santo Deus, o Sr. Ravenscroft devia estar imaginando que ela se referia ao beijo!

— O que eu quis dizer foi... ora, não tenho ideia do que quis dizer, mas precisa admitir que gostou do meu pássaro de papel. Pelo menos até ele cair no roseiral.

— Pássaro de papel? — quis saber o marquês, parecendo confuso.

— Foi... ah, não importa. Não se importem, vocês dois — disse Caroline, com um suspiro, e balançando lentamente a cabeça. — Peço desculpas por qualquer frustração que possa ter causado.

Blake parecia capaz de jogá-la com prazer pela janela.

— É só que...

— É só que *o quê*? — perguntou ele com rispidez.

— Controle seu gênio, Ravenscroft — disse o marquês. — Talvez ela ainda possa nos ser útil.

Caroline voltou a engolir em seco. Aquilo soou como uma ameaça. E o marquês, embora estivesse provando ser mais amável e simpático do que o Sr. Ravenscroft, também parecia capaz de ser absolutamente cruel se a situação exigisse.

— O que está sugerindo, Riverdale? — perguntou Blake em voz baixa.

O marquês deu de ombros.

— Poderíamos pedir um resgate por ela. Então quando Prewitt viesse pegá-la...

— Não! — gritou Caroline, e logo levou a mão à garganta por causa da dor que o grito provocara. — Não voltarei. Não me importa o que está em jogo. Não me importa se, por causa disso, Napoleão tomará a Inglaterra. Não me importa se vocês dois acabarem perdendo o emprego, seja o que for que façam para o governo. Eu nunca voltarei. — E só para garantir, no caso de eles serem absolutamente obtusos, repetiu: — Nunca.

Blake se sentou aos pés da cama, a expressão dura.

— Então sugiro que comece a falar, Srta. Trent. Rápido.

Caroline contou tudo a eles. Contou sobre a morte do pai e sobre os cinco tutores que se seguiram. Contou sobre os planos de Oliver para conseguir o controle permanente da fortuna dela, sobre a tentativa fracassada de Percy de violentá-la e de como ela precisava passar as próximas seis semanas escondida. Falou tanto que voltou a perder a voz e teve que escrever o último terço da história.

Blake percebeu, irritado, que quando ela usava a mão *esquerda* para escrever, a caligrafia era linda.

– Achei que você tinha dito que ela não conseguia escrever – comentou James.

Blake encarou o amigo com uma expressão ameaçadora.

– Não quero falar sobre isso. E você – acrescentou, apontando para Caroline –, pare de sorrir.

Ela relanceou o olhar para ele e ergueu as sobrancelhas em uma expressão ingênua.

– Sem dúvida você pode conceder a ela o orgulho de ter sido mais esperta que você – comentou James.

Dessa vez, Caroline nem sequer tentou esconder o sorriso.

– Continue com a sua história – grunhiu Blake para ela.

Caroline aquiesceu e ele leu cada linha da história dela com uma raiva sombria, enojado com a forma como Oliver Prewitt a tratara. Caroline Trent sem dúvida o deixara bastante frustrado nos últimos dias, tanto intelectual quanto fisicamente, mas Blake não podia negar o crescente respeito por aquela jovem que conseguira desarmar cada tentativa dele. E o enchia de fúria saber que o homem que deveria tomar conta dela pudera tratá-la de forma tão abominável.

– O que sugere que façamos com você? – perguntou Blake, quando ela finalmente parou de escrever a história da própria vida.

– Pelo amor de Deus, Ravenscroft – disse o marquês. – Pegue um pouco de chá para a moça. Não vê que ela não consegue falar?

– Vá você pegar chá para ela.

– Não vou deixá-lo sozinho com essa jovem. Não seria adequado.

– Ah, e suponho que seria adequado que *você* permanecesse com ela? – zombou Blake. – Sua reputação é mais negra que a morte.

– É claro, mas...

– Fora! – coaxou Caroline. – Os dois.

Eles se viraram para encará-la, parecendo ter esquecido que o objeto da discussão entre os dois ainda estava no quarto.

– Perdão – disse o marquês.

Eu gostaria de alguns momentos a sós, escreveu ela, e enfiou o papel no rosto dele. Então voltou a escrever rapidamente: *milorde*.

– Pode me chamar de James – retrucou ele. – Como fazem todos os meus amigos.

Caroline lançou-lhe um olhar cauteloso, claramente em dúvida se a situação bizarra em que se encontravam se qualificava como amizade.

– E ele é Blake – acrescentou James. – Pelo que percebi, vocês dois já estão se tratando pelo primeiro nome?

Eu nem sabia o nome dele até há pouco, escreveu Caroline.

– Que vergonha, Blake – disse James. – Que falta de boas maneiras...

– Vou esquecer que você disse isso – grunhiu Blake –, caso contrário, terei que matá-lo.

Caroline riu, mesmo sem querer. Podiam dizer o que fosse do homem enigmático que a sequestrara, mas ele tinha um senso de humor que combinava com o dela. Caroline relanceou o olhar para ele de novo, dessa vez em dúvida. Pelo menos esperava que Blake estivesse brincando.

Ela o encarou com preocupação. O olhar que ele dirigia ao marquês teria derrubado Napoleão. Ou pelo menos lhe causado um ferimento extremamente doloroso.

– Não preste atenção nele – disse James de maneira jovial. – Blake tem um temperamento dos diabos. Sempre teve.

– Perdão? – retrucou Blake, parecendo muito irritado.

– Eu o conheço desde que ele tinha 12 anos – contou James. – Fomos colegas de quarto em Eton.

– É mesmo? – comentou ela com dificuldade, testando de novo a voz. – Que bom para vocês dois.

James riu.

– O que não foi dito nessa fase, é claro, é que eu e Blake nos merecemos. Venha, Ravenscroft, vamos deixar a pobre moça ter um pouco de privacidade. Estou certo de que ela quer se vestir, se lavar e fazer todas as coisas que as mulheres gostam de fazer.

Blake deu um passo à frente.

– Ela já está vestida. E precisamos perguntar a ela sobre...

Mas James levantou a mão.

– Temos o dia todo para atormentá-la e fazê-la se submeter à nossa vontade.

Caroline engoliu em seco. Não gostou do modo como aquilo soou.

Os dois homens deixaram o quarto. Ela se levantou de um pulo, jogou um pouco de água no rosto e calçou os sapatos. Parecia divino levantar e esticar os músculos. Passara os últimos dois dias enfiada na cama e não estava acostumada a tanta inatividade.

Caroline cuidou da aparência o melhor que pôde, o que não era muito, já que estava usando as mesmas roupas por quatro dias. Estavam terrivelmente amassadas, mas pareciam limpas o bastante. Ela arrumou os cabelos em uma trança grossa e testou a porta. Ficou encantada ao ver que não estava trancada. Não foi difícil encontrar o caminho até as escadas, e ela desceu rapidamente até o primeiro andar.

– Vai a algum lugar?

Caroline levantou os olhos depressa. Blake estava inclinado contra a parede em uma pose insolente, as mangas da camisa enroladas e os braços cruzados.

– Chá – sussurrou ela. – Você disse que eu poderia tomar um pouco.

– Eu disse? – perguntou ele em tom zombeteiro.

– Se não disse, estou certa de que teve a intenção de dizer.

Os lábios dele se curvaram em um sorriso sem vontade.

– Você tem jeito com as palavras.

Caroline o encarou com um sorriso meloso demais.

– Estou treinando. Afinal, não usei muito as palavras nos últimos dias.

– Não me provoque, Srta. Trent. Minha paciência está por um fio.

– Prefiro pensar que esse fio já se rompeu – retorquiu ela. – Além disso, se vou chamá-lo de Blake, você pode muito bem me chamar de Caroline.

– Caroline. O nome combina mais com você do que Carlotta jamais combinou.

– Amém. Não tenho uma gota de sangue espanhol. Um toque de sangue francês – acrescentou ela, consciente de que estava tagarelando, mas nervosa demais na presença dele para se deter –, mas nada de espanhol.

– Você percebe que comprometeu completamente a nossa missão, certo?

– Posso lhe assegurar que essa não foi a minha intenção.

– Estou certo de que não foi, mas ainda assim terá que nos compensar.

– Se o fato de eu compensá-los resultar em Oliver passar o resto da vida na prisão, pode ficar certo de que terá a minha completa cooperação.

– A prisão seria improvável. A probabilidade maior é de que ele seja enforcado.

Caroline engoliu em seco e desviou o olhar, se dando conta subitamente de que seu envolvimento com aqueles dois homens talvez resultasse em uma sentença de morte para Oliver. Detestava o homem, sem dúvida, mas não conseguia gostar da ideia de ser responsável pela morte de alguém.

– Você terá que deixar o sentimentalismo de lado – comentou Blake.

Ela ergueu os olhos, chocada. Sua expressão era assim tão transparente?

– Como soube o que eu estava pensando?

Blake deu de ombros.

– Qualquer pessoa com um mínimo de consciência encara esse dilema quando começa a se envolver nesse negócio.

– Você passou por isso?

– É claro. Mas superei depressa.

– O que aconteceu?

Ele franziu o cenho.

– Você faz muitas perguntas.

– Nem a metade das que você fez – retrucou ela.

– Tenho um motivo sancionado pelo governo para estar fazendo tantas perguntas.

– Foi porque sua noiva faleceu?

Blake a encarou com uma intensidade tão furiosa que Caroline se viu obrigada a desviar o olhar.

– Não se incomode em responder – murmurou ela.

– Não volte a falar nela.

Sem perceber, Caroline recuou um passo, chocada com a dor crua na voz dele.

– Desculpe – sussurrou Caroline.

– Pelo quê?

– Não sei – disse ela, hesitante em mencionar a noiva dele de novo depois do modo como ele reagira. – Pelo que quer que o tenha deixado infeliz.

Blake a encarou com interesse. Ela parecia sincera, o que o surpreendeu. Ele não havia sido nem um pouco educado com ela nos últimos dias. Mas antes que pudesse penar em uma resposta, eles ouviram o marquês entrar no corredor.

– Sinceramente, Ravenscroft – comentou James –, você não pode contratar mais alguns criados?

Blake abriu um sorriso ao ver o elegante marquês de Riverdale equilibrando uma bandeja de chá.

– Se eu conseguisse encontrar outro criado em quem pudesse confiar, eu o contrataria na hora. De qualquer forma, assim que completar meus deveres com o Departamento de Guerra, a discrição dos meus criados não será mais essencial.

– Então ainda está determinado a se desligar?

– Precisa perguntar?

– Acho que ele está dizendo que sim – comentou James com Caroline. – Embora com Ravenscroft, nunca se saiba. Ele tem o terrível hábito de responder a perguntas com outras perguntas.

– Sim, já percebi – murmurou Caroline.

Blake se afastou da parede.

– James?

– Blake?

– Cale-se.

James sorriu.

– Srta. Trent, por que não passamos à sala de visitas? O chá deve restabelecer pelo menos um pouco da sua voz. Quando já estiver conseguindo falar sem sentir dor, talvez possamos descobrir que diabo fazer com a senhorita.

Blake fechou os olhos por um momento, enquanto Caroline seguia atrás de James, e ouviu a voz rouca dela dizendo:

– Você deve me chamar de Caroline. Já dei permissão ao Sr. Ravenscroft para fazer o mesmo.

Blake esperou um pouco antes de segui-los. Precisava de um instante de solidão para organizar os pensamentos. Ou pelo menos tentar. Nada parecia claro no que dizia respeito a *ela*. Ele sentira uma onda de alívio tão grande quando descobrira que Carlotta De Leon na verdade não era Carlotta De Leon.

Caroline. O nome dela era Caroline. Caroline Trent. E ele não estava se sentindo atraído por uma traidora.

Blake balançou a cabeça, abatido. Como se esse fosse o único problema com o qual precisava lidar no momento. Que diabo deveria fazer com ela? Caroline Trent era esperta, muito esperta. Isso já ficara bem claro. E ela odiava Oliver Prewitt o bastante para levá-lo diante da lei. Talvez fosse necessário um pouco de persuasão para ajudá-la a superar a aversão que sentia por espionagem, mas não muito. Afinal, Prewitt havia mandado o filho violá-la. Caroline não era o tipo de mulher que dava a outra face depois de uma coisa dessas.

A solução óbvia era mantê-la ali em Seacrest Manor. A jovem com certeza estava cheia de informações que eles poderiam usar contra Prewitt. Era pouco provável que ela tivesse algum conhecimento dos negócios ilegais dele, mas com um interrogatório bem-feito, ele e James conseguiriam desencavar pistas que ela provavelmente nem tinha noção de que sabia. Ou pelo menos Caroline Trent poderia passar a eles a disposição dos cômodos de Prewitt Hall – uma informação valiosa caso ele e James resolvessem invadir a casa.

Mas se a jovem era uma contribuição tão boa à equipe deles, por que ele se sentia tão relutante em lhe pedir para ficar?

Blake sabia a resposta. Só não queria olhar fundo o bastante dentro da própria alma para admitir isso.

Ele se amaldiçoou por ser tão covarde, virou-se e saiu em direção à porta da frente. Precisava de um pouco de ar.

– O que acha que está detendo nosso bom amigo Blake?

Caroline ergueu os olhos ao ouvir o som da voz de James, enquanto servia o chá para ele.

– Ele certamente não é meu bom amigo – retrucou.

– Ora, eu não o chamaria de seu inimigo.

– Não, ele não é um inimigo. Só não acho que amigos amarram amigos à coluna da cama.

James engasgou com o chá.

– Caroline, você não tem ideia.

– De qualquer forma, a questão é irrelevante – comentou ela, relanceando o olhar para a janela. – Ele está caminhando lá fora.

– O quê? – James se levantou do sofá em um pulo e atravessou a sala. – Maldito covarde.

– Ele com certeza não está com medo de *mim* – brincou ela.

James virou a cabeça para encará-la, os olhos fixos no rosto dela com tanta intensidade que Caroline se sentiu desconfortável.

– Talvez esteja – murmurou James, por fim, mais para si mesmo do que para ela.

– Milorde?

James balançou a cabeça, como se para clarear as ideias, mas não deixou de encará-la.

– Eu lhe disse para me chamar de James. – Ele deu um sorriso travesso. – Ou de "caro amigo" se achar James muito informal.

Caroline bufou de um jeitinho bem feminino.

– As duas formas de tratamento são muito informais, como você bem sabe. No entanto, dada a situação pitoresca em que me encontro, parece tolice criar caso por isso.

– Uma mulher eminentemente prática – disse ele com um sorriso. – O melhor tipo.

– Sim, bem, meu pai era do ramo do comércio – brincou Caroline. – É preciso ser prático para ter sucesso nesse tipo de trabalho.

– Ah, sim, é claro. Comércio. Você está sempre me lembrando disso. Que tipo de comércio?

– Construção naval.

– Entendo. Você deve ter crescido perto da costa então.

– Sim. Em Portsmouth, até meu... *Por que* está me olhando desse jeito estranho?

– Desculpe. Eu a estava encarando?

– Sim – respondeu ela, de forma direta.

– É só que você me lembra alguém que conheci. Não na aparência. Nem mesmo nos maneirismos. É mais uma... – Ele inclinou a cabeça, como se buscasse a palavra certa. – É mais uma semelhança de espírito, se é que isso existe.

– Ah – retrucou Caroline, sem encontrar mais nada para dizer. – Entendo. Espero sinceramente que ela fosse uma boa pessoa.

– Ah, sim. Uma ótima pessoa. Mas não se incomode com isso. – James atravessou de novo o quarto e se sentou na cadeira perto de Caroline. – Andei pensando muito na sua situação.

Caroline deu um gole no chá.

– É mesmo?

– Sim. Acho que você deveria ficar aqui.

– Não tenho problema com isso.

– Nem por causa da sua reputação?

Caroline deu de ombros.

– Como você disse, sou prática. O Sr. Ravenscroft já mencionou que os criados dele são discretos. E minhas outras opções são voltar para Oliver...

– O que, na verdade, não é uma opção de forma nenhuma – interrompeu-a James –, a menos que você queira terminar casada com o filho estúpido dele.

Ela assentiu enfaticamente.

– Ou posso voltar ao meu plano original.

– Que era?

– Eu tinha pensado em buscar trabalho numa estalagem.

– Não é exatamente a mais segura das perspectivas para uma mulher sozinha.

– Eu sei – concordou Caroline –, mas de fato não tinha escolha.

James esfregou o queixo, pensativo.

– Estará mais segura aqui, em Seacrest Manor. Com certeza não vamos devolvê-la a Prewitt.

– O Sr. Ravenscroft ainda não concordou em me deixar ficar – lembrou Caroline ao marquês. – E esta é a casa dele.

– Ele vai concordar.

Caroline achou que James estava sendo um pouco confiante demais. Mas então voltou a lembrar que ele não sabia sobre o beijo que ela e Blake haviam trocado. Blake parecera não ter ficado nada satisfeito com tudo o que acontecera.

James se virou subitamente para encará-la.

– Vamos querer que nos ajude a levar seu tutor diante da lei.

– Sim, o Sr. Ravenscroft me disse isso.

– Ele não lhe disse para chamá-lo de Blake?

– Sim, mas por algum motivo parece muito...

Íntimo. A palavra ficou pairando na mente dela, assim como a imagem do rosto dele. Sobrancelhas escuras, a linha elegante do maxilar, um sorriso que raramente aparece... ah, mas quando aparece...

Era de fato embaraçoso como o sorriso dele era capaz de deixá-la tão eufórica, pensou Caroline.

E o beijo então! Santo Deus, aquele beijo a fizera sentir coisas que provavelmente não eram boas para sua sanidade. Blake se inclinara na direção dela e Caroline simplesmente congelara, hipnotizada pelo olhar intenso dele. Se Blake não tivesse estragado o momento chamando-a de Carlotta, só Deus sabia o que ela o teria deixado fazer.

O mais incrível é que ele também parecera gostar do beijo. Percy sempre dissera que ela era a terceira garota mais feia de Hampshire, mas a verdade é que Percy não passava de um tolo e o gosto dele sempre fora mais para louras robustas...

– Caroline?

Ela levantou a cabeça depressa.

Os lábios de James estavam curvados em um sorriso divertido.

– Você está sonhando acordada.

– Ah. Lamento muito. Eu ia dizer apenas que o Sr. ... ahn ... quero dizer, que Blake e eu já conversamos sobre eu ajudar a prender Oliver. Devo dizer que é bastante desconcertante saber que ele talvez seja enforcado como consequência direta do meu envolvimento, mas se, como vocês dizem, ele vem realizando atividades de alta traição...

– É verdade. Tenho certeza disso.

Caroline franziu o cenho.

– Oliver é um homem desprezível. Foi cruel o bastante para mandar Percy me atacar, mas colocar milhares de soldados britânicos em perigo... não consigo nem imaginar.

James sorriu lentamente.

– Prática e patriótica. Você, Caroline Trent, é preciosa.

Se Blake pensasse assim...

Caroline pousou a xícara sobre o pires ruidosamente. Não gostava do rumo que seus pensamentos estavam tomando no que dizia respeito a Blake Ravenscroft.

– Ah, veja – disse James, levando-se subitamente –, nosso anfitrião errante está de volta.

– Como?

James gesticulou na direção da janela.

– Ele parece ter mudado de ideia. Talvez tenha decidido que nossa companhia na verdade não é tão ruim assim.

– Ou talvez seja apenas por causa da chuva – retorquiu Caroline. – Começou a chuviscar.

– É verdade. A Mãe Natureza está claramente do nosso lado.

Um minuto depois, Blake entrou na sala de visitas, os cabelos escuros úmidos.

– Riverdale – bradou –, andei pensando sobre ela.

– *Ela* está na sala – lembrou Caroline ironicamente.

Se Blake a ouviu, ignorou-a.

— Ela precisa partir — retorquiu Blake.

Antes que Caroline pudesse protestar, James cruzou os braços e disse:

— Discordo. Totalmente.

— É perigoso demais. Não farei uma mulher arriscar a própria vida.

Caroline não estava certa se deveria se sentir lisonjeada ou ofendida. Decidiu-se por "ofendida" — a abordagem dele parecia tender mais para uma opinião desabonadora sobre o gênero feminino como um todo do que para uma preocupação exagerada com o bem-estar dela.

— Não acha que essa é uma decisão que eu devo tomar? — argumentou ela.

— Não — disse Blake, finalmente mostrando reconhecer sua presença.

— Blake pode ser um pouco superprotetor com as mulheres — comentou James, quase como um aparte.

Blake encarou o amigo com irritação.

— Não permitirei que ela seja morta.

— Ela não será morta — retrucou James.

— E como sabe disso? — quis saber Blake.

James riu.

— Porque, meu caro rapaz, tenho confiança de que *você* não permitirá isso.

— Não seja condescendente comigo — grunhiu Blake.

— Peço desculpas pelo meu "caro rapaz", mas você sabe que falei a verdade.

— Há algo aqui que eu precise saber? — perguntou Caroline, a cabeça indo de um homem para o outro.

— Não — respondeu Blake, taxativo, mantendo o olhar fixo em um ponto alguns centímetros acima da cabeça dela.

Que diabo devia fazer com ela? Era perigoso demais para Caroline ficar ali. Precisava se certificar de que ela partisse antes que fosse tarde demais.

Mas a jovem já despertara aquela parte de Blake que ele gostava de manter quieta. A parte que se importava. E a razão pela qual ele não queria que ela ficasse era simples: Caroline Trent o assustava. Ele gastara uma grande quantidade de energia emocional mantendo distância de mulheres que despertassem nele qualquer outra sensação além de desinteresse ou desejo.

Caroline era esperta. Era inteligente. E era atraente demais. E Blake a queria bem longe de Seacrest Manor. Já tentara se envolver profundamente com outra mulher antes. E isso quase o destruíra.

– Ah, maldição – disse ele, por fim. – Ela fica então. Mas quero que vocês dois saibam que desaprovo completamente.

– Você já deixou isso bem claro – ironizou James.

Blake o ignorou e arriscou um olhar na direção de Caroline. Má ideia. Ela sorriu para ele, um sorriso de verdade, que iluminou todo o rosto dela e parecia tão terrivelmente *doce*, e...

Blake praguejou baixinho. Sabia que estava cometendo um erro. O modo como Caroline sorria para ele, como se realmente acreditasse ser capaz de iluminar os cantos mais distantes do coração dele....

Santo Deus, ela o apavorava.

CAPÍTULO 6

in.con.se.quên.cia (substantivo). Aquilo que não é consequente. Poucas coisas são mais perturbadoras do que uma sensação perceptível de inconsequência, a não ser, talvez, o embaraço que se sente ao se tentar expressar essa sensação em palavras.

– Do dicionário pessoal de Caroline Trent

Caroline estava tão encantada por ter recebido permissão para permanecer em Seacrest Manor que só na manhã seguinte se deu conta de uma questão bastante pertinente: não tinha nenhuma informação para compartilhar. Não sabia nada sobre os negócios ilegais de Oliver.

Resumindo, ela era inútil.

Ah, eles ainda não haviam percebido isso. Blake e James provavelmente achavam que ela tinha todos os segredos de Oliver muito bem organizados na mente, mas a verdade era que não sabia de nada. E seus "anfitriões" logo descobririam isso. Então ela estaria de volta ao ponto de partida.

O único modo de evitar ser jogada no frio era se tornar útil. Talvez se ajudasse com os cuidados da casa e do jardim, Blake a deixasse ficar em Seacrest Manor mesmo depois de perceber que ela não tinha nada a oferecer ao Departamento de Guerra. Não que ela precisasse de um lar permanente – precisava apenas de um lugar para se esconder por seis semanas.

– O que fazer... o que fazer... – perguntou-se Caroline, enquanto andava sem rumo pela casa à procura de alguma tarefa adequada.

Precisava encontrar uma atividade que consumisse tempo, algo que exigisse a presença dela por alguns dias, talvez por uma semana. A essa altura ela já teria conseguido convencer Blake e James de que era uma hóspede educada e agradável.

Caroline entrou na sala de música e correu a mão pela madeira lisa do piano. Era uma pena que não soubesse tocar – o pai sempre tivera a intenção de contratar um professor para ela, mas morrera antes de poder colocar o plano em prática. E nem era preciso dizer que os tutores de Caroline nunca haviam se dado o trabalho de procurar o tal professor.

Caroline levantou a tampa do piano e apertou uma das teclas brancas, sorrindo ao ouvir o som que produziu. A música tinha a capacidade de iluminar uma manhã inteira. Não que os toquezinhos dela pudessem ser chamados de música sem insultar seriamente uma infinidade de grandes compositores, mas, ainda assim, Caroline se sentiu melhor por ter se arriscado.

Tudo de que precisava agora para animar de verdade aquele dia era levar um pouco de luz àquele cômodo. A sala de música obviamente ainda não fora ocupada naquela manhã, já que as cortinas permaneciam muito bem fechadas. Ou talvez ninguém a usasse com regularidade e a mantivesse fechada para que o sol não estragasse o piano. Como nunca possuíra qualquer instrumento musical, Caroline não teria como saber se a luz do sol em excesso poderia ser prejudicial.

De qualquer forma, decidiu que uma manhã de sol não poderia fazer tão mal, por isso foi até a janela e abriu as cortinas de tecido adamascado. E logo foi recompensada com uma vista absolutamente esplêndida.

Rosas. Centenas delas.

– Não tinha percebido que essa sala ficava bem abaixo do meu quarto – murmurou, abrindo a janela e colocando a cabeça para fora para ver melhor.

Aquele devia ser o roseiral que via da janela do quarto.

Ao examinar o jardim com mais atenção, viu que estava certa. As roseiras haviam sido bastante negligenciadas e estavam altas demais, bem como se lembrava, e, de relance, Caroline notou algo branco fora do alcance que se parecia muito com o pequeno pássaro de papel que fizera. Ela se inclinou mais para a frente a fim de ver melhor. Humm... Provavelmente conseguiria alcançá-lo pelo lado de fora.

Alguns minutos mais tarde, Caroline estava com o pássaro de papel na mão e examinava o roseiral pelo outro lado.

– Vocês estão precisando urgentemente de poda – comentou em voz alta.

Alguém lhe dissera certa vez que as flores reagiam bem a conversas, e Caroline sempre levara o conselho ao pé da letra. Não era difícil conversar com elas quando se tinha tutores como os dela. As flores fatalmente se saíam melhor na comparação.

Caroline levou as mãos ao quadril, inclinou a cabeça e avaliou os arredores. O Sr. Ravenscroft não teria coragem de expulsá-la de casa enquanto ela estivesse organizando o jardim dele, não é? E o local carecia desesperadamente de organização. Além das roseiras, havia madressilvas que também precisavam ser podadas, sebes que tinham que ser aparadas e um arbusto de adoráveis flores roxas que Caroline não conhecia o nome, mas que estava convencida de que se beneficiariam muito da plena luz do sol.

Estava claro que o jardim precisava dela.

Após tomar a decisão, Caroline voltou determinada para casa e se apresentou à governanta que, por incrível que parecesse, não se mostrou nem um pouco surpresa com a presença dela ali. A Sra. Mickle ficou entusiasmada com os planos de Caroline para o jardim, e a ajudou a encontrar um par de luvas de trabalho, pá e as tesouras compridas de podar.

Caroline se entregou à tarefa com grande entusiasmo e vigor, cortando aqui, aparando ali, conversando consigo mesma – e com as flores – o tempo todo.

– Pronto. Você ficará muito mais feliz sem – *zip* – este galho, e tenho certeza de que você ficará muito melhor se for aparada – *clip* – bem aqui.

Depois de um tempo, porém, as tesouras de podar começaram a parecer pesadas, e Caroline resolveu pousá-las na grama e transplantar o arbusto florido para outro ponto mais ensolarado. No entanto, parecia prudente cavar um novo buraco para a planta antes de transplantá-la, por isso ela examinou o terreno e escolheu um belo local que seria visível das janelas.

Mas, então, Caroline viu outras adoráveis plantas floridas. Essas eram pontilhadas de flores rosa e brancas, mas ela achou que poderiam estar ainda mais cheias. O jardim poderia se tornar uma encantadora profusão de flores se alguém se desse o trabalho de cuidar bem dele.

— Essas também precisam de sol — disse Caroline. E cavou mais alguns buracos. E mais outros, só para garantir. — Esses devem bastar.

Ela suspirou, satisfeita, inclinou-se sobre o arbusto de flores roxas que a cativara a princípio e começou a cavar.

Blake fora para a cama de mau humor e acordara na manhã seguinte se sentindo ainda pior. Aquela missão — aquela última missão, se ele tivesse algo a dizer a respeito — acabara sendo um fiasco. Um pesadelo. Um desastre ambulante com olhos azul-esverdeados.

Por que o filho estúpido de Prewitt escolhera logo aquela noite para atacar Caroline Trent? *Por que* ela tivera que fugir da casa de Oliver justo na noite em que ele, Blake, estava à espreita para capturar Carlotta De Leon? E o pior de tudo: como diabo ele conseguiria se concentrar em entregar Oliver Prewitt à justiça com Caroline em seus calcanhares?

Ela era uma tentação constante e um lembrete doloroso de tudo o que fora roubado de Blake. Alegre, inocente e otimista, Caroline era tudo o que estivera faltando há tempos no coração dele. Desde que Marabelle fora morta, na verdade. Toda aquela maldita situação parecia provar a existência de um poder superior — cujo único propósito era deixar Blake Ravenscroft completa e irrevogavelmente insano.

Ele saiu do quarto pisando firme, a expressão sombria.

— Sempre animado, pelo que posso ver.

Blake ergueu os olhos e viu James parado no fim do corredor.

— Você fica escondido nos cantos escuros só para me atormentar? — grunhiu.

James riu.

— Tenho pessoas mais importantes a atormentar do que você, Ravenscroft. Estava só a caminho do café da manhã.

— Andei pensando sobre *ela*.

— Não estou surpreso.

– Que diabo quer dizer com isso?

James deu de ombros com a expressão mais inocente possível.

A mão de Blake desceu pesadamente sobre o ombro do amigo.

– Diga-me – ordenou.

– É só que você olha para ela de uma certa maneira... – retrucou James, retirando a mão de Blake de seu ombro e deixando-a cair.

– Não seja estúpido.

– Tenho muitos defeitos, mas a estupidez nunca esteve entre eles.

– Você é louco.

James ignorou o comentário.

– Ela parece uma ótima moça. Talvez você devesse conhecê-la melhor.

Blake se virou para o amigo, furioso.

– Ela não é do tipo que se *conhece melhor* – rugiu, as últimas palavras pronunciadas em tom de desprezo. – A Srta. Trent é uma dama.

– Eu nunca disse o contrário. Pelo amor de Deus, o que achou que eu estava sugerindo?

– Riverdale – censurou Blake.

James apenas acenou com a mão no ar.

– Eu só estava pensando que já faz um tempo desde que você cortejou uma mulher, e como ela está convenientemente aqui, em Seacrest Manor...

– Não tenho nenhum interesse romântico em Caroline – rebateu Blake secamente. – E mesmo se tivesse, você sabe que nunca me casarei.

– *Nunca* é uma palavra muito forte. Nem mesmo eu saio por aí dizendo que nunca me casarei, e Deus sabe que tenho mais razões para evitar a instituição do que você.

– Não comece, Riverdale – avisou Blake.

James o encarou com firmeza.

– Marabelle está morta.

– Acha que não sei? Acha que não me lembro disso cada maldito dia da minha vida?

– Talvez esteja na hora de você *parar* de se lembrar disso cada maldito dia da sua vida. Já se passaram cinco anos, Blake. Quase seis. Pare de se penitenciar por um crime que você não cometeu.

– O diabo que não cometi! Eu deveria tê-la impedido. Sabia que era perigoso. Sabia que ela não deveria...

– Marabelle tinha um gênio forte – comentou James com uma gentileza surpreendente. – Você não teria conseguido impedi-la. Ela tomava as próprias decisões. Sempre foi assim.

– Jurei protegê-la – disse Blake em voz baixa.

– Quando? – perguntou James com um tom impertinente. – Não me lembro de ter comparecido ao casamento de vocês.

Em meio segundo Blake tinha o amigo imprensado contra a parede.

– Marabelle era minha noiva – grunhiu alto. – Eu jurei *a mim mesmo* que a protegeria e, no meu ponto de vista, essa promessa vale muito mais do que qualquer outra que eu faça diante de Deus e da Inglaterra.

– Marabelle não está aqui. Caroline está.

Blake soltou James abruptamente.

– Que Deus nos ajude.

– Precisamos mantê-la em Seacrest Manor até ela estar livre da tutela de Prewitt – disse James, esfregando o ombro no ponto onde Blake o agarrara. – É o mínimo que podemos fazer depois de você sequestrá-la e amarrá-la à coluna da cama. Amarrou-a à coluna da cama, hein? Eu gostaria de ter visto isso.

Blake o encarou com tamanha ferocidade que teria acuado um tigre.

– Além disso – acrescentou James –, ela pode muito bem se provar útil.

– Não quero *usar* uma mulher. A última vez que fizemos isso em nome do Departamento de Guerra, a mulher em questão acabou morta.

– Pelo amor de Deus, Ravenscroft, o que pode acontecer a Caroline aqui em Seacrest Manor? Ninguém sabe que ela está na casa, e não temos a intenção de mandá-la em missões. Ela vai ficar bem. Com certeza mais segura do que estaria se a deixássemos por conta própria.

– Caroline ficaria melhor se a mandássemos ficar com um dos meus parentes – resmungou Blake.

– Ah, e como você vai explicar isso? Alguém vai querer saber como você acabou responsável pela tutelada de Oliver Prewitt e, então, qualquer esperança de manter isso em segredo será destruída.

Blake grunhiu mais uma vez, irritado. James estava certo. Não poderia permitir que sua ligação com Caroline Trent se tornasse pública. Se queria protegê-la de Prewitt, precisava fazer isso ali, em Seacrest Manor. Era isso ou abandoná-la à própria sorte. Blake estremeceu ao pensar no que aconteceria com ela, sozinha nas ruas de Portsmouth, o lugar para onde Caroline ia quando ele a sequestrara. Portsmouth era uma cidade portuária cheia de marinheiros – estava longe de ser o ambiente mais seguro para uma jovem.

– Vejo que compreendeu meu ponto de vista – comentou James.

Blake assentiu brevemente.

– Muito bem, então. Vamos tomar o café da manhã? Eu me peguei salivando ao pensar em uma das omeletes da Sra. Mickle. Podemos discutir o que fazer com nossa adorável hóspede durante a refeição.

Blake deixou James descer as escadas na frente, mas, quando chegaram ao primeiro andar, não havia sinal de Caroline.

– Acha que ela dormiu até tarde? – perguntou James. – Imagino que devesse estar cansada depois da provação por que passou.

– Não foi uma provação.

– Para você talvez não tenha sido, mas a pobre moça foi raptada.

– A "pobre moça", como você tão docemente colocou, me fez correr em círculos por dias. Se alguém passou por uma provação fui eu – declarou Blake com firmeza.

Enquanto discutiam a ausência de Caroline, a Sra. Mickle entrou na sala com uma travessa de ovos mexidos. Ela sorriu e disse:

– Ah, aqui está você, Sr. Ravenscroft. Conheci sua nova hóspede.

– Ela estava aqui?

– Que moça adorável! Tão educada.

– Caroline?

– É muito bom conhecer uma pessoa jovem com um temperamento tão afável. Fica claro que lhe ensinaram boas maneiras.

Blake apenas ergueu a sobrancelha.

– A Sra. Trent foi criada por lobos.

A Sra. Mickle deixou os ovos caírem no chão.

– O quê?

Blake fechou os olhos – faria qualquer coisa para não ver gemas de ovos espalhadas por suas botas perfeitamente engraxadas.

– O que eu quis dizer, Sra. Mickle, foi que ela poderia muito bem ter sido criada por lobos, se levarmos em conta a corja de tutores a que foi submetida.

Àquela altura, a governanta estava abaixada no chão com um guardanapo na mão, tentando limpar a bagunça.

– Ah, pobrezinha... – disse a mulher, obviamente preocupada. – Não fazia ideia de que a infância dela tinha sido tão difícil. Terei que lhe preparar uma sobremesa especial esta noite.

Os lábios de Blake se abriram em consternação enquanto tentava se lembrar da última vez que a Sra. Mickle fizera o mesmo por ele.

James, que estivera sorrindo para si mesmo na porta da sala, se adiantou e perguntou:

– Tem ideia do paradeiro dela, Sra. Mickle?

– Acredito que esteja trabalhando no jardim com algumas ferramentas.

– Ferramentas? Que tipo de ferramentas? – A mente de Blake se encheu com imagens terríveis de árvores mutiladas e plantas destruídas. – Onde ela encontrou ferramentas?

– Eu lhe dei.

Blake se virou e saiu da sala depressa.

– Que Deus nos ajude!

༄

Blake não estava preparado para o que viu.

Buracos.

Buracos grandes, escancarados, por todo o gramado antes impecável. Ou pelo menos Blake achara que era impecável. Na verdade, nunca prestara muita atenção nisso. Mas sabia que, com certeza, o gramado não tinha *esta* aparência, com montes de terra tingindo a grama de marrom. Ele não viu Caroline, mas sabia que ela devia estar ali.

– O que você fez? – urrou Blake.

Uma cabeça surgiu de trás de uma árvore.

– Sr. Ravenscroft?

– O que está fazendo? Isto está um desastre. E você – disse Blake para James, que não deixara escapar nem um som –, pare de rir.

Caroline saiu de trás da árvore, o vestido todo sujo de terra.

– Estou ajeitando o seu jardim.

– Você está ajeitando o meu... Você está *o quê*? Isso não parece nem um pouco ajeitado para mim.

– Não vai parecer tão maravilhoso até eu terminar meu trabalho, mas quando eu terminar...

– Seu trabalho? Tudo o que vejo é uma dúzia de buracos.

– Duas dúzias.

– Eu não teria dito isso, se fosse você – comentou James de uma distância segura.

Caroline enfiou a ponta da pá na terra e se apoiou nela enquanto voltava a falar com Blake.

– Depois que ouvir minha explicação, estou certa de que entenderá...

– Não vou entender nada!

– Sim – suspirou –, os homens não costumam entender.

Blake começou a olhar ao redor do jardim, a cabeça virando depressa de um lado para outro enquanto tentava avaliar o estrago.

– Vou ter que chamar um especialista em Londres para reparar o desastre que você causou. Santo Deus, mulher, você vai me custar uma maldita fortuna!

– Não seja tolo – retrucou ela. – Esses buracos estarão preenchidos até a noite. Estou apenas transplantando suas plantas floridas para um lugar onde peguem sol. Vão se sair muito melhor. A não ser pelas não-me-toques, é claro – acrescentou Caroline, apontando para as lindas flores rosa e brancas plantadas perto da casa. – Aquelas adoram a sombra.

– Eu diria, Ravenscroft, que talvez você devesse deixá-la continuar – opinou James.

– Elas irão pegar muito mais sol – explicou Caroline. – Os botões estão murchando antes de terem a chance de desabrochar.

James se virou para Blake e disse:

– Tenho a impressão de que ela sabe o que está fazendo.

– Não me importo se ela tem uma porcaria de doutorado em jardinagem. Isso não lhe dá o direito de arrebentar com o meu jardim.

Caroline apoiou a mão livre no quadril. Estava começando a ficar mais do que irritada com a atitude dele.

– Não me parece que você dava muita importância ao jardim antes de eu começar a trabalhar nele.

– E por que pensa assim?

– Qualquer um com um mínimo de bom senso em jardinagem teria ficado arrasado com o estado de suas roseiras – zombou ela –, e as sebes estão implorando para serem aparadas.

– Não toque nas minhas sebes – avisou ele.

– Eu não planejava fazer isso. Elas estão tão altas que eu não conseguiria alcançar o topo, de qualquer forma. Eu ia pedir para *você* fazer isso.

Blake se virou para James.

– Eu realmente concordei que ela ficasse?

James assentiu.

– Maldição.

– Eu só estava tentando ajudar – disse ela, irritando-se com os insultos dele.

Blake olhou para ela, depois para os buracos.

– Ajudar?

– Achei que seria educado pagar pela minha estadia.

– Pagar pela sua estadia? Você levaria dez anos depois desse estrago!

Caroline tentara manter seu temperamento sob controle. Na verdade, vinha se parabenizando mentalmente por permanecer tão tranquila e animada diante da raiva dele.

Mas chegara ao limite.

– O senhor – explodiu ela, mal resistindo à ânsia de jogar a pá nele – é o homem mais rude e mais mal-educado do mundo!

Ele ergueu a sobrancelha.

– Você com certeza pode fazer melhor que isso.

– Posso – grunhiu Caroline –, mas estou na companhia de uma pessoa educada.

– Não está se referindo a Riverdale, não é? – indagou Blake com uma risada, enquanto virava a cabeça na direção do amigo sorridente. – Ele é a companhia menos educada que eu conheço.

– No entanto – interrompeu-o o marquês –, eu teria concordado com a dama na avaliação que ela fez do seu caráter, Ravenscroft. – Ele se virou para Caroline. – Ele é um bruto.

– Que Deus me proteja de vocês dois – resmungou Blake.

– O mínimo que você poderia fazer era me dizer obrigado – disse Caroline, bufando.

– Obrigado?!

– De nada – retrucou ela rapidamente. – Então, gostaria de me ajudar a transplantar essas roseiras agora?

– Não.

James se adiantou.

– Eu ficaria encantado em ajudá-la.

– É muito gentil da sua parte, milorde – falou Caroline com um sorriso radiante.

Blake encarou o amigo com severidade.

– Temos trabalho a fazer, Riverdale.

– Temos?

– Trabalho importante – Blake praticamente rugiu.

– O que poderia ser mais importante do que ajudar uma dama que está trabalhando sob o sol quente?

Caroline se virou para Blake com um sorriso questionador e um brilho travesso nos olhos.

– Sim, Sr. Ravenscroft, o que poderia ser mais importante?

Blake encarou-a com a mais profunda incredulidade. Ela era uma hóspede em sua casa – uma hóspede! –, e não apenas havia esburacado seu jardim, como também o estava repreendendo como se Blake fosse um aluno rebelde. E Riverdale, que supostamente era o melhor amigo dele, estava parado ao lado dela, sorrindo como um idiota.

– Eu enlouqueci – murmurou Blake. – Enlouqueci, ou vocês enlouqueceram, ou talvez o mundo todo tenha enlouquecido.

– Meu voto é em você – implicou James. – Estou absolutamente são, e a Srta. Trent não mostra sinais de desequilíbrio mental.

– Não acredito nisso. Simplesmente não acredito. – Blake jogou os braços para o alto e saiu pisando firme. – Esburacar o jardim inteiro! Acrescentar uma nova ala à casa! O que importa a minha opinião? Eu sou apenas o proprietário deste lugar.

Caroline se virou para James com uma expressão preocupada, enquanto Blake desaparecia de vista.

– Acha que ele está muito zangado?

– Em uma escala de um a dez?

– Ahn... se acha que o humor dele poderia ser medido por essa escala.

– Não poderia.

Caroline mordeu o lábio inferior.

– Tive medo disso.

– Mas eu não me preocuparia – disse James, com um aceno tranquilizador de mão. – Ele vai ficar bem. Ravenscroft não está acostumado a ter a vida perturbada. Ele é meio rabugento, mas não é totalmente irracional.

– Tem certeza?

James assumiu a pergunta como retórica e pegou a pá das mãos dela.

– Agora vamos – falou ele –, diga-me o que precisa que eu faça.

Caroline o instruiu a cavar sob o arbusto de flores roxas e ajoelhou para observar o trabalho.

– Preste atenção para não quebrar as raízes – orientou. Então voltou a falar um instante depois: – Por que acha que ele está sempre tão zangado comigo?

James ficou um tempo sem dizer nada, e a pá permaneceu imóvel nas mãos dele, que obviamente ponderava sobre como responder à pergunta.

– Ele não está zangado com você – disse por fim.

Ela deu uma risadinha.

– Por certo não estamos falando da mesma pessoa agora.

– É sério. Ele não está zangado com você. – James empurrou a ponta da pá mais fundo na terra. – Está é com medo.

Caroline começou a tossir tanto que James precisou bater nas costas dela. Quando recuperou o fôlego, ela indagou:

– O que foi que disse?

Houve outro longo momento de silêncio, então James voltou a falar:

– Ele já foi noivo.

– Eu sei.

– Sabe o que aconteceu?

Ela fez que não com a cabeça.

– Só sei que ela morreu.

– Blake a amava mais do que a própria vida.

Caroline engoliu em seco, surpresa pela dor que apertou seu coração ao ouvir a declaração de James.

– Eles se conheciam da vida inteira – continuou ele. – E trabalharam juntos para o Departamento de Guerra.

– Ah, não... – lamentou Caroline, levando a mão à boca.

– Marabelle foi morta por um traidor. Ela assumiu uma missão no lugar de Blake, que estava doente. – James parou para secar o suor da testa. – Ele a proibiu terminantemente de ir, mas Marabelle nunca foi do tipo que dava ouvidos a ultimatos. Ela apenas riu e disse a ele que o veria mais tarde naquela noite.

Caroline voltou a engolir em seco, mas o movimento não aliviou o aperto que sentia na garganta.

— Pelo menos a família dela pôde se consolar com o fato de ela ter morrido pelo país – arriscou Caroline.

James balançou a cabeça.

— Eles não souberam. Disseram a eles... a todos... que Marabelle havia morrido em um acidente de caça.

— Eu... não sei o que dizer.

— Não há nada a dizer. Ou a fazer. Esse é o problema. – James desviou o olhar por um momento, os olhos fixos em algum ponto no horizonte, então perguntou: – Lembra que eu lhe disse que você me recordava alguém?

— Sim – respondeu Caroline devagar, o horror começando a transparecer em seus olhos. – Ah, não... não ela.

James assentiu.

— Não sei bem o motivo, mas é ela que você me lembra.

Caroline mordeu o lábio e baixou os olhos. Santo Deus, fora por isso que Blake a beijara? Porque ela lembrava a noiva morta dele? De repente, Caroline se sentiu pequena e insignificante. E muito pouco desejável.

— Na verdade, não é nada de mais – disse James, claramente preocupado com a expressão infeliz dela.

— Eu nunca assumiria um risco desses – assegurou Caroline. – Não se eu tivesse alguém que amasse. – Ela se interrompeu, emocionada. – Não se eu tivesse alguém que me amasse.

James tocou a mão dela.

— Esses últimos anos foram solitários para você, não é mesmo?

Mas Caroline não estava pronta para comentários solidários.

— O que aconteceu com Blake? – perguntou com determinação. – Depois que ela morreu.

— Ele ficou devastado. Bebeu por três meses. Blake se culpava.

— Sim, estou certa disso. Ele é o tipo de homem que assume a responsabilidade por todos, não é?

James assentiu.

— Mas com certeza ele agora entende que não foi culpa dele.

— Racionalmente, talvez, mas não no coração.

Houve uma longa pausa em que os dois ficaram de olhos baixos. Quando Caroline enfim falou, sua voz saiu em um sussuro e com uma hesitação que não lhe era característica:

– Acredita mesmo que ele me acha parecida com ela?

James balançou a cabeça, negando.

– Não. Você não se parece com ela. Na verdade, Marabelle era muito loura, com olhos azul-claros e...

– Então por que você disse...

– Porque é raro encontrar uma mulher com tanta personalidade.

Quando Caroline se calou, James sorriu e acrescentou:

– A propósito, isso foi um elogio.

Caroline curvou os lábios em algo que ficava a meio caminho entre uma careta e um sorriso seco.

– Obrigada, então. Mas ainda não entendo por que ele está sendo tão agressivo.

– Considere a situação do ponto de vista dele. Primeiro, Blake pensou que você fosse uma traidora, da mesma raça do canalha que matou Marabelle. Então, se viu na posição de seu protetor, o que certamente o faz se lembrar de como falhou com a noiva.

– Mas ele não falhou com ela!

– É claro que não – retrucou James. – Mas Blake não pensa assim. Além do mais, é óbvio que ele acha você atraente.

Caroline ruborizou e no mesmo instante ficou furiosa consigo mesma por ter uma reação.

– Acho que isso é o que mais o assusta – continuou James. – E se, na pior das hipóteses, ele se apaixonasse por você?

Caroline não via isso como a pior das hipóteses, mas guardou o pensamento para si.

– Consegue imaginar de quantos modos ele acharia que estaria traindo Marabelle caso isso acontecesse? Blake não conseguiria viver consigo mesmo.

Ela não sabia o que dizer em resposta, por isso apenas apontou para o buraco no chão e disse:

– Coloque a planta aqui.

James assentiu.

– Vai contar a ele sobre o nosso diálogo? – perguntou.

– É claro que não.

– Ótimo!

E James fez o que ela pedia.

CAPÍTULO 7

di:a.crí.ti.co *(adjetivo). Distintivo, característico.*
Não se pode negar que uma ausência total de ordem é a marca diacrítica do jardim do Sr. Ravenscroft.

– Do dicionário pessoal de Caroline Trent

No fim do dia, Caroline conseguira que o jardim estivesse do jeito que imaginava que devia ser. James concordou com ela e a elogiou por sua excelente noção de paisagismo. Blake, por outro lado, não conseguiu ser convencido a proferir sequer um resmungo de elogio. Na verdade, o único ruído que deixou escapar foi uma espécie de gemido estrangulado que soava um pouco como:

– Minhas rosas.

– Suas rosas tinham saído do controle – retrucou Caroline, muito exasperada com o homem.

– Eu gostava delas fora do controle – disparou ele de volta.

E fora isso. Mas Blake a surpreendera encomendando dois vestidos novos para substituir o que ela trouxera de Prewitt Hall. O pobre trapo já passara por provações demais – Caroline fora sequestrada com ele, dormira com ele por dias e o arrastara na lama. Ela não sabia bem quando ou onde Blake conseguira dois vestidos, mas eles pareciam lhe cair bem, por isso Caroline agradeceu educadamente e não reclamou de a bainha estar arrastando um pouco no chão.

Ela jantou no quarto, pois não estava disposta a se envolver em outra disputa de egos com seu anfitrião rabugento. Além disso, conseguira agulha e linha com a Sra. Mickle e queria encurtar um pouco as novas vestimentas.

Como o verão estava no auge, o sol permaneceu no céu até bem depois de Caroline terminar de comer sua refeição da noite e, quando seus dedos começaram a ficar cansados, ela deixou a costura de lado e foi até a janela. As sebes estavam aparadas, e as rosas, podadas à perfeição – ela e James claramente tinham feito um excelente trabalho com o jardim. Caroline sentiu orgulho de si mesma como não experimentava havia muito tempo, ou seja, não se percebia assim desde a última vez que tivera o prazer de começar e completar uma tarefa que despertava seu interesse.

Mas Caroline não estava convencida de que Blake passara a apreciar o valor dela como uma hóspede prestativa e cortês. Na verdade, estava quase certa de que ele não achava nada disso. Assim, no dia seguinte, teria que encontrar outra tarefa a realizar, de preferência alguma que levasse um pouco mais de tempo.

Blake dissera que ela poderia permanecer em Seacrest Manor até completar 21 anos, e Caroline não tinha a menor intenção de permitir que ele voltasse atrás na promessa.

Na manhã seguinte Caroline explorava Seacrest Manor com a barriga cheia. A Sra. Mickle, que passara a ser a grande defensora dela, a encontrara no salão de café da manhã e se dedicara a alimentá-la com uma profusão de delícias e guloseimas. Omeletes, linguiça, torta de rim – Caroline nem reconheceu alguns dos pratos dispostos no aparador. A Sra. Mickle parecia ter preparado comida para um batalhão.

Depois do café da manhã, Caroline se dedicou a encontrar uma nova atividade para mantê-la ocupada enquanto estivesse ali. Espiou vários cômodos até enfim encontrar a biblioteca. Não era grande como as bibliotecas das propriedades maiores, mas armazenava algumas centenas de volumes. As lombadas de couro cintilavam à luz da manhã, e o cômodo tinha o aroma de limão da madeira recém-limpa. Porém, ao examinar as estantes mais de perto, descobriu que os livros não seguiam nenhum critério de arrumação.

Voilá!

– Ele obviamente precisa que os livros sejam organizados em ordem alfabética – disse Caroline para o cômodo vazio.

Ela tirou uma pilha de livros da estante, pousou-os no chão e examinou os títulos devagar.

– Não sei como ele consegue se entender nesse caos – falou Caroline, empilhando mais livros no chão. – É claro que não há necessidade de eu ordenar estas pilhas agora – acrescentou, com um gesto amplo de mão.

– Terei bastante tempo para fazer isso depois que terminar de esvaziar todas as prateleiras. Afinal, passarei mais cinco semanas aqui.

Ela parou para examinar um volume aleatório. Era um tratado de matemática.

– Fascinante – murmurou, folheando as páginas para dar uma olhada na prosa incompreensível. – Meu pai sempre me disse para aprender mais aritmética.

Caroline riu. Era incrível como uma pessoa podia trabalhar devagar quando se dedicava a isso.

―

Quando Blake desceu para o café da manhã, encontrou um banquete como nunca vira desde que fora morar em Seacrest Manor. Essa refeição costumava ser para ele um prato de ovos fritos, uma fatia ou duas de presunto e uma torrada fria. Aqueles itens estavam todos em evidência, mas acompanhados de rosbife, de linguado e de uma variedade de doces e tortas que o deixaram zonzo.

A Sra. Mickle encontrara uma nova inspiração culinária, e Blake não tinha dúvidas de que o nome dessa inspiração era Caroline Trent.

Ele resolveu não se permitir ficar irritado com o modo como a governanta estava escolhendo favoritos na casa e decidiu apenas encher o prato e aproveitar o banquete. Blake estava saboreando a mais deliciosa torta de morango quando James entrou no salão.

– Bom dia para você – disse o marquês. – Onde está Caroline?

– E eu lá sei? Mas metade do presunto se foi, por isso imagino que ela já tenha passado por aqui.

James assobiou.

– A Sra. Mickle com certeza se superou essa manhã, não é mesmo? Você deveria ter hospedado Caroline mais cedo.

Blake dirigiu um olhar irritado ao amigo.

– Ora, precisa admitir que sua governanta nunca se esforçou tanto para manter *você* tão bem alimentado.

Blake imaginou que teria respondido de forma absolutamente seca e cortante, mas, antes que pudesse pensar em alguma tirada genial, os dois ouviram um estrondo, seguido de um gritinho feminino de... surpresa? Ou de dor? Fosse o que fosse, sem dúvida partira de Caroline, e o coração de Blake disparou enquanto ele saía correndo na direção da biblioteca e abria a porta de supetão.

Ele achara que havia ficado chocado ao ver o jardim esburacado no dia anterior, mas o que via agora era pior.

– Que diabo está acontecendo? – perguntou em um sussurro, estarrecido demais para conseguir falar em um tom de voz normal.

– O que aconteceu? – quis saber James, entrando apressado logo atrás de Blake. – Ah, meu santo Deus! O que é isso?

Caroline estava sentada no meio da biblioteca, cercada de livros. Ou talvez fosse mais correto dizer que ela estava esparramada no chão, coberta de livros. Uma escadinha baixa jazia ao lado dela, e havia altas pilhas de livros sobre cada mesa e uma boa porção deles ainda no tapete.

Na verdade, não havia mais um volume sequer nas estantes. Era como se a hóspede de Blake tivesse conseguido conjurar um furacão com o único propósito de destruir a biblioteca.

Caroline ergueu os olhos para eles e piscou algumas vezes.

– Imagino que vocês estejam um pouco curiosos.

– Ahn... sim – retrucou Blake.

Ele achou que deveria estar gritando com ela por algum motivo, mas não sabia bem qual, e ainda estava um pouco surpreso demais para conseguir pensar em uma boa tirada.

– Pensei em colocar seus livros em ordem.

– Sim – comentou ele devagar, tentando avaliar o tamanho da confusão. – Eles parecem mesmo muito arrumados.

Atrás dele, James deixou escapar uma risadinha abafada. Caroline apoiou as mãos no quadril e disse:

– Não deboche!

– Nosso Ravenscroft nem sonharia em debochar de você – disse James. – Não é mesmo, Blake?

Blake balançou a cabeça.

– Eu nem sonharia em fazer isso.

Caroline encarou os dois com severidade.

– Um de vocês poderia se oferecer para me ajudar a levantar.

Blake estava prestes a se afastar para o lado para deixar Riverdale passar, mas o marquês o empurrou para a frente até ele se ver obrigado a estender a mão à Caroline, caso contrário pareceria bastante rude.

– Obrigada – disse ela, ficando de pé desajeitadamente. – Lamento pelo... Ai! – Ela se inclinou para a frente nos braços de Blake, e por um momento ele conseguiu esquecer quem era e o que fizera e apenas saborear a sensação de tê-la tão perto.

– Está machucada? – perguntou, em um tom brusco, e estranhamente relutante em soltá-la.

– Meu tornozelo. Devo tê-lo torcido quando caí.

Blake olhou para ela com uma expressão divertida.

– Essa não é outra péssima tentativa sua de nos forçar a deixá-la permanecer aqui, é?

– É claro que não! – rebateu Caroline, claramente ofendida. – Como se eu fosse me machucar de propósito... – Ela pareceu envergonhada. – Ah, sim, eu quase feri minha garganta outro dia, não é?

Ele assentiu, os cantos da boca se curvando em um sorriso.

– Sim, ora, mas tive uma ótima razão... Ah, você estava implicando comigo, não é mesmo?

Ele assentiu de novo.

– É difícil dizer, sabe?

– Difícil dizer o quê?

– Quando você está brincando – retrucou ela. – Pois passa a maior parte do tempo muito sério.

– Você não vai poder apoiar o pé com esse tornozelo torcido – disse Blake abruptamente. – Pelo menos até o inchaço diminuir.

Caroline voltou a falar em um tom suave:

– Você não respondeu a minha pergunta.

– Você não me fez uma pergunta.

– Não? Acho que não fiz mesmo. Mas você mudou de assunto.

– Um cavalheiro não gosta de conversar sobre como ele é sério.

– Sim, eu sei. – Ela suspirou. – Vocês gostam de falar sobre jogos de carta, cães de caça e cavalos e sobre quanto dinheiro perderam na mesa de carteado na noite anterior. Ainda não conheci um homem confiável. A não ser meu querido pai, é claro.

– Não somos todos assim tão ruins – comentou Blake, virando-se em busca do apoio de James, mas ele havia desaparecido.

– O que aconteceu com o marquês? – perguntou Caroline, inclinando o pescoço.

– O diabo que eu sei. – Ele enrubesceu ao se lembrar das boas maneiras. – Desculpe o meu linguajar.

– Você não parecia ter problemas em praguejar na frente de Carlotta De Leon.

– Imagino que a verdadeira Carlotta De Leon poderia *me* ensinar algumas coisas sobre praguejar.

– Não sou tão delicada quanto pareço – disse ela, dando de ombros. – Meus ouvidos não vão queimar se ouvirem um xingamento ocasional. E Deus sabe que minha língua não caiu por dizer isso.

Os lábios dele se curvaram com relutância em um sorriso sincero.

– Está dizendo, Srta. Caroline Trent, que não é uma dama até o último fio de cabelo?

– Muito pelo contrário – retrucou ela, astuciosa. – Sou uma dama de todas as maneiras. Apenas sou uma dama que... ahn... ocasionalmente usa uma linguagem não tão apropriada.

Blake deixou escapar uma risada inesperada.

– Meus tutores nem sempre eram os homens mais circunspectos – explicou ela.

– Entendo.

Caroline inclinou a cabeça e o encarou, pensativa.

– Você deveria rir com mais frequência.

– Há muitas coisas que eu deveria fazer com mais frequência – admitiu ele.

Caroline não sabia como reagir àquele comentário.

– Ahn... será que deveríamos tentar encontrar o marquês?

– É óbvio que ele não quer ser encontrado.

– Por que não?

– Não tenho a menor ideia – respondeu Blake, em um tom que deixava claro que ele sabia muito bem o motivo do amigo. – Riverdale é ótimo em desaparecer quando quer.

– Suponho que isso seja útil na linha de trabalho de vocês.

Blake não respondeu. Não tinha a menor vontade de conversar com ela sobre o trabalho no Departamento de Guerra. As mulheres tendiam a achar as façanhas dele empolgantes e glamourosas, e Blake sabia que não eram nada disso. Não havia empolgação nem glamour na morte.

Caroline enfim quebrou o silêncio:

– Estou certa de que já pode me soltar agora.

— Consegue andar?

— É claro que... ai!

Ela mal conseguiu dar um passo antes de voltar a uivar de dor. Blake a ergueu nos braços na mesma hora e disse:

— Eu a carregarei até a sala de visitas.

— Mas meus livros! – protestou Caroline.

— Acredito que sejam *meus* livros – lembrou ele com um sorrisinho –, e direi a um dos criados que venha arrumá-los de volta.

— Por favor, não faça isso. Eu mesma os arrumarei.

— Perdoe-me por dizer isso, Srta. Trent, mas você não consegue nem andar. Como planeja reorganizar a biblioteca?

Caroline virou a cabeça para olhar o caos que criara enquanto ele a carregava para fora do cômodo.

— Não pode deixá-los onde estão por alguns dias? Prometo que arrumarei tudo assim que meu tornozelo sarar. Tenho grandes planos para a biblioteca, entende?

— É mesmo? – perguntou Blake, desconfiado.

— Sim, pensei em deixar todos os seus tratados científicos juntos, e em agrupar as biografias em uma estante, e... bem, acho que já entendeu a ideia. Será muito mais fácil para você encontrar o livro que desejar.

— Certamente terá que ser mais fácil do que é agora, com tudo espalhado pelo chão.

Caroline o encarou com severidade.

— Estou lhe fazendo um tremendo favor. Se não consegue ser grato, pelo menos poderia tentar não ser tão *ingrato*.

— Muito bem, declaro minha absoluta e eterna gratidão.

— Isso não está soando muito sincero – resmungou ela.

— Não foi – admitiu Blake –, mas terá que servir. Aqui estamos. – Ele a colocou sentada no sofá. – Vamos levantar um pouco a sua perna?

— Não sei. Nunca torci o tornozelo antes. É isso que se deve fazer?

Ele assentiu e empilhou almofadas macias sob a perna dela.

— Reduz o inchaço.

— Não me importa o inchaço. É a dor que eu quero diminuir.

— As duas coisas andam juntas.

— Ah! Quanto tempo terei que permanecer assim?

— Pelo menos até o fim do dia, eu acho. Talvez amanhã também.

– Hum... Isso é péssimo. Acho que você não me conseguiria uma xícara de chá, não é?

Blake recuou e a encarou.

– Tenho cara de enfermeira?

– De forma nenhuma – retrucou ela, claramente disfarçando uma risada. – Mas a Sra. Mickle foi até o vilarejo depois de preparar aquele maravilhoso café da manhã, só Deus sabe onde está o mordomo, e acho que seu valete não sabe preparar o chá.

– Se eu posso preparar, ele com certeza também pode – resmungou Blake.

– Ah, ótimo! – exclamou ela, batendo palmas. – Então vai preparar para mim?

– Imagino que sim. E como diabo você já está se dando tão bem com meus criados em apenas um dia?

Ela deu de ombros.

– Na verdade, conheci apenas a sua governanta. Você sabia que ela tem uma neta de 9 anos que mora no vilarejo? A Sra. Mickle comprou uma linda boneca para a menina como presente de aniversário. Eu teria adorado uma boneca como aquela quando era pequena.

Blake balançou a cabeça, perplexo. A Sra. Mickle trabalhava para ele há quase três anos e nunca mencionara que tinha uma neta.

– Voltarei logo com o chá – disse Blake.

– Obrigada. E não se esqueça de fazer o bastante para que você também possa tomar.

– Não me juntarei a você.

Caroline pareceu desanimada na mesma hora.

– Não?

– Não, eu... – Blake gemeu. Já combatera os criminosos mais ardilosos do mundo, mas se via impotente diante de um franzir de cenho dela. – Muito bem, eu a acompanharei no chá, mas ficarei pouco tempo.

– Fantástico. Estou certa de que será ótimo para você. Vai descobrir que chá faz maravilhas pela sua disposição.

– Pela minha disposição!

– Esqueça que eu disse isso – murmurou ela.

A Sra. Mickle não estava à vista quando Blake chegou à cozinha. Depois de chamá-la por cerca de um minuto, ele se lembrou de que Caroline dissera que a governanta fora à cidade.

– Mulher impossível – murmurou Blake, sem saber direito se estava se referindo a Caroline ou à Sra. Mickle.

Blake colocou água para ferver e procurou o chá nos armários. Diferente da maior parte dos homens em sua posição, sabia se virar em uma cozinha. Soldados e espiões precisavam com frequência aprender a cozinhar, se quisessem comer, e Blake não era exceção. Refeições sofisticadas não faziam parte do repertório dele, mas conseguia preparar uma bandeja de chá e biscoitos. Principalmente porque a Sra. Mickle já assara os biscoitos. Blake só precisou colocá-los em um prato.

Era muito estranho estar fazendo aquilo por Caroline Trent. Já fazia muito tempo que não cuidava de ninguém além de si mesmo, e havia algo de reconfortante em ouvir o assobio da chaleira e o borbulhar da água fervendo. Reconfortante e ao mesmo tempo inquietante. Preparar o chá, cuidar do tornozelo torcido dela... não eram atos tão íntimos, mas ainda assim Blake sentia que essas coisas o aproximavam mais de Caroline.

Ele lutou contra a ânsia de bater na própria cabeça. Estava ficando cada vez mais estupidamente filosófico. Não estava se tornando mais próximo de Caroline Trent, e com certeza não tinha nenhum desejo de fazer isso. Eles haviam trocado um beijo, e isso acontecera em um impulso imbecil da parte dele. Quanto a ela, provavelmente nunca tivera outra oportunidade. Poderia apostar a própria casa e fortuna que a jovem nunca fora beijada antes.

A água ferveu, e Blake a serviu em um bule de porcelana, sentindo o aroma delicioso quando o chá começou a encorpar. Depois de colocar uma pequena jarra de leite e um açucareiro na bandeja, ele pegou tudo e voltou para a sala de visitas. Blake na verdade não se importou em preparar o chá, havia algo bastante relaxante em executar aquela tarefa simples de vez em quando. Mas a Srta. Trent teria que enfiar naquela cabeça-dura que ele não iria bancar a enfermeira e atender a todos os seus caprichos e desejos enquanto ela estivesse morando em Seacrest Manor.

Não queria agir como um tolo apaixonado, não queria que Caroline Trent achasse que ele estava agindo como um tolo apaixonado, e certamente não queria que James o visse agindo como um tolo apaixonado.

Não importava que ele não estivesse nem um pouco apaixonado. James nunca o deixaria em paz.

Blake dobrou em um canto e entrou na sala de visitas, mas quando seus olhos pousaram no sofá, havia um ponto vazio no lugar onde Caroline deveria estar, e uma enorme bagunça no chão.

Então ele ouviu uma voz embaraçada dizer:

– Foi um acidente. Eu juro.

CAPÍTULO 8

sor.ver (verbo). Beber lentamente; dar um longo gole.
Descobri que quando um cavalheiro fica de mau humor, com frequência o melhor antídoto é convidá-lo a sorver uma xícara de chá.
– Do dicionário pessoal de Caroline Trent

Flores recém-colhidas estavam espalhadas pelo chão, um vaso de valor incalculável jazia ao lado delas, mas felizmente não quebrara, e havia uma mancha úmida encharcando o tapete Aubusson muito novo e muito caro de Blake.

– Eu só queria sentir o cheiro delas – disse Caroline de sua posição no chão.

– Era para você ficar quieta! – gritou Blake.

– Sim, eu sei, mas...

– Sem "mas!" – bradou ele, e abaixou-se para ver se o tornozelo dela não estava torcido de alguma maneira terrível.

– Não precisa gritar.

– VOU GRITAR SE EU... – Blake parou, pigarreou e continuou a falar com a voz controlada: – Vou gritar se eu quiser, maldição, e vou falar desse jeito se eu quiser. E se eu quiser sussurrar...

– Já entendi!

– Devo lembrar-lhe que esta é a *minha* casa, e que eu posso fazer o que quiser?

– Não é necessário – respondeu Caroline em tom afável.

A simpatia e o tom submisso dela o irritaram.

– Srta. Trent, se vai permanecer aqui...

– Estou extremamente grata por me deixar ficar – anunciou ela.

– Não me importa a sua gratidão...

– De qualquer modo, fico feliz em expressá-la.

Blake cerrou o maxilar.

– Precisamos estabelecer algumas regras.

– Ora, sim, é claro, o mundo precisa de algumas regras. Caso contrário, o caos se estabeleceria, e então...

– Pare de me interromper!

Ela ergueu a cabeça uma fração de milímetro.

– Acredito que *você* tenha acabado de *me* interromper.

Blake contou até cinco antes de dizer:

– Vou ignorar isso.

Os lábios dela se torceram de um modo que uma pessoa otimista talvez chamasse de sorriso.

– Acha que pode me dar uma mão?

Blake encarou-a, sem compreender.

– Preciso me levantar – explicou Caroline. – Meu... – Ela se interrompeu, pois não iria dizer àquele homem que seu traseiro estava ficando molhado. – Está úmido aqui – murmurou por fim.

Blake grunhiu alguma coisa que Caroline duvidou que tivesse sido dito para que ela compreendesse, e quase bateu com a xícara de chá, que ele claramente esquecera que estava carregando, sobre a mesa. Antes que Caroline tivesse tempo de se assustar com o barulho da bandeja, a mão direita dele estava esticada diante do rosto dela.

– Obrigada – disse Caroline com o máximo de dignidade que conseguiu reunir, que sem dúvida não era muito.

Ele a ajudou a voltar para o sofá.

– Não se levante de novo.

– Não, senhor. – Ela bateu uma continência exagerada, o que não pareceu ter nenhum efeito em melhorar o humor de Blake.

– Você nunca consegue falar sério?

– Como?

– Fazendo saudações jocosas, colocando todos os meus livros no chão, dobrando pássaros de papel... não consegue levar nada a sério?

97

Caroline estreitou os olhos e o observou agitar nervosamente os braços enquanto falava. Só o conhecia há poucos dias, mas era mais do que o suficiente para saber que aqueles rompantes de emoção não lhe eram característicos. Ainda assim, não gostou de ver suas tentativas de amizade e civilidade serem jogadas de volta em seu rosto como água suja do banho.

– Quer saber como eu defino *sério*? – perguntou ela em um tom baixo e furioso. – *Sério* é um homem ordenar ao filho que viole sua tutelada. *Sério* é uma jovem não ter para onde ir. *Sério não* é um vaso virado e um tapete molhado.

Ele apenas a encarou carrancudo em resposta, por isso Caroline acrescentou:

– E quanto à minha breve continência... estava apenas tentando ser amigável.

– Não quero que sejamos amigos – retrucou ele.

– Sim, já percebi.

– Você está aqui por duas razões e apenas por essas duas razões, e é melhor não se esquecer disso.

– Talvez você pudesse fazer a gentileza de me elucidar.

– Um: você está aqui para nos ajudar a capturar Oliver Prewitt. Dois... – Ele pigarreou e realmente enrubesceu antes de repetir a palavra. – Dois: você está aqui porque, depois de raptá-la sem que você desse nenhum motivo para isso, bem, tenho uma dívida com você.

– Ah, então supostamente não devo tentar ajudar na casa ou no jardim, nem ser simpática com os criados?

Blake a encarou com irritação, mas não respondeu. Caroline assumiu o silêncio como afirmação e assentiu de forma que teria deixado a rainha orgulhosa.

– Entendo. Nesse caso, talvez seja melhor você não me acompanhar no chá.

– Como assim?

– Tenho um hábito terrível, sabe?

– Só um?

– Um que poderia *ofendê-lo*, senhor – devolveu ela, o tom não muito gentil. – Quando tomo chá com outras pessoas, tendo a conversar com elas. E quando converso, costumo fazer isso de modo educado e simpático. E quando isso acontece...

– O sarcasmo não combina com você.

– E quando *isso* acontece – continuou Caroline, aumentando o tom de voz –, a consequência costuma ser das mais estranhas. Não o tempo todo, não se preocupe, e certamente não no seu caso, Sr. Ravenscroft, mas tenho certeza de que você não gostaria de arriscar.

– De arriscar o quê?

– Ora, de se tornar meu amigo.

– Ah, pelo amor de Deus – resmungou ele.

– Só faça a gentileza de empurrar a bandeja de chá na minha direção, por favor.

Blake a encarou por um momento antes de fazer o que ela pedira.

– Gostaria de uma xícara para levar quando sair?

– Não – disse ele em um tom malicioso. – Vou ficar.

– As consequências podem ser fatais.

– Acredito que as consequências poderiam ser ainda mais fatais para a minha mobília se eu a deixasse sozinha.

Caroline o encarou com severidade e pousou a xícara sobre o pires com força.

– Leite?

– Sim. Sem açúcar. E tente ser gentil com a porcelana. É herança de família. Agora que estou pensando nisso...

– Agora que está pensando no quê? – perguntou Caroline, irritada.

– Eu de fato deveria fazer alguma coisa em relação à mancha no tapete.

– Eu mesma limparia tudo – disse ela em um tom excessivamente doce –, mas você ordenou que eu não ajudasse com a casa.

Blake a ignorou, levantou-se e cruzou a porta aberta.

– Perriwick! – chamou.

Perriwick se materializou como se Blake o houvesse invocado.

– Sim, Sr. Ravenscroft?

– Nossa hóspede teve um pequeno acidente – explicou Blake, indicando a mancha úmida no tapete.

– Nossa hóspede invisível, o senhor quer dizer?

Caroline observava o mordomo com interesse indisfarçado. Tudo o que Blake disse foi:

– Como?

– Se me permite a impertinência de fazer uma dedução baseada em seu comportamento nos últimos dias, Sr. Ravenscroft...

– Vá direto ao ponto, Perriwick.

– O senhor claramente não quis tornar público que a Srta... ahn... Srta... devemos chamá-la de Srta. Invisível...

– Srta. Trent – Caroline apressou-se a esclarecer.

– ... que a Srta. Trent está aqui.

– Sim, ora, ela está aqui e ponto final – concordou Blake com irritação. – Você não precisa fingir que não a vê.

– Ah, não, Sr. Ravenscroft, ela está perfeitamente visível agora.

– Perriwick, ainda vou estrangulá-lo um dia desses.

– Não duvido, senhor. Mas se me permite a impertinência de...

– De *quê*, Perriwick?

– Só gostaria de perguntar se a visita da Srta. Trent a Seacrest Manor deve ser tornada pública agora.

– Não! – respondeu Caroline, bem alto. – Ou melhor, prefiro que mantenha essa informação para si. Pelo menos por mais algumas semanas.

– É claro – concordou Perriwick, fazendo uma elegante mesura. – Agora, se me derem licença, cuidarei do incidente com o tapete.

– Obrigado, Perriwick – disse Blake.

– Se me permite a impertinência, Sr. Ravenscroft...

– O que é agora, Perriwick?

– Gostaria apenas de sugerir que o senhor e a Srta. Trent talvez ficassem mais confortáveis se tomassem o chá em outro cômodo enquanto arrumo este.

– Ah, ele não está tomando chá comigo – informou Caroline.

– Estou, sim – afirmou Blake.

– Não entendo por quê. Você mesmo disse que não queria ter nenhum contato comigo.

– Isso não é totalmente verdade – devolveu Blake. – Gosto muito de irritá-la.

– Sim, *isso* está muito claro.

A cabeça de Perriwick virava de um lado para outro, como um espectador em um jogo de badminton, e então o homem sorriu.

– Você! – vociferou Blake, irritado, apontando para Perriwick. – Fique quieto.

O mordomo levou a mão ao coração em um gesto dramático de consternação.

– Se me permite a...

– Perriwick, você é o mordomo mais impertinente em toda a maldita Inglaterra, como bem sabe.

– Só pretendia perguntar – retrucou o mordomo, parecendo bastante orgulhoso de si – se gostariam que eu levasse a bandeja com o chá para outro cômodo. Caso não se lembre, sugeri que talvez ficassem mais confortáveis em outro lugar.

– É uma excelente ideia, Perriwick – concordou Caroline com um sorriso devastador.

– Srta. Trent, a senhorita sem dúvida é uma mulher de modos superiores, bom humor e mente astuta.

– Ah, pelo amor de Deus – resmungou Blake.

– Sem falar – continuou Perriwick – em seu extremo bom gosto e refinamento. Foi a senhorita a responsável pela adorável rearrumação do nosso jardim ontem?

– Sim – confirmou ela, encantada. – Gostou da nova disposição das plantas?

– Srta. Trent, o jardim agora é um claro reflexo da mão de uma pessoa com senso estético raro, uma disposição brilhante, com apenas um toque de impetuosidade.

Blake parecia capaz de chutar alegremente o mordomo até Londres.

– Perriwick, a Srta. Trent *não* é candidata à canonização.

– Lamentavelmente não – admitiu o mordomo. – Na verdade, não que eu nunca tenha considerado a igreja como um lugar de critérios impecáveis. Quando penso em algumas das pessoas que canonizaram, ora, eu...

A risada de Caroline encheu a sala.

– Perriwick, acho que amo você. Onde esteve durante toda a minha vida?

O mordomo sorriu com modéstia.

– Servindo o Sr. Ravenscroft, e o tio dele antes disso.

– Espero que o tio tenha sido um pouco mais animado do que ele.

– Ah, o Sr. Ravenscroft não foi sempre assim mal-humorado. Ora, quando ele era um rapaz...

– Perriwick – bradou Blake –, você está perigosamente perto de ser demitido sem referências.

– Sr. Ravenscroft! – disse Caroline em tom de reprovação. – Não pode nem pensar em...

– Ah, não se preocupe, Srta. Trent – interrompeu Perriwick. – Ele ameaça me demitir quase todo dia.

– Desta vez estou falando sério – afirmou Blake.

– Ele também diz isso todo dia – falou Perriwick, dirigindo-se a Caroline, que o recompensou com uma risadinha.

– Não estou achando graça nenhuma – anunciou Blake, mas ninguém pareceu ouvir.

– Vou levar isso para o outro cômodo – declarou Perriwick, voltando a colocar as xícaras na bandeja. – Deixarei a bandeja na sala verde, caso desejem ir para lá.

– Não dei nem um gole – murmurou Caroline, enquanto observava o mordomo desaparecer no corredor. – Ele é absolutamente... Ah!

Sem dizer nada, Blake a levantou nos braços e saiu apressado da sala.

– Se é chá que você quer – grunhiu –, então é chá que terá. Mesmo se eu tiver que seguir esse maldito mordomo até Bournemouth.

– Não sabia que você era capaz de ser tão agradável – comentou Caroline em um tom irônico.

– Não me provoque, Srta. Trent. Caso não tenha percebido, minha paciência está por um fio.

– Ah, eu percebi.

Blake a encarou incrédulo.

– É impressionante que ninguém tenha assassinado você até agora.

Ele atravessou o corredor pisando firme, com Caroline agarrada aos seus ombros, até chegarem à sala verde.

Não havia nem sinal da bandeja de chá.

– Perriwick! – chamou Blake.

– Ah, Sr. Ravenscroft! – exclamou o mordomo, de algum lugar.

– Onde está ele? – Caroline não pôde deixar de perguntar, enquanto virava a cabeça para olhar para trás.

– Só Deus sabe – murmurou Blake, então gritou: – Onde diabo... Ah, aí está você, Perriwick.

– Que susto você me deu – disse Caroline com um sorriso.

– É um dos meus talentos mais úteis – retrucou Perriwick da porta. – Tomei a liberdade de levar a bandeja para a sala azul. Achei que a Srta. Trent apreciaria a vista do oceano.

– Ah, não há nada que fosse me dar mais prazer – afirmou Caroline, obviamente encantada. – Obrigada, Perriwick. Você é tão atencioso!

Perriwick abriu um sorriso.

Blake ficou carrancudo.

– Há algo mais que eu possa fazer para deixá-la confortável, Srta. Trent? – perguntou o mordomo.

– Ela está ótima – grunhiu Blake.

– Claramente ela...

– Perriwick, a ala oeste não está pegando fogo?

O mordomo fez uma expressão confusa, cheirou o ar e encarou o patrão sem compreender.

– Não compreendi, senhor.

– Se não há um incêndio a ser apagado – disse Blake –, então com certeza você vai conseguir encontrar outra tarefa para realizar.

– Sim, é claro, Sr. Ravenscroft – respondeu o mordomo. E, com uma breve mesura, deixou a sala.

– Você não deve ser tão impaciente com ele – repreendeu Caroline.

– E você não deve me dizer como gerenciar a minha casa.

– Não estava fazendo nada disso. Só estava dizendo que você deveria ser uma pessoa mais gentil.

– Isso é ainda mais impertinente.

Caroline deu de ombros, tentando ignorar como seu corpo estava próximo do dele, enquanto Blake a carregava pela casa.

– Sou impertinente com frequência.

– Não é preciso estar em sua companhia por muito tempo para perceber isso.

Caroline permaneceu em silêncio. Ela provavelmente não deveria estar falando de forma tão abusada com seu anfitrião, mas sua boca tinha o hábito de formar palavras sem qualquer participação do cérebro. Além disso, Caroline tinha quase certeza agora de que seu lugar ali em Seacrest Manor estava seguro pelas próximas cinco semanas. Blake Ravenscroft talvez não a quisesse por perto – talvez nem sequer gostasse dela –, mas com certeza sentia-se culpado por tê-la raptado por engano, e o senso de honra dele exigia que garantisse a Caroline um lugar para ficar até estar a salvo das garras de Oliver Prewitt.

Caroline sorriu para si mesma. Um homem com senso de honra era mesmo uma coisa boa.

⌇

Várias horas mais tarde, Caroline ainda estava na sala azul, mas o cômodo não tinha mais do que uma semelhança passageira com a sala em que ela entrara mais cedo.

Perriwick, em seu desejo de deixar "a encantadora e graciosa Srta. Trent" o mais confortável e feliz possível, havia levado para lá várias bandejas de comida, uma seleção de livros e jornais, um conjunto de aquarelas e uma flauta. Quando Caroline avisara que não sabia tocar o instrumento, Perriwick se oferecera para ensiná-la.

Blake enfim perdera a paciência quando Perriwick, por fim, se oferecera para mover o piano para a sala azul – ou melhor, oferecera que Blake, que era bem mais jovem e forte do que ele, fizesse isso. A proposta já fora ruim o bastante, mas quando Caroline perguntara se Perriwick tocaria para ela, o mordomo respondera:

– Santo Deus, não sei tocar, mas estou certo de que o Sr. Ravenscroft ficaria feliz em entretê-la durante a tarde.

À essa altura, Blake jogara os braços para o alto e saíra pisando duro da sala, resmungando algo sobre como o mordomo nunca o tratara com tamanha gentileza e preocupação.

E desde então, Caroline não o vira mais. No entanto, ela conseguira se manter bastante entretida ao longo da tarde, comendo doces e folheando os exemplares mais recentes do *London Times*. Sinceramente, poderia se acostumar a uma vida daquela. Até o tornozelo já não doía tanto.

Estava encantada com as colunas sociais – não que tivesse qualquer ideia de quem eram as pessoas ali mencionadas, é claro, com exceção talvez do "Impetuoso e perigoso lorde R". que Caroline estava começando a desconfiar que talvez fosse seu novo amigo, James, quando o próprio marquês entrou na sala.

– Quanto tempo! – comentou ela. – Aceita um doce?

James passou os olhos pela sala com curiosidade indisfarçada.

– Arrumaram outro banquete sem que eu soubesse?

– Perriwick só quis se certificar de que eu me sentisse confortável – explicou Caroline.

– Ah, sim. Os criados parecem estar encantados com você.

– Isso está enlouquecendo Blake.

– Ótimo. – James pegou um doce do prato e continuou: – Sabe o que descobri?

– Não tenho ideia.

Ele levantou uma folha de papel.

– Você.

– Como assim?

– Seu tutor parece estar à sua procura.

– Ora, não estou surpresa – comentou ela, pegando o anúncio para examiná-lo. – Afinal, valho bastante dinheiro para ele. Ah, isso é engraçado.

– O quê?

– Isso. – Caroline apontou para o retrato desenhado dela que estava abaixo de uma manchete onde se lia: MOÇA DESAPARECIDA. – Foi Percy que fez o desenho.

– Percy?

– Sim, eu deveria ter imaginado que Oliver mandaria Percy fazer. Ele é sovina demais para gastar dinheiro com um artista de verdade.

James inclinou a cabeça e examinou o desenho com mais atenção.

– Não está muito parecido.

– Não, não está, mas suponho que Percy tenha feito isso de propósito. Ele na verdade tem bastante talento com a pena e o papel. Mas lembre-se: Percy, tanto quanto eu, não quer que eu seja encontrada.

– Rapaz tolo – murmurou James.

Caroline ergueu os olhos, surpresa, certa de que ouvira mal.

– Como?

– Percy. Está muito claro para mim pelo que você disse que não é provável que ele consiga ninguém melhor do que você. Se eu fosse ele, com certeza não teria reclamado da mulher escolhida por meu pai para ser minha futura noiva.

– Se você fosse Percy – disse Caroline em um tom irônico –, Percy seria um homem muito melhor.

James riu.

– Além do mais – acrescentou ela –, Percy acha que não sou nem um pouco atraente, que tenho um interesse mórbido por livros, e ele não parava de reclamar que eu não conseguia ficar quieta.

– Ora, você não consegue.

– Ficar quieta?

– Sim. Basta olhar para o seu tornozelo.

– Isso não tem nada a ver com...

– Isso tem tudo a ver com...

– Ora, ora – disse uma voz arrastada da porta. – Não estamos confortáveis?

James ergueu os olhos.

– Ah, bom dia, Ravenscroft.

– E onde foi que você se escondeu essa manhã?

James levantou o anúncio que trouxera da cidade.

– Fui investigar nossa Srta. Trent.

– Ela não é *nossa* Srta. Trent.

– Perdoe-me – disse James com um sorriso travesso. – Sua Srta. Trent.

Caroline imediatamente rebateu a ofensa.

– Não sou...

– Que conversa estúpida – interrompeu Blake.

– Exatamente o que eu penso – murmurou Caroline. Então apontou para o anúncio sobre ela e disse: – Olhe o que o marquês trouxe da cidade.

– Achei que tinha lhe dito para me chamar de James – redarguiu o marquês.

– Marquês está perfeito – resmungou Blake. – E que diabo é isso?

James entregou o papel ao amigo.

Blake afastou a folha na mesma hora.

– Esse desenho não se parece em nada com ela.

– Não acha? – perguntou James, a expressão angelical.

– Não. Qualquer tolo pode ver que o artista desenhou os olhos um pouco próximos demais, e a boca está toda errada. Se quisessem de fato capturar Caroline no papel, deveriam tê-la desenhado sorrindo.

– Acha mesmo? – perguntou Caroline, encantada.

Blake ficou carrancudo, claramente irritado consigo mesmo.

– Eu não me preocuparia com a possibilidade de alguém encontrá-la baseado *nisto*. Além do mais, ninguém sabe que está aqui, e não estou esperando convidados.

– É verdade – murmurou James.

– E por que alguém iria se importar? Nenhuma recompensa foi mencionada – acrescentou Blake.

– Nenhuma recompensa?! – exclamou Caroline. – Ora, aquele canalha... James riu alto, e até mesmo Blake, rabugento como era, teve que abrir um sorriso.

– Bem, não me importo – anunciou ela. – Não me importo mesmo por ele não oferecer recompensa. Na verdade, fico satisfeita. Estou muito mais feliz aqui do que quando estava com qualquer um dos meus tutores.

– Eu também estaria se Perriwick e a Sra. Mickle me tratassem como tratam você – comentou Blake com ironia.

Caroline se virou para ele com um sorriso travesso, a vontade de zombar do anfitrião era forte demais para ser ignorada.

– Ora, ora, não fique todo irritadinho só porque seus criados gostam mais de mim.

Blake começou a dizer alguma coisa, mas acabou caindo na gargalhada. Caroline sentiu uma felicidade instantânea se espalhar por seu corpo, como se seu coração reconhecesse que ela fizera algo muito bom ao provocar uma risada naquele homem. Precisava de Blake e do abrigo da casa dele, mas tinha a sensação de que ele talvez também precisasse só um pouquinho dela.

Blake era uma alma ferida, muito mais do que ela mesma. Caroline sorriu, encarando-o nos olhos, e murmurou:

– Gostaria que você risse com mais frequência.

– Sim – disse Blake, rabugento outra vez –, você já disse isso.

– Estou certa a esse respeito. – Em um impulso, ela deu um tapinha carinhoso na mão dele. – Admito que estou errada sobre muitas coisas, mas tenho certeza de que estou certa sobre isso. Um corpo não pode seguir em frente sem risadas, como vem acontecendo com o seu.

– E como sabe disso?

– Que um corpo não pode seguir em frente sem risadas ou que você não ria há muito, muito tempo?

– As duas coisas.

Caroline pensou por um momento, então respondeu:

– Quanto a você, ora, tudo o que posso dizer é que apenas sei. Você sempre parece um pouco surpreso quando ri, como se não esperasse poder se sentir feliz.

Blake arregalou os olhos de forma quase imperceptível e, sem pensar, sussurrou:

– Não espero.

– E quanto a sua outra pergunta... – continuou ela, e um sorriso triste e melancólico perpassou seu rosto. Houve um longo silêncio enquanto Caroline tentava pensar nas palavras certas. – Eu sei o que é não rir. Sei como dói.

– É mesmo?

– E sei que é preciso encontrar o riso e a paz onde for possível. Eu encontrei... – Ela ficou ruborizada. – Não importa.

– Não – disse ele, ansioso. – Conte-me.

Caroline olhou ao redor.

– O que aconteceu com o marquês? Ele parece ter desaparecido de novo.

Blake ignorou a pergunta. James tinha certo talento para desaparecer quando era conveniente. E não duvidava que o amigo estivesse bancando o cupido.

– Conte-me – repetiu ele.

Caroline encarou um ponto à direita do rosto dele, sem compreender por que se sentia tão compelida a desnudar a alma para aquele homem.

– Encontro minha paz no céu noturno. Foi algo que minha mãe me ensinou. Não passa de um truquezinho, mas... – Ela enfim encontrou o olhar dele. – Você provavelmente acha que é tolice.

– Não – disse Blake, com uma sensação muito cálida e muito estranha se avizinhando no coração. – Acho que talvez seja a coisa menos tola que ouvi em anos.

CAPÍTULO 9

cho.can.te *(adjetivo). Marcante de um modo ruim; afrontoso, ultrajante, deplorável.*

Minha boca mostra com frequência um chocante desprezo pela discrição, pela circunspecção e por qualquer tipo de bom senso.

– Do dicionário pessoal de Caroline Trent

O tornozelo de Caroline estava muito melhor no dia seguinte, embora ela ainda precisasse de uma bengala para caminhar. No entanto, terminar o trabalho na biblioteca estava fora de questão – já era desajeitada o bastante sem tentar mover enormes pilhas de livros equilibrando-se em um pé só. Não havia como dizer que tipo de confusão poderia criar enquanto estivesse com os movimentos comprometidos por um tornozelo inchado.

No jantar do dia anterior, James mencionara que ela talvez pudesse desenhar uma planta baixa de Prewitt Hall. Blake, que não estivera nada comunicativo durante a refeição, grunhira em concordância quando Caroline perguntara se ele achava que era uma boa ideia. Ansiosa para impressionar seus anfitriões, ela se sentou diante de uma escrivaninha no quarto azul e começou a desenhar.

Porém, reproduzir a planta baixa acabou se provando mais difícil do que imaginara, e logo o chão estava cheio de pedaços de papel amassados com desenhos que Caroline considerara inaceitáveis. Depois de trinta minutos de tentativas infrutíferas, ela finalmente declarou em voz alta e para si mesma:

– Tenho uma nova visão dos arquitetos e um respeito renovado por eles.

– Como?

Caroline ergueu os olhos envergonhada por ter sido pega falando sozinha. Blake estava parado na porta, mas ela não saberia dizer se ele tinha achado engraçado ou se estava irritado.

– Estava só falando sozinha – balbuciou.

Ele sorriu, e Caroline percebeu, aliviada, que Blake achara graça.

– Sim, isso ficou bem claro – comentou ele. – Estava falando algo sobre arquitetos, acredito?

– Estou tentando desenhar uma planta de Prewitt Hall para você e para o marquês, mas não consigo fazer com que saia direito – explicou Caroline.

Blake foi até a escrivaninha e se inclinou sobre o ombro dela para examinar o esboço.

– Qual é o problema?

– Parece que não consigo desenhar os cômodos do tamanho certo. Eu... Eu...

Ela engoliu em seco. Blake estava perto demais, e o perfume dele trouxe de volta memórias poderosas do beijo roubado deles. Ele cheirava a sândalo, hortelã e a mais alguma coisa que ela não conseguia identificar.

– Sim? – instou ele.

– Eu... ahn... ora, você entende, é muito difícil desenhar com exatidão as formas e os tamanhos dos cômodos. – Ela apontou para o diagrama que fizera. – Comecei a ordenar todos os cômodos a oeste do salão principal e achei que tinha conseguido organizá-los direito...

Blake se inclinou mais para perto, o que fez Caroline perder o fio do pensamento.

– Então o que houve? – indagou ele.

Ela engoliu em seco outra vez.

– Então cheguei ao último cômodo antes da parede sul e percebi que não tinha deixado espaço suficiente. – Caroline apontou com o dedo sem luva para o cômodo minúsculo no fundo. – Parece apenas um closet aqui, mas na verdade é maior do que *este* cômodo – falou, apontando para outro quadrado no mapa.

– Que cômodo é esse?

– Este? – perguntou Caroline, o dedo ainda sobre o quadrado maior.

– Não, o que você disse que deveria ser maior.

– Ah, essa é a sala de visitas da ala sul. Não sei muito sobre esse outro a não ser que deve ser maior do que o que estou mostrando. Eu não tinha permissão para entrar nele.

O fato imediatamente despertou a atenção de Blake.

– É mesmo?

Ela assentiu.

– Oliver o chamava de Casa dos Tesouros, o que sempre achei meio tolo, já que não era uma casa, mas apenas um cômodo.

– Que tipo de tesouros ele mantinha ali?

– Isso é que é estranho – retrucou Caroline. – Não sei. Sempre que ele comprava algo novo, o que fazia com frequência e eu tendia a acreditar que ele estava usando o meu dinheiro... – Ela se interrompeu, confusa, pois perdera completamente o rumo dos pensamentos.

– Quando ele comprava algo novo... – ajudou Blake, com o que pensou ser uma paciência extraordinária.

– Ah, sim – continuou ela. – Ora, quando Oliver comprava algo novo, ele gostava de ficar falando a respeito e admirando a compra por semanas. E sempre se certificava de que Percy e eu também a admirássemos. Ou seja, se ele comprava um candelabro novo, era certo que o objeto seria exposto na sala de jantar. E se comprasse um jarro de valor incalculável, então... ora, estou certa de que você entendeu o que estou querendo dizer. Não seria nada característico dele comprar algo raro e caro e deixar escondido.

Como Blake não disse nada, ela acrescentou:

– Estou me perdendo, não é?

Ele encarou o mapa com atenção, então voltou-se para ela.

– E você diz que ele mantém esse cômodo trancado?

– O tempo todo.

– E Percy também não tem permissão para entrar ali?

Ela fez que não com a cabeça.

– Acho que Oliver não tem muito respeito por Percy.

Blake exalou, sentindo uma onda de empolgação familiar percorrer seu corpo. Era em momentos como aquele que se lembrava do motivo pelo qual se envolvera com o Departamento de Guerra, e por que permanecera com eles por tantos anos, mesmo tendo lhe custado tanto.

Blake percebera há muito tempo que gostava de resolver problemas, de encaixar pecinhas de um quebra-cabeça até a imagem inteira se formar em sua mente. E Caroline Trent acabara de lhe contar onde Oliver Prewitt escondia seus segredos.

– Caroline – disse Blake sem pensar –, eu poderia beijá-la.

Ela o encarou com intensidade.

– Poderia?

Mas a mente de Blake já seguira adiante e ele não só não ouvira Caroline, como nem sequer percebera que dissera que poderia beijá-la. Já estava pensando naquele cantinho de Prewitt Hall, e lembrando que o vira do lado de fora quando estivera espiando a casa, avaliando a melhor maneira de entrar, e...

– Sr. Ravenscroft!

Ele piscou e ergueu os olhos para Caroline.

– Achei que tinha lhe dito para me chamar de Blake – disse, distraído.

– Já fiz isso – retrucou ela. – Três vezes.

– Ah. Lamento muito. – Ele voltou a baixar os olhos para o mapa que ela fizera e a ignorou de novo.

Caroline torceu os lábios em uma careta que era um misto de irritação e divertimento, então pegou a bengala e foi em direção à porta. Blake estava tão concentrado nos próprios pensamentos que provavelmente nem teria percebido que ela saíra. Mas quando a mão de Caroline já tocava a maçaneta, ela ouviu a voz dele.

– Quantas janelas há nesse cômodo?

Caroline se virou, confusa.

– Como?

– Esse cômodo secreto de Prewitt. Quantas janelas ele tem?

– Não sei bem. É óbvio que não entrei nele, mas conheço o terreno e... deixe-me pensar. – Caroline começou a apontar com o dedo enquanto contava mentalmente as janelas do lado de fora de Prewitt Hall. – Muito bem então, há três janelas no salão de jantar – murmurou ela – e duas no... Uma! – exclamou.

– Só uma janela? Em um cômodo de quina?

– Não, quis dizer que há apenas uma janela na parede oeste, mas na parede sul... – Os dedos dela voltaram a contar no ar. – Lá também há apenas uma.

– Excelente – comentou Blake, basicamente para si mesmo.

– Mas você terá muita dificuldade para entrar, se essa é a sua intenção.

– Por quê?

– Prewitt Hall não foi construída em terreno plano – explicou Caroline. – A casa se inclina para baixo a sul e a leste. Por isso, nesse canto, há uma boa parte da fundação à mostra. Como eu era a responsável pelo jardim, plantei alguns arbustos de flores para escondê-las, é claro, mas...

– Caroline...

– Sim – respondeu Caroline, constrangida, encerrando a divagação. – O que quero dizer é que as janelas ficam bem acima do nível do chão. Seria muito difícil escalar até chegar nelas.

Ele deu um sorrisinho torto para ela.

– Onde há vontade, Srta. Trent, há caminho.

– Acredita mesmo nisso?

– Que tipo de pergunta é essa?

Caroline enrubesceu e desviou o olhar.

– Do tipo intrusiva, eu suponho. Por favor, esqueça que perguntei.

Houve um longo silêncio, durante o qual Blake a encarou de um modo bastante desconfortável, até enfim perguntar:

– A que altura do chão?

– O quê? Ah, as janelas. Cerca de três metros, três metros e meio, imagino.

– Três metros? Ou três metros e meio?

– Não sei bem.

– Maldição – murmurou ele.

Blake parecia tão desapontado que Caroline teve a sensação de que acabara de perder uma guerra para a Grã-Bretanha.

– Não gosto de ser o elo fraco – disse para si mesma.

– O que quis dizer com isso?

Ela arrastou a bengala contra o chão.

– Venha comigo.

Ele acenou com a mão, dispensando-a, e voltou a examinar a planta.

Caroline descobriu que não gostava muito de ser ignorada por aquele homem. *BANG!* Ela bateu com a bengala contra o chão.

Blake ergueu os olhos, surpreso.

– O que houve?

– Quando eu disse "Venha comigo", estava querendo dizer agora.

Blake ficou apenas encarando-a por um instante, claramente perplexo com a atitude inédita dela, tão autoritária. Por fim, ele cruzou os braços, olhou para ela como um pai faria com uma filha pequena e disse:

– Caroline, se você vai ser parte dessa operação pelas próximas semanas...

– *Cinco* semanas – lembrou ela.

– Sim, sim, é claro, mas você vai ter que aprender que nem sempre seus desejos podem vir em primeiro lugar.

Caroline achou que estava sendo tratada de forma muito condescendente e gostaria de ter dito isso a ele, mas as palavras que saíram de sua boca foram:

– Sr. Ravenscroft, o senhor não tem a menor ideia de quais são meus desejos.

Ainda sentado, Blake esticou o corpo todo e um brilho diabólico que ela nunca vira antes surgiu em seus olhos.

– Ora, ora – disse ele em um tom arrastado –, isso não é inteiramente verdade.

Caroline teve a sensação de que seu rosto ardia em chamas.

– Boca idiota, idiota – murmurou ela –, sempre dizendo...

– Está falando comigo? – perguntou ele, sem se incomodar em disfarçar o sorriso, as sobrancelhas erguidas.

Não restava nada a fazer senão encarar a situação.

– Estou extremamente envergonhada, Sr. Ravenscroft.
– É mesmo? Não percebi.
– E se o senhor fosse um cavalheiro de verdade – afirmou ela – teria...
– Mas nem sempre sou um cavalheiro – interrompeu ele. – Só quando me interessa.

Claramente não lhe interessava ser um cavalheiro naquele momento. Caroline murmurou mais algumas palavras incompreensíveis baixinho, então disse:

– Pensei em irmos até lá fora para compararmos a altura dessas janelas com as de Prewitt Hall.

Blake se levantou de repente.

– Essa é uma excelente ideia, Caroline! – exclamou, e estendeu o braço na direção dela. – Precisa de ajuda?

Depois da reação vergonhosa que tivera ao beijo dele poucos dias antes, Caroline acreditava que tocá-lo era *sempre* uma má ideia, mas esse pareceu um comentário embaraçoso demais para ser feito em voz alta, por isso ela apenas balançou a cabeça e disse:

– Não, estou muito ágil no uso dessa bengala.
– Ah, sim, a bengala. Parece com uma que meu tio George me trouxe do Oriente. Onde conseguiu?
– Perriwick me deu.

Blake balançou a cabeça enquanto abria a porta para ela.

– Eu devia ter imaginado. Perriwick lhe daria a escritura desta casa se soubesse onde encontrá-la.

Caroline abriu um sorriso travesso por cima do ombro enquanto saía mancando para o corredor.

– E onde você disse que ela estava?
– Moça ardilosa. Está muito bem trancada desde o dia em que você chegou.

Caroline abriu a boca em uma expressão de choque e caiu na gargalhada.

– Confia tão pouco em mim?
– Em você, eu confio. Quanto a Perriwick...

Quando os dois saíram pela porta dos fundos que dava para o jardim, Caroline estava rindo tanto que precisou se sentar nos degraus de pedra.

– Você precisa admitir que os jardins ficaram esplêndidos – comentou ela com um gesto magnânimo de mão.

– Acho que devo, sim. – A voz de Blake era em parte um resmungo, em parte risada, por isso Caroline soube que ele não estava de fato aborrecido com ela.

– Sei que fazem apenas dois dias – disse ela, estreitando os olhos para as plantas –, mas estou convencida de que as flores estão mais saudáveis em suas novas posições.

Quando ergueu os olhos para Blake, o que viu foi uma expressão estranhamente terna. Caroline sentiu o coração se aquecer e ficou tímida no mesmo instante.

– Vamos examinar as janelas – apressou-se a dizer, levantando-se.

Ela foi mancando pela grama e parou diante da janela do escritório.

Blake observou enquanto Caroline inclinava a cabeça para trás a fim de calcular a altura da janela. O rosto dela tinha um aspecto saudável e corado graças ao ar da manhã, e os cabelos estavam quase louros sob o sol de verão. Ela parecia tão ardente e inocente que o coração dele chegou a doer.

Caroline dissera que ele precisava rir mais. Blake percebeu que ela tinha razão. Havia sido delicioso rir com ela naquela manhã. Mas nada se comparava à alegria que sentira quando a fizera rir. Já fazia tanto tempo desde que ele alegrara a vida de outra pessoa que se esquecera de como era bom.

Havia certa liberdade em se permitir ser apenas tolo de vez em quando. Blake resolveu não perder essa sensação de vista quando enfim se livrasse das amarras que o prendiam ao Departamento de Guerra. Talvez estivesse na hora de parar de ser tão sério o tempo todo. Talvez já fosse hora de se permitir um pouco de alegria. Talvez...

Talvez ele estivesse apenas sendo fantasioso. Caroline podia ser muito divertida, e provavelmente passaria as próximas cinco semanas ali em Seacrest Manor, mas logo iria embora. Ela não era o tipo de mulher para flertes inconsequentes, era do tipo para casar.

E Blake não se casaria. Nunca. Logo, teria que deixá-la em paz. Ainda assim, pensou, com um raciocínio tipicamente masculino, só olhar não teria problema...

Ele encarou o perfil feminino sem o menor constrangimento enquanto Caroline examinava a janela, o braço direito se movendo para cima e para baixo enquanto ela media mentalmente a altura. Quando se virou de repente para encarar Blake, quase perdeu o equilíbrio sobre a grama macia. Ela abriu a boca, então piscou, confusa, voltou a fechar a boca e abriu-a de novo para perguntar:

– O que está olhando?

– Você.

– Eu? – indagou ela com a voz aguda. – Por quê?

Blake deu de ombros.

– Não há muito mais para olhar neste momento. E já concordamos que é melhor para o meu humor não prestar muita atenção no jardim.

– Blake!

– Além do mais, gosto de observá-la trabalhar.

– Como assi... Mas eu não estava trabalhando. Estava tentando calcular a altura da janela.

– Isso é trabalho. Você sabia que tem um rosto muito expressivo?

– Não, eu... O que isso tem a ver com o que estamos fazendo aqui?

Blake sorriu. Era divertido fazê-la enrubescer.

– Nada – respondeu. – É só que eu praticamente consigo acompanhar seu processo mental enquanto você examina a janela.

– Ah. E isso é ruim?

– De forma nenhuma. Embora eu ouse dizer que você não deveria tentar ganhar a vida como uma jogadora profissional.

Ela riu.

– Com certeza não, mas eu... – Caroline estreitou os olhos. – Se é tão fácil ler os meus pensamentos, o que exatamente acha que eu estava pensando?

Blake sentiu algo jovem e despreocupado dominá-lo, algo que não sentia havia anos, desde a morte de Marabelle, e mesmo sabendo que uma relação com Caroline não levaria a nada, não conseguiu se impedir de dar um passo à frente e dizer:

– Você estava pensando que gostaria de me beijar de novo.

– Não estava!

Ele assentiu devagar.

– Estava.

– Nem um pouquinho. Talvez quando estávamos no escritório... – Ela mordeu o lábio.

– Aqui, no escritório... Isso realmente importa?

Caroline levou a mão livre aos quadris.

– Estou tentando ajudá-lo em sua missão, ou operação, ou seja como for que chame, e você aí falando em me *beijar*!

– Não é bem isso. Na verdade, eu estava falando sobre *você* me beijar.

Ela abriu a boca, espantada.

– Você deve estar louco.

– Talvez – concordou Blake, cruzando a distância que os separava. – Com certeza não ajo dessa forma há muito, muito tempo.

Caroline ergueu os olhos para o rosto dele, a boca trêmula enquanto sussurrava:

– Não?

Ele balançou a cabeça de forma solene:

– Você exerce um estranho efeito sobre mim, Srta. Caroline Trent.

– De um modo bom ou ruim?

– Às vezes, é difícil dizer. Mas tendo a achar bom – disse Blake com um sorrisinho torto. Ele se inclinou e roçou os lábios nos dela. – O que você ia me dizer sobre a janela? – perguntou em um sussurro.

Caroline estava atordoada.

– Esqueci.

– Ótimo.

Então ele a beijou de novo, dessa vez mais intensamente e com mais emoção do que imaginara restar em seu coração. Caroline suspirou e se apoiou contra ele, permitindo que os braços de Blake a envolvessem ainda mais.

Ela deixou a bengala cair, passou os braços pelo pescoço dele e desistiu da racionalidade. Quando os lábios de Blake estavam sobre os dela, e quando ela estava aconchegada no abraço dele, não parecia fazer sentido tentar descobrir se beijá-lo era uma boa ideia. O cérebro de Caroline, que apenas segundos antes tentava deduzir se era provável que Blake partisse seu coração, agora estava totalmente ocupado em encontrar maneiras de prolongar aquele beijo por tempo indeterminado...

Ela se aproximou mais, ficou na ponta dos pés e...

– Aaaii!

Caroline teria caído se Blake já não a estivesse segurando.

– Caroline? – indagou Blake, a expressão confusa.

– Esse tornozelo estúpido – murmurou ela. – Eu me esqueci e tentei...

Blake levou um dedo gentil aos lábios dela.

– É melhor assim.

– Eu não acho – disparou ela.

Blake afastou com cuidado os braços que estavam ao redor do pescoço de Caroline e, com um movimento gracioso, abaixou e recuperou a bengala esquecida no chão.

– Não quero me aproveitar de você – disse ele com gentileza –, e no meu atual estado físico e mental não sou confiável para isso.

Caroline sentiu vontade de gritar que não se importava, mas segurou a língua. Eles haviam atingido um equilíbrio delicado, e ela não queria fazer nada que estragasse isso. Sentia algo quando estava perto daquele homem – uma sensação cálida, boa e generosa, e se perdesse isso, sabia que nunca se perdoaria. Já fazia muito tempo desde que experimentara qualquer sensação de pertencimento e, que Deus a ajudasse, pertencia aos braços dele.

Blake apenas não se dera conta disso.

Ela respirou fundo. Conseguiria ser paciente. Ora, tinha até uma prima chamada Patience. Com certeza isso devia contar para alguma coisa. Era verdade que Patience morava muito longe, com o pai puritano, em Massachusetts, mas...

Ela quase deu um tapa na própria cabeça. *Por que* estava pensando em Patience Merriwether?

– Caroline? Você está bem?

Ela ergueu os olhos, atordoada.

– Estou ótima. Fantástica. Nunca estive melhor. Estava só... só...

– Só o quê? – perguntou ele.

– Pensando. – Caroline mordeu o lábio inferior. – Faço isso às vezes.

– Um passatempo recomendável – comentou Blake, acenando com a cabeça devagar.

– Tenho a tendência a me desviar do assunto, às vezes.

– Percebi.

– É mesmo? Ah... Lamento.

– Não lamente. É encantador.

– Acha mesmo?

– Eu raramente minto.

Ela curvou os lábios em uma careta vaga.

– Raramente não é muito tranquilizador.

– Na minha linha de trabalho, a pessoa não dura muito sem uma mentira ocasional.

– Hum. Suponho que se é o bem do país que está em jogo...

– Ah, sim – disse ele com uma sinceridade tão exagerada que Caroline não teria como acreditar.

Ela não conseguiu pensar em mais nada para dizer além de:

– Homens...! – E não falou isso com muita graça ou bom humor.

Blake riu e segurou-a pelo braço para ajudá-la a se virar na direção da casa.

– Agora, quer me dizer algo sobre as janelas?

– Ah, sim, é claro. Posso estar enganada por alguns centímetros, mas estimaria que o peitoril inferior da janela na sala de visitas ao sul em Prewitt Hall tem a mesma altura do terceiro montante da janela do escritório.

– A partir de baixo ou de cima?

– De cima.

– Humm. – Blake examinou a janela com um olhar experiente. – Isso daria uns 3 metros. Não é uma tarefa impossível, mas é um tanto chata.

– Essa parece uma forma estranha de descrever seu trabalho.

Ele se virou para ela com uma expressão um tanto irônica.

– Caroline, a maior parte do que eu faço é chato.

– É mesmo? Eu teria imaginado que era muito arrojado.

– Não é – rebateu ele de forma áspera. – Acredite em mim. E não é um trabalho.

– Não é?

– Não – retrucou Blake, a voz um pouco mais intensa do que se esperaria. – É apenas algo que faço. E que não farei por muito mais tempo.

– Ah.

Depois de um momento de silêncio, Blake pigarreou e perguntou:

– Como está o tornozelo?

– Está ótimo.

– Tem certeza?

– Absoluta. Eu só não deveria ter ficado na ponta dos pés. Mas acredito que meu tornozelo deva estar totalmente curado amanhã.

Blake se agachou ao lado dela e, para grande choque e surpresa de Caroline, segurou o tornozelo dela nas mãos e apalpou-o com gentileza antes de se levantar de novo.

– Amanhã talvez seja uma previsão um tanto otimista demais. Mas o inchaço diminuiu bastante.

– Sim.

Caroline se calou, vendo-se subitamente sem palavras. O que era muito fora do comum. Mas o que alguém diria em uma situação como essa? *Obrigada pelo beijo adorável. Seria possível ter outro?*

De certo modo, Caroline não achava que aquilo parecia particularmente apropriado, mesmo se fosse sincero. *Paciência, paciência, paciência,* disse a si mesma.

Blake a encarou com uma expressão estranha.

– Você parece um tanto perturbada.

– Pareço?

– Perdoe-me – disse ele no mesmo instante. – É só que ficou tão séria.

– Estava pensando na minha prima – disse ela em um rompante, e achou que parecia muito tola.

– Sua prima?

Caroline assentiu vagamente.

– O nome dela é Patience.

– Entendo.

Caroline temia que ele realmente entendesse.

Os cantos da boca de Blake tremeram.

– Ela deve ter sido uma referência e tanto para você.

– De forma nenhuma. Patience é muito rabugenta – mentiu.

Na verdade, Patience Merriwether era uma combinação irritante de recato, religiosidade e decoro. Caroline nunca a conhecera pessoalmente, mas as cartas da prima eram sempre tão cheias de lições de moral que ultrapassavam qualquer limite – inclusive o da educação, na opinião de Caroline. Mas ela manteve o contato com Patience ao longo dos anos, já que cartas de qualquer pessoa eram uma distração bem-vinda de seus terríveis tutores.

– Humm – fez Blake, sem se comprometer. – Imagino que seja bastante cruel impor um nome desses a um filho.

Caroline pensou a respeito por um instante.

– Sim. Já é difícil o bastante ter que atender às expectativas dos pais. Imagine ter que atender às expectativas de seu próprio nome. Creio que ser batizado de Faith, Hope ou Charity deva ser ainda pior.

Os três nomes significavam "fé", "esperança" e "caridade", e Blake balançou a cabeça discordando.

– Não. Para você, acho que Patience teria sido o nome mais difícil.

Ela deu um soquinho de brincadeira no ombro dele.

– Falando em nomes peculiares, como ganhou o seu?

– Está se referindo a Blake?

Caroline assentiu.

– Era o nome de solteira da minha mãe. É um costume da minha família dar ao segundo filho o nome de solteira da mãe.

– Ao segundo filho?

Blake deu de ombros.

– O primogênito costuma ser batizado com algum nome importante do lado do pai.

Trent Ravenscroft, pensou Caroline. Não soava mal. Ela sorriu.

– Por que está sorrindo? – perguntou ele.

– Eu? – Ela engoliu em seco. – Por nada. É só que, ora...

– Desembuche, Caroline.

Ela voltou a engolir em seco, o cérebro em disparada em busca de uma resposta. Não admitiria para ele que estivera fantasiando sobre os filhos dos dois.

– O que eu estava pensando... – disse ela devagar.

– Sim...

É claro!

– Eu estava pensando – repetiu Caroline, a voz cada vez mais confiante – que você tem muita sorte por sua mãe não ter um desses sobrenomes hifenizados. Consegue se imaginar com um nome como Fortescue-Hamilton Ravenscroft?

Blake sorriu.

– Acha que meu apelido seria Fort ou Ham?

– Ou – continuou Caroline com uma risada, muito satisfeita consigo mesma agora – se ela fosse do País de Gales. Seu nome não teria quase nenhuma vogal.

– Aberystwyth Ravenscroft – disse ele, aproveitando o nome de um famoso castelo. – Tem certo charme.

– Ah, mas então todos o chamariam de Stwyth e soaria como se estivesse ciciando.

Blake riu.

– Já fui muito apaixonado por uma menina chamada Sarah Wigglesworth quando era menor. Mas meu irmão me convenceu de que eu deveria ser estoico e deixá-la.

– Sim – concordou Caroline, pensativa –, entendo que seria difícil para uma criança ser chamada de Wigglesworth Ravenscroft.

– Acho que, na verdade, David só queria a menina para si. Menos de seis meses depois, os dois estavam noivos.

– Nossa, que perfeito! – exclamou Caroline com uma risada. – Mas agora ele não tem que batizar o filho de Wigglesworth?

– Não, apenas nós, segundos filhos, somos obrigados a seguir o costume.

– Mas seu pai não é um visconde? Por que ele teve que seguir o costume?

– Meu pai na verdade *era* um segundo filho. O irmão mais velho dele morreu aos 5 anos. A essa altura, meu pai já tinha nascido e sido batizado.

Caroline sorriu.

– E qual é o nome dele?

– Temo que papai não tenha tido nem de longe a sorte que eu tive. O nome de solteira da minha avó era Petty.

O nome queria dizer "insignificante", e ela levou a mão à boca.

– Ah, Deus. Eu não deveria rir.

– Sim, deveria. Todos nós rimos.

– Como as pessoas o chamam?

– Eu o chamo de papai. Todos os outros o chamam simplesmente de Darnsby, que é seu título.

– O que ele fazia antes de receber o título?

– Acredito que orientava a todos que o chamassem de Richard.

– É um dos nomes dele?

– Não – respondeu Blake, dando de ombros –, mas ele preferia isso a Petty.

– Ah, que engraçado – disse Caroline, secando uma lágrima no canto do olho. – O que acontece se um Ravenscroft não tiver um segundo filho?

Ele se inclinou para a frente com um brilho bastante libertino no olhar.

– Simplesmente continuamos tentando até termos.

O rosto de Caroline ficou em chamas.

– Quer saber? – apressou-se em dizer. – De repente comecei a me sentir muito cansada. Acho que é melhor eu entrar e descansar um pouco. Você é bem-vindo a se juntar a mim, é claro.

Mas ela não esperou pela resposta de Blake, apenas lhe deu as costas e se afastou mancando – bem rápido, na verdade, para quem estava usando uma bengala.

Blake a observou desaparecer dentro de casa e não conseguiu apagar o sorriso que se instalara em seu rosto durante quase toda a conversa. Fazia tempo que não pensava no costume da família em relação aos nomes dos filhos. O sobrenome de Marabelle era George, e os dois sempre haviam brincado que deveriam se casar só por causa disso.

George Ravenscroft. Ele quase fora uma pessoa de verdade na mente de Blake, com os cachos muito negros e os olhos de um azul-claro como os de Marabelle.

Mas não haveria nenhum George Ravenscroft.

– Sinto muito, Marabelle – sussurrou ele.

Blake fracassara com ela de tantas maneiras. Não fora capaz de protegê-la, e embora tivesse tentado ser fiel à memória dela, nem sempre conseguira também.

E naquele dia... naquele dia a indiscrição dele fora além das meras necessidades de seu corpo. Ele se divertira com Caroline, aproveitara de verdade o puro prazer da companhia dela. A culpa fez o coração de Blake arder.

– Sinto muito, Marabelle – sussurrou de novo. Porém, enquanto caminhava de volta para casa, se ouviu dizer: – Trent Ravenscroft.

Blake balançou a cabeça, mas o pensamento não foi embora.

CAPÍTULO 10

di.é.re.se (substantivo). 1. Mudança no som de uma vogal produzida pela assimilação parcial de um som adjacente. 2. Sinal diacrítico que indica essa divisão (ex.: ü) colocado sobre uma vogal para indicar que essa mudança aconteceu, principalmente em alemão.

Sabendo o que sei agora sobre o Sr. Ravenscroft, preciso agradecer ao meu genitor por não ter nascido alemã, com uma diérese no nome.

– Do dicionário pessoal de Caroline Trent

No meio da tarde, Caroline havia chegado a duas conclusões. A primeira: James desaparecera de novo, talvez tivesse ido a algum lugar a fim de investigar Oliver e suas atividades ardilosas. E a segunda: estava apaixonada por Blake Ravenscroft.

Ora, essa última não era exatamente verdade. Para ser mais precisa, ela *achava* que *talvez* estivesse apaixonada por Blake Ravenscroft. Caroline estava tendo certa dificuldade em acreditar nisso, mas não parecia haver outra explicação para as recentes mudanças na personalidade e no comportamento dela.

Caroline estava muito acostumada ao seu defeito de, com frequência, falar sem pensar, mas naquele dia parecia que ela tinha elevado o vício ao nível do absurdo. Além disso, perdera completamente o apetite, sempre tão saudável. Sem contar que passava o tempo todo sorrindo como a maior das tolas.

E se isso tudo não fosse prova o bastante, ela se pegou sussurrando:

– Caroline Ravenscroft. Caroline Ravenscroft, mãe de Trent Ravenscroft. Caroline Ravenscroft, esposa de... ah, pare!

Até Caroline acabava perdendo a paciência consigo mesma.

Mas se Blake correspondia aos sentimentos dela de alguma forma, não deu qualquer indicação. Ele com certeza não se pavoneava pela casa como um tolo apaixonado nem gritava odes à beleza, à graça e à esperteza dela. E Caroline duvidava de que, naquele instante, Blake estivesse no escritório sentado à escrivaninha rabiscando sonhadoramente as palavras "Sr. e Sra. Blake Ravenscroft".

Na verdade, mesmo se ele estivesse fazendo isso, não havia qualquer razão para Caroline acreditar que ela poderia ser a "Sra. Ravenscroft" em questão. Só Deus sabia quantas mulheres em Londres imaginavam estar apaixonadas por ele. E se Blake imaginasse estar apaixonado por uma *delas*?

Esse era um pensamento que abrandava o efeito de qualquer fantasia.

É claro que não se podia descontar os beijos. Blake definitivamente gostara dos beijos que os dois haviam trocado. Mas os homens eram diferentes das mulheres. Caroline levara uma vida um tanto recatada, mas essa diferença tinha ficado bastante óbvia mais cedo. Era possível um homem querer beijar uma mulher sem uma gota de sentimento envolvida.

Uma mulher, por outro lado.... Ora, Caroline não teria a presunção de falar por todas as mulheres, mas sabia que não conseguiria beijar um homem do modo como beijara Blake naquela tarde sem uma grande dose de sentimento envolvida.

E isso levava Caroline de volta à sua hipótese central: estava apaixonada por Blake Ravenscroft.

∽

Enquanto Caroline se mantinha ocupada explorando as profundezas um tanto tortuosas de seu coração, Blake estava sentado na beira da escrivaninha, atirando dardos em um alvo na parede de seu escritório. A tarefa combinava perfeitamente com seu humor.

— Não vou – *vuush* – beijá-la de novo. Não gostei – *tunque* – de beijá-la. Ora, está bem, eu gostei, mas foi apenas em um nível – *vuush* – puramente físico.

Ele se levantou, a expressão determinada.

— Ela é uma jovem muito agradável, mas não significa nada para mim.

Blake mirou, atirou e observou com desânimo o dardo fazer um buraco na parede recém-caiada.

— Maldição, maldição, maldição – resmungou, e foi resgatar o dardo da parede. Como podia ter errado? Nunca errava. Atirava os dardos quase todo dia e nunca errava. – Maldição!

— Estamos um tanto mal-humorados hoje, não?

Blake ergueu os olhos e viu James parado na porta.

— Onde diabo você estava?

— Aprofundando nossa investigação sobre Oliver Prewitt, o que é mais do que posso afirmar de você.

— Já estou com as mãos bem cheias com a tutelada dele.

— Sim, foi o que pensei.

Blake soltou o dardo da parede, o que fez cair pedaços de argamassa no chão.

— Sabe muito bem o que quero dizer.

— Com certeza – concordou James com um sorriso lento –, mas não sei bem se *você* sabe o que você mesmo quer dizer.

— Pare de ser tão irritante, Riverdale, e me conte o que descobriu.

James desabou em uma poltrona de couro e afrouxou a gravata.

— Passei mais um tempo vigiando Prewitt Hall.

– Por que não me disse que estava indo para lá?
– Você teria preferido ir comigo.
– Está mais do que certo. Eu...
– Alguém tinha que ficar aqui com a nossa hóspede – interrompeu James.
– Nossa *hóspede* – retrucou Blake com sarcasmo – é uma mulher adulta. Ela não perecerá por negligência da nossa parte se a deixarmos sozinha por algumas horas.
– É verdade, mas talvez na volta você encontre outro de seus cômodos de pernas para o ar.
– Não seja engraçadinho, Riverdale.
James fez uma cena fingindo estudar as unhas.
– Você tem sorte por eu não me ofender com tais comentários.
– E você tem sorte por eu não enfiar essa sua maldita língua garganta abaixo.
– É comovente vê-lo tão na defensiva por causa de uma mulher – comentou James com um sorriso preguiçoso.
– Não estou na defensiva. E pare de tentar me provocar.
James deu de ombros.
– De qualquer forma, uma única pessoa consegue espiar com mais discrição do que duas. Eu não queria chamar atenção.
– Riverdale, você vive para não chamar atenção.
– Sim, é divertido se fundir ao ambiente de vez em quando, não é? Acho impressionante o que as pessoas dizem quando não sabem quem você é. Ou – acrescentou com um sorriso malicioso – quando nem sequer sabem que você está lá.
– Descobriu alguma coisa?
– Nada de grande importância, embora Prewitt de fato tenha um padrão de vida que não condiz com suas posses. Ou pelo menos com o que deveriam ser suas posses.
Blake pegou outro dardo e mirou.
– Afaste-se.
James fez o que o amigo pediu e observou sem muita atenção enquanto o dardo saía da mão de Blake e acertava o alvo.
– Agora sim – murmurou Blake. Ele se virou para James e acrescentou: – O problema é que não podemos presumir automaticamente que o dinheiro dele provém de atividades de traição à pátria. Se Oliver está

mesmo transmitindo mensagens a Carlotta De Leon, tenho certeza de que está sendo muito bem pago para isso. No entanto, também sabemos que Prewitt faz contrabando de conhaque e seda, que vem ganhando a vida assim há anos. E ele sem dúvida também poderia estar roubando a herança de Caroline.

– Eu ficaria muito surpreso se não estivesse.

– Mas acontece que fiz algumas investigações por conta própria – anunciou Blake com um sorrisinho pretensioso.

– É mesmo?

– Descobri que Prewitt tem um escritório que mantém trancado o tempo todo. Caroline não tinha permissão para entrar, nem o filho dele.

James abriu um largo sorriso.

– Na mosca.

– Exato. – Blake atirou o dardo, mas não acertou no centro do alvo. – Ora, nem sempre é exatamente na mosca.

– Talvez esteja na hora de uma visitinha clandestina a Prewitt Hall – sugeriu James.

Blake assentiu. Seu maior desejo era encerrar aquele caso, se aposentar do Departamento de Guerra e começar uma vida nova, respeitável e tediosa.

– Concordo plenamente.

Eles encontraram Caroline na biblioteca, sentada embaixo de uma mesa.

– Que diabo está fazendo aí embaixo? – quis saber Blake.

– O quê? Ah, bom dia. – Ela engatinhou até conseguir se levantar. – Seus criados tiram a poeira daqui de baixo? Andei espirrando como louca.

– Você não respondeu minha pergunta.

– Estava só arrumando algumas dessas pilhas. Tentando reunir todos os seus livros de História.

– Achei que você não iria continuar arrumando até seu tornozelo melhorar – falou Blake, em um tom excessivamente acusador na opinião dela.

– Ainda não estou colocando os livros de volta na estante – retrucou Caroline. – Estou só agrupando-os por assunto. E não estou usando meu tornozelo de forma nenhuma. A propósito, ele está quase curado. Não usei a bengala nem uma vez hoje e o tornozelo não doeu nada. – Ela se virou para James e abriu um largo sorriso. – Ah, e é um prazer vê-lo de novo, milorde.

O marquês sorriu e fez uma cortesia na direção dela.

– É sempre um prazer, minha cara Caroline.

Blake estava carrancudo.

– Estamos aqui com um propósito, Srta. Trent.

– Nunca me ocorreu o contrário. – Caroline voltou a olhar para James. – Já percebeu que ele gosta de me chamar de Srta. Trent quando está irritado comigo?

– Caroline – disse Blake, o tom claramente contendo um aviso.

– É claro – acrescentou ela, animada – que quando ele está muito furioso, volta a me chamar de Caroline. Blake provavelmente acha difícil demais grunhir meu nome completo.

James levou a mão à boca, ao que parecia para disfarçar a risada.

– Caroline – repetiu Blake um pouco mais alto, ignorando as brincadeiras dela –, precisamos da sua ajuda.

– É mesmo?

– Chegou a hora de reunirmos evidências sólidas contra Prewitt.

– Ótimo – respondeu Caroline. – Eu gostaria de vê-lo pagar pelos crimes que cometeu.

James deu uma risadinha e disse:

– Menina sanguinária.

Ela se virou para ele com uma expressão magoada.

– Que coisa terrível de se dizer! Não sou nem um pouco sanguinária. Só acho que se Oliver andou fazendo todas as coisas terríveis que vocês disseram que ele fez...

– Caroline, eu só estava brincando – confortou-a James.

– Ah, bem, então sinto muito por ter reagido de forma exagerada. Eu deveria saber que você não seria tão maldoso...

– Se vocês dois puderem encerrar a troca de elogios – intrometeu-se Blake com acidez –, temos negócios importantes a discutir.

Caroline e James se viraram para ele com as mesmas expressões irritadas.

– Riverdale e eu vamos invadir Prewitt Hall – explicou Blake a Caroline. – Vamos precisar que você nos dê todos os detalhes dos hábitos da família e dos criados para que não sejamos descobertos.

— Vocês não precisarão de todos os detalhes — disse Caroline com um dar de ombros decidido. — Basta irem essa noite.

Os dois cavalheiros se inclinaram para a frente e a encararam com olhares curiosos.

— Oliver joga cartas toda quarta-feira à noite. Nunca perde um jogo. E sempre ganha. Acho que ele trapaceia.

James e Blake se olharam, e Caroline quase conseguia ver o cérebro dos dois entrando em ação, planejando a missão.

— Caso não se lembre — continuou ela —, foi numa quarta-feira à noite que eu fugi. Há exatamente uma semana. É óbvio que Oliver escolheu a noite do carteado para o ato de violência do filho. Sem dúvida não queria que seus ouvidos fossem incomodados pelos meus gritos.

— Percy estará em casa? — perguntou James.

Caroline fez que não com a cabeça.

— Ele quase sempre sai e se embebeda. Oliver não suporta autoindulgência em relação ao álcool. Diz que enfraquece um homem. Por isso, Percy aproveita as noites de quarta-feira quando pode escapar do olhar atento do pai.

— E quanto aos criados? Quantos são? — Dessa vez, a pergunta veio de Blake.

Caroline pensou por um instante.

— Cinco, no total. A maioria deve estar na casa. Semana passada, Oliver deu a noite de quarta-feira de folga para todos, mas com certeza só fez isso para que ninguém corresse em meu auxílio quando Percy me atacasse. Oliver é muito avarento no que se refere a qualquer pessoa que não seja ele mesmo, por isso duvido que fosse dar folga aos criados de novo sem um motivo muito bom.

— Bom saber que esse potencial ataque se qualificou como um bom motivo — murmurou Blake.

Caroline ergueu os olhos e ficou surpresa — e um pouquinho feliz — ao ver como ele parecia furioso em defesa dela.

— Mas se tomarem cuidado — acrescentou ela —, não devem ter problemas em evitá-los. Talvez seja um pouco confuso para vocês se orientarem a partir do saguão de entrada, mas como vão me levar também...

— Não vamos levar você — declarou Blake.

— Mas...

– Eu disse que *não* vamos levá-la.

– Tenho certeza de que se você ao menos consider...

– *Você NÃO vai* – rugiu ele, e até James pareceu surpreso diante da intensidade da reação.

– Muito bem – disse Caroline, irritada.

Sabia muito bem que Blake estava errado, mas não parecia prudente, nem mesmo benéfico para a saúde dela, continuar discordando.

– Não se esqueça de que seu tornozelo está machucado – lembrou James em um tom gentil. – Você não conseguiria se mover em sua velocidade habitual.

Caroline teve a sensação de que James concordava inteiramente com Blake e que só estava tentando fazê-la se sentir melhor – ainda mais porque ela já lhe dissera que seu tornozelo estava quase curado –, mas gostou do esforço dele assim mesmo.

– A governanta é surda e se recolhe cedo – acrescentou Caroline. – Não terão que se preocupar com ela.

– Excelente – comentou Blake. – E o resto?

– Há duas criadas, mas elas moram no vilarejo e dormem em casa todas as noites. Sairão logo depois que Oliver partir para o carteado. O cavalariço dorme nos estábulos, portanto não é provável que o incomodem desde que se aproximem da casa pelo lado oposto.

– Há um mordomo? – quis saber Blake.

– Farnsworth será o mais difícil. Ele tem uma audição aguçada e é extremamente leal a Oliver. O quarto dele fica no terceiro andar.

– Não deve ser um problema, então – disse James.

– Bem, não, mas... – Caroline se interrompeu, os lábios cerrados.

Blake e James estavam concentrados conversando entre si, e ela poderia muito bem ser uma peça da mobília por toda a atenção que prestavam nela.

Então, sem nada além de uma despedida rápida, os dois entraram no escritório de Blake e Caroline foi deixada sentada entre os livros.

– De todas as atitudes rudes...

– Ah, Caroline?

Ela ergueu os olhos esperançosa. Blake havia enfiado a cabeça pela porta da biblioteca. Talvez tivesse decidido que ela poderia acompanhá-los a Prewitt Hall, afinal.

– Sim?

– Sabe, esqueci de lhe perguntar sobre aquele estranho caderninho que trouxe com você.

– Como?

– Aquele com as palavras esquisitas. Ele tem alguma coisa a ver com Prewitt?

– Ah. Não. Eu lhe contei a verdade a respeito naquela primeira vez. É um pequeno dicionário pessoal. Gosto de anotar palavras novas. O único problema é que costumo esquecer o que significam depois que as anoto.

– Deve tentar usá-las em um contexto. É a melhor maneira de lembrar o significado – sugeriu Blake, então se virou e desapareceu.

Caroline se viu obrigada a admitir que a ideia dele era boa, mas isso a deixou com um desejo ardente de usar *insuportável, arrogante* e *irritante* em uma única frase.

Seis horas depois, Caroline estava de péssimo humor. Blake e James haviam passado a tarde inteira trancados no escritório de Blake planejando a "invasão" a Prewitt Hall.

Sem ela.

E agora os dois já tinham partido, a cavalo, protegidos pela noite sem lua. Até as estrelas haviam se escondido convenientemente atrás das nuvens.

Aqueles dois... Eles se achavam invencíveis, mas Caroline sabia que não era bem assim. Qualquer um podia sangrar.

A pior parte era que James e Blake agiam como se a situação fosse muito engraçada. Haviam discutido os planos para a noite com toda a empolgação, debatendo sobre horários, meio de transporte e a melhor forma de se aproximar da casa. E, para piorar, não tinham nem se dado o trabalho de fechar a porta do escritório de Blake. Caroline ouvira cada palavra de onde estava, na biblioteca.

Naquele exato momento, os dois deviam estar se aproximando de Prewitt Hall, preparando-se para invadir a casa pela sala de visitas, ao sul...

Sem ela.

– Homens estúpidos. Estúpidos – resmungou Caroline. E movimentou o tornozelo. Não sentiu o menor traço de dor. – É claro que eu poderia ter ido com eles. Não os teria retardado.

Os dois haviam saído trajando apenas roupas pretas e estavam lindos de tirar o fôlego. Enquanto os observava partir, Caroline se sentira insuportavelmente desmazelada. Usava um dos novos vestidos que Blake lhe comprara, mas continuava a se sentir como um pombo banal perto daqueles dois corvos arrojados.

Caroline se sentou diante da mesa da biblioteca, sobre a qual empilhara todas as biografias. Planejara passar a noite organizando-as em ordem alfabética, por tema, uma tarefa que agora completava com um pouco mais de vigor do que o necessário.

Platão antes de Sócrates, Cromwell antes de Fawkes... Ravenscroft e Sidwell antes de Trent.

Caroline pousou Milton com força sobre Maquiavel. Aquilo não estava certo. Eles não deveriam ter ido sem ela. Caroline desenhara a planta de Prewitt Hall para os dois, mas nada poderia substituir o conhecimento em primeira mão. Sem ela, James e Blake correriam o risco de entrar no cômodo errado, de esbarrar em um criado, de – Caroline engoliu em seco de medo – acabarem mortos.

A ideia de perder seus novos amigos foi como gelo ao redor do coração dela. Caroline passara a vida à margem das famílias, e agora que enfim encontrara duas pessoas que precisavam dela – mesmo apenas no nível da segurança nacional – não queria ficar sentada ali sem fazer nada, vendo-os mergulharem de cabeça no perigo.

O próprio marquês dissera que Caroline era crucial para a investigação. E quanto a Blake – ora, Blake não gostava de admitir que ela estava envolvida de alguma forma no trabalho para o Departamento de Guerra, mas até ele dissera que Caroline fizera um bom trabalho passando-lhes informações sobre os arranjos domésticos e a rotina da casa.

Caroline *sabia* que os dois se sairiam melhor lá com a ajuda dela. Ora, eles nem faziam ideia do...

Caroline levou a mão à boca, horrorizada. Como poderia ter se esquecido de contar a eles sobre o chá noturno de Farnsworth? Era um ritual para o mordomo. Toda noite, com a precisão de um relógio, ele tomava chá às dez. Era um hábito estranho, mas no qual Farnsworth insistia. Chá fumegante, com leite e açúcar, biscoitos amanteigados e geleia de morango – ele exigia o lanche noturno e amaldiçoava qualquer um que o interrompesse. Caroline pegara o bule emprestado certa vez e ficara sem cobertores por uma semana. Em dezembro, pleno inverno na Inglaterra.

Ela desviou os olhos para o relógio de pêndulo. Eram nove e quinze da noite. Blake e James haviam partido há quinze minutos. Chegariam a Prewitt Hall em...

Ah, santo Deus, chegariam bem na hora em que Farnsworth estivesse preparando o lanche. O mordomo sem dúvida não era jovem, mas também não era frágil, e tinha bastante habilidade com armas de fogo. E precisava passar bem na frente da sala de visitas ao sul no caminho entre seus aposentos e a cozinha.

Caroline se levantou, os olhos muito abertos, a expressão determinada. Blake e James precisavam dela. Não conseguiria seguir vivendo se não os alertasse.

Sem se incomodar com o tornozelo, ela saiu apressada da biblioteca direto para os estábulos.

⁓

Caroline cavalgou na proverbial velocidade do vento. Não era uma amazona das mais elegantes – na verdade, a maioria de seus tutores não lhe dera muita oportunidade de praticar, mas era competente e sabia se manter sobre a sela.

E sem dúvida nunca tivera um motivo tão bom para cavalgar a pleno galope.

Quando chegou ao limite da propriedade de Oliver, o relógio de bolso que pegara na gaveta da escrivaninha de Blake marcava exatamente dez horas. Caroline amarrou a égua – que também pegara "emprestado" de Blake – a uma árvore e se esgueirou na direção da casa, mantendo-se escondida atrás das sebes altas que se estendiam ao longo da entrada. Quando alcançou Prewitt Hall, abaixou-se e seguiu de quatro. Duvidava que ainda houvesse alguém acordado, a não ser por Farnsworth na cozinha, mas pareceu prudente evitar que sua silhueta fosse vista de qualquer janela.

– Espero que Blake me agradeça por isso – sussurrou Caroline para si mesma.

Não apenas parecia uma tola, andando de quatro, como também acabara de se dar conta de que estava de volta a Prewitt Hall, o único lugar em que definitivamente não queria estar pelas próximas cinco semanas. E fora até ali por vontade própria! Que idiota. Se Oliver pusesse as mãos nela...

– Oliver está jogando cartas. Oliver está trapaceando nas cartas. Oliver não estará de volta por horas.

Era fácil sussurrar tais pensamentos, mas isso não a fazia se sentir menos desconfortável. Na verdade, Caroline tinha a sensação de ter engolido cacos de vidro.

– Lembre-me de não voltar a me incomodar por ser deixada para trás – disse para si mesma.

Caroline achara muito irritante Blake e James partirem sem ela, mas agora que estava ali, no centro da ação, tudo o que queria era voltar para Seacrest Manor, talvez com uma xícara de chá na mão e quem sabe uma fatia grossa de torrada...

No fim das contas, decidiu Caroline, ela não era feita para aquela vida de espionagem.

Caroline chegou ao canto noroeste da casa e espiou ao redor, o olhar percorrendo toda a extensão da parede oeste. Caroline não viu Blake nem James, o que provavelmente significava que os dois estavam acessando o cômodo pela janela sul.

Se já não tivessem entrado.

Caroline mordeu o lábio. Se eles estivessem dentro da sala de visitas sul, Farnsworth com certeza os ouviria. E Oliver mantinha um revólver carregado em um dos armários do corredor. Se Farnsworth suspeitasse que havia intrusos na casa, com certeza pegaria o revólver antes de investigar, e Caroline duvidava que o mordomo faria qualquer pergunta antes de puxar o gatilho.

Uma nova onda de pânico a dominou, e ela saiu em disparada pela relva, movendo-se mais rápido do que jamais pensara ser capaz andando de quatro.

Em seguida, deu a volta em um canto da casa.

⁓

– Você ouviu alguma coisa?

James baixou os olhos da tranca da janela com a qual estava ocupado e fez que não com a cabeça. Estava de pé sobre os ombros de Blake para conseguir alcançar a janela.

Enquanto James continuava a cuidar da tranca, Blake olhou para a direita e para a esquerda. Então voltou a ouvir o barulho – uma espécie de rastejar apressado. Ele deu uma batidinha no pé de James e levou o indicador aos lábios. James assentiu e suspendeu temporariamente o trabalho, que vinha provocando clinques e clanques ocasionais enquanto mexia na tranca com a lixa. James pulou em direção ao chão sem fazer barulho enquanto Blake se agachou, assumindo no mesmo instante uma postura vigilante.

Blake sacou a pistola e se aproximou alguns centímetros do canto da casa, as costas pressionadas contra a parede. Uma sombra discreta se aproximava. Não teria sido nem discernível se alguém não tivesse deixado uma vela acesa em uma das janelas na parede oeste.

E a sombra se aproximava cada vez mais.

O dedo de Blake ficou mais tenso no gatilho.

Uma mão apareceu ao redor do canto da casa.

Blake atacou.

CAPÍTULO 11

ple.to.ra (substantivo). Superabundância ou excesso de algo.
Blake insiste que há uma verdadeira pletora de razões para não registrar nada importante por escrito, mas não consigo pensar em nada neste meu pequeno dicionário que alguém pudesse achar incriminador.
– Do dicionário pessoal de Caroline Trent

Em um momento, Caroline estava rastejando, de quatro, e no instante seguinte estava achatada no chão como um pedaço de tecido, com algo pesado, grande e estranhamente quente sobre as costas. O que, no entanto, não era tão desconcertante quanto a pistola fria pressionada contra suas costelas.

– Não se mexa – rugiu uma voz em seu ouvido. Uma voz conhecida.

– Blake? – coaxou ela.

– Caroline?

Então Blake deixou escapar uma palavra de tão baixo calão que ela nunca ouvira antes, e Caroline achava que já havia ouvido tudo de seus vários tutores.

– Eu mesma – respondeu ela, e engoliu em seco. – De qualquer modo eu não conseguiria me mexer. Você é bem pesado.

Ele rolou de cima dela e a encarou com uma expressão que continha uma parte de incredulidade e trinta e uma partes da mais pura fúria. Caroline se pegou desejando que a distribuição das partes fosse o contrário. Blake Ravenscroft definitivamente não era um homem para se provocar.

– Vou matar você – sibilou ele.

Caroline voltou a engolir em seco e perguntou:

– Não quer me dar uma lição de moral primeiro?

Ele a encarou com uma grande dose de espanto.

– Retiro o que disse – falou ele, pronunciando lentamente as palavras. – Primeiro vou estrangulá-la e depois a matarei.

– Aqui? – perguntou Caroline, em tom de dúvida, olhando ao redor. – Meu cadáver não parecerá suspeito pela manhã?

– Que diabo está fazendo aqui? Você tinha instruções explícitas para ficar...

– Eu sei – apressou-se em retrucar Caroline, levando o dedo aos lábios –, mas me lembrei de uma coisa e...

– Não me importo se você tiver se lembrado de todo o segundo livro da Bíblia. Nós lhe dissemos...

James pousou a mão sobre o ombro de Blake e falou:

– Escute o que ela tem a dizer, Ravenscroft.

– É o mordomo – explicou Caroline depressa, antes que Blake mudasse de ideia e decidisse mesmo estrangulá-la. – Farnsworth. Esqueci do chá dele. Farnsworth tem um estranho hábito. Ele toma chá às dez horas, toda noite. E ele passa bem...

Ela se calou quando viu um facho de luz se movendo no salão de jantar. Tinha que ser Farnsworth, que atravessava o corredor segurando um lampião. As portas do salão de jantar costumavam ser deixadas abertas, por isso se a luz do lampião fosse razoavelmente forte, eles conseguiriam ver o brilho através da janela.

A menos que o mordomo tivesse ouvido alguma coisa e entrado no salão de jantar com a intenção de investigar...

Os três se jogaram rapidamente no chão.

– Farnsworth tem ouvidos muito apurados – sussurrou Caroline.

– Então cale-se – sibilou Blake.

Foi o que ela fez.

A luz despareceu por um instante, então reapareceu na sala de visitas ao sul.

– Achei que você tinha dito que Prewitt mantinha aquele cômodo fechado – sussurrou Blake.

– Farnsworth tem uma chave – sussurrou Caroline de volta.

Blake gesticulou para que ela se afastasse da direção da janela da sala de visitas da ala sul, e Caroline se arrastou de bruços até estar perto da janela do salão de jantar. Blake estava bem atrás dela. Caroline procurou James, mas ele devia ter dobrado no canto da casa indo na direção oposta.

Blake apontou para a casa e disse, sem emitir som: "Mais perto da parede."

Caroline seguiu as instruções dele até estar com o corpo pressionado contra a pedra fria da parede externa de Prewitt Hall. No entanto, em segundos, o outro lado do seu corpo estava pressionado contra o corpo quente de Blake Ravenscroft.

Caroline arquejou. O homem estava deitado em cima dela! Ela teria deixado escapar um grito agudo, mas sabia que precisava manter a voz baixa. Sem contar que estava deitada de bruços no chão e não tinha a menor vontade de ficar com a boca cheia de grama.

– Quantos anos tem o mordomo?

Ela quase arquejou. A respiração dele era quente contra o rosto dela, e Caroline poderia jurar ter sentido o toque do lábio dele contra sua orelha.

– Pelo menos... pelo menos 50 anos – sussurrou ela –, mas atira bem.

– O mordomo?

– Ele serviu no Exército – explicou ela. – Nas Colônias. Acho que recebeu uma medalha de honra.

– Sorte a minha – murmurou Blake. – Acredito que ele não tenha talento com arco e flecha.

– Bem, não... mas certa vez o vi acertar uma árvore com uma faca a vinte passos de distância.

– O quê?! – Blake praguejou baixinho outro daqueles palavrões tão maravilhosamente criativos que apenas a impressionavam.

– Estou brincando – se apressou em dizer Caroline.

Todo o corpo dele ficou tenso de fúria.

– Este *não* é o lugar nem a hora para...

– Sim, agora me dei conta disso – murmurou ela.

James apareceu no canto da casa, rastejando, e encarou Blake e Caroline com interesse.

– Não sabia que vocês estavam se divertindo tanto aqui.

– Não estamos nos divertindo – sibilaram Blake e Caroline em uníssono.

James balançou a cabeça com tamanha solenidade que ficou claro que estava zombando deles.

– Não, é claro que não estavam. – Então fixou os olhos em Blake, que estava deitado em cima de Caroline. – Vamos voltar ao trabalho. O mordomo subiu para o quarto dele.

– Tem certeza?

– Vi a luz deixar a sala de visitas e subir as escadas.

– Há uma janela na escada lateral – explicou Caroline. – É possível vê-la do sul.

– Ótimo – falou Blake, rolando de cima dela e se agachando. – Vamos tentar abrir aquelas janelas.

– Má ideia – comentou Caroline.

Os dois homens se viraram para encará-la e, no escuro, ela não conseguiu ter certeza se a expressão deles era de interesse ou de desdém.

– Farnsworth vai ouvi-los do quarto dele – avisou Caroline. – Fica apenas dois andares acima, e como está quente, ele provavelmente abriu as janelas. Se por acaso Farnsworth olhar para fora, com certeza verá vocês.

– Você poderia ter nos dito isso antes de tentarmos invadir – comentou Blake, irritado.

– Ainda consigo fazê-los entrar – retrucou ela, também irritada.

– Como?

– "Obrigada, Caroline" – disse ela, em tom sarcástico. – "Que atencioso da sua parte." Ora, de nada, Blake, é um prazer ajudá-lo.

Ele não pareceu achar engraçado.

– Não temos tempo para brincadeirinhas, Caroline. Diga-nos o que fazer.

– Consegue arrombar uma fechadura?

Blake pareceu ofendido por ela sequer ter perguntado.

– É claro. Mas Riverdale é mais rápido.

– Ótimo. Sigam-me.

A mão de Blake pousou pesadamente sobre o ombro direito dela.

– *Você* não vai entrar.

– Devo ficar aqui sozinha então? Em um lugar onde qualquer um que passe me reconheceria e me entregaria de volta para Oliver? Sem contar os ladrões, bandoleiros...

– Perdoe-me, Caroline – interrompeu James –, mas nesse caso nós somos os ladrões e bandoleiros.

Caroline teve que conter uma risada.

Blake bufou.

James olhou de um para outro com interesse indisfarçado. Por fim, disse:

– Ela está certa, Ravenscroft. Não podemos deixá-la aqui fora sozinha. Vá na frente, Caroline.

Blake praguejou com vontade, mas seguiu atrás de James e Caroline sem qualquer outro comentário negativo.

Ela os levou até uma porta lateral parcialmente escondida por um bordo inglês alto. Em seguida, agachou-se e levou os dedos aos lábios, indicando que eles deveriam permanecer quietos. Os dois homens a encararam sem entender, mas curiosos, enquanto ela erguia o corpo e batia com o ombro na porta. Eles ouviram a tranca soltar e Caroline abriu a porta.

– O mordomo não vai ouvir isso? – perguntou James.

Caroline fez que não com a cabeça.

– O quarto dele fica muito longe daqui. A única pessoa que vive nesse lado da casa é a governanta, e ela é surda. Já me esgueirei por aqui para sair e para entrar várias vezes. Ninguém nunca me pegou.

– Você deveria ter nos contado a respeito antes – disse Blake.

– Vocês não teriam conseguido acertar. É preciso empurrar só um pouquinho a porta. Levei semanas para aprender.

– E o que você fazia se esgueirando para fora de casa à noite?

– Não consigo ver por que isso seria problema seu.

– Você se tornou problema meu quando passou a morar na minha casa.

– Ora, isso não teria acontecido se você não tivesse me *sequestrado*!

– Eu não a teria sequestrado se você não estivesse vagando pelo campo sem nenhuma preocupação com a própria segurança.

– Com certeza eu estava mais segura no campo do que aqui em Prewitt Hall, e você sabe muito bem disso.

– Você não estaria segura nem em um convento – resmungou ele.

Caroline revirou os olhos.

– Se essa não é a coisa mais absurda... Ah, não importa. Se está tão aborrecido por eu não ter deixado que abrisse a porta, pronto, vou fechá-la de novo e você pode fazer sua vontade.

Blake deu um passo ameaçador à frente.

– Sabe de uma coisa, se eu a estrangulasse aqui e agora não haveria tribunal nesse país que fosse me...

– Se os dois pombinhos puderem parar de se bicar – interrompeu James –, eu gostaria de revistar o escritório antes que Prewitt volte para casa.

Blake relanceou o olhar para Caroline como se o atraso fosse culpa dela, o que a fez sibilar:

– Não se esqueça de que se não fosse por mim...

– Se não fosse por você – retrucou Blake –, eu seria um homem muito feliz, na verdade.

– Estamos perdendo tempo – James lembrou aos dois. – Vocês podem ficar aqui se não conseguem parar de discutir, mas eu vou revistar a sala de visitas.

– Irei na frente – anunciou Caroline –, já que sei o caminho.

– Você irá atrás de mim – contradisse Blake – e me orientará conforme seguimos.

– Ah, pelo amor de São Pedro! – explodiu James, a exasperação agora clara em todas as linhas de seu corpo. – *Eu* irei primeiro, nem que seja apenas para calar vocês dois. Caroline, siga-me e passe-me as instruções. Blake você a protege na retaguarda.

O trio entrou na casa e, por mais surpreendente que pudesse parecer, não houve outra troca de palavras que não as instruções sussurradas de Caroline. Logo eles se viram diante da porta da sala de visitas ao sul. James pegou uma ferramenta achatada e esquisita e enfiou-a na fechadura.

– Essa coisa vai mesmo funcionar? – sussurrou Caroline para Blake.

Ele assentiu brevemente.

– Riverdale é o melhor. Consegue abrir uma fechadura mais rápido do que qualquer um. Observe. Mais três segundos. Um, dois...

Clique. A porta se abriu.

– Três – disse James, com um sorrisinho pretensioso.

– Muito bem – elogiou Caroline.

Ele sorriu de volta para ela.

– Nunca encontrei uma mulher ou uma fechadura que não me amassem.

Blake murmurou alguma coisa baixinho e passou pelos dois.

– Você – disse, virando-se e apontando para Caroline –, não toque em nada.

– Gostaria que eu lhe dissesse o que Oliver também não queria que eu tocasse? – perguntou ela, o sorriso desavergonhadamente falso.

– Não tenho tempo para joguinhos, Srta. Trent.

– Ah, eu não sonharia em desperdiçar seu tempo.

Blake se virou para James.

– Vou matá-la!

– E eu vou matar *você* – retrucou James. – Vocês dois, na verdade. – Ele passou por Blake e Caroline e foi direto até a escrivaninha. – Blake, reviste as prateleiras. Caroline, você... ora, não sei o que deve fazer, mas tente não gritar com Blake.

Blake deu um sorrisinho presunçoso.

– Ele gritou comigo primeiro – resmungou Caroline, ciente de que estava agindo de modo muito infantil.

James balançou a cabeça e se ocupou da tranca das gavetas da escrivaninha. Ele abriu cada uma com cuidado, então examinou o conteúdo delas e rearrumou tudo depois, de modo que Oliver não pudesse reparar que haviam sido mexidas.

No entanto, depois de cerca de um minuto, Caroline teve pena e disse:

– Talvez você queira se concentrar na última gaveta, à esquerda.

Ele ergueu os olhos para ela com interesse.

Caroline deu de ombros e inclinou a cabeça para o lado.

– Oliver sempre foi mais obcecado por ela. Certa vez, ele quase arrancou a cabeça de Farnsworth só porque o mordomo se aproximou para polir a fechadura.

– Você não poderia ter contado isso a James antes que ele examinasse todas as outras gavetas? – perguntou Blake, em um tom furioso.

– Eu tentei – retorquiu ela –, e você ameaçou me matar.

James ignorou a discussão entre os dois e abriu a fechadura que Caroline indicara. A gaveta se abriu suavemente, revelando pilhas de pastas, todas etiquetadas com datas.

– O que é? – perguntou Blake.

James deixou escapar um assobio baixo.

– O ingresso de Prewitt para a forca.

Blake e Caroline se aglomeraram ao redor dele, ambos ansiosos para olhar. Havia talvez três dúzias de pastas, cada uma delas rigorosamente etiquetada e datada. James abriu uma delas sobre a escrivaninha e examinou o conteúdo com grande interesse.

– O que diz? – perguntou Caroline.

– Esse material documenta as atividades ilegais de Prewitt – respondeu Blake. – Que estupidez ter colocado tudo por escrito...

– Oliver é muito organizado – comentou ela. – Sempre que planeja algo, ele coloca no papel e segue à risca o que for estipulado.

James apontou para uma frase que começava com as iniciais CDL.

– Essa deve ser Carlotta – sussurrou. – Mas quem é este?

Os olhos de Caroline seguiram o dedo dele até as letras MCD.

– Miles Dudley – sugeriu ela.

Os dois homens se viraram para encará-la.

– Quem? – perguntaram ao mesmo tempo.

– Miles Dudley, imagino. Não sei o nome do meio dele, mas é o único MD em que posso pensar. É um dos amigos mais próximos de Oliver. Os dois se conhecem há anos.

Blake e James trocaram um olhar.

– Acho Dudley uma pessoa detestável – continuou Caroline. – Está sempre salivando em cima das empregadas da casa. E em cima de mim. Eu sempre dava um jeito de estar longe quando ele vinha nos visitar.

Blake se virou para o marquês.

– Há o bastante nessa pasta para prendermos Dudley?

– Haveria se pudéssemos ter certeza de que MCD é mesmo Miles Dudley. Não se pode sair por aí prendendo pessoas com base em suas iniciais – respondeu James.

– Se vocês prendessem Oliver tenho certeza de que ele incriminaria o Sr. Dudley – comentou Caroline. – Os dois são muito bons amigos, mas duvido que a lealdade de Oliver fosse sobreviver sob tais circunstâncias. Quando chegar a esse ponto, Oliver não terá lealdade por ninguém a não ser por si mesmo.

– Não é um risco que estou disposto a correr – disse Blake em um tom sombrio. – Não descansarei até ver esses dois traidores presos ou enforcados. Precisamos pegar ambos em ação.

– Há alguma forma de determinar para quando Oliver planeja sua próxima ação de contrabando? – quis saber Caroline.

— Não — retrucou James, enquanto folheava a pilha de pastas —, a menos que ele seja muito estúpido.

Caroline se inclinou para a frente.

— E quanto a isto aqui? — perguntou ela, levantando uma pasta quase vazia, marcada com 31-7-14.

Blake pegou a pasta da mão dela e deu uma olhada no que continha.

— Que idiota!

— Sem dúvida não posso argumentar com você a respeito da idiotice de Oliver — comentou Caroline —, mas devo dizer que ele não esperava que seu escritório fosse revistado.

— Uma pessoa nunca deve colocar esse tipo de informação por escrito — disse Blake.

— Ora, Ravenscroft — comentou James erguendo as sobrancelhas em uma expressão travessa —, com uma linha de pensamento dessa você daria um excelente criminoso.

Blake estava tão concentrado na pasta que nem se deu o trabalho de olhar para o amigo.

— Prewitt está planejando algo grande. Pelo que posso ver, maior do que qualquer coisa que já fizera. Menciona CDL, MCD e "o resto". E também menciona uma enorme quantia em dinheiro.

Caroline espiou por cima do braço dele para o número escrito na pasta.

— Santo Deus — sussurrou. — Com tanto dinheiro assim, o que ele quer com a minha herança?

— Há algumas pessoas que parecem nunca ter o bastante — respondeu Blake, cáustico.

James pigarreou.

— Nesse caso, acho que devemos esperar até o fim do mês e atacar quando pudermos pegar todos. Eliminar a gangue inteira de uma vez só.

— Parece um bom plano — concordou Caroline. — Mesmo se tivermos que esperar três semanas.

Blake se virou para ela com uma expressão furiosa.

— *Você* não vai participar.

— Ao diabo com o que diz — retorquiu ela, as mãos nos quadris. — Se não fosse por mim, vocês não saberiam nem que ele estava planejando alguma coisa para essa quarta-feira. — Ela parou, pensativa. — Vejam, vocês acham que ele não tem passado todas essas quartas-feiras jogando cartas? Eu me pergunto se Oliver vem contrabandeando com frequência. Toda quarta-feira, por exemplo.

Ela folheou as pastas, checando datas e somando e diminuindo semanas mentalmente de cada uma.

– Vejam! Todos são para o mesmo dia da semana.

– Eu duvido que ele faça contrabando toda quarta-feira – cismou James –, mas o carteado é um excelente disfarce para as vezes em que ele se envolve em atividades ilegais. Com quem Oliver joga cartas?

– Entre outros, com Miles Dudley.

Blake balançou a cabeça.

– Provavelmente todos os malditos jogadores estão envolvidos. Quem mais?

– Bernard Leeson. É nosso médico local.

– Não me espanta – murmurou Blake. – Odeio médicos.

– E Francis Badeley – concluiu Caroline –, o magistrado.

– Então suponho que não devemos contar com ele para nos ajudar a prender Oliver – comentou James.

– É provável que ele também acabasse sendo preso – retrucou Blake. – Teremos que convocar homens de Londres.

James assentiu.

– Moreton vai querer alguma prova antes de mandar seus homens em uma escala tão grande. Vamos precisar levar esses arquivos.

– Eu não levaria todos, se fosse vocês – argumentou Caroline. – Oliver entra nessa sala quase todo dia. Estou certa de que vai perceber se as pastas tiverem sumido.

– Você está ficando muito boa nisso – comentou James com uma risadinha. – Tem certeza de que não quer trabalhar conosco?

– Ela não vai trabalhar para o Departamento de Guerra – falou Blake entre os dentes.

Caroline teve a sensação de que Blake teria berrado a frase se eles não estivessem revistando o escritório de Oliver.

– Vamos levar só umas duas – retrucou James, ignorando a alteração de Blake. – Mas não podemos levar esta. – Ele levantou a pasta com a missão que se seguiria. – Oliver vai querer dar uma olhada nela logo.

– Pegue um pedaço de papel para Caroline – disse Blake em um tom arrastado. – Tenho certeza de que ela ficará feliz em copiar a informação. Afinal, tem uma caligrafia perfeita.

– Não sei onde Oliver guarda papel em branco aqui – retrucou ela, ignorando o sarcasmo. – Ele quase nunca permitia que eu entrasse nessa sala. Mas sei que logo no fim do corredor podemos encontrar papel, tinta e pena.

– Boa ideia – disse James. – Quanto menos tirarmos daqui, menor a chance de Prewitt perceber que alguém andou mexendo nas coisas dele. Caroline, vá pegar o papel e a pena.

– Certo. – Ela bateu continência, brincalhona, e se apressou na direção da porta.

Mas Blake foi rápido atrás dela.

– Você não vai sozinha – sibilou. – Devagar.

Caroline não diminuiu o passo de forma nenhuma, já que não tinha dúvida de que Blake a seguiria pelo corredor até a sala de visitas na ala leste. Era o cômodo que Caroline usava para receber as damas da vizinhança. Não que muitas delas fossem até Prewitt Hall, mas ainda assim Caroline mantinha papel, penas e tinta ali, no caso de alguém precisar escrever um bilhete ou mandar uma correspondência.

Mas quando ela estava prestes a entrar na sala, ouviu um barulho vindo da porta da frente. Um barulho que soava perigosamente com o de uma chave virando na fechadura. Caroline se virou para Blake e sibilou:

– É Oliver!

Ele não perdeu tempo com palavras. Antes que Caroline tivesse ideia do que estava acontecendo, foi empurrada para dentro da sala de visitas da ala leste e forçada a agachar atrás do sofá. Seu coração batia tão alto que ela ficou surpresa por não ter acordado a casa toda.

– E James? – sussurrou.

Blake levou o dedo aos lábios.

– Ele saberá o que fazer. Agora fique quieta. Oliver está entrando.

Caroline cerrou os dentes para evitar gritar de medo, enquanto ouvia o barulho dos passos de Oliver no corredor. E se James não o tivesse ouvido entrar? E se James tivesse ouvido, mas não tivesse conseguido se esconder a tempo? E se tivesse conseguido se esconder, mas tivesse se esquecido de fechar a porta?

A cabeça de Caroline doía com a miríade de possibilidades de desastre.

Mas o barulho dos sapatos de Oliver não seguiu na direção da sala de visitas da ala sul. Aproximavam-se na direção dela! Caroline abafou um arquejo e cutucou as costelas de Blake. Ele não teve qualquer reação a não ser enrijecer a postura já tensa.

Caroline relanceou a mesa lateral e seus olhos pousaram na garrafa de conhaque. Oliver gostava de levar um copo para o quarto. Se ele não se virasse enquanto servia a bebida, não os veria, mas caso contrário...

Absolutamente em pânico, Caroline puxou o braço de Blake. Com força.

Ele não se moveu.

Com movimentos frenéticos, ela apontou para o peito dele e então para a garrafa de conhaque.

O que foi?, perguntou Blake sem emitir som.

O conhaque, respondeu ela da mesma forma, apontando furiosamente para a garrafa.

Blake arregalou os olhos e inspecionou rapidamente o restante da sala, procurando outro lugar para se esconderem. Mas a luz estava fraca, era difícil enxergar.

No entanto, Caroline tinha a vantagem de conhecer aquele cômodo como a palma da mão. Ela virou a cabeça para o lado e gesticulou para que Blake a seguisse. Então engatinhou para trás de outro sofá, agradecendo a Deus o tempo todo por Oliver ter escolhido atapetar a sala. Um piso sem tapete teria ecoado cada movimento dela e os dois com certeza estariam perdidos.

Naquele momento, Oliver entrou na sala e se serviu de conhaque. Alguns segundos mais tarde, ela ouviu o barulho do copo sendo pousado na mesa, seguido pelo som de mais conhaque sendo servido. Caroline mordeu o lábio inferior, confusa. Era muito pouco característico de Oliver tomar mais de um copo antes de ir para a cama.

Mas ele provavelmente tivera uma noite difícil, porque suspirou e disse para si mesmo:

– Meu Deus, que desastre.

Então, para desespero de Blake e Caroline, Oliver afundou o corpo exatamente no sofá atrás do qual eles estavam escondidos e apoiou as pernas sobre a mesa.

Caroline ficou paralisada. Ou teria ficado, pensou apavorada, se já não estivesse paralisada de medo. Não havia dúvidas.

Estavam presos em uma armadilha.

CAPÍTULO 12

pa.li.a.ti.vo (adjetivo). Que dá alívio superficial ou temporário.
Estou aprendendo que um beijo é um fraco paliativo quando o coração de alguém está partido.

– Do dicionário pessoal de Caroline Trent

Blake pousou a mão sobre a boca de Caroline. Ele sabia como permanecer em silêncio, tivera anos de experiência na arte de se manter absolutamente quieto. Mas só Deus sabia o que Caroline faria. A louca poderia espirrar a qualquer momento. Ou soluçar. Ou se agitar.

Caroline o encarou com irritação por cima da mão dele. Sim, pensou Blake, ela era do tipo que se inquietaria. Ele moveu a outra mão para a parte de cima do braço dela e segurou-a com firmeza, determinado a mantê-la quieta. Não se importava se ela ficasse com hematomas por uma semana; não havia como saber o que Prewitt teria feito se encontrasse a tutelada rebelde escondida atrás do sofá na sala de visitas. Afinal, quando Caroline fugira, realmente levara a fortuna dela junto.

Prewitt bocejou e se levantou. Por um momento, o coração de Blake se acelerou, esperançoso. Mas o desgraçado apenas atravessou a sala até a mesa lateral e se serviu de outro copo de conhaque.

Blake olhou para Caroline. Ela não dissera certa vez que Prewitt nunca exagerava na bebida? Caroline deu de ombros, claramente perdida em relação ao que o tutor estava fazendo.

Prewitt voltou a se sentar no sofá com um gemido alto e murmurou:
– Maldita seja aquela garota.

Caroline arregalou os olhos.

Blake apontou para ela e mexeu os lábios sem fazer barulho, perguntando: "Você?"

Caroline ergueu os ombros e piscou com uma expressão confusa.

Blake fechou os olhos por um momento e tentou decifrar a quem Prewitt se referia. Não havia como ter certeza. Poderia ser Caroline. Mas também poderia ser Carlotta De Leon.

– Onde diabo ela poderia estar? – voltou a falar Prewitt, e logo se seguiu um som de engolir tão alto que fez parecer que, além de conhaque, ele engolia o medo.

Caroline apontou para si mesma e Blake sentiu a boca da jovem formar a palavra: "Eu?" sob a mão dele. Mas ele não respondeu. Estava ocupado demais se concentrando em Prewitt. Se o desgraçado traidor os descobrisse agora, a missão estaria arruinada. Bem, não por completo. Blake tinha certeza de que ele e James poderiam facilmente prender Prewitt naquela noite se fosse necessário, mas isso significaria que os cúmplices do homem sairiam livres. Era melhor ser paciente e esperar três semanas. Depois disso o trabalho de espionagem acabaria de vez.

Então, bem quando Blake sentiu os pés começarem a ficar dormentes sob o corpo, Prewitt pousou o copo sobre a mesa e saiu da sala. Blake contou até dez, então tirou a mão de cima da boca de Caroline e soltou um suspiro de alívio.

Ela também deixou escapar um suspiro, mas foi rápido, logo seguido pela pergunta:

– Acha que ele estava falando a meu respeito?

– Não faço ideia – respondeu Blake com sinceridade. – Mas não ficaria surpreso se estivesse.

– Acha que ele descobriu James?

Blake fez que não com a cabeça.

– Se isso tivesse acontecido, com certeza teríamos ouvido algum tipo de comoção. O que não significa que já estejamos a salvo. Até onde sabemos, Prewitt está caminhando preguiçosamente pelo corredor antes de entrar na sala de visitas da ala sul.

– O que fazemos agora?

– Esperamos.

– Pelo quê?

Ele se virou para encará-la, irritado.

– Você faz muitas perguntas.

– É a única forma de aprender alguma coisa útil.

– Esperamos até recebermos um sinal de Riverdale – disse Blake, impaciente.

– E se ele estiver esperando um sinal nosso?

– Ele não está.

– Como pode ter certeza?

– Riverdale e eu trabalhamos juntos há sete anos. Conheço os métodos dele.

– Eu realmente não entendo como vocês poderiam estar preparados para esse tipo de situação.

Ele a encarou com tamanha irritação que Caroline fechou a boca de vez. Mas não antes de revirar os olhos para ele.

Blake a ignorou por vários minutos, o que não foi fácil. O mero som da respiração dela o excitava. A reação dele era muito inapropriada dadas as circunstâncias, e era uma reação com a qual ele não tinha qualquer experiência, nem mesmo com Marabelle. Infelizmente, parecia não haver nada que Blake pudesse fazer a respeito, o que deixou o humor dele ainda mais irascível.

Então Caroline se moveu, e o braço dela roçou sem querer contra o quadril dele e...

Blake se proibiu de levar o pensamento adiante. De repente, pegou a mão dela e se levantou.

– Vamos.

Caroline olhou ao redor, confusa.

– Recebemos algum tipo de sinal do marquês?

– Não, mas já passou tempo suficiente.

– Mas achei que você tinha dito...

– Se quer fazer parte desta operação, precisa aprender a acatar ordens. Sem questionar – sibilou Blake.

Ela ergueu as sobrancelhas.

– Estou tão feliz por você ter decidido me deixar participar.

Se Blake tivesse podido arrancar a língua dela naquele momento, ele teria feito isso. Ou ao menos tentado.

– Siga-me – ordenou, irritado.

Caroline fez uma continência e marchou na ponta dos pés atrás dele em direção à porta. Blake achou que merecia uma medalha por não levantá-la pela gola do vestido e jogá-la pela janela. Mas no mínimo exigiria algum tipo de taxa extra de risco do Departamento de Guerra. Se não pudessem lhe pagar em dinheiro, sem dúvida haveria alguma pequena propriedade em algum lugar que fora confiscada de um criminoso.

Com certeza Blake merecia um pagamento extra por aquela missão. Caroline era deliciosa de beijar, mas em uma missão era muito irritante.

Blake chegou até a porta e gesticulou para que Caroline ficasse atrás dele. Com a mão na pistola, espiou o corredor, certificou-se de que estava vazio e saiu. Ela o seguiu sem que ele precisasse passar qualquer instrução verbal, como sabia que ela faria. Aquela ali sem dúvida não precisava de estímulo para se jogar na direção do perigo.

Era cabeça-dura demais, imprudente demais. Isso trouxe lembranças a Blake.

Marabelle.

Blake fechou os olhos com força por uma fração de segundo, tentando afastar da mente a imagem da noiva falecida. Marabelle podia morar em seu coração, mas ela não tinha lugar ali, naquela noite, em Prewitt Hall. Não se Blake queria que os três saíssem dali vivos.

No entanto, a lembrança de Marabelle logo foi posta de lado pelo cutucar incessante de Caroline em seu braço.

– O que foi agora? – perguntou, irritado.

– Não deveríamos pelo menos pegar papel e penas? Afinal, não foi por isso que viemos até aqui?

Blake abriu e fechou as mãos, que pareceram estrelas-do-mar tensas, e respondeu devagar:

– Sim, isso seria uma boa ideia.

Ela atravessou a sala de volta correndo e pegou o que precisavam enquanto Blake praguejava baixinho para si mesmo. Estava ficando fraco. Não era típico dele esquecer algo tão simples como pena e tinta. O que mais queria era se ver livre do Departamento de Guerra, longe do perigo e da intriga. Queria viver uma vida em que não tivesse que se preocupar com a possibilidade de ver os amigos serem mortos, onde não tivesse nada a fazer além de ler e criar cães de caça mimados e preguiçosos, e...

– Tenho tudo de que precisamos – anunciou Caroline, ofegante, interrompendo os pensamentos dele.

Blake assentiu e os dois voltaram pelo corredor. Quando alcançaram a porta da sala de visitas da ala sul, ele bateu sete vezes na madeira, os dedos logo encontrando o ritmo familiar que ele e James haviam criado anos antes, quando eram alunos em Eton.

A porta foi aberta apenas poucos milímetros, e Blake a empurrou somente o necessário para que ele e Caroline se espremessem por ela. James estava com as costas coladas à parede e o dedo pousado no gatilho do revólver. Ele deixou escapar um suspiro audível de alívio quando viu que apenas Caroline e Blake entraram na sala.

– Não reconheceu a batida? – perguntou Blake.

James assentiu brevemente.

– É sempre bom pecar pelo excesso de cuidado.

– Com certeza – concordou Caroline.

Todo aquele trabalho de espionagem estava deixando o estômago dela bastante enjoado. Era empolgante, sem dúvida, mas nada de que ela quisesse participar com frequência. Não fazia ideia de como os dois homens desempenhavam o trabalho há tanto tempo sem ter os nervos completamente em frangalhos.

Ela se virou para James.

– Oliver entrou aqui?

James fez que não com a cabeça e falou:

– Mas eu o ouvi no corredor.

– Ele nos manteve encurralados por alguns minutos na sala de visitas da ala leste. – Caroline estremeceu. – Foi apavorante.

Blake lançou-lhe um olhar que estranhamente parecia de apreciação.

– Trouxe papel, penas e tinta – continuou Caroline, pousando o equipamento sobre a escrivaninha de Oliver. – Vamos copiar os documentos agora? Eu gostaria de ir embora logo. Na verdade, nunca tive a intenção de voltar a passar tanto tempo em Prewitt Hall.

Havia apenas três folhas na pasta, por isso cada um pegou uma delas e copiou apressadamente o conteúdo para uma folha de papel nova. Os resultados não foram tão elegantes, com mais de uma mancha de tinta prejudicando o esforço, mas estavam legíveis, e isso era o que importava.

James repôs a pasta com cuidado na gaveta e voltou a trancá-la.

– A sala está em ordem? – perguntou Blake.

James assentiu.

– Arrumei tudo enquanto vocês não estavam.

– Excelente! Vamos embora.

Caroline se virou para o marquês.

– Você se lembrou de pegar a pasta mais antiga como prova?

– Estou certo de que James sabe fazer seu trabalho – disse Blake, secamente. Então virou-se para James e perguntou: – Você pegou?

– Santo Deus! – exclamou James com uma voz exausta. – Vocês dois são piores do que duas crianças pequenas. Sim, é claro que peguei a pasta, e se vocês não pararem de discutir um com o outro vou trancá-los aqui e deixá-los por conta de Prewitt e do mordomo atirador.

Caroline ficou boquiaberta diante do ataque do marquês, sempre tão tranquilo. Ela relanceou o olhar para Blake e percebeu que ele também parecia surpreso – e talvez um pouco envergonhado.

James encarou os dois com severidade antes de fixar o olhar em Caroline e perguntar:

– Como diabo saímos daqui?

– Não podemos sair pela janela pelo mesmo motivo por que não poderíamos entrar por ela. Se Farnsworth ainda estiver acordado, certamente nos ouviria. Mas podemos sair do mesmo modo que entramos.

– Ninguém desconfiará amanhã quando a porta não estiver trancada? – perguntou Blake.

Caroline balançou a cabeça.

– Sei como fechar a porta de modo que a tranca abaixe sozinha. Ninguém vai saber.

– Ótimo – disse James. – Vamos lá.

O trio atravessou a casa em silêncio, parando do lado de fora da sala de visitas na ala sul para que James voltasse a trancar a porta, e saíram para o pátio lateral. Alguns minutos mais tarde, alcançaram os cavalos dos homens.

– Minha montaria está lá – disse Caroline, apontando para um pequeno conjunto de árvores do outro lado do jardim.

– Suponho que esteja querendo dizer *minha* montaria, que você convenientemente pegou emprestada – atacou Blake.

Caroline bufou.

– Por favor, perdoe o meu uso inadequado da língua, Sr. Ravenscroft. Eu...

Mas fosse o que fosse que Caroline iria dizer – e ela mesma não estava certa do que seria –, se perdeu sob a chuva de xingamentos de James. Antes que ela ou Blake pudessem falar qualquer outra coisa, o marquês chamou os dois de cérebro de formiga, de idiotas e de alguma outra coisa completamente diferente, que Caroline não compreendeu bem. No entanto, tinha quase certeza de que fora um insulto. Então, antes que tivessem a chance de responder, James montou no cavalo e saiu em disparada pela colina.

Caroline se virou para Blake, ainda atordoada.

– Ele está bem irritado conosco, não está?

A resposta de Blake foi sentá-la sob o cavalo dele e montar atrás dela. Eles deram a volta pelo perímetro de Prewitt Hall até alcançarem a árvore onde ela amarrara o cavalo. Logo Caroline estava acomodada sobre a própria montaria.

– Siga-me – instruiu Blake, e saiu a meio galope.

⁂

Cerca de uma hora mais tarde, Caroline seguiu Blake pela porta da frente de Seacrest Manor. Estava cansada, dolorida e não queria nada além de se arrastar para a cama. Mas antes que pudesse subir as escadas correndo, Blake a pegou pelo cotovelo e levou-a para dentro do escritório.

Talvez *empurrou-a* para dentro do escritório fosse um termo mais preciso.

– Não pode esperar até amanhã? – perguntou Caroline, bocejando.

– Não.

– Estou com muito sono.

Não houve resposta.

Caroline resolveu tentar uma tática diferente.

– O que você acha que aconteceu com o marquês?

– Não me importo nem um pouco.

Ela o encarou confusa. Que estranho. Então voltou a bocejar, incapaz de se conter.

– Sua intenção é me passar um sermão? – perguntou ela. – Porque, se for, devo avisá-lo que não estou nem um pouco disposta e...

– Você não está *disposta*?! – Blake praticamente rugiu.

Caroline balançou a cabeça e seguiu em direção à porta. Não adiantava tentar ser razoável quando ele estava naquele humor.

– Nos veremos pela manhã. Tenho certeza de que, seja o que for que o tenha deixado tão irritado, poderá esperar até lá.

Blake agarrou a saia dela e puxou-a de volta para o meio da sala.

– Você não vai a lugar nenhum – grunhiu.

– Como?

– Só quero saber que diabo você achou que estava fazendo esta noite?

– Salvando a vida de vocês? – retrucou ela.

– Não faça gracinhas.

– Não estava fazendo. Eu realmente salvei a vida de vocês. E não me recordo de ter ouvido sequer um agradecimento por isso.

Blake murmurou alguma coisa baixinho, seguido por:

– Você não salvou a minha vida. Tudo o que fez foi colocar a sua em perigo.

– Não discutirei sua última afirmação, mas com certeza salvei a vida de vocês esta noite. Se eu não tivesse corrido para Prewitt Hall para avisá-los sobre Farnsworth e seu hábito, ele com certeza teria atirado em vocês.

– Esse é um argumento discutível, Caroline.

– É claro que é – retrucou ela com uma fungada de desdém. – Salvei sua vida miserável e Farnsworth nunca teve a oportunidade de atirar em você.

Ele a encarou por um longo tempo, com uma expressão dura.

– Vou dizer isto apenas uma vez: você não vai se envolver em nosso trabalho de levar seu antigo tutor à justiça.

Caroline permaneceu em silêncio.

Após um momento, Blake claramente perdeu a paciência com a falta de resposta dela e perguntou:

– E então? Não tem uma resposta para isso?

– Tenho, mas você não vai gostar dela.

– Maldição, Caroline! – explodiu ele. – Não pensa nem por um minuto em sua própria segurança?

– É claro que sim. Pensa que achei *divertido* arriscar meu pescoço por vocês esta noite? Eu poderia ter sido morta. Ou pior, vocês poderiam ter sido mortos. Ou Oliver poderia ter me capturado e me forçado a me casar com Percy. – Ela estremeceu. – Santo Deus, esse último cenário me trará pesadelos por semanas.

– Você com certeza parecia estar se divertindo.

– Pois bem, eu não estava. Fiquei nauseada o tempo todo por saber que estávamos em perigo.

– Se estava tão apavorada, por que não a vi chorando ou se comportando como uma mulher normal?

– Uma mulher *normal*? O senhor está me insultando. Está insultando todo o meu gênero.

– Tem que admitir que a maior parte das mulheres teria precisado cheirar sais para se acalmar esta noite.

Caroline o encarou com severidade, todo o corpo tremendo de fúria.

– Espera que eu me desculpe por não ter perdido o controle, gritado, chorado e arruinado toda a operação? Eu estava assustada... não, estava apavorada, mas de que adiantaria eu não ter me mostrado corajosa? Além do mais – acrescentou, a expressão agora aborrecida –, eu estava tão furiosa com você a maior parte do tempo que esqueci quanto estava assustada.

Blake desviou o olhar. Ouvi-la admitir o medo que sentira fez com que ele mesmo se sentisse ainda pior. Se alguma coisa tivesse acontecido a Caroline naquela noite, ele teria sido o culpado.

– Caroline, não vou permitir que se coloque em risco. Eu a proíbo – disse Blake baixinho.

– Você não tem o direito de me proibir de nada.

Um músculo começou a pulsar no pescoço dele.

– Enquanto estiver morando na minha casa...

– Ah, pelo amor de Deus, você parece um dos meus tutores falando.

– Agora *você* está *me* insultando.

Ela bufou, frustrada.

– Não sei como você aguenta viver em um perigo tão grande o tempo todo. Não sei como sua família aguenta. Eles devem ficar bastante preocupados.

– Minha família não sabe.

– O quê? – perguntou ela com uma voz aguda. – Como isso é possível?

– Nunca contei a eles.

– Isso é abominável – rebateu ela visivelmente sentida. – Se eu tivesse uma família, nunca os trataria com tamanha falta de respeito.

– Não estamos aqui para discutir a minha família – afirmou Blake. – E sim para discutir seu comportamento temerário.

– Eu me recuso a reconhecer meu comportamento como temerário. Você teria feito a mesma coisa se estivesse no meu lugar.

– Mas eu não estava no seu lugar, como você colocou e, além disso, tenho quase uma década de experiência no assunto, diferente de você.

– O que quer de mim? Que eu prometa nunca mais interferir?

– Isso seria um excelente começo.

Caroline botou as mãos no quadril e levantou o queixo.

– Muito bem, não vou mais interferir. Não há nada que eu deseje mais do que me manter longe do perigo pelo resto da vida, mas se você estiver em perigo e eu puder fazer alguma coisa para ajudar, com certeza não ficarei parada. Como eu poderia seguir adiante se você se ferisse?

– Você é a mulher mais cabeça-dura que eu já tive a infelicidade de conhecer. – Blake agitou a mão no ar e resmungou baixinho, antes de acrescentar: – Não consegue entender que estou tentando protegê-la?

Caroline sentiu um calor gostoso no peito e seus olhos ficaram marejados.

– Sim – respondeu –, mas não consegue entender que estou fazendo o mesmo?

– Não. – A palavra foi dita em um tom frio, tenso e duro, tão duro que Caroline chegou a recuar um passo.

– Por que está sendo tão cruel? – sussurrou ela.

– A última vez que uma mulher pensou em me proteger...

A voz dele cessou, mas Caroline não precisou de palavras para compreender o sofrimento bruto estampado no rosto de Blake.

– Blake, não quero discutir sobre isso – disse ela com suavidade.

– Então me prometa uma coisa.

Caroline engoliu em seco, sabendo que ele iria pedir algo que ela não poderia concordar.

– Não se coloque em perigo de novo. Se algo lhe acontecer, eu... eu não conseguiria suportar, Caroline.

Ela lhe deu as costas. Seus olhos estavam ficando marejados, e não queria que Blake visse como se comovera com o pedido. Algo na voz dele tocara o coração dela, algo no modo como os lábios de Blake se moveram por um momento antes de ele falar, como se procurasse em vão pelas palavras certas.

Mas então Blake voltou a falar:

– Não posso permitir que outra mulher morra.

E Caroline soube que não tinha a ver com ela. Tinha a ver com ele e com a culpa imensa que carregava pela morte da noiva. Não sabia de todos os detalhes sobre a morte de Marabelle, mas James contara o bastante sobre a mulher para que Caroline soubesse que Blake ainda se culpava pela morte dela.

Caroline engoliu o choro. Como poderia competir com uma mulher morta?

Sem olhar para ele, foi cambaleando na direção da porta.

– Vou subir. Se tiver mais alguma coisa para me dizer, pode esperar até de manhã.

Mas antes que ela pudesse girar a maçaneta da porta, ouviu-o chamar:

– Espere.

Apenas uma palavra e Caroline não conseguiu resistir. Virou-se na direção dele devagar.

Blake a encarou, incapaz de afastar os olhos do rosto dela. Queria dizer alguma coisa, milhares de palavras rodopiavam em sua mente, mas ele não formulou uma única frase. Então, sem se dar conta do que estava fazendo, ele deu um passo na direção dela, e outro, e mais outro, e em seguida Caroline estava em seus braços.

– Não me assuste outra vez – murmurou Blake contra os cabelos dela.

Caroline não respondeu, mas ele sentiu o corpo dela ficando quente e relaxado contra o dele. Então a ouviu suspirar. Foi um som baixo, ele mal conseguiu escutar, mas foi muito doce e deixou claro que ela o queria. Talvez não do modo como ele a queria; maldição, Blake duvidava que isso fosse possível. Não se lembrava de já ter desejado uma mulher com tamanha loucura. Mas ainda assim, ela o queria. Blake estava certo disso.

Os lábios dele encontraram os dela e ele a devorou com todo o medo e desejo que sentira a noite toda. Caroline tinha o sabor dos sonhos de Blake, e a sensação do seu corpo contra o dele era como estar no paraíso.

E Blake soube que estava perdido.

Nunca poderia tê-la, nunca poderia amá-la de todos os modos como ela merecia ser amada, mas era egoísta demais para deixá-la ir. Só por aquele instante, ele poderia – e iria – fingir que pertencia a Caroline, e que ela pertencia a ele, e que o coração dele estava inteiro.

Os dois desabaram sobre o sofá. Caroline aterrissou em cima dele de forma suave, e Blake não perdeu tempo e logo trocou de posição com ela. Queria senti-la se agitando sob seu corpo, contorcendo-se com um desejo tão forte quanto o que o consumia. Queria ver os olhos dela escurecerem e arderem de desejo.

Blake enfiou as mãos por baixo da bainha da saia dela e apertou ousadamente a perna macia antes de subir até a coxa. Caroline gemeu, um som delicioso que poderia ter sido o nome dele, ou talvez tenha sido mesmo apenas um gemido, mas Blake não se importava. Tudo o que queria era Caroline.

Queria tudo dela.

– Que Deus me ajude, Caroline – disse ele, mal reconhecendo o som da própria voz. – Preciso de você. Esta noite. Agora. Preciso de você.

A mão dele alcançou a braguilha dos calções que usava, em um movimento frenético a fim de se livrar deles. Mas para isso Blake precisou se sentar, o que deu a Caroline tempo suficiente para olhar para ele, para realmente encará-lo. E naquela fração de segundo, a névoa de paixão que a envolvia clareou um pouco e ela se levantou do sofá.

– Não – falou. – Não assim. Não sem... Não.

Blake agora só a olhava ir embora, odiando a si mesmo por ter ido para cima dela como um animal. Mas Caroline o surpreendeu parando na porta.

– Vá – disse ele com a voz rouca.

Se ela não saísse da sala naquele instante, Blake sabia que iria para cima dela de novo, e então não haveria volta.

– Você vai ficar bem?

Blake a encarou, chocado. Ele quase a desonrara. Teria tirado a virgindade dela sem pestanejar.

– Por que está perguntando?

– Você vai ficar bem?

Ela não iria embora sem uma resposta, por isso Blake assentiu.

– Ótimo. Nos veremos amanhã.

E Caroline se foi.

CAPÍTULO 13

a.gi.ta.ção (substantivo). Estado de trêmula empolgação ou apreensão; hesitação; estado de confusão.
Basta uma palavra dele para me colocar em um estado de agitação, e juro que não gosto nem um pouco disso.

– Do dicionário pessoal de Caroline Trent

O maior desejo de Caroline era evitar Blake pelos próximos quinze anos, mas com a sorte que tinha, literalmente esbarrou nele na manhã seguinte. Infelizmente para a dignidade de Caroline, esse "esbarrão" envolveu ela deixar cair cerca de meia dúzia de livros grossos no chão, e vários deles atingiram as pernas e os pés de Blake no caminho.

Ele urrou de dor, e Caroline teve vontade de urrar de vergonha. Em vez disso, apenas murmurou um pedido de desculpas e se abaixou sobre o tapete para recolher os livros. Pelo menos assim, Blake não veria o intenso rubor que preencheu o rosto dela no momento da colisão.

– Achei que você estava limitando seus esforços à reorganização da biblioteca – disse ele. – Que diabo está fazendo com esses livros aqui no corredor?

Ela o encarou direto nos olhos cinza-claros. Maldição. Se realmente *tinha* que vê-lo esta manhã, por que precisava estar de quatro?

– Não estou reorganizando – retrucou Caroline em sua voz mais altiva. – Estou levando esses livros para o meu quarto para lê-los.

– Os seis livros? – perguntou Blake, desconfiado.

– Sou uma mulher culta.

– Nunca duvidei disso.

Ela franziu os lábios e sentiu vontade de confessar que escolhera ler para poder permanecer em seu quarto e nunca mais ter que vê-lo de novo. Mas Caroline tinha a sensação de que isso levaria a uma discussão longa e arrastada, o que era a última coisa que ela queria.

– Há algo mais que deseje, Sr. Ravenscroft?

Então ela enrubesceu de verdade. Blake havia deixado bem claro o que desejava na noite anterior.

Ele fez um gesto amplo com a mão – um movimento que Caroline achou condescendente de uma forma irritante.

– Nada – respondeu ele. – Absolutamente nada. Se quiser ler, fique à vontade. Leia toda a maldita biblioteca se for do seu agrado. Antes de mais nada, pelo menos isso a manterá longe de problemas.

Caroline reprimiu outra resposta, mas estava ficando difícil manter a boca fechada. Ela abraçou os livros contra o peito e perguntou:

– O marquês já se levantou?

A expressão de Blake ficou sombria antes de responder:

– Ele foi embora.

– Embora?

– Embora. – Então, como se achasse que ela não conseguira compreender o significado da palavra, acrescentou: – Embora de vez.

– Mas para onde ele iria?

– Imagino que James iria para qualquer lugar onde pudesse ficar longe da nossa companhia. Mas, por acaso, ele foi para Londres.

Caroline abriu a boca, chocada.

– Mas isso nos deixa sozinhos.

– Absolutamente sozinhos – concordou Blake, e estendeu uma folha de papel para ela. – Gostaria de ler o bilhete que ele deixou?

Caroline assentiu, pegou o bilhete e leu:

Ravenscroft,

Parti para Londres a fim de alertar Moreton sobre nossos planos. Trouxe comigo a cópia do arquivo de Prewitt. Entendo que estou deixando você sozinho com Caroline, mas, para ser sincero, isso não é mais impróprio do que ela residir em Seacrest Manor com nós dois.

Além do mais, você e ela estão me deixando louco.

– Riverdale

Caroline ergueu os olhos para Blake com uma expressão cautelosa.

– Você não deve estar gostando dessa situação.

Blake ponderou a declaração dela. Não, ele não "gostava" daquela situação. Não "gostava" de tê-la sob o teto dele a um braço de distância. Não "gostava" de saber que o objeto do desejo dele estava à sua disposição. James não fora grande coisa como acompanhante para Caroline – de fato não era alguém que poderia ter salvado a reputação dela caso a notícia do modo incomum como estavam vivendo se espalhasse –, mas ao menos serviria como um amortecedor entre Blake e Caroline. Agora, tudo o que havia entre ele e o fim da frustração e do desejo malditos que o atormentavam era a própria consciência.

E o corpo de Blake estava começando a ficar bastante frustrado com sua consciência.

Ele sabia que, caso se esforçasse para seduzir Caroline, ela não seria capaz de detê-lo. A pobre inocente nunca sequer fora beijada; ela não saberia resistir se Blake usasse todas as armas de sensualidade de seu arsenal.

É claro que não podia esquecer da presença de Perriwick e da Sra. Mickle. Os dois haviam se apegado demais a Caroline, e Blake não tinha dúvidas de que protegeriam a virtude dela com a própria vida.

Ele olhou para Caroline, que também parecia perdida em pensamentos. Então, de repente, ela ergueu o queixo e comentou:

– Fomos bastante infantis, não acha?

Antes que Blake tivesse sequer a chance de assentir, Caroline acrescentou:

– É claro que não foi nada que exigisse que o marquês se colocasse a cerca de 150 quilômetros de nós, ou seja lá a que distância estamos de Londres. Aliás, a que distância fica Londres?

Blake a encarou estupefato. Caroline tinha um talento incrível para transformar os assuntos mais sérios em mundanos.

– Na verdade, cerca de 150 quilômetros é bem aproximado – respondeu.

– É mesmo? Nunca estive em Londres. Fiquei indo e vindo entre Kent e Hampshire, com uma breve parada em Gloucestershire, mas nunca em Londres.

– Caroline, *do que* você está falando?

– Estou *tentando* ser educada – retrucou ela, usando o mesmo tom condescendente que ele. – Mas você está tornando isso extremamente difícil.

Blake deixou escapar um suspiro frustrado.

– Caroline, vamos viver juntos, na mesma casa, pelas próximas cinco semanas.

– Estou ciente disso, Sr. Ravenscroft.

– Vamos ter que fazer o melhor possível em uma situação bastante desconfortável.

– Não vejo motivo para que seja desconfortável.

Blake discordava. Na verdade, o corpo dele discordava fortemente naquele exato segundo. Ele estava se sentindo *bastante* desconfortável, e precisava agradecer à moda em voga por esconder tão bem de Caroline o próprio desconforto. Mas é claro que não abordaria esse assunto, por isso apenas lançou a ela seu olhar com as sobrancelhas mais erguidas e disse:

– Não?

– De forma nenhuma – respondeu Caroline, nem um pouco intimidada. – Não há motivo para nos sentirmos desconfortáveis se apenas tivermos o cuidado de evitar a companhia um do outro.

– Acha mesmo que podemos nos evitar por três semanas?

– Esse é o tempo que o marquês pretende ficar longe?

– Pelo tom da carta dele, arriscaria dizer que James pretende ficar longe o máximo de tempo possível.

– Ora, suponho que possamos fazer isso. A casa é grande o bastante.

Blake fechou os olhos. Nem todo o condado de Dorset era grande o bastante.

– Blake? Blake? Está se sentindo bem? Você está um pouco corado.

– Estou ótimo – respondeu ele.

– É mesmo impressionante como você consegue se expressar bem, mesmo falando entre os dentes. Mas, ainda assim, não parece estar bem de verdade. Talvez eu devesse colocá-lo na cama.

A sala de repente pareceu quente de um modo quase asfixiante, e Blake apressou-se a dizer:

– Essa é uma péssima ideia, Caroline.

– Eu sei, eu sei. Os homens são os piores pacientes. Consegue imaginar como seria se vocês é que tivessem os bebês? A raça humana nunca teria chegado tão longe.

Blake deu as costas a ela.

– Vou para o meu quarto.

– Ah, ótimo. Deve fazer isso mesmo. Vai se sentir muito melhor se descansar um pouco, tenho certeza.

Blake não respondeu, apenas saiu pisando firme em direção às escadas. No entanto, quando alcançou o primeiro degrau, percebeu que Caroline ainda se encontrava bem atrás dele.

– O que está fazendo aqui? – perguntou irritado.

– Estou seguindo-o até o seu quarto.

– E está fazendo isso por alguma razão específica?

– Estou cuidando do seu bem-estar.

– Vá fazer isso em outro lugar.

– Isso é absolutamente impossível – retrucou ela com firmeza.

– Caroline, você está esgotando a minha paciência. Seriamente – afirmou Blake, certo de que seu maxilar se partiria ao meio a qualquer momento, de tão cerrado que estava.

– É claro que estou. Qualquer um provocaria essa reação na sua condição. Você obviamente está doente.

Blake subiu dois degraus.

– Não estou doente.

Ela subiu um degrau.

– É claro que está. Está com febre ou talvez com a garganta inflamada.

Ele se virou para ela.

– Repito: não estou doente.

– Não me faça repetir o que já disse também. Estamos começando a soar muito infantis. E se não me deixar cuidar de você, só ficará ainda mais doente.

Blake sentiu uma pressão crescendo dentro dele, algo incapaz de conter.

– Eu *não* estou doente.

Caroline deixou escapar um suspiro de frustração.

– Blake, eu...

Ele a agarrou por debaixo dos braços e ergueu-a até estarem nariz a nariz, os pés dela balançando no ar.

– Não estou doente Caroline – disse Blake, calmo, mas ao mesmo tempo tenso. – Não estou com febre nem com a garganta inflamada e com certeza não preciso que você tome conta de mim. Compreende?

Ela assentiu.

– Poderia, por gentileza, me colocar no chão?

– Ótimo.

Blake a colocou no chão com extrema suavidade, então se virou e subiu as escadas apressado.

No entanto, Caroline estava mais uma vez logo atrás dele.

– Achei que você queria me evitar – comentou Blake em um tom irritado, virando-se para encará-la assim que chegaram ao patamar superior da escada.

– Queria. Quer dizer, quero. Mas você está doente e...

– Não estou doente! – bradou ele.

Caroline não disse nada e ficou bem claro que não acreditava nele.

Blake plantou as mãos nos quadris e se inclinou para a frente até os narizes dos dois estarem a poucos centímetros de distância.

– Vou falar bem devagar para que você me compreenda: irei para o meu quarto agora. Não me siga.

Ela não ouviu.

– Meu Deus, mulher! – explodiu ele, menos de dois segundos depois, quando Caroline colidiu com ele ao virarem em um canto do corredor. – O que é preciso fazer para uma ordem entrar nesse seu cérebro? Você é como uma peste, é.... Ah, Cristo, qual é o problema agora?

A expressão de Caroline, que estivera tão combativa e determinada em seus esforços para cuidar dele, agora era de mágoa.

– Não é nada – disse ela com uma fungada.

– É claro que é alguma coisa.

Os ombros dela subiram e desceram em um movimento autodepreciativo.

– Percy me dizia a mesma coisa. Ele é um tolo, sei disso, mas ainda assim magoa. Só pensei...

Blake se sentiu um bruto da pior espécie.

– O que você pensou, Caroline? – perguntou com gentileza.

Ela balançou a cabeça e começou a se afastar.

Blake a observou por apenas um momento, tentado a deixá-la ir. Afinal, ela fora uma pedra no sapato dele – sem contar outras partes de sua anatomia – a manhã toda. O único modo de ele conseguir ter um pouco de paz seria mantendo-a longe de suas vistas.

Mas o lábio inferior dela tremera, os olhos haviam parecido um pouco úmidos e...

– Maldição – murmurou Blake. – Caroline, volte aqui.

Ela não ouviu, então ele atravessou o corredor e alcançou-a quando ela já começava a descer as escadas. Com passos rápidos, Blake se posicionou entre Caroline e a escada.

– Pare, Caroline. Agora.

Ele a ouviu fungando, então ela se virou.

– O que é, Blake? Preciso mesmo ir. Estou certa de que consegue se cuidar. Você disse isso, e sei que não precisa de mim para...

– Por que de repente você parece prestes a chorar?

Ela engoliu em seco.

– Não vou chorar.

Blake cruzou os braços e a encarou com uma expressão que dizia que não acreditava nela nem por um segundo.

– Eu disse que não é nada – murmurou ela.

– Não permitirei que saia daqui até me contar qual é o problema.

– Muito bem. Então vou subir para o meu quarto.

Caroline deu as costas a ele e se afastou um passo, mas Blake segurou-a pela saia e puxou-a de volta para ele.

– Suponho que agora você vai me dizer que não me soltará até eu lhe contar – grunhiu ela.

– Está ficando bastante perceptiva em sua idade avançada.

Caroline cruzou os braços em uma postura rebelde.

– Ah, pelo amor de Deus! Você está sendo ridículo.

– Eu lhe disse uma vez que você é responsabilidade minha, Caroline. E levo minhas responsabilidades a sério.

– O que quer dizer com isso?

– Que, se você está chorando, quero consolá-la.

– Não estou chorando – murmurou ela.

– Você estava prestes a chorar.

– Ah! – irritou-se Caroline e jogou os braços para o alto. – Alguém já lhe disse que você é teimoso como... como...

– Como você? – completou ele.

Os lábios de Caroline cerraram-se em uma linha um pouco curva e ela o fuzilou com o olhar.

– Desembuche, Caroline. Não vou deixá-la passar até que fale.

– Ótimo! Quer saber por que estou chateada? Muito bem. Vou lhe contar. – Ela fez uma pausa para invocar uma coragem que não sentia. – Por acaso se deu conta de que me comparou a uma peste?

– Ah, pelo amor de... – Blake mordeu o lábio, com certeza para se impedir de praguejar na presença dela.

Não, pensou Caroline irritada, isso nunca o detivera antes.

– Você sabe que não falei de forma literal – defendeu-se ele.

– Ainda assim magoou meus sentimentos.

Blake a encarou com intensidade.

– Admito que não foi o mais gentil dos comentários que já fiz e peço desculpa, mas já a conheço bem o bastante para saber que só isso não a faria chorar.

– Eu não estava chorando – insistiu Caroline, de forma automática.

– Quase chorar – corrigiu-se ele. – E gostaria que você me contasse toda a história.

– Ah, está bem. Percy costumava me chamar de peste e de praga o tempo todo. Era o insulto favorito dele.

– Você mencionou essa parte. E aceitarei isso como outro sinal de que fui muito infeliz no que disse.

Caroline engoliu em seco e afastou o olhar.

– Nunca dei muita atenção às palavras dele. Afinal, era Percy, e ele é tolo de todas as formas possíveis. Mas então você falou e...

Blake fechou os olhos por um longo momento, pois sabia o que viria a seguir e temia ouvir.

Um som engasgado saiu da garganta de Caroline antes de ela dizer:

– Então achei que talvez pudesse ser verdade.

– Caroline, eu...

– Porque você não é um tolo, e sei disso ainda melhor do que sei que Percy é.

– Caroline – disse Blake com firmeza –, eu *sou* um tolo. Um tolo maldito por me referir a você de qualquer forma que não as mais elogiosas.

– Não precisa mentir para me fazer sentir melhor.

Ele a encarou com irritação. Ou melhor, encarou o topo da cabeça dela, já que Caroline estava olhando para os pés.

– Eu lhe disse que nunca mentia.

Ela ergueu os olhos para ele, desconfiada.

– Você me disse que *raramente* mentia.

– Minto quando a segurança da Grã-Bretanha está em jogo, não seus sentimentos.

– Não sei bem se isso é um insulto ou não.

– Isso definitivamente *não* é um insulto, Caroline. E por que você acharia que eu estava mentindo?

Ela revirou os olhos.

– Você não foi nada cordial comigo na noite passada.

– Na noite passada, minha vontade era estrangulá-la, maldição – admitiu ele. – Colocou sua vida em perigo sem uma razão plausível.

– Achei que salvar sua vida era uma razão bastante plausível – retrucou Caroline.

– Não quero discutir sobre isso agora. Aceita minhas desculpas?

– Pelo quê?

Blake ergueu a sobrancelha.

– Pretende sugerir que tenho mais de uma transgressão pela qual me desculpar?

– Sr. Ravenscroft, não consigo contar até um número tão alto...

Ele sorriu.

– Agora sei que me perdoou. Está fazendo piadas.

Dessa vez, ela ergueu a sobrancelha, e Blake percebeu que Caroline conseguia parecer tão arrogante quanto ele.

– E o que o faz imaginar que era uma piada? – perguntou Caroline, mas então ela riu, o que estragou todo o efeito.

– Estou perdoado?

Ela assentiu.

– Percy nunca se desculpava.

– Percy é claramente um idiota.

Caroline sorriu nessa hora, um sorrisinho melancólico que quase derreteu o coração de Blake.

– Caroline – chamou ele, mal reconhecendo a própria voz.

– Sim?

– Ah, maldição.

Blake inclinou o corpo para a frente e roçou os lábios nos dela com muita delicadeza, no mais suave dos beijos. Não era como se quisesse beijá-la. *Precisava* beijá-la. Precisava fazer isso do mesmo modo que precisava de ar, de água e do sol da tarde no rosto. O beijo foi quase espiritual, o corpo inteiro dele tremeu apenas com o mais leve toque dos lábios dos dois.

– Ah, Blake – suspirou Caroline, soando tão encantada quanto ele.

– Caroline – murmurou Blake, deixando os lábios correrem pela linha elegante do pescoço dela –, não sei por que... não compreendo, mas....

– Eu não me importo – disse ela, soando muito determinada para alguém que respirava de forma bastante entrecortada.

Caroline passou os braços ao redor do pescoço dele e retribuiu o beijo com um abandono inocente.

A pressão cálida do corpo dela contra o dele era mais do que Blake conseguiria suportar, e ele a levantou nos braços e a carregou pelo corredor até o quarto dele. Blake chutou a porta para abri-la, e eles caíram sobre a cama, o corpo dele cobrindo o dela com uma possessividade que Blake nunca poderia sonhar que voltaria a sentir.

– Quero você – murmurou ele. – Quero você agora, de todas as formas.

O calor suave de Caroline parecia chamá-lo, e Blake correu os dedos pelos botões do vestido dela, desabotoando-os com facilidade e rapidez.

– Diga-me o que você quer – sussurrou ele.

Mas Caroline apenas balançou a cabeça.

– Não sei. Não sei o que eu quero.

– Você sabe, sim – retrucou ele, afastando o vestido e desnudando um ombro sedoso.

No mesmo instante, os olhos dela encontraram o rosto dele.

– Você sabe que eu nunca...

Blake pousou o dedo sobre os lábios dela de forma gentil.

– Eu sei. Mas não importa. Ainda assim, você sabe pelo que anseia.

– Blake, eu...

– Shhh. – Ele calou-a com um beijo ardente, mas logo voltou a abrir os lábios com o movimento quente da língua. – Por exemplo – disse Blake, contra a boca da jovem –, anseia por mais disso?

Por um instante Caroline não se mexeu, até que ele sentiu os lábios dela se moverem para cima e para baixo enquanto ela assentia.

– Então deve receber.

Blake a beijou com intensidade, saboreando o sabor sutil de hortelã em seu hálito.

Caroline gemeu sob o corpo dele e levou uma das mãos ao rosto de Blake, hesitante.

– Gosta disso? – perguntou em um tom tímido.

Blake gemeu enquanto arrancava a gravata.

– Você pode me tocar em qualquer lugar. Pode me beijar em qualquer lugar. Eu sinto meu corpo arder só de olhá-la. Consegue imaginar o efeito que seu toque provoca?

Hesitando de forma muito doce, Caroline deslizou os lábios para baixo e beijou o queixo recém-barbeado dele. Então, passou para a orelha, para o pescoço, e Blake teve certeza de que morreria nos braços dela se aquela paixão não fosse satisfeita. Ele abaixou ainda mais o vestido de Caroline, revelando um seio pequeno, mas, na opinião dele, absolutamente perfeito.

Blake abaixou a cabeça e capturou o mamilo com a boca, apertando-o entre os dentes. Caroline gemia sob o corpo dele, chamando seu nome, e ele sabia que ela o queria.

E essa constatação o deixou louco.

– Ah, Blake. Ah, Blake. Ah, Blake – gemeu ela. – Pode *fazer* isso?

– Eu lhe asseguro que posso – respondeu ele com uma risadinha baixa.

Caroline arquejou enquanto ele a chupava com um pouco mais de força.

– Não, mas isso é permitido?

A risadinha dele se transformou em uma risada franca.

– Qualquer coisa é permitida, meu bem.

– Sim, mas eu... aaaaaaahhhhhhh.

Blake sorriu com uma presunção bem masculina quando as palavras dela perderam a coerência.

– E agora posso fazer a mesma coisa no outro – disse ele com uma expressão maliciosa.

As mãos dele se apressaram em abaixar o vestido no outro ombro, mas antes que pudesse encontrar seu prêmio, Blake ouviu o barulho mais constrangedor.

Perriwick.

– Senhor? Senhor? Senhor!!!

E isso veio acompanhado pelo som irritante do homem batendo na porta.

– Blake! – exclamou Caroline.

– Shhh. – Ele apoiou a mão contra a boca da moça. – Ele irá embora.

– Sr. Ravenscroft! É muito urgente!

– Não acho que ele irá embora – sussurrou Caroline, as palavras abafadas sob a palma da mão dele.

– Perriwick! – gritou Blake. – Estou ocupado. Vá embora. *Agora!*

– Sim, foi o que pensei – disse o mordomo do outro lado da porta. – Era o que eu mais temia.

– Ele sabe que estou aqui – sussurrou Caroline. Então, de repente, ficou vermelha como um pimentão. – Ah, santo Deus, ele sabe que estou aqui. O que foi que eu fiz?

Blake praguejou baixinho. Caroline claramente recobrara o bom senso e se lembrara de que nenhuma dama da importância dela fazia o tipo de coisas que ela andara fazendo. E, maldição, isso também o fez se lembrar da mesma coisa, e ele era incapaz de se aproveitar dela com a consciência funcionando a pleno vapor.

– Não posso deixar Perriwick me ver – disse ela, frenética.

– Ele é apenas o mordomo – retrucou Blake, sabendo que aquele não era o ponto, mas um pouco frustrado demais para se importar.

– Perriwick é meu amigo. E a opinião dele sobre mim é importante.

– Para quem?

– Para mim, seu tonto. – Caroline tentava se recompor com tanta pressa que seus dedos não paravam de deslizar pelos botões do vestido.

– Vá para lá – disse Blake, dando um empurrão nela. – Para dentro do lavatório.

Caroline entrou no cômodo menor com presteza, pegando suas sapatilhas no último minuto. Assim que a porta se fechou atrás dela, ouviu Blake abrir a porta do quarto e perguntar, um tanto irritado:

– O que quer, Perriwick?

– Se me permite a impertinência, senhor...

– Perriwick! – A voz de Blake continha um alerta.

Caroline temeu pela segurança do mordomo se ele não fosse direto ao ponto o mais rápido possível. No humor em que estava, era provável que Blake o arremessasse direto pela janela.

– Muito bem, senhor. É a Srta. Trent. Não consigo encontrá-la em lugar nenhum.

– Não sabia que a Srta. Trent deveria lhe dar satisfação dos movimentos dela a cada instante.

– Não, é claro que não, Sr. Ravenscroft, mas achei isso no topo das escadas, e...

Caroline se aproximou instintivamente da porta, imaginando o que seria "isso".

– Estou certo de que ela apenas deixou cair – comentou Blake. – Fitas caem o tempo todo dos cabelos das damas.

Caroline levou a mão à cabeça. Quando perdera a fita? Blake passara a mão pelos cabelos dela quando a estava beijando no corredor?

– Sei disso – retrucou Perriwick –, mas estou preocupado da mesma forma. Se eu soubesse onde ela está, isso sem dúvida aplacaria meus temores.

– Por acaso, sei exatamente onde a Srta. Trent está – Caroline ouviu Blake dizer.

Ela arquejou. É óbvio que ele não a denunciaria.

– Ela decidiu aproveitar o dia bonito e foi dar um passeio pelo campo – acrescentou Blake.

– Mas pensei que o senhor tinha dito que a presença dela aqui em Seacrest Manor era um segredo.

– É um segredo, mas não há motivo para que ela não possa sair desde que não vá até muito longe. Passam poucos veículos por essa estrada. É improvável que alguém a veja.

— Entendo. Vou ficar de olho nela então. Talvez a Srta. Trent queira comer alguma coisa quando voltar.

— Tenho certeza de que ela adoraria.

Caroline tocou a barriga. Estava com um pouco de fome. E, para ser bem sincera, a ideia de uma caminhada na praia parecia muito boa. Exatamente o tipo de coisa que clarearia a mente dela. E Deus sabia que Caroline precisava muito clarear a mente.

Ela se afastou da porta e as vozes de Blake e Perriwick já não podiam mais ser ouvidas. Então percebeu outra porta, no lado oposto do lavatório. Caroline testou a maçaneta com cuidado e teve uma agradável surpresa ao perceber que ela levava a uma escada lateral – a que costumava ser usada pelos criados. Caroline olhou por sobre o ombro, na direção de Blake, embora não pudesse vê-lo de fato.

Blake dissera que ela poderia sair para uma caminhada, mesmo que como parte de uma desculpa elaborada para enganar o pobre Perriwick. Mas Caroline não conseguiu pensar em nenhum motivo para que não pudesse ir em frente e fazer justamente isso.

Em poucos segundos, ela já descera correndo as escadas e se encontrava do lado de fora. Um minuto depois, estava fora das vistas da casa e passeando ao longo da beira do penhasco, que dava para as águas azul-acinzentadas do Canal da Mancha. A maresia era revigorante, mas não tanto quanto a certeza de que Blake ficaria completamente desorientado quando entrasse no lavatório e descobrisse que ela não estava mais lá.

Dane-se o homem, de qualquer modo. Ele bem que precisava de um pouco de desorientação na vida.

CAPÍTULO 14

nic.ta.ção (substantivo). Ato de abaixar ou levantar as pálpebras. Piscar. Descobri que situações que me deixam nervosa normalmente me provocam nictação ou gagueira.

– Do dicionário pessoal de Caroline Trent

Uma hora mais tarde, Caroline estava se sentindo renovada – pelo menos no sentido físico. O ar fresco, salgado e rascante, foi bastante restaurador para os pulmões dela. Infelizmente, não foi tão eficaz para o coração e a cabeça.

Ela amava Blake Ravenscroft? Esperava mesmo que sim. Gostava de pensar que não teria se comportado de modo tão libertino com um homem por quem não sentisse uma profunda e permanente afeição.

Caroline deu um sorrisinho irônico. O que *deveria* estar se perguntando era se Blake gostava *dela*. Achava que sim, pelo menos um pouquinho. A preocupação dele com o bem-estar dela na noite anterior fora óbvia, e quando ele a beijara... bem, Caroline não entendia muito de beijos, mas pôde sentir um ardor em Blake que sabia instintivamente ser reservado apenas para ela.

E conseguia fazê-lo rir. Isso tinha que contar para alguma coisa.

Então, quando estava começando a racionalizar toda a situação, Caroline ouviu um tremendo estrondo, seguido pelo som de madeira quebrando e por um gritinho decididamente feminino.

Ela ergueu as sobrancelhas. O que acontecera? Quis investigar, mas não deveria tornar conhecida sua presença ali em Bournemouth. Era improvável que um dos amigos de Oliver estivesse viajando por aquela estrada tão pouco usada, mas se fosse reconhecida seria um desastre. No entanto, alguém talvez estivesse em perigo...

A curiosidade venceu a prudência, e Caroline seguiu na direção do barulho, diminuindo o passo quando chegou perto para caso mudasse de ideia e quisesse permanecer escondida.

Caroline se protegeu atrás de uma árvore e espiou a estrada. Uma esplêndida carruagem estava tombada, uma roda completamente arrebentada. Três homens e duas mulheres se agitavam ao redor do veículo. Como ninguém parecia estar ferido, Caroline decidiu permanecer atrás da árvore até conseguir compreender a situação.

O cenário logo se tornou um quebra-cabeças fascinante. Quem eram aquelas pessoas e o que acontecera? Caroline não levou muito tempo para descobrir quem estava no comando – a mais bem-vestida das duas damas. Era uma mulher belíssima, com cachos negros que escapavam do chapéu que estava usando, que dava ordens de um modo que deixava claro que fora acostumada a lidar com criados a vida inteira. Caroline imaginou que devesse ter cerca de 30 anos, talvez um pouco mais.

A outra dama devia ser a camareira, e quanto aos cavalheiros, Caroline imaginou que um fosse o cocheiro e os outros dois, batedores. Os três homens estavam vestidos em uniformes azul-escuros idênticos. Quem quer que fossem aquelas pessoas, vinham de um lugar muito abastado.

Após um instante de discussão, a dama no comando mandou o motorista e um dos batedores em direção ao norte, provavelmente em busca de ajuda. Então olhou para os baús que haviam caído da carruagem e disse:

– Podemos muito bem usá-los como assentos.

Dito isso, os três viajantes remanescentes se acomodaram para esperar.

Depois de cerca de um minuto sentada sem fazer nada, a dama se virou para a camareira e falou:

– Imagino que meu bordado não esteja em um lugar acessível.

A camareira fez que não com a cabeça.

– Está no meio do baú maior, milady.

– Ah, e esse seria o único que milagrosamente ainda está preso no topo da carruagem.

– Sim, milady.

A dama deixou escapar um longo suspiro.

– Imagino que devamos ser gratos por não estar extremamente quente.

– Ou chovendo – comentou o batedor.

– Ou nevando – acrescentou a camareira.

A dama relanceou um olhar irritado para a jovem.

– Sinceramente, Sally, isso seria bastante improvável nesta época do ano.

A camareira deu de ombros.

– Coisas estranhas acontecem. Afinal, quem teria imaginado que perderíamos uma roda do modo que perdemos. E essa é a carruagem mais cara que o dinheiro pode comprar.

Caroline sorriu e resolveu se afastar. Claramente aquelas pessoas não estavam feridas e o resto do grupo logo estaria de volta com ajuda. Era melhor manter sua presença em segredo. Quanto menos pessoas soubessem que ela estava ali em Bournemouth, melhor. No fim das contas, e se aquela dama fosse amiga de Oliver? Não era provável, é claro. A mulher parecia ter senso de humor e certo bom gosto, o que eliminaria imediatamente

Oliver Prewitt de seu círculo de amigos. Mesmo assim, um pouco de cuidado nunca era demais.

Ironicamente, era isto que Caroline estava dizendo a si mesma – *mesmo assim, um pouco de cuidado nunca era demais* – quando deu um passo em falso, aterrissou sobre um galho seco e partiu-o ao meio com um barulho alto.

– Quem está aí? – quis saber a dama da carruagem no mesmo instante.

Caroline ficou paralisada.

– Apareça agora mesmo.

Será que ela conseguiria correr mais do que o batedor? Era improvável. O homem já estava caminhando com determinação em sua direção, a mão sobre um volume no bolso que Caroline desconfiava ser um revólver.

– Sou só eu – disse ela depressa, entrando na clareira.

A dama inclinou a cabeça, os olhos cinza estreitando-se um pouco.

– Bom dia, "eu". Quem é você?

– Quem é você? – rebateu Caroline.

– Perguntei primeiro.

– Ah, mas eu estou sozinha, e você está em segurança entre seus companheiros de viagem. Portanto, a cortesia básica determinaria que você se apresentasse primeiro.

A mulher inclinou a cabeça para trás em um misto de admiração e surpresa.

– Minha cara jovem, você está falando o maior dos absurdos. Sei tudo o que há para saber sobre cortesia básica.

– Humm. Eu temia que soubesse.

– Sem falar que – continuou a dama –, de nós duas, sou a única acompanhada por um criado armado. Por isso talvez você devesse ser a primeira a revelar sua identidade.

– Seu argumento é válido – admitiu Caroline, e olhou para o revólver com uma expressão cautelosa.

– Eu raramente falo só pelo prazer de ouvir a minha voz.

Caroline suspirou.

– Gostaria de poder dizer o mesmo. Com frequência, falo sem antes considerar minhas palavras. É um hábito terrível. – Ela mordeu o lábio ao se dar conta de que estava confessando seus defeitos a uma completa estranha. – Como nesse exato momento – acrescentou, embaraçada.

Mas a dama apenas riu. Foi uma risada alegre e simpática, que deixou Caroline imediatamente à vontade. O bastante para que dissesse:

– Meu nome é Srta.... Dent.

– Dent? Não estou familiarizada com esse sobrenome.

Caroline deu de ombros.

– Não é mesmo muito comum.

– Entendo. Sou a condessa de Fairwich.

Uma condessa? Santo Deus, parecia haver muitos aristocratas naquele cantinho da Inglaterra nos últimos tempos. Primeiro James, agora essa condessa. E Blake, embora não tivesse título, era o segundo filho do visconde Darnsby. Caroline relanceou os olhos para o céu e agradeceu mentalmente à mãe por ter se certificado de ensinar as regras de etiqueta à filha antes de morrer. Com um sorriso e uma reverência, Caroline disse:

– É um prazer conhecê-la, lady Fairwich.

– Digo o mesmo, Srta. Dent. Reside na região?

Ah, céus, como responder a essa pergunta?

– Não muito longe – respondeu de forma evasiva. – Costumo dar longas caminhadas quando o tempo está bom. A senhora também é daqui?

Caroline mordeu o lábio no mesmo instante. Que pergunta idiota. Se a condessa fosse mesmo da região de Bournemouth, era de imaginar que todos soubessem a respeito. E Caroline imediatamente seria desmascarada como impostora.

A sorte, no entanto, estava ao seu lado, e a condessa respondeu:

– Fairwich fica em Somerset. Mas hoje estou voltando de Londres.

– É mesmo? Nunca estive na capital. Gostaria de ir lá um dia.

A condessa deu de ombros.

– Londres é um pouco calorenta no verão, com gente demais na cidade. Não há nada como o ar fresco do mar para fazer uma pessoa se sentir plena outra vez.

Caroline sorriu parra ela.

– É verdade. Ai, ai, se ao menos isso fosse capaz de curar um coração partido...

Ah, que boca tola a dela. Por que dissera aquilo? Tivera a intenção de que soasse como uma brincadeira, mas agora a condessa sorria e olhava para Caroline de um jeito maternal, que já adiantava que ela estava prestes a fazer uma pergunta muito pessoal.

– Ah, querida, está com o coração partido?

– Vamos dizer que ele está um pouco machucado – respondeu Caroline, pensando que estava ficando boa demais na arte de mentir. – É só um rapaz que conheci a vida toda. Nossos pais esperavam um casamento, mas... – Ela deu de ombros, deixando a condessa tirar as próprias conclusões.

– Que pena. Você é um amor de moça. Preciso apresentá-la ao meu irmão. Ele mora aqui perto.

– Seu irmão? – Caroline quase coaxou.

E subitamente reparou nas cores da condessa. Os cabelos negros. Olhos cinza.

Ah, *não*.

– Sim. É o Sr. Blake Ravenscroft, de Seacrest Manor. Você o conhece?

Caroline praticamente engasgou com a própria língua, até conseguir dizer:

– Fomos apresentados.

– Estou indo visitá-lo neste momento. Estamos muito longe da casa dele? Nunca estive lá.

– Não. Não, é logo depois daquela colina ali.

Caroline apontou na direção geral de Seacrest Manor, então logo abaixou a mão quando percebeu que estava tremendo. O que iria fazer? Não poderia permanecer em Seacrest Manor com a irmã de Blake na casa. Ah, maldito fosse aquele homem! Por que não lhe contara que a irmã estava chegando em visita?

A menos que ele não soubesse. Ah, não. Blake ficaria furioso. Caroline engoliu com dificuldade, nervosa, e falou:

– Não sabia que o Sr. Ravenscroft tinha uma irmã.

A condessa acenou com a mão de um modo que fez Caroline se lembrar de Blake na mesma hora.

– Ele é um cretino, está sempre nos ignorando. Nosso irmão mais velho acaba de ter uma filha. Vim contar a novidade a ele.

– Ah. Eu... eu... eu estou certa de que ele ficará encantado.

– Então você é a única que acha isso. Estou certa de que ele ficará aborrecidíssimo.

Caroline piscou várias vezes. Não estava compreendendo aquela mulher.

– Eu... eu... Como assim?

– David e Sarah tiveram uma filha. A quarta filha deles, o que significa que Blake ainda é o segundo na linha de sucessão para o título de visconde.

– Ah... entendo. – Na verdade, ela não entendia, mas estava tão feliz por não ter gaguejado que não se importou.

A condessa suspirou.

– Se Blake tiver que se tornar visconde de Darnsby, o que não é tão improvável, então ele terá que se casar e gerar um herdeiro. Se você mora nessa região, estou certa de que sabe que meu irmão é um solteiro convicto.

– Na verdade, não o conheço tão bem assim. – Caroline se perguntou se pareceu um pouco enfática demais ao dizer isso, então acrescentou: – Só das... das atividades locais. Sabe como é, bailes do condado e essas coisas.

– É mesmo? – perguntou a condessa com interesse indisfarçado. – Meu irmão comparecendo a um baile rural provinciano? Impressionante. Imagino que agora você vá tentar me dizer que a lua acabou de afundar no Canal da Mancha.

– Ora – emendou Caroline, agora engolindo com bastante dificuldade –, ele só compareceu uma vez. Foi em uma... comunidade pequena, perto de Bournemouth, por isso sei quem ele é. Todos o conhecem.

A condessa ficou em silêncio por um momento, até que perguntou de repente:

– Você disse que a casa do meu irmão não fica muito longe?

– Ora, não, não fica, milady. Não deve levar mais do que um quarto de hora para caminhar até lá. – Caroline olhou para os baús. – Terá que deixar suas coisas para trás, é claro.

A condessa acenou no ar outra vez, no gesto que Caroline agora encarava como o aceno Ravenscroft.

– Pedirei para meu irmão mandar seus homens pegá-los mais tarde.

– Ah, mas ele...

Caroline começou a tossir como louca, tentando disfarçar o fato de que quase deixara escapar que Blake empregava apenas três criados. E que, dos três, apenas o valete era forte o bastante para levantar algum peso.

A condessa bateu nas costas dela.

– Está se sentindo bem, Srta. Dent?

– Eu só... só engoli um pouco de poeira, só isso.

– Você parecia uma tempestade de trovoadas.

– Sim, bem, às vezes tenho crises de tosse.

– É mesmo?

– Certa vez, cheguei a ficar muda.

– Muda? Não consigo imaginar.

– Eu também não conseguia até acontecer – comentou Caroline com sinceridade.

– Ora, estou certa de que sua garganta deve estar bastante dolorida. Você deve nos acompanhar até a casa do meu irmão. Uma xícara de chá será o ideal para que se recupere.

Caroline tossiu de novo – dessa vez de verdade.

– Não, não, não, não, não, não, não – disse ela, mais depressa do que teria desejado. – Isso realmente não é necessário. Eu odiaria impor a minha presença.

– Ah, mas não seria esse o caso. Afinal, preciso que nos guie até Seacrest Manor. Oferecer-lhe chá e um pouco de sustância é o mínimo que posso fazer para retribuir sua gentileza.

– Isso realmente não é necessário – apressou-se a repetir Caroline. – E é muito fácil indicar o caminho para Seacrest Manor. Tudo o que precisa fazer é seguir o...

– Tenho um péssimo senso de direção – interrompeu a condessa. – Na semana passada me perdi em minha própria casa.

– Acho difícil acreditar nisso, lady Fairwich.

A condessa deu de ombros.

– É uma casa grande. Estou casada com o conde há dez anos e ainda não pus o pé na ala leste.

Caroline apenas engoliu em seco e deu um sorrisinho fraco, pois não tinha ideia de como responder àquilo.

– Insisto que nos acompanhe – disse a condessa, passando o braço pelo de Caroline. – E devo avisá-la que não adianta discutir. Sempre consigo o que quero.

– Nisso, lady Fairwich, não tenho a menor dificuldade de acreditar.

A condessa deu uma risada gostosa.

– Srta. Dent, acho que nós duas vamos nos dar muito bem.

Caroline quase engasgou.

– Então pretende permanecer um tempo aqui em Bournemouth?

– Ah, cerca de uma semana apenas. Pareceu tolice viajar até aqui apenas para voltar logo depois.

– Todo o caminho? Não são apenas 150 quilômetros?

Caroline franziu o cenho. Não fora isso que Blake dissera naquela manhã?

– Cento e cinquenta, trezentos, setecentos quilômetros... – A condessa fez o aceno Ravenscroft. – Se eu tiver que arrumar bagagens que diferença isso faz?

– Eu... eu com certeza não saberia dizer – retrucou Caroline, com a sensação de estar sendo arrastada por um redemoinho.

– Sally! – chamou a condessa, virando-se para a camareira. – A Srta. Dent vai me mostrar o caminho para a casa do meu irmão. Por que não fica aqui com Felix tomando conta da nossa bagagem? Vamos mandar alguém encontrar vocês o mais rápido possível.

Então a condessa deu um passo na direção de Seacrest Manor, quase arrastando Caroline com ela.

– Acredito que meu irmão ficará surpreso em me ver! – exclamou ela, animada.

Caroline se adiantou, sentindo as pernas bambas.

– Acredito que esteja certa.

Blake não estava de bom humor.

Obviamente perdera qualquer vestígio de bom senso que já possuíra. Não havia outra explicação para o fato de ter carregado Caroline para o quarto dele e de quase tê-la violado. E se isso já não fosse ruim o bastante, agora sofria com o desejo não satisfeito, graças ao mordomo enxerido.

Mas o pior – o pior *de tudo* – era que agora Caroline sumira. Ele procurara na casa toda, de cima a baixo, da frente aos fundos, e ela não estava em lugar nenhum. Blake não achava que ela tinha fugido, era sensata demais para isso. Devia estar caminhando pelo campo, tentando clarear a mente.

O que teria sido perfeitamente compreensível e até recomendável se a imagem dela não estivesse em folhetos espalhados por todo o condado. Não era uma imagem nada fiel, para dizer a verdade – Blake ainda achava que o artista deveria tê-la desenhado sorrindo –, mas ainda assim, se alguém a encontrasse e a devolvesse para Prewitt...

Ele engoliu em seco. Não gostava da sensação de vazio que a ideia da partida de Caroline provocava.

Maldita mulher! Ele não tinha tempo para uma complicação daquela na vida e com certeza não tinha espaço no coração para outra mulher.

Blake praguejou baixinho, empurrou um lado da cortina fina e examinou o jardim lateral. Caroline devia ter usado a escada de serviço, a única saída a que tivera acesso do lavatório do quarto dele. Blake vasculhara a propriedade inteira, mas procurara várias vezes na lateral – por alguma razão acreditava que ela voltaria pelo lugar por onde saíra. Não sabia por quê, mas Caroline parecia o tipo de pessoa que faria isso.

No entanto, não havia sinal dela, por isso Blake praguejou de novo e deixou cair a cortina. Foi então que ouviu um barulho alto – estridente até – na porta da frente.

Blake praguejou uma terceira vez, muito irritado por ter interpretado errado o comportamento dela. Ele foi até a porta em longas e rápidas passadas, o cérebro fervendo com todas as repreensões com que a receberia. Quando terminasse, Caroline nunca mais aprontaria aquele tipo de façanha.

Blake segurou a maçaneta e abriu a porta com força, a voz um rugido furioso, quando disse:

– Onde diabo você... – Então se deteve e voltou a fechar a boca. – Penelope?

CAPÍTULO 15

so.ro.ri.cí.di:o (substantivo). Ato de matar a própria irmã.
Temi um sororicídio. De verdade.

– Do dicionário pessoal de Caroline Trent

Penelope sorriu animada para o irmão e entrou no saguão.

– É tão bom vê-lo, Blake. Tenho certeza de que está surpreso.

– Sim, sim, pode-se dizer que sim.

– Eu teria chegado aqui mais cedo...

Mais cedo?

– ... mas tive um pequeno acidente com a carruagem e se não fosse pela cara Srta. Dent aqui...

Blake voltou a olhar para a porta e viu Caroline.

Caroline?

– ... eu teria ficado completamente encalhada. É claro que não fazia ideia de que estávamos tão perto de Seacrest Manor e, como eu estava dizendo, se não fosse a cara Srta. Dent...

Ele olhou de novo para Caroline, que balançava freneticamente a cabeça para ele.

Srta. Dent?

– ... quem sabe quanto tempo eu teria ficado sentada sobre meu baú na beira da estrada a poucos minutos do meu destino. – Penelope parou para respirar e abriu um sorriso feliz para o irmão. – A ironia de tudo isso não é de matar?

– A ironia não é a única coisa – resmungou Blake.

Penelope ficou na ponta dos pés e beijou o rosto dele.

– Você continua o mesmo, meu caro irmão. Sem nenhum senso de humor.

– Tenho um perfeito senso de humor – rebateu ele, um tanto na defensiva. – É só que não estou acostumado a ser surpreendido... completamente surpreendido, devo acrescentar... por uma hóspede inesperada. E arrastou junto com você a Srta...

Ah, maldição. Como Penelope a chamou?

– Dent – ajudou Caroline. – Srta. Dent.

– Ah! E já fomos apresentados?

A irmã lançou um olhar furioso para ele, o que não surpreendeu Blake nem um pouco. Um cavalheiro não deveria se esquecer de uma dama, e Penelope levava as boas maneiras muito a sério.

– Não se lembra? – perguntou ela em voz alta. – Foi no baile do condado no último outono. A Srta. Dent me contou tudo a respeito.

O maldito baile do condado? Que tipo de história Caroline andara inventando sobre ele?

– É claro – disse Blake em um tom suave. – Mas não me lembro de quem nos apresentou. Foi o seu primo?

– Não – respondeu Caroline em uma voz tão doce que poderia muito bem estar pingando mel –, foi minha tia-avó. A Sra. Mumblethorpe. Certamente se lembra dela, não?

– Ah, sim! – concordou Blake em um tom expansivo, gesticulando para que ela entrasse no corredor. – A magnífica Sra. Mumblethorpe. Como eu poderia esquecer? É uma dama singular. Na última vez em que jantamos juntos ela estava exibindo seus novos talentos com a música tirolesa.

Caroline tropeçou no degrau.

– Sim – disse ela entre os dentes e apoiou o braço contra o batente da porta para evitar cair –, ela se divertiu muito na viagem que fez à Suíça.

– Humm, sim. Ela contou a respeito. Na verdade, quando a Sra. Mumblethorpe terminou a exibição acho que todo o condado foi capaz de saber quanto ela aproveitou na viagem.

Penelope ouvia a conversa com interesse.

– Precisa me apresentar a sua tia, Srta. Dent. Parece ser uma mulher muito interessante. Gostaria de conhecê-la enquanto eu estiver em Bournemouth.

– Quanto tempo exatamente planeja ficar? – interrompeu Blake.

– Lamento, mas não vou poder apresentá-la a tia Hortense – Caroline se dirigiu a Penelope. – Ela gostou tanto da viagem que fez à Suíça que decidiu embarcar em outra jornada.

– Para onde? – perguntou Penelope.

– Sim, para onde? – acompanhou Blake, divertindo-se com a súbita expressão de pânico no rosto de Caroline enquanto ela tentava encontrar um país adequado.

– Islândia – disse em um rompante.

– Islândia? – comentou Penelope. – Que estranho. Nunca conheci ninguém que tivesse visitado a Islândia.

Caroline deu um sorriso tenso e explicou:

– Ela sempre teve grande fascínio por ilhas.

– O que explicaria o recente passeio dela à Suíça – disse Blake em um tom absolutamente irônico.

Caroline deu as costas para ele e dirigiu-se a Penelope:

– Precisamos mandar alguém pegar seus pertences, milady.

– Sim, sim – murmurou Penelope –, em um instante. Mas primeiro, Blake, antes que eu me esqueça de responder sua pergunta um tanto rude, lhe digo que imagino ficar aqui aproximadamente uma semana, talvez um pouco mais. Desde que você esteja de acordo, é claro.

Blake baixou os olhos para a irmã, ao mesmo tempo incrédulo e divertido.

– E quando minha concordância ou não algum dia determinou suas ações?

– Nunca – retrucou Penelope com um dar de ombros despreocupado –, mas devo ser educada e fingir, não é mesmo?

Caroline observou os dois irmãos discutindo com a garganta apertada de inveja. Blake obviamente estava irritado com a chegada inesperada da irmã, mas também ficava claro que a amava muito. Caroline nunca experimentara a camaradagem afetuosa fraternal; na verdade, nunca sequer *vira* uma camaradagem desse tipo antes daquele dia.

O coração dela doeu de anseio enquanto observava a interação entre eles. Caroline desejou ter alguém que implicasse com ela e que segurasse sua mão em momentos de medo e insegurança.

Mais do que tudo, desejou ter alguém que a amasse.

Caroline prendeu a respiração quando se deu conta de que estava à beira das lágrimas.

– Preciso mesmo ir embora – disse rapidamente e se virou para a porta.

Sua mente só pensava em escapar. A última coisa que queria era se ver em lágrimas no saguão de Seacrest Manor diante de Blake e Penelope.

– Mas você não tomou o chá! – protestou Penelope.

– Na verdade, não estou com sede. Pre-pre-preciso ir para casa. Estão me esperando.

– Sim, sem dúvida estão – falou Blake em uma voz arrastada.

Caroline parou nos degraus da frente, se perguntando para onde iria.

– Não quero que ninguém se preocupe comigo.

– Estou certo disso – murmurou Blake.

– Blake, querido, insisto que acompanhe a Srta. Dent até em casa – disse Penelope.

– É uma ótima ideia – concordou ele.

Caroline assentiu, grata. Não estava com muita vontade de encarar as perguntas de Blake naquele momento, mas a alternativa era ficar vagando pelo campo sem ter para onde ir.

– Sim, eu ficaria muito grata.

– Excelente. Não é muito longe, certo?

Os lábios dele se curvaram muito levemente e Caroline desejou saber se aquele sorriso era de ironia ou de uma profunda irritação.

– Não – respondeu ela. – Nada longe.

– Então proponho que caminhemos.

– Sim, isso seria o mais conveniente.

– Esperarei aqui então – declarou Penelope. – Lamento não poder acompanhá-la até em casa, mas estou exausta da viagem. Foi um enorme prazer conhecê-la, Srta. Dent. Ah, mas não sei seu primeiro nome.

– Deve me chamar de Caroline.

Blake relanceou o olhar para ela, parecendo um tanto surpreso e intrigado por Caroline não ter usado um nome falso.

– Se você é Caroline, então sou Penelope. – Ela pegou as mãos de Caroline e apertou-as com carinho. – Tenho a sensação de que vamos ser ótimas amigas.

Caroline não teve certeza, mas achou ter ouvido Blake murmurar baixinho:

– Que Deus me ajude.

Então os dois sorriram para Penelope e saíram da casa.

– Aonde estamos indo? – sussurrou Caroline.

– Ao diabo com isso – sibilou ele de volta, olhando por sobre o ombro para se certificar de que estavam fora do alcance de qualquer ouvido na casa, embora soubesse que havia fechado a porta ao sair. – Importa-se de me contar que diabo está acontecendo?

– Não foi culpa minha – apressou-se em dizer Caroline, seguindo os passos dele para longe da casa.

– Nossa, me pergunto por que tenho dificuldades em aceitar essa declaração.

– Blake! – irritou-se Caroline, puxando o braço dele para fazê-lo parar de andar. – O que acha? Que mandei um bilhete para a sua irmã e pedi a ela que viesse visitá-lo? Não tinha ideia de quem ela era. Eu nem sabia que você *tinha* uma irmã! E ela não teria me visto se eu não tivesse pisado naquele maldito galho.

Blake suspirou, começando a perceber o que acontecera. Fora um acidente – um enorme, tremendamente inconveniente e irritante acidente. A vida dele parecia cheia de acidentes naqueles dias.

– Que diabo vou fazer com você?

– Não tenho ideia. É óbvio que não posso permanecer na sua casa enquanto sua irmã estiver de visita. Você mesmo me disse que sua família não sabe de seu trabalho para o Departamento de Guerra. Presumo que isso inclua Penelope, certo?

Ao ver o breve aceno de Blake, ela acrescentou:

– Se ela descobrir que estou morando em Seacrest Manor, sem dúvida também irá saber sobre suas atividades clandestinas.

Blake praguejou baixinho.

– Não aprovo que guarde segredos de sua família – disse Caroline –, mas respeitarei seus desejos. Penelope é uma dama encantadora. Não gostaria que ela se preocupasse com você. Isso a aborreceria, o que por consequência aborreceria você.

Blake a encarou, incapaz de dizer qualquer coisa. De todos os motivos pelos quais Caroline não deveria deixar a irmã dele saber que ela estava morando em Seacrest Manor, ela tinha que escolher o único que era completamente altruísta. Caroline poderia ter dito que se preocupava com a própria reputação. Ou que tinha medo de que Penelope pudesse denunciá-la a Oliver. Mas não, ela não estava preocupada com nada disso, mas sim com a possibilidade de que qualquer ação que tomasse pudesse atingir a *ele*.

Blake engoliu com dificuldade, sentindo-se subitamente constrangido diante dela. Caroline observava o rosto dele, esperando uma resposta, e ele não fazia ideia do que dizer. Por fim, ela instou-o:

– Blake?

Blake só conseguiu dizer:

– Isso é muito atencioso da sua parte.

Ela pareceu surpresa.

– Ah.

– Ah? – ecoou ele, movendo o queixo levemente na direção dela, como se a questionasse.

– Ah. Ah... Ah. – Ela deu um sorrisinho. – Acho que pensei que você iria me repreender mais.

– Também pensei que eu faria isso – confessou Blake, parecendo tão surpreso quanto Caroline.

– Ah. – Então ela pareceu se dar conta de que voltara a se repetir e acrescentou: – Desculpe.

– Deixando os "Ahs" de lado, vamos ter que pensar no que fazer com você.

– Você tem uma cabana de caça em algum lugar próximo?

Ele negou com a cabeça.

– Não tenho nenhum lugar nessa região onde você possa se esconder. Suponho que eu poderia pô-la em uma carruagem para Londres.

– Não! – apressou-se em retrucar Caroline. Então, fez uma careta, embaraçada com a intensidade de sua reação. – Não posso ir para Londres de forma nenhuma.

– Por que não?

Ela franziu o cenho. Era uma boa pergunta, mas Caroline não estava disposta a confessar que sentiria falta dele. Em vez disso, argumentou:

– Sua irmã vai querer me encontrar. Tenho certeza de que vai me convidar a visitá-la.

– O que se mostrará bastante difícil, se considerarmos que você não tem uma casa para onde ela possa mandar o convite.

– Sim, mas ela não sabe disso. Com certeza vai lhe perguntar meu endereço. E o que você dirá?

– Eu poderia dizer que você foi para Londres. Em geral, a verdade é sempre a melhor opção.

– Não seria adorável? – comentou Caroline, o sarcasmo evidente na voz. – Com a minha sorte, Penelope dará meia volta e voltará para Londres, onde procurará por mim.

Blake bufou, irritado.

– Sim, minha irmã é obstinada o bastante para fazer isso.

– Imagino que seja um traço de família.

Blake apenas riu.

– É verdade, minha querida, mas os Ravenscrofts não são páreo para os Trents no que diz respeito a ser cabeça-dura.

Caroline deixou escapar um muxoxo, mas não o contradisse porque sabia que era verdade. Por fim, irritada com o sorrisinho presunçoso de Blake, disse:

– Podemos discutir quanto quisermos sobre nossos piores traços, mas isso não resolve o problema que temos nas mãos: para onde eu vou?

– Acho que terá que voltar para Seacrest Manor. Eu com certeza não consigo pensar em outra alternativa mais adequada. Você consegue?

– Mas Penelope está lá!

– Precisamos escondê-la. Não há outra opção.

– Ah, santo Deus – murmurou ela. – Isso é um desastre. Um maldito desastre.

– Nesse ponto, Caroline, estamos em completo acordo.

– Os criados participarão do estratagema?

– Imagino que teriam que participar. Eles já sabem sobre você. É bom que sejam apenas três... *Santo Deus!*

– O que foi?

– Os criados. Eles não sabem que não devem mencionar você a Penelope.

Caroline empalideceu.

– Não se mova. Não se mova nem um centímetro. Voltarei logo.

Blake saiu em disparada, mas mal se afastara 10 metros quando outro desastre em potencial surgiu na mente de Caroline.

– Blake! – gritou ela. – Espere!

Ele parou na hora e se virou para ela.

– Você não pode entrar pela porta da frente. Se Penelope o vir vai se perguntar como conseguiu me levar em casa tão depressa.

Blake praguejou baixinho.

– Terei que usar a entrada lateral. Imagino que já esteja familiarizada com ela.

Caroline o brindou com um olhar irritado. Ele sabia muito bem que ela usara a entrada lateral para escapar mais cedo naquele dia.

– Você pode muito bem vir comigo agora – sugeriu Blake. – Vamos nos esgueirar pela escada lateral e, mais tarde, descobriremos o que fazer com você.

– Em outras palavras, pretende que eu espere por você no seu lavatório indefinidamente?

Ele sorriu.

– Eu não tinha chegado tão longe em meus planos, mas agora que você mencionou... sim, é uma excelente ideia.

Nesse ponto, Caroline decidiu que tinha uma boca grande demais. Por sorte, antes que ela pudesse ter qualquer outra ideia ruim, Blake a agarrou pela mão e saiu correndo, quase arrastando-a junto. Os dois circundaram o perímetro da propriedade até estarem escondidos entre as árvores que davam para a entrada lateral.

– Vamos ter que passar correndo pela clareira – avisou Blake.

– Você acha que há alguma chance de ela estar desse lado da casa?

– Muito pouca. Nós a deixamos na sala de estar da frente e o máximo que pode ter acontecido é Penelope ter subido para encontrar um quarto onde se acomodar.

Caroline arquejou.

– E se ela encontrar o meu quarto? Minhas roupas estão lá. Tenho apenas três vestidos, mas é claro que eles não pertenceriam a *você*.

Blake praguejou de novo.

Caroline ergueu as sobrancelhas.

– Sabe de uma coisa? Comecei a achar seus xingamentos muito reconfortantes. Se você não estivesse praguejando, a vida pareceria quase anormal.

– Você é uma mulher estranha.

Blake puxou a mão dela e antes que Caroline se desse conta do que estava acontecendo, se viu atravessando o gramado em disparada, a mente ecoando com uma fileira de preces para que Penelope não os visse. Nunca fora particularmente religiosa, mas parecia um bom momento para desenvolver uma natureza piedosa.

Eles entraram pela porta lateral, os dois arfando de cansaço enquanto se deixavam cair nos degraus.

– Você – disse Blake –, suba para o lavatório. Vou encontrar os criados.

Caroline assentiu, disparou escada acima e entrou para dentro do lavatório de Blake sem fazer barulho. Olhou ao redor com uma boa dose de desconsolo. Só Deus sabia quanto tempo passaria presa ali.

– Bem, poderia ser pior.

Três horas mais tarde, Caroline descobrira que a única forma de não morrer de tédio naquele lavatório era se distrair listando todas as situações que poderiam ser piores do que aquela.

Não foi fácil.

Ela descartou na mesma hora todo tipo de cenários imaginários, como ser encurralada por uma vaca de duas cabeças, e em vez disso se concentrou em possibilidades mais realistas.

– Poderia ser um lavatório pequeno – disse ela para o próprio reflexo no espelho. – Ou poderia ser muito sujo. Ou... ou ou ou... ou ele poderia se esquecer de me alimentar.

Caroline torceu os lábios em uma expressão rabugenta. O desgraçado *se esquecera* de alimentá-la!

– O cômodo poderia não ter janelas – arriscou ela.

Ergueu os olhos para o basculante e fez uma careta. Era preciso ter uma natureza extraordinariamente otimista para chamar aquela pequena fatia de vidro de janela.

– Ele poderia ter um ouriço como animal de estimação e poderia mantê-lo aqui, na bacia – falou.

– É improvável – disse uma voz masculina –, mas possível.

Caroline ergueu os olhos e viu Blake na porta.

– Onde esteve? – sussurrou ela. – Estou faminta.

Ele lhe jogou um pãozinho.

– Você é muito gentil – resmungou Caroline, engolindo o pão. – Isso foi o prato principal ou só um aperitivo?

– Você será alimentada, não se preocupe. Achei que Perriwick teria palpitações quando soube onde você estava escondida. Imagino que nesse exato momento ele e a Sra. Mickle estejam lhe preparando um banquete.

– Perriwick com certeza é um homem mais gentil do que *você*.

Blake deu de ombros.

– Sem dúvida.

– Conseguiu interceptar todos os criados antes que eles mencionassem minha presença a Penelope?

– Sim. Estamos a salvo, não tema. E estou com as suas coisas. Trouxe tudo para o meu quarto.

– Não vou ficar no seu quarto! – protestou Caroline, ofendida.

– Nunca disse que iria. Você com certeza é livre para permanecer aqui no lavatório. Eu lhe trarei algumas cobertas e um travesseiro. Com um pouco de engenhosidade podemos tornar esse lugar bastante confortável.

Os olhos dela se estreitaram perigosamente.

– Você está se divertindo com essa história, não está?

– Só um pouco, eu lhe asseguro.

– Penelope perguntou a meu respeito?

– Sim. Inclusive já lhe escreveu uma carta, convidando-a para uma visita amanhã à tarde.

Blake enfiou a mão no bolso, pegou um pequeno envelope e entregou a ela.

– Ora, isso sem dúvida é um conforto – resmungou Caroline.

– Você não deveria reclamar. Pelo menos isso significa que pode escapar do lavatório.

Caroline o encarou, bastante irritada com o sorriso no rosto dele. Ela ficou de pé e plantou as mãos no quadril.

– Ora, ora, estamos muito combativos essa tarde, não estamos?

– Não seja condescendente comigo.

Ela jogou o urinol nele.

– Você pode usar *isto* em seu próprio quarto!

Blake abaixou e riu mesmo sem querer quando o urinol se espatifou contra a parede.

– Bem, imagino que deva ficar satisfeito por ele não estar cheio.

– Se estivesse cheio, eu teria mirado na sua cabeça – sibilou ela.

– Caroline, essa situação não é culpa minha.

– Eu sei, mas não precisa se divertir tanto com ela.

– Agora você está sendo um pouco irracional.

– Não me importo. – Ela jogou uma barra de sabão nele que também bateu na parede. – Tenho todo o direito de ser irracional.

– É mesmo? – Blake se abaixou quando seu conjunto de barbear voou pelo ar.

Caroline o encarou com raiva.

– Para sua informação, na última semana eu fui... vamos ver... quase violentada, sequestrada, amarrada à coluna de uma cama, forçada a tossir até perder a voz...

– Isso foi culpa sua.

– Sem falar que embarquei em uma vida de crime ao arrombar e invadir minha antiga casa, quase fui pega pelo meu odioso tutor...

– Não se esqueça de que torceu o tornozelo – ajudou Blake.

– Aaaaahhhh! Eu poderia matá-lo! – Outra barra de sabão voou perto da cabeça de Blake, roçando na orelha dele.

– Madame, com certeza está fazendo um ótimo trabalho tentando.

– E agora! – quase gritou Caroline. – Como se tudo isso já não fosse indigno o bastante, sou forçada a passar uma semana nesse maldito lavatório!

Colocado daquela maneira, pensou Blake, era engraçado demais. Ele mordeu o lábio, tentando conter o riso. Não conseguiu.

– Pare de rir de mim! – uivou ela.

– Blake?

Ele ficou muito sério em um segundo.

– É Penelope! – sussurrou Blake.

– Blake? Que gritaria é essa?

– Rápido! – murmurou ele, empurrando Caroline na direção da escada lateral. – Esconda-se!

Caroline saiu apressada e já fechava a porta que dava para a escada quando Penelope entrou no lavatório.

– Blake? – chamou Penelope pela terceira vez. – Que comoção toda é essa?

– Não é nada, Penny. Eu...

– O que aconteceu aqui? – perguntou ela em uma voz aguda.

Blake olhou ao redor e engoliu em seco. Esquecera-se da bagunça no chão. Cacos do urinol, o conjunto de barbear dele, uma ou duas toalhas...

– Eu... ahn...

Blake achava muito mais fácil mentir em prol da segurança nacional do que para a irmã mais velha.

– Isso é uma barra de sabão colada na parede? – perguntou Penelope.

– Ahn... sim, parece ser.

Ela apontou para baixo.

– E isso é outra barra de sabão no chão?

– Ahn... sim, acho que eu estava um pouco desajeitado essa manhã.

– Blake, está escondendo algo de mim?

– Estou escondendo algumas coisas de você – disse ele com absoluta honestidade, tentando não pensar em Caroline sentada na escada ao lado, provavelmente se acabando de rir da situação desagradável em que ele se encontrava.

– O que é isso no chão? – Penelope se inclinou e pegou algo branco. – Ora, é o bilhete que escrevi para a Srta. Dent! O que está fazendo aqui?

– Ainda não tive a chance de enviar.

Por sorte, Caroline ainda não tinha aberto o envelope.

– Ora, pelo amor de Deus, não deixe o bilhete aí no chão. – Ela estreitou os olhos para ele. – Diga, Blake, está se sentindo bem?

– Na verdade, não – retrucou ele, aproveitando a oportunidade oferecida pela irmã. – Andei me sentindo um pouco zonzo nessa última hora. Foi assim que acabei quebrando o urinol.

Penelope tocou a testa dele.

– Não está com febre.

– Tenho certeza de que não é nada que uma boa noite de sono não cure.

– Imagino que sim. – Penelope torceu os lábios. – Mas, se não estiver se sentindo melhor amanhã, chamarei um médico.

– Está certo.

– Talvez você deva se deitar agora mesmo.

– Sim – concordou Blake, quase empurrando a irmã para fora do lavatório. – É uma excelente ideia.

– Certo, então. Venha, vou arrumar os lençóis para você.

Blake deixou escapar um enorme suspiro quando fechou a porta ao sair do lavatório. Não estava feliz com o rumo dos acontecimentos mais recentes e a última coisa que queria era a irmã andando atrás dele. Mas sem dúvida isso era preferível à possibilidade de que Penelope descobrisse Caroline entre os cacos de urinol e pedaços de sabão.

– Sr. Ravenscroft?

Blake ergueu os olhos. Perriwick estava parado na porta, equilibrando uma bandeja de prata contendo um verdadeiro banquete. Blake começou a balançar a cabeça freneticamente, mas era tarde demais. Penelope já se virara na direção do mordomo.

– Ah, Perriwick, o que é isso? – indagou ela.

– Comida – disparou ele, claramente confuso com a presença dela. Perriwick olhou ao redor.

Blake franziu o cenho. O maldito mordomo com certeza estava procurando por Caroline. Perriwick podia ser discreto, mas era muito desajeitado no que se referia a segredos e subterfúgios.

Penelope olhou para o irmão com uma expressão indagadora.

– Está com fome?

– Ahn... sim, pensei em fazer um lanche da tarde.

Ela levantou a tampa que cobria uma das travessas e revelou um enorme presunto assado.

– É um lanche e tanto.

Os lábios de Perriwick se curvaram em um sorriso doce e enjoativo.

– Pensamos em lhe trazer algo substancial agora, já que havia pedido um jantar leve.

– Que atencioso da parte de vocês – grunhiu Blake.

Ele poderia apostar que o presunto fora originalmente preparado para o jantar. Ao que parecia, Perriwick e a Sra. Mickle pretendiam mandar toda a boa comida da casa para Caroline e alimentar os "verdadeiros" ocupantes de Seacrest Manor com papas. A dupla com certeza não escondeu sua desaprovação quando Blake os informara do novo endereço de Caroline.

Perriwick se virou para Penelope enquanto pousava a bandeja sobre uma mesa.

– Se me permite a impertinência, milady...

– Perriwick! – bradou Blake. – Se eu ouvir "Se me permite a impertinência" mais uma vez, juro que o jogarei no Canal da Mancha.

– Ah, meu Deus – disse Penelope. – Talvez ele esteja mesmo com febre. O que acha, Perriwick?

O mordomo estendeu a mão para a testa de Blake, que quase o mordeu.

– Se me tocar, morre – ameaçou Blake.

– Estamos um pouco rabugentos esta tarde, não é mesmo? – comentou Perriwick, sorrindo.

– Eu estava muito bem até *você* entrar.

Penelope se dirigiu ao mordomo:

– Ele está agindo de maneira estranha a tarde inteira.

Perriwick assentiu de forma majestosa.

– Talvez devêssemos deixá-lo a sós. Um pouco de descanso pode lhe fazer bem.

– Está certo. – Penelope seguiu o mordomo até a porta. – Vamos deixá-lo a sós. Mas, se eu descobrir que não tirou um cochilo, vou ficar muito zangada com você.

– Sim, sim – apressou-se em dizer Blake, tentando se livrar dos dois. – Prometo que vou descansar. Só não me perturbem. Tenho o sono muito leve.

Perriwick bufou alto, o que não combinava em nada com sua atitude sempre tão digna.

Blake fechou a porta depois que os dois saíram, apoiou-se contra a parede e deixou escapar um enorme suspiro de alívio.

– Santo Deus, nesse ritmo, serei um velho debilitado antes de completar 30 anos.

– Hum... – veio de uma voz dentro do lavatório. – Eu diria que você já está bem a caminho disso.

Blake ergueu os olhos e viu Caroline parada na porta, com um sorriso enorme e irritante no rosto.

– O que você quer? – perguntou ele, irritado.

– Ah, nada – respondeu ela com inocência. – Só queria lhe dizer que você estava certo.

Blake estreitou os olhos, desconfiado.

– O que quer dizer?

– Digamos que consegui enxergar o humor na nossa situação.

Ele grunhiu para ela e deu um passo ameaçador em sua direção, mas Caroline não pareceu se intimidar.

– Não consigo me lembrar da última vez que ri tanto – comentou ela e pegou a bandeja de comida.

– Caroline, você valoriza seu pescoço?

– Sim, tenho muito apreço por ele. Por quê?

– Porque, se não calar a boca, vou esganá-la.

– Entendido – falou ela, voltando depressa para o lavatório.

Então fechou a porta, deixando-o furioso no quarto.

E como se isso não fosse ruim o bastante, o próximo som que Blake ouviu foi um clique alto.

A maldita mulher se trancara no lavatório, levara toda a comida e o deixara de fora.

– Vai pagar por isso! – gritou ele para a porta.

– Fique quieto – foi a resposta, em um tom abafado. – Estou comendo.

CAPÍTULO 16

a.ta.vi.ar (verbo). *Fazer pequenas alterações ou acrescentar ornamento à arrumação pessoal de alguém.*

Encalhada como estou em um lavatório, ao menos tenho tempo para me ataviar – juro que meus cabelos nunca estiveram tão arrumados.

– Do dicionário pessoal de Caroline Trent

Durante o jantar, mais tarde naquela noite, ocorreu a Blake que ele gostaria muito de matar a Srta. Caroline Trent. Também lhe ocorreu que esse não era um sentimento novo. Ela não apenas tinha virado a vida dele de cabeça para baixo, como a jogara de um lado para outro, virara do avesso e, em determinados momentos que era melhor não mencionar, a incendiara.

Ainda assim, pensou Blake com generosidade, talvez *matar* fosse uma palavra um pouco forte. Ele não era assim tão orgulhoso que não pudesse admitir que desenvolvera certo afeto pela jovem. Mas com certeza queria amordaçá-la.

Sim, uma mordaça seria ideal. Assim, Caroline não poderia falar.

Nem comer.

– Pelo amor de Deus, Blake, isso é sopa? – indagou Penelope com uma expressão apreensiva no rosto.

Ele assentiu.

Ela olhou para o caldo quase transparente na tigela.

– Tem certeza?

– Tem sabor de água salgada, mas a Sra. Mickle me assegurou que é sopa.

Penelope mergulhou a colher no caldo com hesitação, em seguida tomou um longo gole de vinho tinto.

– Acredito que não tenha sobrado nada do presunto que preparam para o seu lanche, não é mesmo?

– Posso lhe assegurar que seria impossível partilharmos aquele presunto.

Se a irmã achou a escolha de palavras dele estranha, não comentou. Em vez disso, pousou a colher e perguntou:

– Perriwick trouxe mais alguma coisa? Um naco de pão, talvez?

Blake fez que não com a cabeça.

– Sempre come de forma tão... frugal à noite?

Ele fez que não mais uma vez.

– Ah, então essa é uma ocasião especial?

Blake não tinha ideia de como responder à pergunta, por isso apenas tomou outra colher da sopa horrorosa. Com certeza devia haver um valor nutricional em algum lugar ali.

Mas então, para absoluta surpresa dele, Penelope levou a mão à boca, ficou muito vermelha e disse:

– Ah, sinto muito!

Blake pousou a colher devagar.

– Como?

– É claro que é uma ocasião especial. Eu tinha esquecido completamente. Lamento muito.

– Penelope, de que diabo você está falando?

– De Marabelle.

Blake sentiu um estranho aperto no peito. Por que Penelope tinha que mencionar a noiva falecida dele naquele momento?

– O que tem Marabelle? – perguntou ele, a voz sem expressão.

Ela pareceu confusa.

– Ah. Ah, então você não se lembra. Não é nada. Por favor, esqueça que eu disse alguma coisa.

Blake ficou olhando para a irmã estupefato enquanto ela atacava a tigela de sopa como se fosse um maná dos deuses.

– Pelo amor de Deus, Penelope, seja o que for que você está pensando, diga logo.

Ela mordeu o lábio, hesitante.

– Hoje é dia 11 de julho, Blake – explicou, num tom muito suave e piedoso.

Blake a encarou e, por um instante abençoado, não compreendeu o que a irmã queria dizer. Até que se lembrou.

Dia 11 de julho.

O aniversário da morte de Marabelle.

Ele se levantou tão abruptamente que a cadeira tombou.

– Até amanhã – disse, a voz tensa.

– Espere, Blake! Não vá! – Penelope se levantou e correu atrás do irmão que saíra a passos largos da sala. – Você não deve ficar sozinho nesse momento.

Ele parou de repente, mas não se virou para encará-la quando disse:

– Você não compreende, Penelope. Eu sempre estarei sozinho.

༄

Duas horas mais tarde, Blake estava muito bêbado. Sabia que a bebida não o faria se sentir melhor, mas continuara a beber, achando que mais um copo talvez o fizesse sentir *menos*.

Mas não adiantou.

Como pudera esquecer? Todo ano ele fazia questão de marcar a data da morte de Marabelle com alguma lembrança especial, algo para honrá-la na morte do modo como ele tentara e fracassara em honrá-la em vida. No primeiro ano, colocara flores no túmulo dela. Era banal, Blake sabia, mas seu sofrimento ainda era tão grande, ele ainda era tão jovem... não soubera que outra coisa poderia fazer.

No ano seguinte, plantara uma árvore em homenagem a ela no lugar onde Marabelle fora assassinada. De algum modo, parecera combinar – quando menina, Marabelle conseguia subir em uma árvore mais rápido do que qualquer menino do distrito onde moravam.

Nos anos seguintes, as homenagens foram a doação de uma casa para crianças abandonadas, livros para a antiga escola de Marabelle e um depósito anônimo no banco para os pais dela, que sempre lutavam para fechar as contas.

Mas naquele ano... nada.

Blake desceu cambaleando pelo pátio até a praia, usando um braço para se equilibrar e outro para segurar a garrafa de uísque. Quando chegou ao fim da trilha, acabou caindo sem a menor elegância no chão. Havia um trecho de grama antes que o solo firme desse lugar à areia delicada pela qual Bournemouth era famosa. Ele ficou sentado ali, olhando para o Canal da Mancha, se perguntando que diabo deveria fazer consigo mesmo.

Saíra de casa para pegar um pouco de ar fresco e para fugir. Não queria que Penelope ou as perguntas bem-intencionadas dela se intrometessem em seu sofrimento. Mas a maresia não adiantou muito para aliviar a culpa que o dominava. Só serviu para fazê-lo se lembrar de Caroline. Ela chegara em casa naquela tarde com cheiro de mar nos cabelos e um toque de sol na pele.

Caroline. Blake fechou os olhos, angustiado. Sabia que ela era o motivo para que tivesse se esquecido de Marabelle.

Blake virou mais uísque goela abaixo, bebendo direto da garrafa. O líquido desceu em uma trilha ardente até o estômago, mas Blake agradeceu a dor. Era crua e indigna e, de algum modo, isso parecia apropriado. Naquela noite, não se sentia tão cavalheiro.

Deitou-se na grama e ergueu os olhos para o céu. A lua estava à vista, mas sua luz não era forte o bastante para ofuscar o brilho das estrelas. Elas pareciam um tanto felizes lá em cima, cintilando como se não tivessem nenhuma preocupação no mundo. Blake quase tinha a sensação de que zombavam dele.

Ele praguejou. Estava imaginando coisas. Era isso ou estava sentimental. Ou talvez fosse apenas a bebida. Ele se sentou e tomou outro gole.

A bebida entorpeceu os sentidos e turvou a mente de Blake, e foi por isso que provavelmente não ouviu os passos que se aproximavam dele.

– Quem esssstá aí? – perguntou com a voz enrolada enquanto apoiava o corpo desajeitadamente sobre os cotovelos. – Quem é?

Caroline se adiantou, a luz das estrelas iluminando os cabelos castanho-claros.

– Sou só eu.

– O que está fazendo aqui?

– Vi você da minha janela. – Ela deu um sorrisinho irônico. – Desculpe, da *sua* janela.

– Você devia voltar para casa.

– Talvez.

– Não sou uma companhia adequada no momento.

– Pois é – concordou Caroline –, você está muito bêbado. Não é bom beber com o estômago vazio.

Ele deixou escapar uma risada curta.

– E de quem é a culpa do meu estômago vazio?

– Você é mesmo muito rancoroso, não?

– Madame, posso lhe assegurar que tenho uma memória extremamente boa.

Ele se encolheu diante das próprias palavras. A memória sempre o servira bem... até aquela noite.

Caroline franziu o cenho.

– Eu trouxe comida.

Blake ficou em silêncio por longo tempo, então disse baixinho:

– Volte para dentro.

– Por que está tão aborrecido?

Ele não disse nada, apenas secou a boca com a manga depois de tomar outro gole de uísque.

– Eu nunca o vi bêbado antes.

– Há muitas coisas que você não sabe a meu respeito.

Caroline deu mais um passo para a frente, encarando-o e desafiando-o a desviar o olhar.

– Sei mais do que você imagina.

A frase prendeu a atenção dele. Os olhos de Blake cintilaram com uma fúria momentânea, mas logo ficaram inexpressivos quando ele falou:

– Uma pena para você então.

– Tome, você precisa comer alguma coisa. – Ela lhe estendeu algo enrolado em um guardanapo. – Vai amenizar o efeito do uísque.

– Essa é a última coisa que quero fazer.

Caroline se sentou ao lado dele.

– Isso não é do seu feitio, Blake.

Ele se virou para ela, os olhos cinza cintilando.

– Não me diga o que é e o que não é do meu feitio – sibilou. – Você não tem esse direito.

– Como sua amiga, tenho todo o direito – rebateu ela baixinho.

– Hoje é dia 11 de julho – anunciou Blake com um floreio desajeitado do braço.

Caroline não disse nada. Não sabia o que dizer diante de uma declaração tão óbvia.

– Dia 11 de julho – repetiu ele. – E deve ser marcado com infâmia na saga de Blake Ravenscroft como o dia em que ele... como o dia em que eu...

Caroline se inclinou para a frente, chocada e comovida com a emoção na voz dele.

– Como o dia em que o quê, Blake? – sussurrou ela.

– Como o dia em que deixei uma mulher morrer.

Caroline empalideceu diante do sofrimento na voz dele.

– Não. Não foi culpa sua.

– Que diabo você sabe sobre isso?

– James me contou sobre Marabelle.

– Desgraçado enxerido.

– Sou grata por ele ter contado. Isso me explicou muito mais a seu respeito.

– E por que diabo você queria saber mais? – perguntou ele, irritado.

– Porque eu am... – Caroline se deteve, horrorizada com o que quase dissera. – Porque gosto de você. Porque você é meu amigo. Não tive muitos amigos na vida, talvez seja por isso que eu dê tanto valor à amizade.

– Não posso ser seu amigo – declarou Blake, a voz insuportavelmente dura.

– Não pode?

Ela prendeu a respiração, esperando pela resposta dele.

– Você não quer que eu seja seu amigo.

– Não acha que cabe a mim decidir?

– Pelo amor de Deus, mulher, por que não escuta? Pela última vez, não posso ser seu amigo. Nunca poderia ser seu amigo.

– Por que não?

– Porque sinto *desejo* por você.

Caroline se forçou a não se afastar. Blake fora tão brusco, tão cru em seu desejo que quase a assustou.

– Isso é o uísque falando – apressou-se a dizer ela.

– Acha mesmo? Você não conhece os homens, meu anjo.

– Conheço *você*.

Ele riu.

– Não tanto quanto eu conheço você, minha cara Srta. Trent.

– Não zombe de mim.

– Ah, mas venho observando-a. Devo provar? Todas as coisas que sei, todas as pequenas coisas que percebi. Eu poderia escrever um daqueles livros de que você tanto gosta.

– Blake, acho que você deveria...

Mas ele a interrompeu pousando o dedo sobre os lábios dela.

– Começarei por aqui – sussurrou Blake. – Pela sua boca.

– Minha bo...

– Shhh. É minha vez. – O dedo dele traçou o arco delicado do lábio superior de Caroline. – Tão cheio. Tão rosado. Você nunca os pintou, não é?

Ela fez que não com a cabeça, mas o movimento provocou a tortura sensual do dedo de Blake roçando a pele de Caroline.

– Não, você não precisaria fazer isso. Nunca vi lábios como os seus. Já mencionei que sua boca foi a primeira coisa que reparei em você?

Caroline ficou sentada muito quieta, nervosa demais até para voltar a mexer a cabeça.

– Seu lábio inferior é adorável, mas este aqui – ele traçou a linha do lábio superior dela de novo – é excepcional. Implora para ser beijado. Quando achei que você fosse Carlotta... até nessa hora senti vontade de cobrir seus lábios com os meus. Meu Deus, como me odiei por isso.

– Mas não sou Carlotta – sussurrou ela.

– Eu sei. É pior dessa forma. Porque agora quase posso justificá-la. Posso...

– Blake?

A voz de Caroline era baixa, mas tinha um quê de urgência, e ela achou que morreria se ele não completasse o pensamento.

Mas Blake apenas balançou a cabeça.

– Eu divago. – Ele moveu os dedos até os olhos dela e apoiou as pontas sobre as pálpebras até Caroline fechá-las. – Aqui está outra coisa que sei a seu respeito.

Ela entreabriu os lábios, a respiração irregular.

– Seus olhos... cílios tão cheios. Só um tom mais escuro que seus cabelos. – Blake levou os dedos até as têmporas dela. – Mas acho que gosto mais deles abertos.

Caroline apressou-se em abrir os olhos.

– Ah, assim é melhor. A cor mais incrível do mundo. Você já esteve no mar?

– Não vou desde que eu era muito pequena.

– Aqui, perto da costa, a água é cinza e densa, mas quando se afasta da terra firme, torna-se clara e pura. Sabe do que estou falando?

– A-acho que sim.

Ele deu de ombros de repente e deixou cair a mão.

– Ainda assim, não se compara aos seus olhos. Ouvi dizer que o mar é ainda mais estonteante nos trópicos. Seus olhos devem ser da cor exata do oceano espumando próximo à linha do equador.

Caroline deu um sorriso hesitante.

– Eu gostaria de ir até lá.

– Minha cara jovem, não acha que deveria pelo menos tentar ver Londres primeiro?

– Agora você está sendo cruel, e essa não é a sua intenção.

– Não?

– Não – disse Caroline, buscando dentro de si mesma a coragem de que precisava para falar de forma tão direta com ele. – Você não está zangado comigo. Está zangado consigo mesmo e sou apenas um alvo conveniente.

Blake inclinou um pouco a cabeça na direção dela.

– Você se acha muito observadora, não é mesmo?

– Como devo responder a isso?

– Acho que você é observadora, mas não o bastante para se salvar de mim. – Ele se inclinou mais para a frente, o sorriso perigoso. – Sabe quanto a desejo?

Sem capacidade de falar, Caroline apenas fez que não com a cabeça.

– Eu a desejo tanto que passo a noite acordado, meu corpo rígido ansiando por você.

A garganta dela ficou seca.

– Eu a desejo tanto que seu perfume faz minha pele arder.

Caroline entreabriu os lábios.

– Eu a desejo tanto... – O ar da noite se encheu com a risada furiosa dele. – Eu a desejo tanto que me esqueci de Marabelle.

– Ah, Blake, sinto muito.

– Poupe-me de sua piedade.

Ela começou a se levantar.

– Vou embora. É o que você quer, e claramente não está em condições de conversar.

Mas Blake a agarrou e puxou-a de volta para baixo.

– Não me ouviu?

– Ouvi cada palavra – sussurrou Caroline.

– Não quero que você vá.

Ela não disse nada.

– Quero *você*.

– Blake, não.

– Não o quê? Não beijá-la? – Ele abaixou o corpo e beijou-a na boca. – Tarde demais.

Caroline o encarou, sem saber se deveria se sentir assustada ou exultante. Amava Blake, estava certa disso agora. Mas ele estava agindo de forma estranha.

– Não tocar em você? – A mão de Blake deslizou pelo corpo dela ao longo do quadril. – Já fui longe demais para isso.

Os lábios dele encontraram o queixo dela, então o pescoço, em seguida o lóbulo da orelha. Caroline tinha um sabor doce e limpo e cheirava à espuma que ele usava para se barbear. Blake se perguntou o que ela andara fazendo no lavatório dele, então decidiu que não se importava. Havia algo loucamente prazeroso em sentir o próprio cheiro nela.

– Blake, não tenho certeza se é isso mesmo que você quer – disse Caroline, a voz sem muita convicção.

– Ah, eu tenho – retrucou ele com uma risada bem masculina. – Tenho muita certeza. – Ele pressionou o quadril contra o dela enquanto soltava os cabelos de Caroline dos grampos. – Pode sentir minha certeza?

Blake voltou a colar a boca à dela e a devorou, a língua deslizando primeiro pela linha dos dentes e em seguida passando para a pele delicada da parte interior da boca.

– Quero tocá-la – disse Blake, as palavras saindo em um sussurro suave contra a boca de Caroline. – Em toda parte.

O vestido dela era fino, com poucos botões e laços, e ele demorou apenas alguns segundos para despi-lo pela cabeça de Caroline, deixando-a apenas com a camisa de baixo. Blake sentiu o corpo enrijecer de novo enquanto enfiava os dedos por baixo das alças finas que sustentavam a seda macia.

– Eu comprei isso para você? – perguntou ele, a voz tão rouca que era quase irreconhecível.

Ela assentiu, arquejando quando uma das mãos enormes dele se fechou sobre um seio.

– Quando me comprou os vestidos. Isso estava em uma das caixas que você trouxe da cidade.

– Ótimo – disse Blake, então afastou a alça de um dos ombros.

Os lábios dele encontraram a renda elegantemente costurada no decote da camisa de baixo, e Blake seguiu-a conforme a empurrava, parando apenas quando alcançou a ponta rosada do mamilo.

Caroline sussurrou o nome de Blake enquanto ele beijava a auréola delicada e quase gritou quando sentiu a boca máscula ao redor do mamilo, sugando-o.

Ela nunca experimentara nada tão maravilhosamente primitivo quanto as sensações que se agitavam em seu ventre. Prazer e desejo desabrochavam dentro dela, espalhando-se do centro de seu ser para cada centímetro de sua pele. Caroline achara que havia sentido desejo quando Blake a beijara naquela manhã, mas o beijo não era nada comparado ao que a devorava naquele momento.

Caroline baixou os olhos para a cabeça dele em seu seio. Santo Deus, *Blake* estava mesmo a devorando.

Ela se sentia quente, tão quente, que achou que devia estar queimando nos lugares em que ele a tocava. Uma das mãos de Blake agora subia pela panturrilha dela enquanto ele pressionava gentilmente com a própria perna para que Caroline abrisse as dela. Blake acomodou o peso entre as pernas de Caroline e pressionou a prova rígida de seu desejo contra as partes íntimas dela.

Ele subiu ainda mais a mão, passou pelo joelho dela, ao longo da pele macia do interior da coxa, então parou por um momento, como se para dar a Caroline uma última chance de recusar.

Mas Caroline já tinha ido longe demais. Não conseguiria recusar nada a ele, porque queria tudo. Talvez fosse uma libertina desavergonhada, mas desejava cada toque malicioso das mãos e da boca de Blake. Desejava o peso dele pressionando-a contra o chão. Desejava o bater acelerado do coração dele e o sopro do hálito entrecortado.

Desejava o coração e a alma de Blake. Mas, acima de tudo, desejava se entregar e curar quaisquer que fossem as feridas que jaziam sob a superfície da pele dele. Caroline enfim encontrara um lugar aonde pertencia – com ele – e queria ajudá-lo a sentir a mesma alegria.

Então, quando os dedos de Blake encontraram o ponto mais íntimo da feminilidade dela, nenhuma palavra de recusa ou de protesto passou pelos lábios de Caroline. Ela se entregou ao prazer do momento, gemeu o nome dele e se agarrou aos ombros de Blake enquanto ele a provocava na direção de um vórtice implacável.

Caroline se agarrou a Blake quando se viu fora de controle, as pressões internas crescendo até se transformarem em febre. Ela sentiu o corpo tenso, levado ao limite, então ele deslizou um dedo para dentro dela enquanto o polegar continuava a tortura sensual sobre a pele quente.

O mundo de Caroline explodiu em um instante.

Ela se agitou sob o corpo dele, erguendo os quadris do chão e levantando Blake no ar. Gritou o nome dele e estendeu a mão para retê-lo, desesperada, quando ele rolou de cima dela.

– Não, volte – pediu ela.

– Shhh. – Blake acariciou os cabelos dela e depois o rosto. – Estou bem aqui.

– Volte.

– Sou pesado demais para você.

– Não. Quero senti-lo. Quero... – Ela engasgou. – Quero lhe dar prazer.

O rosto dele ficou tenso.

– Não, Caroline.

– Mas...

– Não vou tirar isso de você. – A voz dele era firme. – Não deveria ter feito o que fiz, mas maldito seja eu se tirar sua virgindade.

– Mas quero entregá-la a você – sussurrou Caroline.

Blake virou-se para ela com inesperada ferocidade.

– Não – disse Blake com firmeza. – Vai guardar sua virgindade para o seu marido. Você é boa demais para desperdiçá-la com outro.

– Eu... – Ela se interrompeu, pois não desejava se humilhar dizendo que esperava que fosse ele o tal marido.

Mas Blake obviamente podia ler os pensamentos de Caroline, pois lhe deu as costas e falou:

– Não me casarei com você. *Não posso* me casar com você.

Caroline tateou em busca das roupas, implorando a Deus que não começasse a chorar.

– Eu nunca disse que você teria que fazer isso.

Ele se virou de volta para ela.

– Você entende o que estou dizendo?

– Compreendo muito bem a nossa língua. – A voz dela falhou. – Sei várias palavras difíceis, está lembrado?

Ele ergueu os olhos para o rosto dela, cuja expressão não era nem de longe tão conformada quanto Caroline pretendia.

– Nunca tive a intenção de magoá-la.

– É um pouco tarde para isso.

– Você não entende. Nunca vou poder me casar. Meu coração pertence a outra.

– Seu coração pertence a uma mulher morta – rebateu Caroline em um rompante. Ela levou a mão à boca na mesma hora, horrorizada com o próprio tom venenoso. – Perdoe-me.

Ele deu de ombros de forma fatalista, enquanto entregava a ela uma das sapatilhas.

– Não há nada a perdoar. Eu me aproveitei de você. Peço perdão por isso. Só fico satisfeito por ter tido a presença de espírito de parar.

– Ah, Blake – disse Caroline em um tom triste. – Em algum momento você vai ter que se permitir parar de sofrer. Marabelle se foi. Você ainda está aqui, e há pessoas que o amam.

A frase era o mais perto de uma declaração de amor que ela estava disposta a fazer. Caroline prendeu a respiração, esperando pela resposta dele, mas Blake apenas lhe estendeu a outra sapatilha.

– Obrigada – murmurou ela. – Vou entrar agora.

– Sim.

Mas como ela não se afastou de imediato, Blake ainda perguntou:

– Planeja dormir no lavatório?

– Não tinha chegado a pensar a respeito.

– Eu lhe cederia a minha cama, mas desconfio que Penelope possa entrar para checar se estou bem durante a noite. Ela costuma esquecer que o irmão caçula cresceu.

– Deve ser bom ter uma irmã.

Blake desviou o olhar.

– Pegue os travesseiros e as cobertas da minha cama. Tenho certeza de que conseguirá se acomodar com algum conforto.

Caroline assentiu e começou a se afastar.

– Caroline?

Ela se virou, a esperança cintilando nos olhos.

– Tranque a porta.

CAPÍTULO 17

es.cu.len.to *(adjetivo). Próprio para alimentação; comestível.*
Ouvi com frequência que mesmo a mais detestável das comidas parece virtuosa e esculenta quando se está com fome, mas discordo. Mingau é mingau, não importa quão alto seu estômago ronque.

– Do dicionário pessoal de Caroline Trent

Caroline acordou na manhã seguinte com uma batida na porta. Seguindo a ordem de Blake, ela a trancara na noite anterior – não por achar que ele tentaria violá-la durante a noite, mas por não duvidar que ele fosse checar a porta para ver se ela seguira a ordem. E não lhe daria a satisfação de repreendê-la.

Ela dormira de camisa de baixo e se enrolou em uma manta antes de abrir uma fresta e espiar. Um dos olhos cinza de Blake a espiou de volta.

– Posso entrar?

– Depende.

– Do quê?

– Você está com o café da manhã?

– Madame, não tenho acesso à comida decente há quase 24 horas. Minha esperança era de que Perriwick já tivesse levado alguma coisa para você comer.

Ela abriu a porta.

– Não é justo que os criados punam a sua irmã. Ela deve estar faminta.

– Imagino que ela comerá muito bem na hora do chá. Você é esperada para uma visita, está lembrada?

– Ah, sim... Como vamos lidar com isso?

Blake se apoiou contra a bacia de mármore.

– Penelope já me pediu para mandar pegá-la em minha melhor carruagem.

– Achei que você só tinha uma carruagem.

– E está certa. Isso não vem ao caso. Devo mandar a carruagem para a sua... ahn... *casa* para pegá-la.

Caroline revirou os olhos.

– Vou gostar de ver isso. Uma carruagem subindo até o lavatório. Diga-me, vai trazê-la pelo seu quarto ou pela escada de serviço?

Blake a fuzilou com um olhar que deixava claro que não achava graça nenhuma.

– Voltarei aqui para pegá-la a tempo para uma visita às quatro da tarde.

– O que devo fazer antes disso?

Ele olhou ao redor do cômodo.

– Se lavar?

– Não tem graça, Blake.

Houve um momento de silêncio, então ele disse baixinho:

– Sinto muito pelo que aconteceu na noite passada.

– *Não* se desculpe.

– Mas preciso. Eu me aproveitei de você. E de uma situação que não pode levar a lugar nenhum.

Caroline cerrou os dentes. A experiência da noite anterior fora o mais perto que ela já chegara de se sentir amada em anos. Ouvi-lo dizer que lamentava o que acontecera era insuportável.

– Se você se desculpar de novo, vou gritar.

– Caroline, não seja...

– Estou falando sério!

Blake assentiu.

– Muito bem. Vou deixá-la sozinha, então.

– Ah, sim, nesta minha vida tão fascinante – disse ela, com um movimento amplo do braço. – Há tanto a fazer aqui que nem sei por onde começar. Pensei em lavar as mãos, depois os dedos dos pés e, se for mesmo ambiciosa, talvez tente lavar as costas.

Ele franziu o cenho.

– Gostaria que eu lhe trouxesse um livro?

A atitude dela mudou na mesma hora.

– Ah, você faria isso? Não sei onde deixei aquela pilha que planejava levar para o meu quarto ontem.

– Vou encontrá-la.

– Obrigada. Quando devo... ahn... esperar sua carruagem?

– Imagino que terei que pedir que a carruagem esteja pronta pouco antes das três e meia, logo, por que não fica pronta a essa hora para que eu possa levá-la até os estábulos?

– Consigo chegar aos estábulos sozinha. Seria melhor se procurasse se certificar de que Penelope esteja ocupada com alguma coisa do outro lado da casa.

Blake assentiu.

– Tem razão. Direi ao cocheiro que você é esperada a essa hora.

– Todos estão sabendo da nossa farsa, então?

– Achei que talvez fosse possível envolver apenas os três criados de dentro de casa, mas agora parece que o pessoal do estábulo também terá que saber do segredo. – Ele deu um passo à frente, para sair do lavatório, então se virou e avisou: – Lembre-se: seja pontual.

Caroline relanceou o olhar ao redor com uma expressão dúbia.

– Acho que você não tem relógios aqui.

Blake estendeu o relógio de bolso a ela.

– Use este. Mas precisa dar corda daqui a algumas horas.

– Vai trazer os livros?

Ele assentiu.

– Nunca deixe que digam que não sou o mais atencioso dos anfitriões.

– Mesmo quando relega a hóspede em questão ao lavatório?

– Mesmo assim.

Precisamente às quatro horas daquela tarde, Caroline bateu na porta da frente de Seacrest Manor. A jornada dela até ali fora no mínimo bizarra. Caroline se esgueirara para fora do lavatório, descera pela escada de serviço, atravessara o gramado correndo precisamente às três da tarde, subira na carruagem e ficara rodando nela sem rumo até o cocheiro voltar para casa, às quatro.

Com certeza teria sido menos complicado se pudesse ter saído direto pela porta do quarto de Blake e descido pela escada principal, mas depois de passar o dia inteiro sem nenhuma companhia a não ser uma bacia de água e uma banheira, Caroline não se importava com um pouco de animação e um belo cenário.

Perriwick atendeu à porta em tempo recorde, piscou para ela e disse:

– É um prazer vê-la de novo, Srta. Trent.

– Srta. *Dent* – sussurrou Caroline.

– Certo – concordou ele, com uma continência.

– Perriwick! Alguém pode ver.

O mordomo olhou furtivamente ao redor.

– Certo.

Caroline gemeu. Perriwick desenvolvera um gosto um tanto excessivo por subterfúgios.

O mordomo pigarreou e disse em voz bem alta:

– Permita-me levá-la até a sala de visitas, Srta. *Dent*.

– Obrigada... ahn... como disse que era o seu nome?

Ele sorriu para ela com aprovação.

– É Perri*stick*, Srta. Dent.

Dessa vez Caroline não conseguiu se conter e deu um tapinha no ombro dele.

– Isso não é uma brincadeira – sussurrou.

– É claro que não. – Perriwick abriu a porta para a sala de visitas, a mesma onde a mimara com um banquete enquanto o tornozelo dela estava torcido. – Direi a lady Fairwich que a senhorita está aqui.

Caroline balançou a cabeça diante do entusiasmo do mordomo e foi até a janela. Parecia que iria chover mais tarde naquela noite, o que não era problema para ela, já que era provável que passasse a noite toda enfiada no lavatório de Blake.

– Srta. Dent... Caroline! Que prazer vê-la de novo.

Caroline se virou e viu a irmã de Blake deslizando para dentro da sala.

– Lady Fairwich, foi muita gentileza sua me convidar.

– Gentileza nenhuma. E, pelo que me lembro, ontem insisti para que me chamasse de Penelope.

– Muito bem... Penelope – concordou Caroline, e indicou a sala ao seu redor com um gesto de mão. – Que sala adorável.

– Sim, e essa vista é impressionante, não? Tenho inveja de Blake, morando aqui perto do mar. E agora suponho que deva sentir inveja de você também. – Ela sorriu. – Aceita um pouco de chá?

Se alguma comida fora mandada para o lavatório, Blake dera um jeito de interceptá-la, e o estômago de Caroline roncara o dia todo.

– Sim – respondeu. – Adoraria.

– Excelente. Eu também pediria biscoitos, mas... – Penelope se inclinou para a frente, como se fosse contar um segredo – ... a cozinheira de Blake é horrível. Acho melhor ficarmos apenas no chá, por segurança.

Enquanto Caroline tentava pensar em um modo educado de dizer que morreria de fome se Penelope não deixasse a Sra. Mickle servir biscoitos, Blake entrou na sala.

– Ah, Srta. Dent, seja bem-vinda! Chegou bem? – perguntou ele.

– Sim, Sr. Ravenscroft. Sua carruagem é muito confortável.

Blake assentiu, distraído, e relanceou o olhar ao redor da sala.

– Blake, está procurando alguma coisa? – perguntou Penelope.

– Estava só checando se a Sra. Mickle tinha mandado chá. E... biscoitos – acrescentou com certa intensidade.

– Eu estava prestes a tocar a campainha para pedir chá, embora não esteja certa a respeito dos biscoitos. Depois da refeição da noite passada...

– A Sra. Mickle faz biscoitos *excelentes* – afirmou Blake. – Vou pedir que mande uma quantidade caprichada.

Caroline suspirou de alívio.

– É possível – concedeu Penelope. – Afinal, tomei um café da manhã delicioso hoje.

– Você tomou café da manhã? – perguntaram Blake e Caroline em uníssono.

Se Penelope achou estranho a convidada estar questionando-a sobre seus hábitos alimentares, não disse nada, ou talvez apenas não tenha ouvido. Ela deu de ombros e respondeu:

– Sim, na verdade foi uma situação das mais estranhas. Encontrei uma bandeja perto do meu quarto essa manhã.

– É mesmo? – indagou Caroline, tentando soar como se estivesse perguntando apenas por um interesse educado.

Caroline poderia apostar a própria vida que a comida na tal bandeja fora preparada para ela.

– Ora, para ser sincera, não estava tão perto do meu quarto. Na verdade, estava perto do seu quarto, Blake, mas eu sabia que você já tinha se levantado e saído. Achei que os criados talvez tivessem ficado com medo de me acordar e, por isso, não tivessem colocado muito perto da minha porta.

Blake relanceou um olhar de tamanha incredulidade para a irmã que Penelope foi forçada a erguer as mãos em um gesto pacificador.

– Eu não sabia mais o que pensar – justificou-se ela.

– *Eu* acho que talvez meu café da manhã também estivesse naquela bandeja – comentou Blake.

– Ah, sim, isso faria sentido. Achei mesmo que tinha comida demais, mas estava tão faminta depois da refeição da noite passada que, na verdade, nem parei para pensar.

– Não foi nada – apaziguou Blake. Então o estômago dele apressou-se em provar que era mentira ao roncar bem alto. Blake se encolheu. – Vou pedir o chá. E... ahn... os biscoitos extras.

Caroline tossiu.

Blake parou de súbito e se virou.

– Srta. Dent, também está com fome?

Ela abriu um lindo sorriso.

– Faminta. Tivemos um pequeno contratempo na nossa cozinha em casa e não comi nada o dia todo.

– Ah, meu Deus! – exclamou Penelope, pousando as mãos sobre as de Caroline. – Que terrível! Blake, por que não vê se a cozinheira pode preparar algo um pouco mais substancial do que biscoitos? Se você estiver disposta, é claro.

Caroline achou que deveria dizer algo educado como "Não precisa se dar o trabalho", mas estava apavorada com a possibilidade de Penelope levá-la a sério.

– Ah, Blake! – chamou Penelope.

Ele parou na porta e se virou devagar, claramente irritado por ter sido detido de novo.

– Nada de sopa.

Blake nem se dignou a responder.

– Meu irmão é um pouco rabugento às vezes – comentou Penelope depois que ele saiu de vista.

– Irmãos podem ser assim – concordou Caroline.

– Ah, então você também tem um irmão?

– Não, mas conheço pessoas que têm – respondeu ela, melancólica.

– Na verdade, Blake não é dos piores – continuou Penelope, sentando-se e gesticulando para que Caroline fizesse o mesmo. – Até eu preciso admitir que ele é lindo como o pecado.

Caroline entreabriu os lábios, surpresa. Penelope estava tentando fazer o papel de casamenteira? Ah, Deus. Quanta ironia.

– Não acha?

Caroline piscou, confusa, e se sentou.

– Como?

– Não acha que Blake é um homem bonito?

– Ora, sim, é claro. Qualquer um acharia.

Penelope franziu o cenho, nada satisfeita com a resposta.

Caroline foi salva de ter que dizer mais alguma coisa por causa de uma pequena comoção no corredor. Ela e Penelope ergueram os olhos e viram a Sra. Mickle na porta, acompanhada por um Blake carrancudo.

– Está satisfeita agora? – grunhiu ele.

A Sra. Mickle olhou direto para Caroline antes de dizer:

– Eu só queria ter certeza.

Penelope se virou para Caroline e sussurrou:

– Meu irmão tem os criados mais estranhos.

A governanta foi embora apressada, e Blake disse:

– Ela queria se certificar de que tínhamos convidados.

Penelope deu de ombros e falou:

– Entende o que eu quis dizer?

Blake voltou para a sala de visitas e se sentou:

– Não permitam que a minha presença interrompa a conversa de vocês – pediu.

– Bobagem – disse Penelope. – É só que... humm...

– Por que não gosto do modo como isso está soando? – resmungou Blake.

Penelope ficou de pé em um pulo.

– Tenho algo que preciso mostrar a Caroline. Blake, poderia fazer companhia a ela enquanto vou rapidamente ao meu quarto?

Em um instante, ela se fora, e Blake perguntou:

– O que foi isso?

– Temo que sua irmã esteja determinada a assumir o papel de casamenteira.

– Com você?

– Não sou assim *tão* ruim – retrucou Caroline, irritada. – Alguns até me considerariam um bom partido.

– Perdão – apressou-se a dizer Blake. – Não tive a intenção de ofendê-la. É só que isso deve querer dizer que minha irmã está ficando desesperada.

Caroline o encarou boquiaberta.

– Você não tem mesmo noção de quão rude está sendo?

Ele teve a graciosidade de ficar um pouco ruborizado.

– Mais uma vez, devo me desculpar. É só que Penelope vem tentando me arrumar uma esposa há anos, mas ela costuma limitar sua busca a damas cujas famílias remontem à invasão normanda. Não há nada errado com a sua família – apressou-se em dizer ele. – É só que Penelope não tem como saber do seu passado.

– Estou certa de que, se ela soubesse, não acharia adequado – comentou Caroline, rabugenta. – Posso ser uma herdeira, mas meu pai era comerciante.

– Sim, você vive dizendo isso. Não estaríamos nessa situação se Prewitt não estivesse tão determinado a fisgar uma herdeira para o filho.

– Acho que não gosto de ser comparada a um peixe.

Blake olhou para ela com uma expressão solidária.

– Você deve saber que é assim que as pessoas veem herdeiras... como uma presa a ser agarrada. – Caroline não respondeu e ele acrescentou: – No entanto, isso não tem importância. Eu nunca me casarei.

– Eu sei.

– Mas você deveria se sentir lisonjeada. A atitude de Penny mostra que ela deve gostar muito de você.

Caroline dirigiu-lhe apenas um olhar duro.

– Blake, acho que você só está se complicando – disse ela depois de um tempo.

Seguiu-se um silêncio, então Blake tentou remendar a situação dizendo:

– A Sra. Mickle se recusou a preparar qualquer comida a menos que tivesse certeza de que você estava aqui.

– Sim, foi o que deduzi. Ela é um amor.

– Esse não é exatamente o adjetivo que eu usaria para descrevê-la, mas consigo entender por que pensa assim.

Houve outro momento de silêncio desconfortável, e dessa vez foi Caroline que o quebrou.

– Soube que seu irmão acabou de ter uma filha.

– Sim, a quarta.

– Você deve estar encantado.

Blake a encarou.

– Por que pensa isso?

– Acho que seria fantástico ter uma sobrinha. Mas, claro, como filha única nunca serei tia. – O olhar dela se tornou melancólico. – Adoro bebezinhos.

– Talvez você tenha o seu próprio bebê.

– Duvido.

Caroline sempre esperara se casar por amor, mas como o homem que amava pretendia ir solteiro para o túmulo, ao que parecia ela também permaneceria solteira.

– Não seja tola. Não pode saber o que o futuro lhe reserva.

– Por que não? – retrucou ela. – Você parece achar que sabe.

– *Touché*. – Ele a observou por um momento, então seus olhos se encheram de algo que parecia estranhamente com remorso. – Gosto das minhas sobrinhas.

– Então por que ficou tão aborrecido ao saber do nascimento da mais nova?

– Por que acha isso?

– Ah, por favor, Blake. É óbvio – respondeu Caroline em tom zombeteiro.

– Não estou nem um pouco aborrecido com o nascimento da minha nova sobrinha. Estou certo de que vou adorá-la. – Ele pigarreou e deu um sorriso irônico. – Só queria que ela fosse um menino.

– A maioria dos homens ficaria empolgado diante da perspectiva de ser o próximo na linha de sucessão de um visconde.

– *Eu* não sou a maioria dos homens.

– Sim, isso está bem claro.

Blake semicerrou os olhos e a encarou com atenção.

– O que pretende insinuar?

Caroline apenas deu de ombros.

– Caroline... – alertou ele.

– É óbvio que você adora crianças e ainda assim está determinado a não ter filhos. Essa linha de raciocínio em particular mostra menos lógica do que costumam demonstrar os machos de nossa espécie.

– Agora você está começando a parecer a minha irmã falando.

– Vou aceitar isso como um elogio. Gosto muito da sua irmã.

– Eu também, mas isso não significa que sempre faço o que ela diz.

– Voltei! – disse Penelope, reaparecendo na sala. – Do que estão falando?

– De bebês – respondeu Caroline em um rompante.

Penelope estacou, os olhos cheios de uma alegria indisfarçada.

– É mesmo? Que intrigante!

– Penelope, o que era mesmo que você queria mostrar a Caroline? – intrometeu-se Blake.

– Ah, sim... – disse ela, distraída. – Não consegui encontrar. Vou ter que procurar mais tarde e convidar Caroline para voltar amanhã.

Blake quis protestar, mas sabia que convidar Caroline para o chá era a única forma de ele conseguir uma refeição decente.

Caroline sorriu e virou-se para Penelope.

– Seu irmão e sua cunhada já batizaram a filhinha recém-nascida?

– Ah, vocês estavam falando do bebê *deles* – deduziu Penelope, soando mais do que vagamente desapontada. – Sim, já. O nome dela é Daphne Georgiana Elizabeth.

– Todos esses nomes?

– Ah, isso não é nada. As meninas mais velhas têm ainda mais nomes. A mais velha chama-se Sophie Charlotte Sybilla Aurelia Nathanaele. Mas David e Sarah estão ficando sem ideias.

– Se eles tiverem outra filha, terão que chamá-la apenas de Mary e deixar por isso mesmo – comentou Caroline com um sorriso.

Penelope riu.

– Ah, não, isso seria impossível. Eles já usaram Mary. A segunda filha chama-se Katharine Mary Claire Evelina.

– Não ouso imaginar o nome da terceira filha.

– Alexandra Lucy Caroline Vivette.

– Uma Caroline! Que encanto!

– Estou impressionado por você conseguir se lembrar de todos esses nomes – opinou Blake. – Só consigo me lembrar de Sophie, Katharine, Alexandra e agora Daphne.

– Se você tivesse os próprios filhos...

– Eu sei, eu sei, irmã querida. Não precisa se repetir.

– Só ia dizer que se você tivesse os próprios filhos, não teria problema nenhum em se lembrar dos nomes.

– Sei o que você ia dizer.

– Tem filhos, lady Fairwich? – perguntou Caroline.

Uma expressão de sofrimento perpassou as feições de Penelope antes que ela respondesse baixinho:

– Não. Não, eu não tenho.

– Peço que me perdoe – balbuciou Caroline. – Eu não deveria ter perguntado.

– Não tem problema – disse Penelope com um sorriso trêmulo. – O conde e eu ainda não fomos abençoados com filhos. Talvez seja por isso que sou tão devotada às minhas sobrinhas.

Caroline engoliu em seco, constrangida, ciente de que, sem querer, tocara em um assunto doloroso.

– O Sr. Ravenscroft disse que ele também é devotado às sobrinhas.

– Sim, é mesmo. Blake é um tio maravilhoso. Daria um excelente...

– Não complete a frase Penelope – interrompeu-a Blake.

Por sorte, qualquer conversa adicional sobre o assunto foi evitada pela entrada de Perriwick, que cambaleava sob o peso da farta bandeja de chá.

– Ah, meu Deus! – exclamou Penelope.

– Sim, é um banquete e tanto para o chá, não é? – comentou Blake em uma voz arrastada.

Caroline apenas sorriu e nem se incomodou em se sentir constrangida pelo modo como seu estômago roncava.

⁂

No decorrer dos próximos dias, ficou claro que Caroline era dona de um poder de barganha crucial: os criados se recusavam a preparar uma refeição decente a menos que estivessem certos de que ela estaria presente.

E, assim, ela se viu "convidada" para Seacrest Manor com regularidade crescente. Certa vez, Penelope chegou até a sugerir que Caroline passasse a noite na casa por causa da chuva.

Para dizer a verdade, não estava chovendo tanto no dia, mas Penelope não era tola. Ela percebera que os criados tinham hábitos peculiares e gostava tanto de um bom café da manhã quanto qualquer um.

Caroline logo se tornou muito amiga da irmã de Blake, embora estivesse se tornando difícil desconversar sempre que Penelope sugeria irem juntas a passeio em Bournemouth. Havia pessoas demais na cidadezinha e uma delas poderia reconhecer Caroline.

Sem contar com o fato de que Oliver aparentemente colara a gravura dela em todos os lugares públicos. E, na última vez em que estivera na cidade, Blake contara que tinha notado que agora também era oferecida uma recompensa pelo retorno de Caroline em segurança.

Caroline não gostava muito da ideia de tentar explicar aquilo a Penelope.

No entanto, ela não via muito Blake. Ele nunca perdia a hora do chá – afinal, era a única oportunidade para uma refeição decente. Mas, tirando isso, ele evitava a companhia de Caroline a não ser por uma ocasional visita ao lavatório para entregar um novo livro a ela.

Então, a vida se acomodou nessa rotina bizarra, ainda que estranhamente confortável – até um dia, quase uma semana depois da chegada de Penelope. Os três devoravam sanduíches na sala de visitas, cada um esperando que os outros não percebessem sua deplorável ausência de boas maneiras.

Caroline já estendia a mão para pegar seu terceiro sanduíche, Penelope mastigava o segundo e Blake guardava o sexto no bolso quando ouviram passos de botas no corredor.

– Quem poderia ser? – perguntou Penelope, ruborizando um pouco quando um farelo escapou de sua boca.

A pergunta foi respondida momentos depois, assim que o marquês de Riverdale entrou na sala. Ele observou a cena com uma expressão de surpresa no rosto e disse:

– Penelope, que bom vê-la! Não sabia que conhecia Caroline.

CAPÍTULO 18

gas.tro.no.mi.a (substantivo). Arte de cozinhar e preparar os alimentos.
Como um campo de pesquisa e estudo, a gastronomia é altamente subestimada.

– Do dicionário pessoal de Caroline Trent

Um silêncio absoluto se instalou, seguido por uma erupção de conversas nervosas, tão altas e forçadas que Perriwick chegou a enfiar a cabeça na sala para ver o que estava acontecendo. Ele deu a desculpa de ter vindo recolher o resto do chá e dos biscoitos, o que quase provocou um motim, e Blake praticamente arrancou a bandeja das mãos do mordomo antes de empurrá-lo porta afora.

Se Penelope percebera que o marquês de Riverdale fora ousado o bastante para chamar a Srta. Dent pelo primeiro nome, não demonstrou, e preferiu comentar como era surpreendente que os dois se conhecessem.

Caroline estava falando muito alto sobre como os Sidwells eram amigos de longa data dos *Dents*, e James apressava-se em concordar com tudo o que ela dizia.

A única pessoa a não colaborar com a agitação foi Blake, embora tenha deixado escapar um gemido alto. Ele não sabia o que era pior: o fato de James ter chegado e quase arruinado com o disfarce de Caroline ou o brilho renovado de casamenteira nos olhos da irmã. Agora que Penelope descobrira que a família de Caroline era de algum modo – embora tênue – ligada à família do marquês, ela decidira que a jovem se sairia uma excelente esposa Ravenscroft.

Ou isso, pensou Blake, de mau humor, ou Penelope decidira concentrar os prodigiosos talentos de casamenteira em Caroline e *James*.

De qualquer forma, isso tinha potencial para um desastre colossal, decidiu Blake. Os olhos dele percorreram a sala devagar, observando Penelope, James e Caroline, e concluiu que a única coisa que o impedia de partir para a violência era o fato de não conseguir decidir quem estrangularia primeiro.

– Ah, mas isso foi há séculos, Caroline – estava dizendo James, claramente se divertindo agora. – Quase cinco anos, eu acho. Você está muito diferente da última vez que nos encontramos.

– É mesmo? – interessou-se Penelope. – Como?

Colocado no centro dos holofotes, James hesitou por um momento, então disse:

– Ora, os cabelos dela estão bem mais compridos, e...

– É mesmo? – repetiu Penelope. – Que interessante. Você deve ter cortado bastante, Caroline, porque seus cabelos não estão muito longos agora.

– Houve um acidente e tivemos que cortá-lo bem curto – improvisou Caroline.

Blake mordeu o lábio para se conter antes de pedir que ela contasse sobre o "acidente".

– Ah, sim, eu me lembro disso – adiantou-se James, com grande entusiasmo. – Algo envolvendo mel e o pássaro de estimação do seu irmão.

Caroline engasgou com o chá e levou o guardanapo à boca depressa para evitar cuspir tudo em Blake.

– Achei que você não tinha irmãos ou irmãs – comentou Penelope, franzindo o cenho.

Caroline secou a boca, tentou controlar a ânsia de começar a rir de nervoso e disse:

– Era o pássaro de estimação do meu primo, na verdade.

– É mesmo – disse James, batendo na testa. – Que tolice a minha. Qual era o nome dele?

– Percy.

– O bom e velho Percy. Como ele está?

Caroline deu um sorriso irritado.

– Do mesmo jeito, lamento. Faço o possível para evitá-lo.

– Essa provavelmente é uma atitude inteligente – concordou James. – Lembro dele como um camarada bastante desagradável, sempre puxando o cabelo das pessoas e coisas do tipo.

– Riverdale! – adiantou-se Penelope em um tom desaprovador. – Está se referindo a um parente da Srta. Dent.

– Ah, não me importo – assegurou Caroline. – Eu ficaria feliz em renegar Percy.

Penelope balançou a cabeça, confusa, e ergueu os olhos para o irmão com uma expressão um tanto acusadora.

– Não posso acreditar que você não me contou que a nossa querida Caroline é amiga de Riverdale.

Blake deu de ombros e se forçou a relaxar os punhos.

– Eu não sabia – disse ele.

Perriwick entrou na sala com uma discrição nada característica e começou a recolher o que restara do chá.

– NÃO! – gritaram Blake, Penelope e Caroline em uníssono.

James olhou para eles com interesse, mas confuso.

– Algum problema?

– Estamos só... – disse Penelope.

– ... um pouco... – acrescentou Caroline.

– ... famintos – concluiu Blake de forma enfática.

James encarou-os, ainda confuso.

– Estou vendo.

Penelope preencheu o silêncio que se seguiu virando-se para James e perguntando:

– Vai ficar conosco, milorde?

– Sim, tinha pensado nessa possibilidade, mas só se houver um quarto extra para mim. – Ele relanceou o olhar para Caroline. – Não sabia que a Srta. Dent estava aqui.

Penelope franziu o cenho.

– Você sabe que Caroline só está nos fazendo uma visita, certo? Afinal, ela mora a menos de 2 quilômetros daqui.

– Papai comprou uma casa perto de Bournemouth no último verão – apressou-se em dizer Caroline. – Acredito que ainda não tenhamos avisado a todos da mudança.

– Humm – murmurou Penelope, estreitando os olhos por um instante. – Tive a impressão de que você já residia em Bournemouth há algum tempo.

Caroline deu um sorrisinho débil.

– Nós estamos sempre por aqui.

– Sim – disse Blake, achando que precisava interferir de algum modo para salvar a situação, embora estivesse furioso tanto com Caroline quanto com James. – Você não comentou que seu pai alugou a casa por algumas temporadas antes de comprá-la?

Caroline assentiu.

– Isso mesmo.

Blake dirigiu a ela um sorriso bastante arrogante.

– Tenho uma memória impressionante.

– Disso eu não tenho dúvidas.

Seguiu-se um silêncio muito constrangedor, depois Caroline se levantou.

– É melhor eu voltar para casa. Está ficando tarde e... ahn... acho que a cozinheira está preparando algo especial para o jantar.

– Sorte a sua – resmungou Penelope.

– Como?

– Não é nada – apressou-se em responder Penelope, relanceando o olhar entre Blake e James. – Mas tenho certeza de que um de nossos dois cavalheiros terá prazer em acompanhá-la.

– Isso não é necessário. Não é muito longe.

James levantou-se depressa.

– Bobagem. Eu adoraria acompanhá-la. Estou certo de que temos muito assunto a colocar em dia.

– Sim – concordou Caroline. – Provavelmente muito mais do que você teria imaginado.

No momento em que a porta da frente se fechou atrás deles, Caroline se virou para James e perguntou:

– Você tem algo comestível na sua carruagem?

– Um pouco de pão e queijo que trouxe comigo da estalagem. Por quê?

Mas Caroline já estava procurando a comida dentro do veículo.

– Onde está? – perguntou ela, colocando a cabeça para fora.

– Santo Deus, mulher, não estão alimentando você?

– Na verdade, não. E está sendo ainda pior para Penelope e Blake, embora eu não esteja muito disposta a ser solidária com o seu amigo em particular.

James subiu na carruagem e pegou um naco de pão de uma bolsa no assento.

– Que diabo está acontecendo?

– *Nham, nham, nhac.*

– Como?

Ela engoliu a comida.

– Eu lhe contarei tudo em um minuto. Tem algo para beber?

James pegou uma garrafinha no bolso.

– Só um pouco de conhaque, mas não acho que seja o que você...

Mas Caroline já agarrara a garrafinha e dera um gole. James esperou pacientemente enquanto ela tossia, cuspia e engasgava, então disse:

– Eu ia dizer que não achava que conhaque era exatamente o que você queria.

– Bobagem. Qualquer líquido serviria – rebateu ela com a voz rouca.

Ele pegou a garrafinha de volta, fechou-a e voltou a falar:

– Imagino que vá me contar por que vocês três estão com uma aparência tão abatida e faminta. E por que diabo Penelope está aqui? Ela vai arruinar toda a operação.

– Então conseguiu permissão de Londres para levar seus planos adiante?

– Não vou responder a uma única pergunta sua até você responder as minhas.

Caroline deu de ombros.

– Nesse caso precisamos fingir que caminhamos. Temo que a explicação vá levar um bom tempo.

– *Fingir* que caminhamos?

– Com certeza não vamos levar uma hora para você me levar de volta ao lavatório de Blake.

James a encarou boquiaberto.

– *O quê?*

Ela suspirou.

– Quer a versão mais longa ou a resumida?

— Já que, ao que parece, devo demorar uma hora para acompanhá-la até o lavatório de Ravenscroft, optarei pela versão mais longa. Deve ser mais interessante, de qualquer forma.

Caroline desceu da carruagem segurando um pedaço de queijo que encontrara junto com o pão.

— Você não faz ideia.

෴

Duas horas mais tarde, Blake estava muito irritado. Sentia-se miserável, para falar a verdade.

James e Caroline já haviam partido há muito tempo – há muito mais tempo do que deveriam ter levado para chegar ao lavatório.

Blake praguejou para si mesmo. Até os pensamentos dele estavam começando a parecer desnutridos.

Mas James só precisava ficar longe de casa por uma hora para fingir que levara Caroline em casa. Não que alguém, incluindo Caroline, tivesse qualquer ideia da distância a que supostamente ficava a "casa" dela. Mas Blake nunca demorara mais de uma hora para fingir que fora pegá-la para o chá.

Ele passara tanto tempo andando para cima e para baixo no lavatório que Penelope sem dúvida achou que o irmão estava com algum problema estomacal terrível.

Por fim, quando estava encarapitado em cima do móvel onde se apoiava a bacia, ouviu risadas e passos subindo a escada lateral. Ele desceu do móvel, assumiu uma expressão severa e cruzou os braços.

Um segundo mais tarde, a porta foi aberta, e Caroline e James quase caíram dentro do lavatório, os dois rindo tanto que mal conseguiam se manter de pé.

— Onde diabo vocês estavam? – quis saber Blake.

Eles pareciam tentar responder, mas Blake não conseguia entender o que diziam por entre as risadas.

— E de que diabo estão rindo?

— Ravenscroft, você já fez algumas coisas muito bizarras, mas isto... – arquejou James, acenando com o braço para o lavatório. – Isto é sem comparação.

Blake apenas o encarou, furioso.

– Embora, você tenha feito um bom trabalho transformando este lugar em um lar. A cama é um belo toque – elogiou James, virando-se para Caroline.

Caroline baixou os olhos para a pilha organizada de mantas e travesseiros que arrumara no chão.

– Obrigada. Faço o melhor com o que tenho em mãos. – Ela riu de novo.

– Onde vocês *estavam*? – repetiu Blake.

– Eu gostaria de mais algumas velas – pediu Caroline para James.

– Sim, vejo que deve ficar bem escuro aqui – comentou ele. – Essa janela é terrivelmente pequena.

– Onde vocês *ESTAVAM?* – bradou Blake.

Caroline e James olharam para ele com expressões perplexas e idênticas.

– Você estava falando conosco? – perguntou James.

– Como? – perguntou Caroline ao mesmo tempo.

– Onde vocês estavam? – indagou Blake entre os dentes.

Caroline e James se olharam e deram de ombros.

– Não sei – respondeu James.

– Ah, por aí – acrescentou Caroline.

– Por duas horas?

– Tive que inteirá-lo de todos os detalhes – explicou ela. – Afinal, você não iria querer que ele dissesse alguma coisa errada a Penelope.

– Eu poderia ter contado a ele todos os fatos pertinentes em menos de quinze minutos – resmungou Blake.

– Tenho certeza disso, mas não teria sido nem de perto tão divertido – retrucou James.

– Ora, Penelope quer saber onde você esteve – arriscou Blake. – Ela está pretendendo dar uma festa em sua homenagem, Riverdale.

– Mas achei que sua irmã estava planejando partir em dois dias – disse Caroline.

– *Estava* – rebateu Blake, irritado. – Mas agora que nosso querido amigo James está aqui, ela decidiu estender a estadia. Disse que não é todo dia que temos um marquês em casa.

– Ela é esposa de um conde, pelo amor de Deus – reclamou James. – Por que se importa?

– Ela não se importa – respondeu Blake. – Só quer nos casar uns com os outros.

– Com quem?

– De preferência um com o outro.

– Nós três? – Caroline olhou de um homem para o outro. – Isso não é ilegal?

James riu. Blake a fuzilou com o mais altivo dos olhares. Então disse:

– Temos que nos livrar dela.

Caroline cruzou os braços.

– Eu me recuso a fazer qualquer coisa desagradável à sua irmã. Ela é uma pessoa boa e simpática.

– Rá! – bradou Blake. – Simpática! Até parece! Penelope é a mulher mais obstinada e enxerida que conheço, a não ser, talvez, por você.

Caroline mostrou a língua para ele.

Blake a ignorou.

– Precisamos descobrir uma forma de fazê-la voltar para Londres.

– Deve ser fácil inventar uma mensagem do marido dela – falou James.

Blake balançou a cabeça.

– Não é nem de perto tão fácil quanto você pensa. Ele está no Caribe.

Caroline sentiu uma pontada de tristeza. Certa vez Blake descrevera os olhos dela como sendo da cor da água dos trópicos. Era uma lembrança que Caroline teria que carregar pelo resto de seus dias, já que estava se tornando óbvio que ela não ficaria com o homem.

– Ora, então que tal um bilhete da governanta ou do mordomo de Penelope dizendo que a casa pegou fogo? – sugeriu James.

– Isso é cruel demais – disse Caroline. – Ela ficaria louca de preocupação.

– Esse é o ponto. Nós a queremos preocupada o bastante para partir – argumentou Blake.

– Não seria possível insinuar um alagamento? – perguntou Caroline. – Causaria muito menos preocupação que um incêndio.

– Já que estamos tão cheios de ideias, por que não inventar uma infestação de roedores? – propôs James.

– Nesse caso, ela nunca iria embora! – exclamou Caroline. – Quem iria querer ir para uma casa infestada de ratos?

– Muitas mulheres que conheço – disse Blake com ironia.

– Que coisa terrível de se dizer!

– Mas verdadeira – concordou James.

Ninguém disse nada por um tempo, então Caroline sugeriu:

– Acho que poderíamos continuar como estamos agora. Não tem sido tão ruim assim ficar aqui no lavatório agora que Blake está me trazendo livros. Porém eu ficaria mais satisfeita se pudéssemos fazer um novo arranjo no que diz respeito às nossas refeições.

– Devo lembrá-la de que em duas semanas eu e Ravenscroft estaremos colocando em ação nosso ataque a Prewitt? – indagou Blake.

– Ataque?! – exclamou Caroline, claramente horrorizada.

– Ataque, captura, é tudo a mesma coisa – rebateu James com um aceno de mão.

– Seja qual for o caso – disse Blake em voz alta, tentando recuperar a atenção dos dois –, a última coisa de que precisamos é da presença da minha irmã. – Ele se virou para Caroline. – Eu não me importo nem um pouco com a possibilidade de você passar as próximas duas semanas acorrentada à bacia desse lavatório, mas...

– Que hospitaleiro da sua parte – murmurou ela.

Blake a ignorou e continuou:

– Nem morto vou permitir que Prewitt escape de mim só por causa do desejo equivocado da minha irmã de me ver casado.

– Não gosto da ideia de pregarmos uma peça cruel em Penelope, mas tenho certeza de que, se nós três pensarmos juntos, poderemos chegar a um plano aceitável – propôs Caroline.

– Tenho a sensação de que a sua definição de "aceitável" é muito diferente da minha – comentou Blake.

Caroline o encarou irritada, então se virou para James e sorriu.

– O que acha, James?

Ele deu de ombros, parecendo mais interessado na expressão furiosa com que Blake encarava os dois do que nas palavras dela.

Mas isso foi antes de ouvirem alguém batendo à porta.

Os três ficaram paralisados.

– Blake! Blake! Com quem está falando?

Era Penelope.

Blake começou a acenar freneticamente na direção da porta que dava para a escada de serviço, enquanto James empurrava Caroline para fora. Assim que a porta se fechou, depois de ela sair, Blake abriu a do lavatório e, com uma expressão afável no rosto, disse:

– Sim?

Penelope espiou dentro do lavatório, os olhos indo de um canto a outro.

– O que está acontecendo?

Blake a encarou supostamente sem compreender.

– Como assim?

– Com quem estava falando?

James saiu de trás de um biombo.

– Comigo.

Penelope entreabriu os lábios, surpresa.

– O que está fazendo aqui? Não o vi voltar.

James se apoiou contra a parede como se fosse a coisa mais natural do mundo ele estar no lavatório de Blake.

– Retornei há dez minutos.

– Tínhamos alguns assuntos a discutir – acrescentou Blake.

– No lavatório?

– Nos traz lembranças de Eton e tudo o mais – respondeu James com um sorriso devastador.

– É mesmo? – Penelope não soou convencida.

– Ninguém tinha privacidade naquela casa, sabe? – falou Blake. – Era uma barbaridade.

Penelope apontou para a pilha de mantas no chão.

– O que isso está fazendo aqui?

– O quê? – perguntou Blake.

– As mantas.

Ele pareceu confuso.

– Isso? Não tenho a menor ideia.

– Você tem uma pilha de mantas e travesseiros no chão do seu lavatório e não sabe por quê?

– Imagino que Perriwick tenha deixado essas coisas aí. Talvez para colocá-las para lavar.

Penelope o encarou com severidade.

– Blake, você é um péssimo mentiroso.

– Na verdade, sou um mentiroso muito bom. Só estou um pouco sem prática.

– Então admite que está mentindo?

– Não acho que admiti nada disso. – Ele se virou para James com uma expressão inocente. – Admiti, Riverdale?

– Acho que não. O que você acha, Penelope?

– Acho que nenhum de vocês dois vai sair daqui até me contarem o que está acontecendo – grunhiu Penelope.

Caroline ouviu a conversa através da porta prendendo a respiração enquanto Penelope interrogava os dois cavalheiros com a habilidade de um carrasco.

A jovem deixou escapar um suspiro silencioso e se sentou. Do jeito que as coisas iam, era provável que ficasse presa naquela escada por horas. Penelope com certeza não parecia disposta a desistir do interrogatório.

Devia enxergar o lado bom da situação, decidiu, sem levar em consideração o fato de estar escuro como breu na escada. Ela podia estar encalhada na mais bizarra das situações, mas se esconder na escada de serviço de Blake ainda era muito melhor do que estar presa com os Prewitts. Santo Deus, se não tivesse fugido ela provavelmente seria uma Prewitt a essa altura.

Que pensamento horrível.

Mas nem de perto tão horrível quanto o que aconteceu a seguir. Talvez tivesse inalado poeira quando se sentara, talvez os deuses apenas estivessem contra ela, mas o fato foi que Caroline começou a sentir cócegas no nariz.

Em seguida, o nariz começou a coçar.

Ela apertou as narinas com a lateral do indicador, mas não adiantou.

Coceira, cócegas, coceira, cócegas.

Ah... Ah... Ah...

Atchiiim!

– O que foi isso? – quis saber Penelope.

– O que foi isso? – indagou Blake ao mesmo tempo, no instante em que James começou a espirrar incontrolavelmente.

– Pare com essa encenação ridícula! – Penelope dirigiu-se a James, irritada. – Ouvi um espirro de mulher e ouvi muito bem.

James começou a espirrar em um tom mais estridente.

– Basta! – ordenou Penelope.

E saiu determinada na direção da porta que dava para a escada.

Blake e James se apressaram atrás dela, mas era tarde demais. Penelope já estava abrindo a porta.

E lá, do outro lado, estava sentada Caroline, o corpo dobrado ao meio, tomado por espirros.

CAPÍTULO 19

la.ti.tu.di.ná.ri:o *(adjetivo). Que permite, favorece ou é caracterizado por ter liberdade nas ações ou opiniões; que não exige adesão estrita à conformidade a um código estabelecido.*
Em Bournemouth – em oposição a Londres – a pessoa pode agir de um modo mais latitudinário, porém, mesmo quando se está no campo, há certas regras de conduta que devem ser seguidas.

– Do dicionário pessoal de Caroline Trent

– Você! – acusou Penelope. – O que está fazendo aqui?

Mas a voz dela foi abafada pela de Blake, que estava gritando com Caroline.

– Por que diabo não desceu correndo as escadas quando nos ouviu chegando?

A única resposta dela foi mais um espirro.

James, que quase nunca se deixava abalar por coisa alguma, ergueu a sobrancelha e disse:

– Parece que ela está um pouco incapacitada.

Caroline espirrou de novo.

Penelope se virou para James, a expressão furiosa.

– Imagino que você também esteja ligado a essa fraude de alguma forma.

James deu de ombros.

– De certo modo.

Caroline espirrou.

– Pelo amor de Deus, tire-a da escada – disse Penelope, impaciente. – Obviamente há algo pútrido no meio dessa poeira que está provocando convulsões nela.

– Ela não está tendo convulsão nenhuma – corrigiu Blake. – Está espirrando.

– Ora, seja qual for o caso, leve-a para o seu quarto. *Não!* Para o seu quarto, não. Leve-a para o *meu* quarto. – Penelope apoiou as mãos no quadril, encarando um de cada vez. – E que diabo está acontecendo aqui? Quero que me coloquem a par da situação neste exato momento. Se alguém não...

– Se me permite a impertinência... – interrompeu James.

– Cale-se, Riverdale – ordenou Blake, irritado, enquanto pegava Caroline no colo. – Você está parecendo o maldito mordomo.

– Estou certo de que Perriwick ficaria muito lisonjeado com a comparação – disse James. – No entanto, eu ia apenas explicar a Penelope que não seria impróprio levar Caroline para o seu quarto, Blake, já que ela própria e eu estaremos presentes.

– Muito bem – cedeu Penelope. – Coloque-a no seu quarto, Blake. Depois vou querer saber o que está acontecendo. E sem mais tolices sobre mel e pássaros de estimação.

Caroline espirrou.

Blake se virou para a irmã e sugeriu:

– Talvez você pudesse nos conseguir um pouco de chá.

– Rá! Se acha que vou deixar Caroline sozinha aqui com vocês dois...

– *Eu* pedirei o chá – interrompeu James.

Assim que ele deixou o quarto, Penelope estreitou os olhos para Blake e Caroline e perguntou:

– Vocês dois estão tendo um caso?

– Não! – conseguiu exclamar Caroline entre um espirro e outro.

– Então é melhor você começar a explicar por que está aqui. Achei que era uma dama de moral rigorosa, e estou invocando toda a minha tolerância e mente aberta para não mudar de opinião.

Caroline olhou para Blake. Não revelaria os segredos dele sem permissão. Mas Blake apenas gemeu, revirou os olhos e disse:

– Podemos muito bem contar a verdade a ela. Deus sabe que Penelope vai nos atormentar até descobrir.

⁓

Eles levaram vinte minutos para contar a história inteira. Talvez tivessem levado só quinze, mas James voltou com o chá – que, por sorte, acompanhava pãezinhos frescos –, e a narrativa naturalmente se tornou mais lenta enquanto todos comiam.

Penelope não fez perguntas ao longo do relato, a não ser por um simples "Leite?" ou "Açúcar?", enquanto servia o chá.

No entanto, Blake, James e Caroline interromperam um ao outro a um grau impressionante. Mas os três acabaram conseguindo relatar os eventos das últimas semanas de modo satisfatório.

Quando terminaram, Caroline olhou para o rosto impassível de Penelope com um misto de curiosidade e medo. Ela se apegara à irmã de Blake, e estava com o coração partido ao pensar que a condessa a desprezaria por completo.

Mas Penelope surpreendeu a todos ao murmurar baixinho:

– Entendo. – Seguido por um ainda mais baixo: – Huumm.

Caroline se inclinou para a frente.

James se inclinou para a frente.

Blake começou a se inclinar também, mas se controlou e apenas bufou, irritado. Estava bastante acostumado às táticas da irmã.

Por fim, Penelope respirou fundo, se virou para Blake e disse:

– Você é um imbecil por não ter contado à família sobre as suas atividades com o governo, mas não comentarei esse insulto agora.

– Que gentil da sua parte – murmurou Blake.

– E tem mesmo muita sorte que a sua falta de consideração ao manter segredo de suas atividades tenha sido eclipsada por uma questão ainda mais preocupante.

– De fato.

Penelope o encarou irritada e apontou o dedo primeiro para o marquês e em seguida para o irmão.

– Um de vocês terá que se casar com ela – anunciou Penelope.

Enquanto Penelope repreendia o irmão por ter lhe guardado segredo, Caroline estivera examinando as pontas dos sapatos com atenção, controlando-se para não olhar para Blake com uma expressão de "eu avisei". Mas, ao ouvir a última declaração, levantou a cabeça depressa. A cena que a esperava não a tranquilizou.

Penelope apontava o longo indicador para ela, deixando Blake e James absolutamente pálidos.

A noite chegou enquanto Blake e a irmã estavam tendo uma conversa bastante desagradável. Ela tentava convencê-lo a se casar com Caroline o mais rápido possível, e ele fazia o melhor que podia para ignorá-la.

Blake não estava muito preocupado com o resultado da discussão. Jurara nunca se casar. Penelope sabia disso, Caroline sabia disso, James sabia disso. Maldição, o mundo inteiro sabia disso. E James não era do tipo que permitiria que a irmã do melhor amigo o obrigasse a fazer qualquer coisa que não quisesse. Na verdade, Penelope só conseguiria garantir que Caroline se casasse depressa se inventasse histórias e criasse um enorme escândalo.

E Blake estava certo de que isso não era um risco. Talvez a irmã estivesse disposta a fazer uma pequena fofoca, mas não arruinaria a mulher que agora chamava de "minha amiga mais próxima e mais querida".

No entanto, Penelope poderia se esforçar para causar o máximo de aborrecimento e perturbação, levando todos em Seacrest Manor à loucura. E, no caso de Blake, ela estava se saindo maravilhosamente bem.

– Blake, você sabe que precisa de uma esposa – disse ela.

– Não sei de nada disso.

– A reputação de Caroline foi comprometida.

– Só se você começar a fazer fofocas em Londres.

– Não é esse o ponto.

– Esse é exatamente o ponto – grunhiu Blake. – Ela está morando aqui para resguardar a segurança nacional.

– Ah, por favor – rebateu Penelope com desdém. – Ela está morando aqui para escapar das garras do tutor.

– Um tutor que é uma ameaça à segurança nacional – retrucou Blake. – E Caroline vem nos ajudando no plano de prendê-lo. Uma tarefa das mais nobres, se quer saber.

– Não quero – disse Penelope com uma fungadinha.

– Mas deveria – retornou Blake, irritado. – A presença de Caroline aqui é vital para a segurança da Inglaterra, e apenas um idiota nada patriota usaria isso para arruinar a reputação da jovem.

Sim, ele estava exagerando um pouco sobre a segurança nacional. Mas, às vezes, situações desesperadas exigiam medidas desesperadas.

James escolheu aquele momento para aparecer.

– Imagino que ainda estejam andando em círculos debatendo o futuro de Caroline – comentou.

Blake e Penelope dirigiram olhares igualmente irritados a ele.

– Bem... – começou James, bocejando e esticando os braços para cima como um gato se espreguiçando enquanto afundava em um sofá. – Estive pensando em me casar com ela.

– Ah, que maravilha! – exclamou Penelope, batendo palmas.

Mas o comentário dela foi abafado pelo grito de Blake:

– O QUÊ?!

James deu de ombros.

– Por que não? Terei que me casar um dia.

– Caroline merece alguém que a ame – retrucou Blake.

– Eu com certeza *gosto* dela. Isso é mais do que pode ser dito da maior parte dos casamentos.

– Isso é verdade – opinou Penelope.

– Você! – explodiu Blake, apontando para a irmã. – Fique quieta. E você... – Ele se virou furioso na direção do marquês, mas qualquer discurso inteligente pareceu lhe escapar e ele apenas repetiu: – Fique quieto também.

– Bem colocado. – James riu.

Blake encarou o amigo, irritado, sentindo-se capaz de assassinar alguém naquele instante.

– Conte-me mais a respeito – pediu Penelope. – Acho que Caroline daria uma marquesa encantadora.

– Daria mesmo – concordou James. – E seria um casamento muito conveniente. Preciso mesmo me casar em algum momento, e parece que Caroline precisa de um marido o mais rápido possível.

– Não há motivo para ela se casar, desde que a minha irmã mantenha a boca fechada – grunhiu Blake.

– Penelope certamente é discreta – continuou James em uma voz que Blake começava a achar jovial de uma forma irritante –, mas não se pode garantir que ninguém descobrirá nosso arranjo de moradia tão peculiar. Caroline pode não ser membro da aristocracia, mas isso não significa que ela mereça ter o nome arrastado na lama.

Blake ficou de pé em um pulo e rugiu:

– Não ouse me acusar de querer comprometer o nome dela. Tudo o que eu fiz...

– O problema – interrompeu Penelope, tranquilamente – é que você não fez nada.

– Eu me recuso a ficar sentado aqui e...

– Você está de pé – lembrou Penelope.

– James – disse Blake, em um tom de voz perigosamente baixo –, se você não me contiver, com certeza serei capaz de cometer uma grande variedade de crimes nos próximos dez segundos. E o que menos me causará arrependimento envolverá a morte dolorosa da minha irmã.

– Ahn... Penelope – adiantou-se James –, eu sairia do alcance dele, se fosse você. Acho que talvez seu irmão esteja falando sério.

– Pff – foi a resposta de Penelope. – Ele só está irritado porque sabe que tenho razão.

Um músculo começou a pulsar no maxilar de Blake, e ele nem se importou em olhar para James quando disse:

– Você não tem uma irmã, não é mesmo, Riverdale?

– Não.

– Considere-se abençoado.

Então deu as costas e saiu da sala.

James e Penelope encararam a porta pela qual Blake acabara de sair, até Penelope enfim piscar algumas vezes e dizer:

– Acho que ele não está muito satisfeito conosco no momento.

– Não.

– Você estava falando sério?

– Sobre me casar com Caroline?

Penelope assentiu.

– Eu dificilmente faria uma declaração dessas se não estivesse preparado para cumpri-la.

– Mas você não *quer* se casar com ela – disse Penelope, estreitando os olhos.

– Certamente não como Blake quer.

– Humm. – Penelope atravessou a sala e se sentou. – Você é bem esperto, Riverdale, mas seu plano pode muito bem acabar se voltando contra você. Blake consegue ser muito teimoso.

James se sentou diante dela.

– Estou bastante ciente desse fato.

– Tenho certeza disso. – Penelope curvou os lábios, mas não foi exatamente em um sorriso. – E também está ciente de que compartilho do mesmo traço de caráter?

– Está se referindo à teimosia? Minha cara Penelope, eu atravessaria a Inglaterra despido, no auge do inverno, só para escapar de uma batalha de egos com alguém como você.

– Muito bem colocado, mas se a sua declaração não tiver o resultado esperado, você *se casará* com Caroline.

– Não tenho dúvidas de que você manterá uma pistola colada às minhas costas até que eu cumpra a promessa.

A voz de Penelope ficou mais aguda.

– Isso não é uma piada, Riverdale.

– Eu sei. Mas estava falando sério mais cedo. Preciso mesmo me casar um dia, e Caroline é uma visão mil vezes melhor do que eu provavelmente conseguiria se fosse caçar uma esposa em Londres.

– Riverdale!

Ele deu de ombros.

– É verdade. Gosto mesmo de Caroline, e se tiver que me casar com ela porque Blake é covarde demais para fazer isso... ora, que seja, então. Para ser sincero, consigo imaginar destinos piores.

– Que confusão. – Penelope suspirou.

– Não se preocupe. Blake pedirá Caroline em casamento – disse James com um aceno confiante de mão. – Será a morte para ele me ver casado com ela.

– Espero que você esteja certo. Deus sabe que meu irmão precisa de um pouco de felicidade. – Então voltou a suspirar e se recostou na poltrona. – Só quero que ele seja feliz. É pedir muito?

⁓

Do lado de fora da porta, Caroline estava parada com a mão sobre a boca aberta. Pensara que sua humilhação estivesse completa quando Penelope exigiu que alguém – qualquer um – se casasse com ela. Mas isso...

Ela engoliu um soluço. Isso ia além de qualquer humilhação. Humilhação era algo que ela era capaz de superar, de aguentar, e de, no fim, deixar para trás.

Mas isso era diferente. Caroline sentia como se algo dentro dela estivesse morrendo, e não sabia bem se era a sua alma ou o seu coração.

Porém, enquanto corria de volta para o quarto que ocupava, percebeu que não importava qual dos dois era. Tudo o que importava era que estava sofrendo, e a dor iria durar o resto da vida.

Demorou duas horas, mas Caroline acabou conseguindo se recompor. Um pouco de água fria ajudou a reduzir o inchaço ao redor os olhos, e vários minutos de respirações profundas conseguiram remover o tremor da voz dela. Infelizmente não havia muito o que pudesse fazer para apagar a tristeza do olhar.

Caroline desceu as escadas e não ficou surpresa ao encontrar James e Penelope ainda sentados na sala de visitas. Era possível ouvi-los conversando do corredor, e Caroline ficou grata ao perceber que o diálogo havia passado a assuntos mais banais.

Eles falavam sobre teatro quando ela chegou à porta e bateu suavemente no batente. James ficou de pé assim que a viu.

– Posso entrar? – perguntou ela.

– É claro – disse Penelope. – Venha cá, sente-se perto de mim.

Caroline fez que não com a cabeça.

– Prefiro ficar de pé, obrigada.

– Como desejar.

– Sabem onde está Blake? – perguntou Caroline, a postura régia como a de uma rainha. – Gostaria de dizer o que vou dizer apenas uma vez.

– Estou bem aqui.

Caroline virou a cabeça depressa. Blake estava parado na porta, o corpo parecendo ao mesmo tempo rígido e exausto. As maçãs do rosto estavam coradas, e ela se perguntou se Blake estivera caminhando sob o ar frio da noite.

– Ótimo. Eu gostaria de dizer uma coisa, se me permitem.

– Por favor – falou Blake.

Caroline encarou cada um dos três ocupantes da sala e disse, por fim:

– Não preciso de um marido. E com certeza não preciso de um marido que não precisa de uma esposa. Tudo o que desejo é que me permitam ficar aqui, escondida, até o dia do meu aniversário de 21 anos.

– Mas, Caroline, esses cavalheiros comprometeram sua reputação. Precisa permitir que um deles faça a coisa certa – protestou Penelope.

Caroline engoliu com dificuldade. Não tinha muito na vida, mas tinha orgulho, e não permitiria que Blake Ravenscroft a humilhasse mais do que já fizera. Ela olhou direto nos olhos dele, embora se dirigisse a Penelope:

– Lady Fairwich, esses cavalheiros não fizeram nada que pudesse comprometer minha reputação.

– Nada? – perguntou Blake.

Caroline o fuzilou com o olhar, se perguntando que diabo o levara a falar quando fora tão claro sobre seu desejo de evitar o casamento.

– Quando digo nada, estou querendo dizer nada – falou ela em um tom irritado.

Os olhares dos dois se encontraram, e ambos sabiam que ela se referia ao encontro deles na praia. A diferença era que só Caroline sabia que estava mentindo.

O tempo com Blake significara tudo para ela. Cada minuto de cada encontro estava guardado em seu coração.

Caroline piscou para afastar as lágrimas. Logo partiria e tudo o que teria para mantê-la aquecida seriam lembranças. Não haveria nenhum homem para abraçá-la nem amigos para brincarem com ela, nenhuma mansão à beira-mar que em apenas poucas semanas se tornara um lar para ela.

Entretanto, de tudo o que sentiria falta, a ausência que mais doeria seria a do sorriso de Blake. Era raríssimo, mas quando os lábios dele se curvavam nos cantos... E quando ele realmente ria... A pura alegria daquele som fazia Caroline ter vontade de cantar.

Mas Blake não estava sorrindo agora. Sua expressão era dura, e ele a encarava como se Caroline fosse uma espécie de antídoto, e ela sabia que, se não saísse da sala naquele instante, faria papel de tola.

– Com licença – disse ela depressa e se apressou em direção à porta.

– Você não pode ir agora! – exclamou Penelope, ficando de pé em um salto.

Caroline não se virou, apenas declarou:

– Já disse tudo o que tinha para dizer.

– Mas aonde está indo?

– Vou sair.

– Caroline.

Era a voz de Blake, e o mero som dela bastou para deixar os olhos de Caroline marejados.

– O que foi? – Caroline conseguiu perguntar.

Talvez tivesse sido um pouco rude, mas foi o melhor que conseguiu fazer.

– Está escuro lá fora. Ou não percebeu?

– Vou sair para ver as estrelas.

Ela ouviu os passos dele e então sentiu a mão de Blake em seu ombro, afastando-a da porta devagar.

– Está nublado – disse ele, a voz surpreendentemente gentil. – Não vai conseguir ver as estrelas.

Ela não se virou ao dizer:

– Sei que elas estão lá. E isso é tudo o que importa.

∽

Blake fechou os olhos quando ela saiu correndo da sala. Por alguma razão, não queria vê-la se afastando.

– Veja só o que você fez – ele ouviu a irmã dizer. – Partiu o coração da moça.

Blake não respondeu. Não sabia – diabos, não *queria* saber se o que a irmã dizia era verdade. Se ele partira o coração de Caroline, então era um desgraçado do pior tipo. E, se esse não fosse o caso, significaria que Caroline não sentia nada por ele, que aquela única noite de paixão dos dois não significara nada para ela.

E isso era quase doloroso demais para Blake suportar.

Não queria pensar no que sentia por Caroline. Não queria analisar esse sentimento, esmiuçá-lo nem tentar rotulá-lo. Porque estava apavorado com a possibilidade de que, se fizesse isso, a única palavra que resultaria seria *amor*, e essa teria sido a piada mais cruel de todas.

Blake abriu os olhos bem a tempo de ver a expressão de desgosto no rosto de Riverdale, que disse:

– Você é um idiota, Ravenscroft.

Blake não disse nada.

– Marabelle está morta – sibilou James.

Blake se virou para o amigo com tamanha violência que Penelope se encolheu.

– Não mencione Marabelle – ameaçou ele. – Ela não tem lugar nessa conversa.

– Exato – retrucou James. – Está morta, e você não pode continuar de luto por ela para sempre.

– Você não sabe – disse Blake, balançando a cabeça. – Não sabe o que é estar apaixonado.

– E você sabe muito bem – murmurou James. – Na verdade, já passou por isso duas vezes.

– Blake – disse Penelope baixinho, pousando a mão no braço do irmão –, sei que você a amava. Todos nós a amávamos. Mas Marabelle não iria querer que você seguisse como está. Você não passa de uma concha. Enterrou sua alma junto com a dela.

Blake engoliu convulsivamente, desejando mais do que tudo sumir daquela sala. Mas permaneceu enraizado onde estava.

– Deixe-a ir – sussurrou Penelope. – Está na hora, Blake. E Caroline ama você.

Ele virou a cabeça depressa.

– Ela disse isso?

Penelope teve vontade de mentir. Blake viu isso nos olhos da irmã. Mas, no fim das contas, ela balançou a cabeça.

– Não, mas é fácil enxergar.

– Não vou magoá-la – jurou Blake. – Caroline merece alguém melhor.

– Então case-se com ela – implorou Penelope.

Foi a vez de Blake balançar a cabeça.

– Se eu me casasse com ela... Meu Deus, eu a magoaria de mais formas do que vocês conseguem imaginar.

– Maldição! – explodiu James. – Pare de ser tão medroso, que inferno! Você tem medo de amar, tem medo de viver. A única maldita coisa de que não tem medo é da morte. Eu lhe darei uma noite. Apenas uma noite.

Blake estreitou os olhos.

– Para quê?

– Para se decidir. Mas eu lhe prometo uma coisa: se não se casar com Caroline, *eu* me casarei. Logo, pergunte a si mesmo se será capaz de suportar *isso* pelo resto da vida.

James deu meia-volta e saiu da sala pisando firme.

– Ele não está fazendo uma ameaça vã – observou Penelope. – Tem muito carinho por Caroline.

– Sei disso – retrucou Blake, irritado.

Penelope assentiu brevemente para o irmão e caminhou na direção da porta.

– Vou deixá-lo sozinho com seus pensamentos.

Isso, pensou Blake com amargura, era a última coisa que ele queria.

CAPÍTULO 20

plá.ci.do *(adjetivo). Calmo, tranquilo, pacífico, imperturbável.*
Não devo lembrar daqueles dias como plácidos.

– *Do dicionário pessoal de Caroline Trent*

Caroline estava sentada na areia da praia, olhando para o céu. Como Blake avisara, o tempo estava nublado, por isso ela só conseguia ver o brilho embaçado e pálido da lua. Caroline passou os braços ao redor dos joelhos dobrados e se aconchegou contra a brisa fria. Ela descalçara os sapatos e os deixara ao lado do corpo.

– Não importa – disse a si mesma, remexendo os dedos na areia áspera. – Simplesmente não importa.

– O que não importa?

Caroline ergueu a cabeça depressa. Era Blake.

– Como chegou aqui sem que eu escutasse?

Ele gesticulou para trás.

– Há outra trilha cerca de 50 metros para lá.

– Ah. Bem, se veio ver como estou, já viu que estou perfeitamente bem e pode voltar para casa.

– Caroline – ele pigarreou –, preciso lhe dizer algumas palavras.

Ela desviou o olhar.

– Você não me deve nenhuma explicação.

Blake se sentou ao lado dela, adotando inconscientemente a mesma posição. Apoiou o queixo nos joelhos e disse:

– Há motivos para eu ter jurado nunca me casar.

– Não quero ouvi-los.

– De qualquer modo, preciso dizer.

Como ela não falou nada, Blake continuou:

– Quando Marabelle morreu... – A voz dele ficou presa na garganta.

– Não precisa fazer isso – apressou-se a dizer Caroline –, por favor.

Ele a ignorou.

– Quando ela morreu, pensei... senti... Meu Deus, é tão difícil traduzir isso em palavras. – Blake soltou o ar com força, um mundo de tristeza naquela expiração. – Eu estava morto por dentro. Essa é a única forma de descrever.

Caroline engoliu com dificuldade, mal conseguindo resistir ao impulso de oferecer a Blake o conforto de pousar a mão em seu ombro.

– Não posso ser o que você precisa.

– Eu sei – retrucou ela com amargura. – Afinal, não posso competir com uma mulher morta.

Ele se encolheu ao ouvir as palavras dela.

– Jurei que nunca me casaria. Eu...

– Nunca lhe pedi isso. Talvez eu possa... não importa.

– Talvez você possa o quê?

Caroline apenas balançou a cabeça, pois não queria confessar que talvez tivesse desejado isso.

– Por favor, continue – pediu ela, em um tom perturbado.

Blake assentiu, embora estivesse claro que ainda se sentia curioso em relação ao que Caroline quase dissera.

– Sempre disse a mim mesmo que não poderia me casar por respeito a Marabelle, porque não queria ser desleal à memória dela. E acho que acreditava mesmo nisso. Mas essa noite percebi que isso não é mais verdade.

Ela se virou para encará-lo com milhares de perguntas no olhar.

– Marabelle está morta – disse Blake em uma voz vazia. – E sei disso. Não posso trazê-la de volta. Nunca achei que poderia. É só que...

– É só que o quê, Blake? – instou ela em uma voz baixa, urgente. – Diga-me, por favor. Faça-me compreender.

– Eu sentia que não poderia falhar com ela na morte como já o fizera em vida.

– Ah, Blake, você nunca falhou com ninguém. – Caroline tocou o braço dele. – Algum dia vai ter que perceber isso.

– Eu sei. – Ele fechou os olhos por um momento. – No fundo sempre soube. Ela era tão cabeça-dura. Eu não teria conseguido detê-la.

– Então por que está tão determinado a ser infeliz?

– Não tem mais a ver com Marabelle. Sou eu.

– Não entendo.

– Em algum momento ao longo do caminho, perdi algo que carregava dentro de mim. Não sei se foi por causa do luto ou da amargura, mas apenas deixei de me importar.

– Isso não é verdade. Eu o conheço melhor do que você pensa.

– Caroline, eu não sinto nada! – disse ele em um rompante. – Ao menos nada profundo e significativo. Não entende que estou morto por dentro?

Ela balançou a cabeça.

– Não diga isso. Não é verdade.

Ele a agarrou pelos ombros com súbita urgência.

– É verdade. E você merece mais do que posso lhe dar.

Caroline olhou para a mão dele.

– Você não sabe o que está dizendo.

– O diabo que não sei. – Blake se afastou dela e se levantou, a postura desolada enquanto observava a arrebentação. Após um momento de silêncio, voltou a falar: – James disse que se casará com você.

– Entendo.

– Isso é tudo o que tem a dizer?

Caroline deixou escapar um suspiro de impaciência.

– O que quer que eu diga, Blake? Diga-me e eu falarei. Não sei o que você quer. Nem sei mais o que eu quero.

Ela enterrou o rosto nos joelhos. Isso era mentira. Sabia muito bem o que queria, e o que queria estava parado ao lado dela, lhe dizendo para casar com outro homem.

Caroline não estava surpresa, mas não havia esperado que fosse doer tanto.

– Ele cuidará de você – disse Blake em voz baixa.

– Estou certa disso.

– Você vai aceitar?

Ela o encarou com intensidade.

– Você se importa?

– Como pode perguntar isso?

– Achei que você não sentia e não se importava com nada.

– Caroline, eu me importo, sim, com o seu futuro. Só não posso ser o que você espera de um marido.

– Isso não é desculpa. – Caroline se levantou, a postura combativa. – Você não passa de um covarde, Blake Ravenscroft.

Ela começou a se afastar, mas seus pés afundavam na areia e Blake logo a alcançou.

– Não toque em mim! – gritou Caroline quando a mão dele se fechou ao redor do braço dela. – Me deixe em paz.

Ele não soltou.

– Quero que aceite o pedido de casamento de Riverdale.

– Você não tem o direito de me dizer o que fazer.

– Sei disso. Mas estou pedindo da mesma forma.

Caroline baixou a cabeça. Sua respiração saía em arquejos curtos e entrecortados, e ela fechou os olhos com força por um momento para se proteger das emoções que colidiam em sua mente.

– Vá embora! – conseguiu dizer por fim.

– Não até você me dar sua palavra de que se casará com Riverdale.

– Não! – gritou Caroline. – Não! Eu não me casarei com ele. Não amo James e ele não me ama, não é isso que eu quero.

Ele a segurou com mais força pelo braço.

– Caroline, você precisa me ouvir. Riverdale vai...

– Não!

Ela soltou o braço, usando a força nascida da fúria e da tristeza, e saiu correndo pela praia. Correu até os pulmões arderem, até os olhos estarem tão cheios de lágrimas que não conseguia enxergar. Correu até a dor em seu corpo enfim eclipsar a dor de seu coração partido.

Caroline cambaleou pela areia, tentando ignorar o som dos passos que se aproximavam. Então o corpo de Blake esbarrou no dela com uma força surpreendente que derrubou ambos no chão. Caroline aterrissou de costas, com o corpo de Blake cobrindo intimamente o dela.

– Caroline – disse ele, a respiração saindo em arquejos difíceis.

Ela o encarou, os olhos buscando ferozmente no rosto dele algum sinal de que a amava. Então Caroline esticou a mão, agarrou-o pela nuca, puxou a boca de Blake na direção da dela e o beijou com todo amor e desespero que carregava no coração.

Blake tentou resistir. Não poderia tê-la; sabia disso. Ela iria se casar com o melhor amigo dele. Mas os lábios de Caroline eram tão doces e exigentes, e a pressão exercida pelo corpo dela fazia o sangue de Blake arder.

Ele murmurou o nome de Caroline sem parar, como um mantra. Tentara ser nobre, tentara afastá-la, mas não foi forte o bastante para dizer não quando a língua dela alcançou seus lábios e os pés descalços roçaram sua panturrilha.

As mãos de Blake foram ágeis e ligeiras e tiraram o vestido de Caroline em menos de dez segundos. Blake o deixou aberto sob o corpo dela para protegê-la da areia, mas esse foi seu último pensamento racional antes de ser completamente dominado pela necessidade de possuir Caroline.

– Vou possuí-la – jurou ele, roçando a ponta dos dedos da panturrilha até as coxas dela. – Vou possuí-la – prometeu, arrancando a camisa de baixo de Caroline e pousando a mão sobre o coração dela. – Vou possuí-la – gemeu, pouco antes de colar a boca ao mamilo dela.

– Sim – foi tudo o que Caroline disse.

E o coração de Blake alçou voo.

Caroline arqueou as costas enquanto sons agudos de desejo escapavam de seus lábios. Parecia que, para cada ânsia que satisfazia, Blake criava outras duas, levando o corpo dela a um frenesi de desejo.

Ela não estava certa do que fazer, mas sabia que queria sentir a pele de Blake contra a dela, por isso, levou as mãos aos botões da camisa dele. Como os movimentos de Caroline eram desajeitados, ela logo se viu sendo afastada por Blake, que arrancou a camisa com um grito selvagem.

No instante seguinte, ele estava em cima dela, o calor de seu torso nu contra o peito dela. A boca colada à dela, devorando-a.

Caroline gemeu entre um beijo e outro, agarrada às costas dele, e deslizou as mãos até a cintura do calção que Blake usava. Ela fez uma pausa, reuniu coragem e passou um dos dedos por baixo do cós, tocando a pele macia das nádegas dele.

Blake deixou os lábios deslizarem do rosto até a orelha de Caroline enquanto murmurava contra a pele dela:

– Quero sentir você.

O hálito dele era quente, úmido e muito erótico. Caroline sentiu cada palavra mais do que as ouviu.

– Também quero senti-lo – sussurrou ela.

– Ah, você vai sentir. Você vai.

Blake se afastou dela apenas tempo suficiente para se livrar do restante das próprias roupas, então voltou a se posicionar em cima de Caroline, toda a extensão de seu corpo quente e nu fazendo a pele dela arder.

A maré subia e a água fria brincava com os dedos dos pés nus dela. Caroline estremeceu, mas o movimento só a fez roçar ainda mais intimamente no corpo de Blake, e ela o ouviu gemer de desejo.

– Vou tocá-la – sussurrou ele, a voz contra o rosto dela.

Caroline sabia o que Blake queria dizer, mas ainda assim foi um choque quando ele roçou os dedos contra a parte mais íntima do corpo dela. Caroline enrijeceu, no entanto, logo relaxou quando Blake pressionou os lábios contra o ouvido dela e disse:

– Shhh.

Ele deslizou um dos dedos para dentro dela e Caroline arquejou de prazer.

– Quero tocá-lo também – disse.

Blake deixou escapar um arquejo entrecortado.

– Você provavelmente me mataria se fizesse isso.

Caroline desviou os olhos depressa para o rosto dele.

– Eu a desejo demais – tentou explicar Blake. – Estou quase explodindo de tanto desejo e não consigo...

– Shhh. – Agora foi a vez de Caroline confortá-lo. Ela pousou um dedo com delicadeza sobre os lábios dele. – Apenas mostre-me. Mostre-me tudo. Quero lhe dar prazer.

Um som rouco saiu das profundezas da garganta de Blake enquanto ele abria as pernas de Caroline. Ele a tocou com a ponta do membro rígido e quase se acovardou tamanho o prazer que o contato provocou. Caroline estava tão quente e disposta, e Blake sabia que ela ansiava por *ele*, do jeito que ele fosse.

– Ah, Caroline, vou fazer com que isso seja bom para você – jurou ele. – Vou lhe dar uma enorme alegria. Prometo.

– Você já fez isso – disse ela, baixinho, e arquejou quando Blake começou a penetrá-la.

Ele a possuiu devagar, dando ao corpo de Caroline tempo para se ajustar ao tamanho e a força do membro que a invadia. Era muito difícil se controlar quando cada fibra do ser dele pulsava para arremeter dentro dela, marcando-a como sua. Algo muito primitivo havia despertado dentro de Blake, e ele não queria apenas fazer amor com Caroline, queria devorá-la, possuí-la, enchê-la de prazer de modo que ela não conseguisse nem sonhar em se entregar a outro.

Mas ele se controlou e se esforçou para manter o toque gentil. Caroline não estava preparada para a ferocidade do desejo que ele sentia. Ela não entenderia. E Blake se importava muito com ela para assustá-la.

Ele se importava.

Foi uma revelação surpreendente, e todo o corpo dele pareceu congelar.

– Blake?

Ele sabia que gostava dela, sabia que a desejava. Mas demorara até aquele momento de intimidade para se dar conta de que suas emoções eram muito mais intensas. Ele, que julgara ter perdido a capacidade de sentir algo tão profundo, fora tocado por aquela mulher, e...

– Blake?

Ele baixou os olhos.

– Algum problema?

– Não – respondeu Blake com um toque de deslumbramento na voz. – Não. Na verdade, acho que talvez tudo esteja perfeito.

A sombra de um sorriso surgiu nos lábios dela.

– O que quer dizer?

– Eu lhe contarei mais tarde – disse Blake, temendo que a mágica sensação pudesse desaparecer se a examinasse muito detidamente. – Mas, por enquanto...

Ele penetrou-a um pouco mais fundo. Caroline arquejou.

– Machuquei você? – perguntou Blake.

– Não. É só que... estou me sentindo tão... bem, tão *cheia* de certa forma.

Ele deu uma risadinha.

– Não estou nem no meio do caminho – falou Blake com um sorriso divertido.

Caroline o encarou boquiaberta.

– Não?

– Ainda não – respondeu ele em um tom solene. – Embora isto – ele penetrou mais além, o movimento provocando uma fricção deliciosa entre os dois corpos –, me leve um pouco mais perto.

Caroline quase engasgou.

– Só um pouco mais perto? Não até o fim?

Ele sorriu devagar e balançou a cabeça.

– É claro que se eu fizer isto – ele arremeteu um pouco os quadris –, chegarei quase lá.

– Mas você... ainda sou...

– ... virgem? – completou Blake para ela. – Tecnicamente, suponho que sim, mas no que me diz respeito, você é minha.

Caroline sentiu a garganta apertada e teve que reprimir as lágrimas, mal conseguindo conter as emoções. Era impressionante o efeito que uma única frase tinha sobre ela. *Você é minha*. Ah, como ela queria que isso fosse verdade. Para sempre.

– Faça-me sua – sussurrou Caroline. – De todas as maneiras.

Ela podia ver no rosto de Blake como estava sendo difícil para ele se controlar. O ar noturno estava frio, mas a testa dele suava; e os músculos da garganta seguiam rígidos.

– Não quero machucá-la – disse ele, a voz tensa.

– Não vai me machucar.

Então, como se a última reserva de força de vontade se esgotasse, ele deixou escapar um grito rouco e arremeteu com tudo, preenchendo-a por completo.

– Santo Deus, Caroline – falou, ofegante.

Ela não conseguiu conter uma vontade louca de rir.

– Ah, Blake – murmurou. – Agora percebo a diferença.

– Percebe?

– Há mais?

Ele assentiu.

– Espere para ver.

Então começou a se movimentar.

Mais tarde, Caroline não conseguiu se decidir sobre o que gostara mais. Havia sido a sensação de completude que experimentara quando os corpos deles eram um só? Ou o ritmo primitivo do corpo de Blake reivindicando o dela? Com certeza não poderia esquecer o clímax explosivo que degustara, logo seguido pelo grito apaixonado de Blake enquanto derramava a semente dentro dela.

Mas agora, deitada nos braços dele, com a brisa do oceano acariciando seus corpos, Caroline achou que talvez *isto* fosse o melhor de tudo. Blake estava tão quente, tão perto, e ela conseguia ouvir o coração dele batendo, desacelerando, voltando ao ritmo normal, um pulsar tranquilo. Podia sentir o cheiro de sal na pele dele e de paixão no ar. E havia algo de tão *certo* em tudo isso, como se ela tivesse esperado a noite toda só por esse momento.

Mas, junto com a felicidade, havia um medo desconfortável. O que aconteceria agora? Será que Blake queria se casar com ela? E, se esse fosse o caso, ele faria isso só porque achava que era o certo a fazer? E, se também fosse o caso, ela se importava?

Ora, é claro que ela *se importava*. Queria que Blake a amasse com a mesma intensidade que ela devotava a ele. Mas talvez ele pudesse aprender a amá-la se estivessem casados. Caroline *provavelmente* seria infeliz caso se casasse com um homem que não a amasse, mas *tinha certeza* de que seria mais infeliz ainda sem Blake. Talvez devesse apenas fechar os olhos e torcer pelo melhor.

Ou talvez, pensou com o cenho franzido, devesse se lembrar de que Blake não dissera mais do que duas palavras a ela desde que haviam feito amor, e com certeza nada sobre casamento.

– Por que a expressão preocupada? – perguntou Blake, acariciando preguiçosamente os cabelos dela.

Caroline balançou a cabeça.

– Nada. Só estava divagando.

– Sobre mim, imagino – disse ele em uma voz tranquila. – E sobre as minhas intenções.

Ela recuou, horrorizada.

– Eu nunca sonharia em manipulá-lo para que...

– Shhhh – fez ele, com branda autoridade. – Eu sei.

– Sabe?

– Vamos nos casar assim que eu conseguir uma licença especial.

O coração de Caroline saltou no peito.

– Tem certeza?

– Que tipo de pergunta é essa?

– Uma pergunta tola – murmurou ela.

Não acabara de decidir que não se importava se Blake queria se casar com ela só porque era a coisa certa a fazer?

Não, isso não estava certo. Ela se importava. Mas iria se casar com ele de qualquer forma.

– Caroline? – O tom de voz de Blake era claramente divertido.

– Sim?

– Vai responder ao meu pedido?

Ela o encarou, confusa.

– Você fez um pedido?

– Eu lhe perguntei se você gostaria... – Blake parou. – Não, na verdade, eu não pedi nada.

Antes que Caroline se desse conta do que estava acontecendo, Blake saiu de cima dela e se apoiou em um dos joelhos.

– Caroline Trent, logo Ravenscroft, me dará a honra de se tornar minha esposa?

Se seus olhos não estivessem tão marejados, talvez Caroline tivesse caído na gargalhada diante da visão de Blake pedindo-a em casamento completamente nu.

– Sim – disse ela, assentindo de maneira furiosa. – Sim, sim, sim.

Ele levou a mão dela aos lábios e a beijou.

– Ótimo.

Caroline fechou os olhos por alguns segundos. Queria bloquear todos os sentidos para que pudesse saborear aquele momento. Nenhuma visão, nenhum toque, nenhum cheiro – nada para distraí-la da alegria delicada que envolvia seu coração.

– Caroline?

– Shh. – Ela acenou com a mão para ele e, depois de alguns segundos, abriu os olhos e voltou a falar: – Pronto. O que você ia dizer?

A expressão dele era de curiosidade.

– O que foi isso?

– Nada, eu... Ah, olhe! – Ela apontou para o céu.

– O que foi? – perguntou ele, os olhos acompanhando a direção indicada pelo dedo dela.

– O céu deve ter clareado. Podemos ver estrelas.

– É verdade – murmurou Blake, com a sombra de um sorriso nos lábios. – Mas você mesma disse que elas estavam ali o tempo todo.

Caroline apertou a mão que segurava a dela.

– Sim – concordou. – Estavam.

༄

Meia hora mais tarde, Blake e Caroline estavam vestidos – apesar de um tanto desalinhados – e tentavam se esgueirar para dentro de casa fazendo o mínimo de barulho possível.

No entanto, James esperava no saguão.

– Eu lhe disse que deveríamos ter usado a escada dos fundos – murmurou Caroline.

– Presumo que estejam de volta de vez – disse James em um tom tranquilo. – Perriwick queria trancar a porta, mas eu não sabia se você tinha levado uma chave extra.

– Decidimos nos casar – declarou Blake em um rompante.

James apenas ergueu a sobrancelha e murmurou:

– Achei mesmo que isso fosse acontecer.

CAPÍTULO 21

pro.ce.dên.ci:a (substantivo). Origem, proveniência.
Não posso alegar conhecer ou compreender a procedência do amor romântico, mas estou certa de que é algo que precisa não ser compreendido, mas apenas apreciado e venerado.

– Do dicionário pessoal de Caroline Trent

Uma semana depois, Caroline e Blake estavam casados, para absoluto deleite de Penelope, que insistiu em comprar o enxoval da noiva. Caroline achara os dois vestidos prontos que Blake lhe comprara luxuosos, mas nada poderia se comparar à ideia de Penelope de um guarda-roupa adequado. Caroline deixou a futura cunhada escolher tudo – com uma exceção. A modista tinha uma peça de seda azul-esverdeada da cor exata dos olhos de Caroline, que insistiu em ter um vestido de noite feito com aquele tecido. Ela nunca prestara muita atenção aos próprios olhos antes, mas depois que Blake correra os dedos por suas pálpebras e declarara que os olhos dela eram da mesma cor do oceano na altura da linha do equador... Bem, ela não conseguiu evitar se orgulhar deles.

A cerimônia de casamento foi pequena e privada, com a presença apenas de Penelope, James e dos criados de Seacrest Manor. O irmão mais velho de Blake queria ter comparecido, mas uma das filhas ficara doente e ele não quis deixá-la. Caroline achou correta a atitude do agora cunhado e lhe mandou um bilhete expressando seu desejo de conhecê-lo em uma ocasião mais propícia.

Perriwick entregou a noiva ao noivo. A Sra. Mickle ficou com tanto ciúme que insistiu em fazer o papel de mãe da noiva mesmo que isso não tivesse especial importância durante a cerimônia.

Penelope foi a madrinha, e James, o padrinho. Foi uma bela ocasião para todos.

Caroline passou os próximos dias sorrindo. Não conseguia se lembrar de já ter estado mais feliz do que naquele momento, como Caroline Ravenscroft, de Seacrest Manor. Tinha um marido e um lar, e a vida dela era o mais próximo da perfeição que conseguiria imaginar. Blake não lhe declarara seu amor, mas Caroline imaginava que isso seria esperar demais de um homem que até pouco tempo antes vivera em tamanho sofrimento emocional.

Nesse meio-tempo, Caroline o faria o mais feliz que pudesse e permitiria que o marido fizesse o mesmo com ela.

Agora que Caroline pertencia verdadeiramente a Seacrest Manor e vice-versa, estava determinada a deixar sua marca na pequena propriedade. Dedicava-se ao jardim quando Perriwick se aproximou.

– Sra. Ravenscroft, há um visitante querendo vê-la – informou ele.

– A mim? – perguntou ela, surpresa. Dificilmente alguém *saberia* que ela era a Sra. Ravenscroft. – Quem?

– Um Sr. Oliver Prewitt.

Ela empalideceu.

– Oliver? Mas por quê?

– Quer que eu o mande embora? Ou eu poderia pedir para que o Sr. Ravenscroft lidasse com ele, se preferir.

– Não, não – apressou-se em dizer Caroline.

Não queria que o marido visse Oliver. Era provável que Blake perdesse a cabeça e, mais tarde, acabasse se odiando por isso. Ela sabia como era importante para ele prender Oliver e toda a rede de espiões do homem. Se Blake revelasse seu disfarce naquele momento, nunca teria a chance de fazer o que precisava ser feito.

– Eu o verei – falou Caroline, decidida.

Ela respirou fundo para se acalmar e deixou as luvas de jardinagem de lado. Oliver não tinha mais nenhum poder sobre ela, e Caroline se recusava a ter medo do antigo tutor.

Perriwick indicou que ela o acompanhasse para dentro de casa e os dois seguiram até a sala de visitas. Quando passou pela porta e viu Oliver de costas, o corpo de Caroline se retraiu.

Ela quase se esquecera de quanto o odiava.

– O que quer, Oliver? – perguntou em um tom indiferente.

Ele ergueu os olhos para encará-la com uma expressão extremamente ameaçadora.

– Essa não é uma recepção muito afetuosa para o seu tutor.

– *Antigo* tutor.

– Um pequeno detalhe – disse ele com um aceno de mão.

– Vá direto ao ponto, Oliver – falou Caroline.

– Muito bem. – Ele caminhou devagar na direção de Caroline até ficar com o nariz quase colado no dela. – Você está me devendo – disse baixinho.

Ela não recuou.

– Não lhe devo nada.

Os dois ficaram parados daquela forma, se encarando, até ele se afastar e caminhar até a janela.

– Que bela propriedade vocês têm aqui.

Caroline reprimiu a vontade de gritar de frustração.

– Oliver, minha paciência está no limite – avisou ela. – Se tem algo a dizer, diga. Caso contrário, vá embora.

Ele se virou.

– Eu deveria matá-la – sibilou ele.

– Você poderia fazer isso – retrucou Caroline, tentando não demonstrar qualquer reação à ameaça dele –, mas seria enforcado, e você não desejaria isso.

– Você arruinou tudo. Tudo!

– Se está se referindo ao seu plano de me tornar a próxima Prewitt, então, sim, arruinei – lembrou ela, furiosa. – Que vergonha, Oliver!

– Eu lhe dei comida. E abrigo. E você me retribuiu com o pior tipo de traição.

– Você mandou seu filho me violar!

Ele avançou, apontando o dedo gorducho na direção dela.

– Isso não teria sido necessário se você tivesse cooperado. Você sempre soube que deveria se casar com Percy.

– Eu não sabia de nada disso. E Percy não queria se casar comigo mais do que eu queria me casar com ele.

– Percy faz o que eu o mando fazer.

– Eu sei – comentou ela, em uma voz carregada de desprezo.

– Você tem ideia dos planos que fiz para a sua fortuna? Estou devendo dinheiro, Caroline. Muito dinheiro.

Ela o encarou, surpresa. Não sabia que Oliver estava endividado.

– Isso não é problema meu nem culpa minha. E você sem dúvida esbanjou bastante o meu dinheiro enquanto eu era sua tutelada.

Ele deu uma risada de raiva.

– Seu dinheiro estava mais protegido do que uma mulher com um cinto de castidade. Eu recebia uma pequena quantia trimestralmente para cobrir suas despesas do dia a dia, mas não era mais do que uma pequena ração.

Caroline ficou chocada. Oliver sempre vivera tão bem. Ele insistia em ter tudo do bom e do melhor.

– Então de onde vinha todo o seu dinheiro? – perguntou. – O candelabro novo, a carruagem elegante... como pagou por eles?

– Isso veio... – Ele cerrou os lábios em uma linha firme e furiosa. – Isso não é da sua conta.

Caroline arregalou os olhos. Oliver quase admitira o contrabando. Ela tinha certeza disso. Blake ficaria muito interessado.

– O verdadeiro poder em relação ao seu dinheiro viria quando você se casasse com Percy – continuou ele. – Então eu teria o controle de tudo.

Ela balançou a cabeça, tentando ganhar tempo enquanto pensava em algo para dizer que talvez levasse Oliver a se incriminar.

– Eu nunca teria feito isso – disse por fim, em um rompante, sabendo que precisava dizer algo para evitar que Oliver ficasse desconfiado. – Nunca teria me casado com ele.

– Você teria feito o que eu mandasse! – bradou Oliver. – Se eu a tivesse descoberto antes desse idiota que você chama de marido, teria dobrado sua vontade até você obedecer.

Caroline se enfureceu. Uma coisa era ameaçá-la, mas ninguém chamava o marido dela de idiota.

– Se você não for embora neste instante, terei que fazer com que saia à força.

Ela já não se importava mais se ele se incriminaria ou não. Só queria aquele homem fora da casa dela.

– "Terei que fazer com que saia à força" – imitou ele, os lábios se abrindo em um sorriso ameaçador. – Com certeza pode fazer melhor que isso, Caroline. Ou deveria dizer Sra. Ravenscroft? Ora, ora, subimos na vida, não é mesmo? O jornal mencionava que seu marido é filho do visconde Darnsby.

– Houve um anúncio no jornal? – perguntou Caroline em um sussurro, chocada.

Ela estava se perguntando como Oliver soubera onde encontrá-la.

– Não tente parecer surpresa, sua prostitutazinha. Sei que publicou o anúncio para que eu visse. Afinal, você não tem amigos que quisesse avisar, não é mesmo?

– Mas quem...

Ela se interrompeu. Penelope. É claro. No mundo da cunhada, casamentos eram imediatamente anunciados no jornal. Penelope devia ter se esquecido da necessidade de sigilo.

Caroline cerrou os lábios e reprimiu um suspiro, já que não queria demonstrar qualquer sinal de fraqueza. Oliver não deveria ter sabido da ligação dela com Blake até ser preso, mas não havia nada que pudesse ser feito a respeito naquele momento.

– Já lhe pedi para ir embora uma vez – disse ela, tentando ser paciente. – Não me obrigue a repetir.

– Não vou a lugar nenhum até achar que devo. Você tem uma dívida comigo, mocinha.

– Eu não lhe devo nada a não ser uma bofetada. Agora, vá.

Oliver cruzou a distância que o separava de Caroline e a agarrou com força pelo braço.

– Eu quero o que é meu.

Caroline arquejou enquanto tentava se soltar.

– Do que está falando?

– Você vai doar metade de sua fortuna para mim. Como pagamento por meus ternos cuidados em criá-la até se tornar uma mulher.

Ela riu dele.

– Sua vadiazinha – sibilou ele.

Então, antes que Caroline tivesse tempo de reagir, Oliver levantou a mão que estava livre e a acertou no rosto dela.

Caroline teve o corpo jogado para trás e teria caído no chão se ele não a estivesse segurando com tanta força. Ela não disse nada; não confiava em si mesma para falar. E seu rosto ardia. Oliver usava um anel, e Caroline temia estar com o rosto sangrando.

– Você o obrigou a se casar? – provocou Oliver. – Dormiu com ele?

A fúria deu forças a Caroline para soltar o braço, e ela cambaleou contra uma cadeira.

– Saia da minha casa.

– Não até você assinar isto.

– Eu não poderia mesmo se quisesse – disse ela com um sorrisinho satisfeito. – Quando me casei com o Sr. Ravenscroft, minha fortuna se tornou dele. Você conhece as leis da Inglaterra tão bem quanto eu.

Oliver começou a tremer de fúria e Caroline ficou mais ousada.

– Você é bem-vindo para pedir o dinheiro ao meu marido, mas já vou lhe avisando que ele tem um temperamento dos diabos e... – Ela mirou de cima a baixo a figura magra de Oliver, com uma expressão insultuosa. – É bem maior do que você.

Oliver ardeu de raiva diante da insinuação dela.

– Você vai pagar pelo que fez comigo.

Ele voltou a avançar na direção dela, mas, antes que pudesse descer o braço para atingi-la, os dois ouviram um grito vindo da porta.

– Que diabo está acontecendo aqui?

Caroline virou a cabeça e deixou escapar um suspiro de alívio. Era Blake.

Oliver pareceu não saber o que dizer e ficou paralisado, o braço ainda erguido para acertá-la.

– Você tinha a intenção de bater na minha esposa? – A voz de Blake era baixa e letal. Ele parecia calmo, calmo demais.

Oliver não disse nada.

O olhar de Blake se fixou no rosto marcado de Caroline.

– Você já bateu nela, Prewitt? Caroline, ele bateu em você?

Ela assentiu, impressionada com a fúria mal contida dele.

– Entendo – disse Blake em um tom brando, tirando as luvas e entrando na sala.

Ele entregou as luvas a Caroline, que pegou-as sem dizer uma palavra.

Blake se virou de novo para Oliver.

– Temo que isso tenha sido um erro.

Os olhos de Oliver pareciam prestes a saltar das órbitas. Ele estava claramente apavorado.

– Como?

Blake deu de ombros.

– Realmente detesto a ideia de tocá-lo, mas...

VRAM!

O punho de Blake encontrou o globo ocular de Oliver. O homem mais velho cambaleou e caiu.

Caroline ficou boquiaberta. Ela se virou para encarar Blake, então baixou os olhos para Oliver e olhou de novo para o marido.

– Você pareceu tão calmo.

Blake apenas encarou a esposa.

– Ele a machucou?

– Ele... Não, bem, sim, só um pouquinho. – Ela levou a mão ao rosto.

TUNK.

Blake chutou as costelas de Oliver. E voltou a olhar para ela.

– Isso é por machucar a minha esposa.

Caroline engoliu em seco.

– Na verdade, foi mais o choque do que qualquer coisa, Blake. Talvez você não devesse...

TCHAC.

Blake chutou o quadril de Oliver.

– Isso – as palavras foram cuspidas – é por deixá-la chocada.

Caroline levou as mãos à boca para conter uma risada nervosa.

– Há mais alguma coisa que você precise me contar?

Caroline fez que não com a cabeça, com medo de que, se abrisse a boca mais uma vez, Blake acabasse matando Oliver. Não que o mundo não fosse ficar um lugar melhor nesse caso, mas não tinha o menor desejo de ver o marido enforcado.

Blake inclinou um pouco a cabeça para o lado enquanto a examinava mais de perto.

– Você está sangrando – sussurrou ele.

Caroline levou a mão ao rosto e checou. Havia sangue em seus dedos. Não muito, mas o bastante para fazê-la pressionar a mão contra o ferimento outra vez.

Blake pegou um lenço e Caroline estendeu a mão para pegá-lo, mas o marido a afastou e ele mesmo encostou o lenço muito branco contra o rosto da esposa, dizendo:

– Permita-me.

Caroline nunca tivera ninguém para cuidar de seus machucados antes, por menores ou maiores que fossem, e descobriu que o toque dele era estranhamente tranquilizador.

– Vou pegar um pouco de água para limpar isso – disse Blake, a voz rouca.

– Vou ficar bem. É um corte superficial.

Blake assentiu.

– Por um segundo, achei que ele tinha deixado uma cicatriz em você. Eu o teria matado por isso.

Do chão, Oliver gemeu.

Blake olhou para Caroline.

– Se você me pedir, eu o matarei.

– Ah, não, Blake. Não. Não dessa forma.

– Que diabo quer dizer com não dessa forma? – perguntou Oliver, irritado.

Caroline baixou os olhos. Obviamente, o homem recobrara a consciência. Ou talvez nem tivesse chegado a desmaiar.

– No entanto, eu não me importaria se você o pusesse para fora dessa casa a chutes – sugeriu Caroline.

– Com prazer.

Ele pegou Oliver pelo colarinho e pelos fundilhos da calça e saiu pisando firme pelo corredor. Caroline correu atrás dele, encolhendo-se quando Oliver urrou:

– Vou chamar o magistrado! Vocês vão ver! Vão me pagar por isso!

– Eu *sou* o magistrado – avisou Blake. – E, se voltar a invadir as minhas terras, eu mesmo o prenderei.

Com isso, jogou o homem para fora, nos degraus de entrada, e bateu a porta.

Blake se virou e olhou para a esposa, que estava parada no saguão encarando-o boquiaberta. Ainda havia um pouco de sangue no rosto dela e também na ponta dos dedos. Ele sentiu o coração apertar. Sabia que Caroline não sofrera nenhum ferimento sério, mas de algum modo isso não importava. Prewitt a machucara e Blake não estivera presente para evitar.

– Sinto muitíssimo – disse Blake, a voz entre um sussurro e um murmúrio.

Ela o encarou sem entender.

– Mas por quê?

– Eu deveria ter estado lá com você. Nunca deveria ter deixado que você o encontrasse sozinha.

– Mas você nem sabia que Oliver estava aqui.

– Isso não vem ao caso. Você é minha esposa. E jurei protegê-la.

– Blake, você não pode salvar o mundo todo – falou Caroline com gentileza.

Ele deu um passo na direção dela, sabendo que seu olhar estava carregado de emoção, mas por algum motivo não se importando em demonstrar fraqueza.

– Sei disso. Só quero salvar você.

– Ah, Blake.

Ele a pegou nos braços e puxou-a bem para perto, sem se importar com o sangue no rosto dela.

– Não falharei com você – jurou.

– Você nunca falharia comigo.

Blake enrijeceu o corpo.

– Falhei com Marabelle.

– Você me disse que finalmente tinha aceitado que a morte dela não foi culpa sua – falou Caroline, soltando-se dos braços dele.

– Aceitei. Aceito. – Ele fechou os olhos por um momento. – Mas ainda me assombra. Se você a tivesse visto...

– Ah, não – suspirou Caroline. – Não sabia que você estava presente. Não sabia que tinha testemunhado o assassinato dela.

– Não testemunhei – explicou Blake, a voz sem expressão. – Estava de cama, doente. Mas quando Marabelle não voltou na hora marcada, Riverdale e eu fomos atrás dela.

– Sinto muito.

A voz de Blake soava vazia conforme as lembranças o dominavam.

– Havia tanto sangue. Ela levou quatro tiros.

Caroline pensou na quantidade de sangue que espirrara do ferimento de Percy. Não conseguia nem imaginar como deveria ser terrível ver alguém amado com um ferimento letal.

– Gostaria de saber o que dizer, Blake. Gostaria que *tivesse* algo que eu pudesse dizer.

Ele se virou abruptamente para ela.

– Você a odeia?

– Se odeio Marabelle? – perguntou Caroline, espantada.

Blake assentiu.

– É claro que não!

– Certa vez você me disse que não queria competir com uma mulher morta.

– Ora, eu estava com ciúmes – disse ela, envergonhada. – Não a odeio. Seria muito mesquinho da minha parte, não acha?

Blake balançou a cabeça, como se para afastar o assunto.

– Só estava querendo saber. Eu não ficaria zangado se você a odiasse.

– Marabelle é parte de quem você é – explicou Caroline. – Como posso odiá-la quando ela foi tão importante para você ser o homem que é hoje?

Ele ficou olhando para o rosto dela, buscando algo. Caroline sentiu-se nua sob aquele olhar. E acrescentou baixinho:

– Se não fosse por Marabelle, talvez você nem fosse o homem que eu... – Ela se interrompeu, reunindo coragem: – Talvez nem fosse o homem que eu amo.

Blake a encarou por um longo instante e então pegou a mão dela.

– Essa é a emoção mais generosa que alguém já demonstrou por mim.

Caroline o encarou com os olhos úmidos, esperando, rezando para que seu sentimento fosse retribuído. Blake parecia querer dizer algo importante, mas depois de alguns instantes, apenas pigarreou e perguntou:

– Você estava trabalhando no jardim?

Ela assentiu e engoliu o desapontamento preso na garganta.

Blake lhe ofereceu o braço.

– Vou acompanhá-la de volta. Gostaria de ver o que você fez.

Paciência, disse Caroline a si mesma. Lembre-se: paciência.

Mas, quando se guardava no peito um coração partido, era muito mais fácil falar do que fazer.

Mais tarde naquela noite, Blake estava sentado no escuro em seu escritório, olhando pela janela.

Caroline dissera que o amava. Aquilo era uma responsabilidade tremenda.

No fundo, sabia que ela nutria sentimentos profundos por ele, mas fazia tanto tempo que nem sequer pensava no conceito de amor que não achava que o reconheceria se ele surgisse.

Mas reconhecera, e sabia que os sentimentos de Caroline eram sinceros.

– Blake?

Ele ergueu os olhos. Caroline estava parada na porta, a mão erguida para bater de novo.

– Por que está sentado aqui no escuro?

– Só estou pensando.

– Ah.

Blake percebeu que ela desejava perguntar mais. Em vez disso, Caroline deu um sorriso hesitante e perguntou:

– Gostaria que eu acendesse uma vela?

Ele fez que não com a cabeça e ficou de pé. Sentia o estranho desejo de beijá-la.

Não era estranho querer beijar a esposa. Sempre queria beijá-la. Estranha era a intensidade desse desejo. Era quase como se soubesse com certeza, definitivamente, que se não a beijasse naquele exato minuto, a vida dele mudaria para sempre – e não para melhor.

Tinha que beijá-la. O fato era esse.

Blake atravessou o escritório como se estivesse em transe. Caroline disse alguma coisa, mas ele não ouviu. Apenas continuou caminhando lenta e inexoravelmente até chegar ao lado dela.

Os lábios de Caroline se entreabriram de surpresa. Blake estava agindo de forma muito estranha. Era como se a mente dele estivesse em outro lugar, no entanto, o marido a encarava com uma intensidade fora do comum.

Ela sussurrou o nome dele pelo que deve ter sido a terceira vez, mas Blake não respondeu, e logo estava bem diante dela.

– Blake?

Ele tocou o rosto dela com uma reverência que a fez estremecer.

– Algum problema?

– Não – murmurou ele. – Não.

– Então, o que...

Fosse o que fosse que Caroline pretendia dizer, perdeu-se quando Blake a puxou para junto do corpo, a boca capturando a dela com um misto de ternura e ferocidade. Ela sentiu uma das mãos dele afundar nos cabelos dela, enquanto a outra percorria suas costas até se acomodar na curva de seu quadril.

Então Blake desceu um pouco a mão e puxou-a mais para perto até Caroline conseguir sentir a força de sua ereção. Ela jogou a cabeça para trás enquanto gemia o nome dele, e os lábios de Blake seguiam pelo pescoço de Caroline, beijando-a até chegarem ao decote do vestido.

Ela deixou escapar um gritinho quando as mãos do marido escorregaram do quadril para o traseiro dela, apertando-o. O som deve ter interrompido fosse qual fosse o feitiço que o dominava, porque ele ficou subitamente paralisado, balançou um pouco a cabeça e recuou.

– Lamento – disse Blake, parecendo confuso. – Não sei o que me deu.

Ela o encarou, boquiaberta.

– Você lamenta?

Ele a beijava até ela mal conseguir ficar de pé depois parava e dizia que *lamentava*?

– Foi tão estranho – disse Blake, mais para si mesmo do que para ela.

– Não acho que foi assim tão estranho – resmungou Caroline.

– Eu tive que beijá-la.

– Só isso? – soltou Caroline.

Ele sorriu devagar.

– Ora, a princípio, sim, mas agora...

– Agora o quê? – quis saber ela.

– Você é uma jovem muito impaciente.

Caroline bateu o pé.

– Blake, se você não...

– Se eu não o quê? – perguntou ele, o sorriso definitivamente diabólico.

– Não me faça dizer – resmungou ela, ficando muito vermelha.

– Acho melhor guardarmos isso para a semana que vem – murmurou ele. – Afinal, você ainda é um pouco inocente. Mas, por enquanto, é melhor correr.

– Correr?

Ele assentiu.

– Rápido.

– Por quê?

– Você está prestes a descobrir.

Caroline saiu derrapando em direção à porta.

– E se eu quiser ser pega?

– Ah, você com certeza quer ser pega – retrucou ele, avançando na direção dela com a graça felina de um predador nato.

– Então por que devo correr? – perguntou Caroline, ofegante.

– É muito mais divertido assim.

– É?

Blake assentiu de novo.

– Confie em mim.

– Hum. Até parece...

Mas enquanto ainda falava, Caroline já estava no corredor, andando de costas na direção da escada com impressionante velocidade.

Ele passou a língua pelos lábios.

– Ah. Então é melhor eu... Devo...

Blake começou a se mover mais rápido.

– Ai, meu Deus!

Caroline disparou escadas acima, rindo sem parar.

Blake a alcançou no patamar, jogou-a por cima do ombro e carregou-a para o quarto, ignorando os protestos nada convincentes da esposa.

Então fechou a porta com um chute e se empenhou em mostrar a Caroline por que ser a caça com frequência era melhor do que ser o caçador.

CAPÍTULO 22

con.tu.maz *(adjetivo). Que resiste obstinadamente à autoridade; teimosamente incorrigível.*

Há vezes em que a pessoa deve agir de forma contumaz, mesmo se o marido dela ficar profundamente descontente.

– Do dicionário pessoal de Caroline Trent

Em poucos dias, a lua de mel estava terminada. Era hora de capturar Oliver.

Blake nunca se ressentira tanto de seu trabalho para o Departamento de Guerra. Não queria perseguir criminosos, queria fazer caminhadas pela praia com a esposa. Não queria fugir de tiros, queria rir enquanto fingia se esquivar dos beijos de Caroline.

Mais do que tudo, queria trocar o medo agudo de ser descoberto pela sensação emocionante de se apaixonar.

Era bom enfim admitir isso para si mesmo. Estava se apaixonando pela esposa.

Blake tinha a sensação de estar saltando de um penhasco, sorrindo enquanto observava o chão se agigantando ao seu encontro. Ele sorria nas horas mais estranhas, ria em momentos inapropriados e sentia-se estranhamente desolado quando não sabia o paradeiro da esposa. Era como ser coroado rei do mundo, como inventar a cura do câncer, como se descobrir capaz de voar – tudo em um único dia.

Nunca sonhara que poderia ficar tão fascinado por outro ser humano. Adorava observar o jogo de emoções no rosto de Caroline – a curva suave dos lábios quando se divertia, as sobrancelhas cerradas quando estava perplexa.

Blake gostava de observar a esposa até quando ela dormia, os cabelos macios espalhados em leque sobre o travesseiro. O peito subindo e descendo no mesmo ritmo da respiração, parecendo tão em paz e tranquila. Certa vez Blake lhe perguntara se os demônios dela desapareciam quando adormecia.

A resposta derretera o coração dele.

– Não tenho mais demônios – respondera Caroline.

E Blake se dera conta de que os próprios demônios também estavam enfim desaparecendo. Era o riso que os exorcizava, concluiu. Caroline tinha uma capacidade impressionante de encontrar humor nos assuntos mais mundanos. Ele também estava descobrindo que ela se orgulhava de ser uma espécie de mímica. O que lhe faltava em talento, ela compensava com entusiasmo, e Blake se pegava com frequência chorando de tanto rir.

Caroline se preparava para dormir, cantarolando para si mesma no lavatório – o lavatório *dela*, como o batizara, já que morara ali por quase uma semana. Os pertences femininos – não que ela tivesse muitos antes que Penelope a levasse às compras – amontoavam-se sobre os dele, o conjunto de barbear já relegado a um canto.

E Blake amava isso. Amava cada intrusão da esposa na vida dele, da reorganização na mobília até o perfume suave dela pairando pela casa, pegando-o desprevenido e fazendo-o arder de desejo.

Blake já estava na cama naquela noite, recostado contra os travesseiros, enquanto a ouvia se arrumando no lavatório. Era dia 30 de julho. No dia seguinte, ele e James capturariam Oliver Prewitt e seus comparsas traidores. Haviam planejado aquela missão até o último detalhe, mas Blake ainda se sentia desconfortável. E nervoso. Muito, muito nervoso. Sentia-se preparado para o trabalho no dia seguinte, mas ainda havia muitas variáveis, coisas demais que poderiam dar errado.

E nunca antes Blake sentira que tinha tanto a perder.

Quando Marabelle estava viva, eles eram jovens e se julgavam imortais. As missões para o Departamento de Guerra tinham sido grandes aventuras. Nunca ocorrera a eles que suas vidas pudessem levá-los a qualquer lugar que não um final feliz.

Mas então Marabelle fora assassinada e já não importava mais se Blake se considerava imortal ou não, porque deixara de se importar com a própria vida. Não se sentira nervoso antes das missões pois era indiferente com o que poderia lhe acontecer. Ah, queria ver os traidores da Inglaterra sendo levados à justiça, mas se, por algum motivo, não vivesse para vê-los enforcados.... Ora, não seria uma grande perda para ele.

Mas agora era diferente. Blake se importava. Queria mais do que tudo sobreviver àquela missão e solidificar o casamento com Caroline. Queria observá-la caminhar pelo jardim e queria ver o rosto dela toda manhã no travesseiro ao lado do dele. Queria fazer amor com ela com um abandono selvagem e queria tocar a barriga dela quando estivesse crescendo com os filhos dele.

Blake queria tudo o que a vida tinha a oferecer. Cada maravilha, cada alegria. E estava apavorado porque sabia com que facilidade tudo isso podia ser arrancado e destruído.

Bastava um tiro com boa mira.

Blake percebeu que o cantarolar de Caroline cessara e ergueu os olhos para a porta do lavatório, que estava entreaberta. Ele ouviu o som de um jato de água, então um silêncio suspeito.

– Caroline? – chamou.

Ela enfiou a cabeça pela fresta da porta com um lenço de seda passado ao redor da cabeça.

– Ela não *iiisstá* aqui.

Blake ergueu a sobrancelha.

– E quem seria você? O que fez com a minha esposa?

Ela abriu um sorriso sedutor.

– Sou, é claro, Carlotta De Leon. E se você não me *besssar* agora, *señor* Ravenscroft, terei que recorrer às minhas *tátiiiicasss* mais desagradáveis.

– Estremeço só de pensar.

Ela subiu na cama e pestanejou para ele.

– Não pense. Apenas *bessse*.

– Ah, mas não posso fazer isso. Sou um homem correto, com princípios. Nunca poderia ir contra meus votos de casamento.

Ela fez biquinho.

– Estou certa de que sua *isssposa* o perdoará só dessa vez.

– Caroline? – Ele balançou a cabeça. – Nunca. Ela tem um temperamento dos diabos. Me deixa apavorado.

– Você não deveria falar dela dessa forma.

– Você é muito solidária para uma espiã.

– Sou única – disse Caroline, dando de ombros.

Blake cerrou os lábios, tentando não rir.

– Você não é espanhola?

Ela ergueu um dos braços em uma saudação.

– *Vive la* rainha Isabella.

– Entendo. Então por que está falando com sotaque francês?

Com a expressão desanimada, Caroline perguntou já com a voz normal:

– Eu estava mesmo?

– Sim, mas era um excelente sotaque francês – mentiu ele.

– Nunca conheci nenhum espanhol.

– E nunca conheci nenhum que falasse como você falou.

Ela o acertou no ombro.

– Na verdade, também nunca conheci nenhum francês.

– Não diga!

– Não zombe. Só estava tentando ser divertida.

265

– E foi muito bem-sucedida. – Blake pegou a mão dela e correu o polegar pela palma macia. – Caroline, quero que saiba que você me faz muito feliz.

Os olhos dela pareceram ficar úmidos.

– Por que isso soa como um prelúdio para más notícias?

– Temos alguns assuntos sérios para discutir.

– Que dizem respeito à missão de amanhã para capturar Oliver, não é?

Ele assentiu.

– Não vou mentir para você e dizer que não será perigosa.

– Eu sei – sussurrou Caroline.

– Tivemos que mudar um pouco os planos depois que Prewitt descobriu sobre o nosso casamento.

– O que quer dizer?

– Moreton, o chefe do Departamento de Guerra, iria nos mandar uma dúzia de homens como reforço. Agora ele não pode fazer isso.

– Por quê?

– Não queremos que Prewitt fique desconfiado. Ele vai estar me observando. Se doze oficiais do governo aparecerem em Seacrest Manor, o homem vai saber que estamos planejando algo.

– Por que esses homens não podem chegar até aqui de forma clandestina? – O tom dela agora era mais alto. – Não é isso que vocês supostamente devem fazer no Departamento de Guerra? Esgueirarem-se à noite, escondidos?

– Não se preocupe, meu bem. Ainda vamos ter uns dois homens para nos ajudar.

– Quatro pessoas não é o bastante! Você não tem ideia de quantos homens estão trabalhando para Oliver.

– De acordo com os registros dele, apenas quatro. Estaremos em igualdade – respondeu Blake, paciente.

– Não quero que estejam em igualdade. Quero que vocês sejam maioria.

Blake esticou a mão para acariciar os cabelos dela, mas Caroline se afastou.

– Caroline, é assim que tem que ser – disse ele.

– Não. Não é – retrucou ela em um tom desafiador.

Blake a encarou, um mau pressentimento crescendo dentro dele.

– O que quer dizer?

– Vou com vocês.

Ele endireitou o corpo depressa.

– O diabo que você vai!

Ela saiu da cama e apoiou as mãos nos quadris.

– Como vão fazer isso sem mim? Posso identificar todos os homens. Conheço a propriedade. Vocês não.

– Você não vai. E ponto final.

– Blake, você não está pensando com clareza.

Ele também saiu da cama e pairou acima dela.

– Não ouse me acusar de não pensar com clareza. Acha que eu estaria disposto a colocá-la em perigo? Mesmo que apenas por um minuto? Pelo amor de Deus, mulher, você poderia ser morta.

– Assim como você – disse ela, baixinho.

Se ele a ouviu, não demonstrou.

– Não vou voltar a esse assunto. Se tiver que amarrá-la à coluna da cama, farei isso, mas você não vai nem chegar perto da costa amanhã.

– Blake, eu me recuso a ficar esperando aqui em Seacrest Manor, roendo as unhas e imaginando se ainda tenho um marido ou não.

Ele passou a mão pelos cabelos em um gesto impaciente.

– Achei que você odiava essa vida... o perigo, a intriga. Você me disse que sentiu vontade de vomitar o tempo inteiro em que invadimos Prewitt Hall. Por que diabo quer ir conosco agora?

– Realmente odeio! – explodiu ela. – Odeio tanto que me devora as entranhas. Sabe como é se sentir preocupado? Preocupado de verdade? Uma preocupação do tipo que parece abrir um buraco que queima o estômago e dá vontade de gritar?

Blake fechou os olhos por um momento e disse baixinho:

– Agora eu sei.

– Então vai entender por que não posso ficar sentada aqui sem fazer nada. Não importa quanto eu odeio o que vão fazer. Não importa quão apavorada eu me sinto. Não compreende isso?

– Caroline, talvez se você fosse treinada pelo Departamento de Guerra... Se soubesse como atirar com um revólver e...

– Sei atirar. Atirei em Percy.

– O que estou tentando lhe dizer é que, se você for conosco, não conseguirei me concentrar na missão. Se estiver preocupado com você, terei mais possibilidade de cometer um erro e acabar morto.

Caroline mordeu o lábio inferior.

– Esse é um bom argumento – disse ela devagar.

– Ótimo – interrompeu ele, a voz decidida. – Então está resolvido.

– Não, não está. É fato que você precisa de ajuda. E que pode precisar de mim.

Ele a segurou pelos braços e disse, olhando nos olhos dela:

– Preciso de você aqui, Caroline. Segura e protegida.

Ela encarou o marido e viu algo inesperado nos olhos cinza dele: desespero. Então tomou uma decisão.

– Muito bem – sussurrou. – Vou ficar. Mas não estou nada feliz com isso.

As palavras finais dela foram abafadas porque Blake a puxou para um abraço esmagador.

– Obrigado – murmurou ele.

E Caroline não teve certeza se o marido se dirigia a ela ou a Deus.

A noite seguinte foi a pior da vida de Caroline. Blake e James partiram logo após o jantar, antes mesmo que o céu escurecesse. Eles alegaram que precisavam ter noção da planta da propriedade. Quando Caroline protestou, dizendo que seriam notados, os dois apenas riram. Blake era conhecido como um proprietário de terras do distrito, retrucaram. Por que não andaria pela região com um de seus amigos? Os dois até mesmo planejaram parar em um pub local para tomar uma caneca de cerveja a fim de enfatizar a ideia de que eram apenas uma dupla de nobres se divertindo.

Caroline precisou admitir que as palavras deles faziam sentido, mas não conseguiu afastar o arrepio que a percorreu. Sabia que deveria confiar no marido e em James, afinal, os dois trabalhavam há anos para o Departamento de Guerra. Com certeza sabiam muito bem o que estavam fazendo.

Mas Caroline sentia que havia algo errado. Era apenas isto, uma sensação incômoda que não passava. Caroline tinha poucas lembranças da mãe a não ser pelas saídas para apreciar as estrelas, mas lembrava dela rindo uma vez com o marido e dizendo algo sobre a intuição feminina ser sólida como ouro.

Parada do lado de fora de Seacrest Manor, Caroline ergueu os olhos para a lua e para as estrelas e disse:

— Espero do fundo do meu coração que você não tivesse a menor ideia do que estava falando, mamãe.

Ela esperou pela sensação de paz que costumava encontrar no céu noturno, mas pela primeira vez na vida a sensação não chegou.

— Maldição — resmungou Caroline.

Fechou os olhos com força, voltou a abri-los e olhou para o céu.

Nada. Ainda se sentia péssima.

— Você está dando muita importância a isso — disse a si mesma. — Nunca teve nem uma gota de intuição feminina em toda a sua vida. Não sabe nem se seu próprio marido a ama. Não acha que uma mulher com intuição saberia *isso* pelo menos?

O que Caroline desejava mais do que tudo era montar em um cavalo e sair em disparada para resgatar Blake e James. Só que eles provavelmente não precisavam ser resgatados, e ela sabia que Blake nunca a perdoaria. Confiança era algo muito precioso, e Caroline não queria destruir a que havia entre os dois em tão pouco tempo de casamento.

Talvez se descesse até a praia, ao lugar onde ela e Blake tinham feito amor pela primeira vez... Talvez lá conseguisse encontrar um pouco de paz.

O céu estava ficando mais escuro, porém Caroline deu as costas para a casa e seguiu em direção ao caminho que levava à água. Atravessou o jardim e tinha acabado de entrar na trilha de pedras quando ouviu algo.

O coração dela pareceu congelar no peito.

— Quem está aí? — perguntou.

Nada.

— Está sendo tola — murmurou para si mesma — Vá logo para a pr...

Como se vindo do nada, algo a atingiu com força nas costas e a derrubou no chão.

— Não diga uma palavra — grunhiu uma voz no ouvido dela.

— Oliver? — indagou Caroline.

— Eu disse para não falar! — A mão lhe tapou a boca. Com força.

Era Oliver. A mente de Caroline disparou. Que *diabo* ele estava fazendo ali?

— Vou lhe fazer algumas perguntas. E você vai me dar algumas respostas — disse ele em uma voz ameaçadora e cruel.

Caroline assentiu, tentando evitar que o pânico a dominasse.

— Para quem o seu marido trabalha?

Caroline arregalou os olhos e ficou grata por ele ter demorado a tirar a mão de cima da boca dela, já que não fazia ideia do que dizer. Quando Oliver enfim a deixou falar, mantendo o braço com firmeza ao redor do pescoço dela, Caroline respondeu:

– Não sei do que está falando.

Oliver recuou, o braço apertando a garganta dela.

– Responda-me!

– Não sei! Juro!

Se ela entregasse Blake, toda a operação estaria arruinada. O marido poderia até perdoá-la, mas ela nunca se perdoaria.

Oliver mudou de posição abruptamente e torceu o braço de Caroline nas costas.

– Não acredito em você – grunhiu. – Você pode ser um monte de coisas, a maior parte delas insuportável, mas não é estúpida. Para quem ele trabalha?

Caroline mordeu o lábio. Oliver não iria acreditar que ela não sabia de absolutamente nada, por isso falou:

– Não sei. Mas às vezes ele sai.

– Ah, agora estamos chegando a algum lugar. Para onde ele vai?

– Não sei.

Oliver puxou o braço dela com tanta força que Caroline teve certeza de que seu ombro tinha sido deslocado.

– Não sei! – gritou. – Sinceramente, não sei.

Ele a virou.

– Sabe onde ele está agora?

Ela fez que não com a cabeça.

– Eu sei – disse Oliver.

– Sabe? – perguntou Caroline em um arquejo.

Ele assentiu e estreitou os olhos em uma expressão maléfica.

– Imagine a minha surpresa quando o descobri tão longe de casa esta noite.

– Não sei do que está falando.

Oliver começou a arrastá-la na direção da estrada principal.

– Vai saber.

Ele a puxou até chegarem a uma carruagem pequena parada ao lado da estrada. O cavalo estava pastando na grama tranquilamente até Oliver lhe chutar a pata.

– Oliver! – exclamou Caroline. – Tenho certeza de que isso não é necessário.

– Cale-se!

Ele a empurrou contra a lateral da carruagem e lhe amarrou as mãos com um pedaço de corda áspera.

Caroline baixou os olhos para as próprias mãos e constatou que teria sorte se algum sangue chegasse até elas. Oliver era tão bom em dar nós quanto Blake.

– Para onde está me levando? – quis saber.

– Ora, para ver seu querido marido.

– Eu lhe disse, não sei onde ele está.

– E eu lhe disse que sei.

Caroline engoliu em seco. Achava cada vez mais difícil manter a valentia.

– Muito bem, então, onde ele está?

Oliver empurrou-a para dentro da carruagem, sentou-se atrás dela e chicoteou o cavalo para que ele andasse.

– No momento, o Sr. Ravenscroft está parado sobre um penhasco com vista para o Canal da Mancha. Ele tem uma luneta na mão e está acompanhado pelo marquês de Riverdale e por dois homens que não reconheço.

– Talvez eles tenham saído em alguma espécie de expedição científica. Meu marido é um grande naturalista.

– Não me insulte. A luneta dele está voltada para os meus homens.

– Seus homens? – repetiu ela.

– Você achou que eu era apenas outro tolo agarrado ao seu dinheiro, não é?

– Bem... sim – admitiu Caroline antes de ter a chance de segurar a língua.

– Eu tinha planos para a sua fortuna, e não pense que a perdoei por sua traição, mas venho trabalhando em busca de minha própria fortuna também.

– O que quer dizer?

– Rá! Você gostaria mesmo de saber, não é?

Ela prendeu a respiração quando a carruagem fez uma curva a uma velocidade nada segura.

– Parece que vou saber logo, Oliver, já que você insiste em me sequestrar dessa forma.

Ele a encarou, avaliando-a.

– Olhe para a estrada! – gritou Caroline, prestes a vomitar quando eles quase bateram em uma árvore.

Oliver puxou as rédeas com muita força e o cavalo, que já estava irritado por ter sido chutado, resfolegou e parou de repente.

Caroline foi jogada para a frente com o impacto.

– Acho que vou vomitar – murmurou.

– Não ache que vou limpar sua sujeira se vomitar em cima de si mesma – atacou Oliver enquanto batia no cavalo com o chicote.

– Pare de bater no pobre cavalo!

Ele virou a cabeça depressa para encará-la, os olhos faiscando perigosamente.

– Devo lembrá-la de que você está amarrada e eu não?

– E o seu ponto é...

– Eu dou as ordens.

– Ora, então não fique surpreso se a pobre criatura chutar sua cabeça quando você não estiver olhando.

– Não me diga como tratar o meu cavalo – esbravejou ele, em seguida voltou a chicotear o dorso do animal.

Os dois voltaram a seguir pela estrada e, depois de se certificar de que Oliver guiava a uma velocidade mais segura, Caroline falou:

– Você estava me contando sobre o seu trabalho.

– Não. Não estava. E cale a boca – rebateu Oliver.

Caroline obedeceu. Oliver não iria lhe contar nada, e ela poderia muito bem usar esse tempo para bolar um plano. Estavam seguindo em paralelo à costa, chegando cada vez mais perto de Prewitt Hall e da enseada que Oliver descrevera em seus relatórios de contrabando. A mesma enseada onde Blake e James estavam esperando.

Santo Deus, eles seriam emboscados.

Algo estava errado. Blake sentia isso nos ossos.

– Onde ele está? – sibilou.

James balançou a cabeça e tirou o relógio do bolso.

– Não sei. O barco chegou há uma hora. Prewitt deveria estar aqui para encontrá-los.

Blake praguejou baixinho.

– Caroline me disse que Prewitt é sempre pontual.

– Será que Oliver sabe que o Departamento de Guerra está atrás dele?

– Impossível.

Blake levou a luneta ao olho e focalizou a praia. Um pequeno barco jogara âncora a cerca de 20 metros do mar. A tripulação não era muito grande – até ali eles só tinham conseguido ver dois homens no convés. Um deles tinha um relógio de bolso e o checava a intervalos regulares.

James cutucou Blake, que lhe passou a luneta.

– Algo deve ter acontecido hoje – disse Blake. – Não há como ele ter sabido que foi descoberto.

James apenas assentiu enquanto examinava o horizonte.

– A menos que esteja morto, ele virá. Tem muito dinheiro investido nisso.

– E onde diabo estão os outros homens? Deveriam ser quatro.

James deu de ombros, ainda olhando pela luneta.

– Talvez estejam esperando um sinal de Prewitt. Ele talvez tenha... Espere!

– O que foi?

– Alguém está vindo pela estrada.

– Quem?

Blake tentou pegar a luneta, mas James se recusou a soltá-la.

– É Prewitt. Está vindo em uma carruagem e há uma mulher com ele.

– Carlotta de Leon – sugeriu Blake.

James abaixou a luneta devagar. Seu rosto estava absolutamente pálido.

– Não – sussurrou. – É Caroline.

CAPÍTULO 23

es.pe.ran.ça.do (adjetivo). Positivo ou confiante em relação a um assunto em particular.

en.car.ni.ça.do (adjetivo). Sanguinário; acompanhado por derramamento de sangue; caracterizado por massacre.

Depois desta noite, nunca mais confundirei as palavras esperançado e encarniçado.

– Do dicionário pessoal de Caroline Trent

Caroline estreitou os olhos na direção do horizonte, mas não conseguiu ver nada na bruma escura da noite. Isso não a surpreendeu. Blake e James nunca seriam estúpidos a ponto de usar uma lanterna. Provavelmente estavam escondidos atrás de uma pedra ou de um arbusto, usando a luz fraca do luar para espionar as atividades na praia abaixo.

– Não vejo nada – informou a Oliver. – Você deve estar enganado.

Ele virou a cabeça devagar para encará-la.

– Você acha mesmo que sou idiota, não é?

Ela pensou a respeito.

– Não, não um idiota. Muitas outras coisas, mas não um idiota.

– Seu marido está escondido no meio dessas árvores – disse Oliver, apontando para a frente.

– Talvez devêssemos alertá-lo da nossa presença? – perguntou ela, esperançosa.

– Ah, nós iremos alertá-lo. Não se preocupe.

Oliver parou a carruagem com um puxão cruel das rédeas e empurrou Caroline para o chão. Ela aterrissou de lado, tossindo sobre a terra e a grama. E ergueu os olhos bem a tempo de ver o antigo tutor sacar um revólver.

– Oliver...

Ele apontou a arma para a cabeça dela.

Caroline se calou.

Oliver fez um movimento de cabeça indicando que Caroline fosse para a esquerda.

– Comece a andar.

– Mas estamos sobre um penhasco.

– Há uma trilha para descer. Siga-a.

Caroline olhou para baixo. Uma trilha estreita e em zigue-zague descia pela montanha íngreme até a praia, e não foi preciso mais do que um vento brusco para fazer com que pedras soltas rolassem por ela. Não parecia segura, mas era consideravelmente mais atraente do que uma bala do revólver de Oliver. Caroline resolveu seguir as ordens do antigo tutor.

– Vou precisar que desamarre minhas mãos – pediu ela. – Para que eu consiga me equilibrar.

Ele a encarou carrancudo e depois concordou, resmungando:

– Você não tem serventia para mim se estiver morta.

Ela começou a dar um suspiro de alívio.

– Ainda – acrescentou Oliver.

Caroline sentiu o estômago arder.

Ele terminou de desamarrar as mãos dela e a empurrou na direção da beira do rochedo enquanto cismava em voz alta:

– Na verdade, talvez você seja mais útil como viúva.

Dessa vez, o estômago de Caroline se revirou, mas ela engoliu a bile e tossiu ao sentir o gosto ácido na boca. Seu coração podia estar disparado, ela podia estar sentindo um medo que ia muito além do terror, mas precisava se manter forte para Blake. Caroline chegou à trilha e começou a descer.

– Não tente qualquer movimento em falso. Seria inteligente de sua parte lembrar que tenho um revólver apontado para as suas costas – ameaçou Oliver.

– Não há como eu me esquecer disso – retrucou ela, irritada.

Caroline esticou os dedos do pé para a frente a fim de sentir as pedras soltas. Maldição, aquele caminho era traiçoeiro à noite. Ela já percorrera trilhas semelhantes durante o dia, mas a luz do sol era uma poderosa aliada.

Oliver pressionou o cano do revólver contra as costas dela.

– Mais rápido.

Caroline agitou os braços loucamente para manter o equilíbrio. Quando estava certa de que não despencaria para a morte, falou:

– Não será bom para você se eu morrer com o pescoço quebrado. E pode acreditar que, se eu começar a cair, a primeira coisa que farei será agarrar a sua perna.

A frase calou Oliver e ele não voltou a perturbá-la até os dois chegarem à praia em segurança.

– Vou matá-la – disse Blake em voz baixa.

– Perdão, mas terá que salvá-la primeiro – lembrou James. – E talvez você queira guardar suas balas para Prewitt.

Blake fuzilou-o com um olhar que deixava claro que não tinha achado a menor graça.

– Pode ter certeza de que vou amarrá-la à coluna da cama.

– Você já tentou isso antes.

Blake se virou.

– Como pode ficar parado aí fazendo brincadeiras idiotas? – perguntou. – Ele está com a minha *esposa*. Minha esposa!

– E faça o favor de me dizer de que adianta ficar enumerando modos e métodos de puni-la? Como *isso* vai salvá-la?

– Eu disse a ela para ficar quieta. Caroline jurou que não sairia de Seacrest Manor – grunhiu Blake.

– Talvez ela tenha ouvido você, talvez não tenha saído. De qualquer modo, isso não faz a menor diferença agora.

Blake se virou para o melhor amigo, na expressão um estranho misto de medo e arrependimento.

– Temos que salvá-la. Não me importo se perdermos Prewitt. Não me importo se toda a missão estiver arruinada. Nós...

James pousou a mão no braço de Blake.

– Eu sei.

Blake fez um gesto para que os outros dois homens do Departamento de Guerra se aproximassem e resumiu a situação rapidamente. Não tinham muito tempo para planejar uma ação. Oliver já estava forçando Caroline a descer em direção à praia. Mas Blake aprendera há muito tempo que não havia substituto para uma boa comunicação, por isso, eles ficaram reunidos por um instante enquanto bolavam uma estratégia.

Infelizmente, esse foi o momento em que os homens de Oliver resolveram atacar.

Já na praia, Caroline percebeu que as águas do canal não eram tão calmas quanto ela imaginara – e não era o vento que provocava a turbulência. Um pequeno barco que ela reconheceu como sendo de Oliver estava atracado perto da praia, e o som de passos na areia macia logo provou que não estavam sozinhos ali.

– Onde diabo você estava?

Caroline se virou de repente e piscou várias vezes, surpresa. A voz soara como se pertencesse a um camarada grande e forte, mas o homem que acabara de ser iluminado por um raio de luar era esguio e estranhamente elegante.

Oliver virou a cabeça na direção do barco e começou a caminhar pela água, arrastando Caroline com ele.

– Fui retido de forma inevitável.

O outro homem examinou Caroline com grosseria.

– Ela é bem atraente, mas de forma nenhuma inevitável.

– Não tão atraente – comentou Oliver em tom de zombaria. – Mas é bem casada com um agente do Departamento de Guerra.

Caroline arquejou e caiu de joelhos, ensopando as saias.

Oliver deixou escapar uma risada triunfante.

– Era apenas uma teoria, minha cara Caroline, mas você acaba de confirmá-la.

Ela cambaleou até voltar a ficar de pé, espalhando água e praguejando contra si mesma nesse meio-tempo. Como pudera ser tão estúpida? Sabia que não deveria ter esboçado reação, mas Oliver a pegara de surpresa.

– Você é idiota? – sibilou o outro homem. – Os franceses estão nos pagando o bastante por esse carregamento para que tenhamos dinheiro para o resto da vida. Se você comprometer as nossas chances...

– Carregamento? – indagou Caroline.

Ela achara que Oliver vinha negociando o transporte de mensagens e documentos secretos. Mas a palavra *carregamento* parecia indicar algo maior. Será que eles estavam contrabandeando munição? Armas? O barco não parecia ter tamanho suficiente para carregar algo tão grande.

Os homens a ignoraram.

– A esposa de um agente – resmungou o estranho. – Ora, você é um idiota! A última coisa de que precisamos é chamar a atenção do Departamento de Guerra.

– Já temos a atenção deles – disparou Oliver, puxando Caroline com ele para águas ainda mais profundas. – Blake Ravenscroft e o marquês de Riverdale estão lá em cima no penhasco. Passaram a noite nos observando. Se não fosse por mim...

– Se não fosse por você – interrompeu o outro homem, puxando Caroline para si –, nem mesmo teríamos sido descobertos. Ravenscroft e Riverdale com certeza não descobriram a nossa localização por minha causa.

– Você conhece o meu marido? – perguntou Caroline, surpresa demais até para tentar se soltar.

– Eu *sei* sobre ele – retrucou o homem. – E, até amanhã, toda a França também saberá.

– Santo Deus – sussurrou ela.

Oliver devia estar contrabandeando uma lista de agentes britânicos. Agentes que seriam alvo de assassinato. Agentes como Blake e James.

Caroline pensou em dez planos diferentes e descartou todos. Um grito parecia inútil – se Blake os estivesse observando da praia, com certeza já a vira e não precisaria ser alertado de sua presença. E, se atacasse Oliver ou o agente francês, só conseguiria ser morta. A única possibilidade era tentar ganhar tempo até Blake e James chegarem.

Mas então o que aconteceria? Eles não teriam a ajuda do elemento surpresa. Afinal, Oliver sabia que estavam ali.

Caroline prendeu a respiração. Oliver parecia muito despreocupado com a presença de agentes do Departamento de Guerra. Sem pensar, ela ergueu os olhos para o alto do rochedo, mas não viu nada.

– Seu marido não vai salvá-la. Meus homens estão cuidando dele nesse exato momento – informou Oliver com uma satisfação cruel.

– Então por que me trouxe aqui? – sussurrou ela, o coração se estraçalhando no peito. – Você não precisava de mim.

Ele deu de ombros.

– Por um capricho. Queria que ele soubesse que estou com você. Queria que ele me visse entregá-la a Davenport.

O homem que ele chamara de Davenport deu uma risadinha e puxou-a mais para perto.

– Ela pode vir a ser um bom entretenimento.

Oliver o encarou carrancudo.

– Antes que eu permita que você vá embora com ela...

– Não vou a lugar nenhum até que o carregamento chegue – retrucou Davenport, irritado. – Onde diabo ela está?

Ela? Caroline ficou confusa, mas tentou não esboçar reação.

– Está vindo – foi a vez de Oliver responder, irritado. – E há quanto tempo você sabia de Ravenscroft?

– Poucos dias. Talvez uma semana. Você não é meu único meio de transporte.

– Você deveria ter me contado – grunhiu Oliver.

– Você não me deu nenhuma outra razão para confiar em você além de me garantir um barco.

Caroline se aproveitou da concentração dos dois homens na discussão para examinar a praia e o rochedo em busca de sinais de ação. Blake estava lá em cima lutando pela vida e não havia nada que ela pudesse fazer a respeito. Nunca se sentira tão impotente. Mesmo com o desfile de tutores horrorosos, sempre tivera a esperança de que um dia sua vida tomaria um rumo que valesse a pena. Mas se Blake fosse morto...

Caroline abafou um soluço. Era terrível demais pensar na ideia.

Então, pelo canto do olho, viu um movimento na base da trilha que acabara de descer. Caroline lutou contra a vontade de virar a cabeça e olhar – não queria arruinar o elemento surpresa caso fossem Blake ou James vindo em seu resgate.

Mas, quando a figura se aproximou, Caroline percebeu que era muito pequena para ser Blake ou James – ou qualquer homem, por sinal. Na verdade, a pessoa se movia de um modo decididamente feminino.

Caroline entreabriu os lábios, chocada. Carlotta De Leon. Tinha que ser. A ironia era impressionante.

Carlotta se aproximou mais e pigarreou baixinho quando já estava bem perto. Oliver e Davenport pararam de discutir na mesma hora e se viraram para ela.

– Está com você? – perguntou Davenport.

Carlotta assentiu e falou, a voz mostrando um vago sotaque cadenciado.

– Era perigoso demais trazer a lista. Mas ela está gravada na minha memória.

Caroline encarou a mulher que era, de certo modo, responsável por seu casamento com Blake. Carlotta era pequenina, com pele de alabastro e cabelos negros. Os olhos tinham uma expressão vivida, como se pertencessem a alguém muito mais velho.

– Quem é essa mulher? – perguntou Carlotta.

– Caroline Trent – respondeu Oliver.

– Caroline Ravenscroft – corrigiu Caroline, irritada.

– Ah, sim, Ravenscroft. Que tolice a minha esquecer que você agora é uma mulher casada. – Oliver tirou o relógio do bolso e o abriu. – Perdão. Uma viúva, na verdade.

– Eu o verei no inferno – sibilou ela.

– Disso eu não tenho dúvidas, mas acredito sinceramente que, antes, você terá visões muito mais interessantes com o Sr. Davenport.

Caroline esquecera por completo que o já mencionado Sr. Davenport estava segurando seu braço e se lançou na direção de Oliver. Davenport a segurava com firmeza, mas ela conseguiu desferir um belo soco no estômago do antigo tutor. Oliver se dobrou de dor, mas infelizmente não soltou o revólver.

– Meus cumprimentos – disse Davenport em uma voz baixa e zombeteira. – Venho querendo fazer isso há meses.

Caroline se virou para ele.

– De que lado você está?

– Do meu. Sempre.

Então Davenport ergueu o braço, mostrando pela primeira vez a pistola escura e cintilante que carregava e atirou na cabeça de Oliver.

Caroline gritou. O corpo dela tremeu com o coice da arma, e os ouvidos zumbiram por causa do barulho do tiro.

– Ah, meu Deus – lamentou ela em uma voz chorosa. – Ah, meu Deus.

Caroline não tinha grande apreço por Oliver; concordara até mesmo em fornecer informações ao governo que talvez o mandassem para a forca, mas isso... isso era demais. O sangue em seu vestido e na espuma das ondas, o corpo de Oliver flutuando de bruços na água...

Caroline se desvencilhou de Davenport e vomitou. Quando conseguiu ficar de pé de novo, virou-se para seu novo sequestrador e apenas perguntou:

– Por quê?

O francês deu de ombros.

– Ele sabia demais.

Carlotta olhou para Caroline e se virou devagar para encarar Davenport com determinação.

– Assim como ela – disse naquele sotaque delicadamente espanhol que Caroline passara a detestar.

O primeiro pensamento de Blake ao ouvir o tiro foi que sua vida tinha terminado.

O segundo foi exatamente o mesmo, embora não pelas mesmas razões. Assim que percebeu que não estava morto e que James conseguira derrubar o bandido que vinha tentando atirar nele com um soco bem dado na cabeça, ocorreu a Blake que o tiro que ouvira não fora alto o bastante para ter sido disparado de cima do rochedo.

O barulho viera da praia, e só poderia significar uma coisa: Caroline estava morta. E a vida dele terminara.

Blake deixou a arma que segurava escorregar para o chão e, por um momento, ficou imóvel. Pelo canto do olho, viu um dos homens de Prewitt se lançar em sua direção e só no último momento recobrou a presença de espírito necessária para girar o corpo e acertar um chute no estômago do homem. O bandido caiu com um urro de dor e Blake apenas ficou parado em cima dele, a mente ainda reverberando com o som do tiro na praia.

Santo Deus, ele nunca dissera a Caroline que a amava.

James veio correndo para o lado dele com um pedaço de corda nas mãos.

– Esse é o último deles – disse, e ajoelhou-se para amarrar o homem caído.

Blake não falou nada.

James pareceu não notar a aflição do amigo.

– Um de nossos homens foi atingido, mas acho que sobreviverá. Foi apenas um ferimento de faca no ombro. O sangramento está quase sob controle.

Blake viu o rosto dela, os olhos azul-esverdeados risonhos e o lábio superior ligeiramente arqueado que implorava para ser beijado. Podia ouvir a voz dela, sussurrando palavras de amor, palavras que ele nunca retribuíra.

– Blake?

A voz de James penetrou a mente do amigo, arrancando-o daquelas visões torturantes, e Blake baixou os olhos.

– Precisamos ir.

Blake apenas voltou a olhar para o mar.

– Blake? Blake? Você está bem?

James se levantou e começou a tatear o corpo do amigo, em busca de algum ferimento.

– Não, eu...

Então ele viu. Um corpo boiando na arrebentação. E Caroline... viva!

A mente de Blake logo voltou à vida. Assim como todo o resto.

– Qual é a melhor maneira de descer? – perguntou depressa. – Não temos tempo.

James observou o modo como o homem e a mulher que mantinham Caroline como refém discutiam.

– Não – concordou. – Não temos.

Blake recuperou a arma do chão e se virou para James e William Chartwell, o homem do Departamento de Guerra que não fora ferido.

– Precisamos descer da forma mais silenciosa possível.

– Há duas trilhas – explicou Chartwell. – Fiz um reconhecimento da área ontem. A que Prewitt usou para forçá-la a descer até a praia e outra, mas...

– Onde fica? – interrompeu Blake.

– Por ali – respondeu Chartwell e indicou o lugar com um movimento de cabeça –, mas...

Blake já saíra correndo.

– Espere – sussurrou Chartwell. – Esse caminho é muito íngreme. Será impossível descê-lo à noite.

Blake agachou no começo da trilha e olhou para baixo, a luz da lua garantindo pouca luz, mas preciosa. Ao contrário da outra trilha, essa era protegida da vista por árvores e arbustos.

– Essa é nossa única esperança de descermos sem sermos vistos.

– É suicídio! – exclamou Chartwell.

Blake se virou depressa para ele.

– Minha esposa está prestes a ser assassinada.

Então, sem esperar para ver se os companheiros o seguiriam, começou a lenta e traiçoeira descida até a praia. Era uma agonia não poder descer correndo até a base da montanha. Cada segundo era crítico se ele queria voltar para Seacrest Manor com Caroline a salvo nos braços. Mas o terreno não permitia nada além de passos mínimos e Blake precisou fazer quase todo o caminho de lado para não perder o equilíbrio.

Ele ouviu uma pedrinha rolar pela trilha e logo a sentiu atingir seu tornozelo. Isso só poderia significar que – graças a Deus! – James vinha logo atrás dele. Quanto a Chartwell, Blake não conhecia o homem bem o bastante para imaginar o que faria, mas tinha confiança suficiente no Departamento de Guerra para saber que ele no mínimo não faria nada para atrapalhar o resgate de Caroline.

Conforme desciam, o vento mudou de direção e começou a levar até eles sons vindos da praia. O homem e a mulher que mantinham Caroline como refém estavam discutindo. A voz de Prewitt estava claramente ausente, e Blake só pôde presumir que o corpo boiando na arrebentação fosse o dele.

Depois ouviu o grito agudo de Caroline. Blake se forçou a se acalmar. Ela parecia mais surpresa do que ferida, e ele precisava manter a cabeça fria se quisesse chegar inteiro à base da montanha.

Blake alcançou uma pequena reentrância e parou para recuperar o fôlego e reavaliar a situação. Alguns segundos depois, James estava ao seu lado.

– O que está acontecendo? – perguntou o marquês.

– Não sei bem. Ela parece estar ilesa, mas não tenho ideia de como vamos conseguir chegar até lá para salvá-la. Ainda mais com todos parados na água.

– Ela sabe nadar?

– Santo Deus. Não tenho ideia.

– Ora, Caroline cresceu perto da costa, portanto, podemos ter esperanças. E... Meu Deus!

– O que foi?

James virou a cabeça devagar para encarar o amigo.

– Aquela é Carlotta De Leon.

– Tem certeza?

– Absoluta.

Blake sentiu que o amigo tinha mais a dizer.

– E...?

– E isso significa que a situação é pior do que temíamos. – James engoliu em seco. – A Srta. De Leon é extremamente cruel e é fanática pela causa. Ela atiraria em Caroline com uma das mãos enquanto usaria a outra para folhear a Bíblia.

Caroline sabia que o tempo estava se esgotando. Davenport não tinha grandes motivos para mantê-la viva. Ele claramente só pretendia ter com ela o que considerava um divertimento menor. E devia achar que seria excitante possuir a esposa de um agente da Coroa.

Carlotta, por outro lado, era motivada por razões mais políticas – a maior parte delas envolvia o colapso do Império Britânico. E era óbvio que a mulher tinha uma crença apaixonada pela causa.

Os dois sequestradores discutiam sobre o destino de Caroline e, pelo volume crescente dos gritos de ambos, ela não tinha dúvidas de que a disputa logo atingiria o auge. Tampouco duvidava que Carlotta sairia vitoriosa. Afinal, era um resultado simples o bastante de se prever; Davenport teria mais facilidade em encontrar outra mulher para atormentar. Era menos provável que Carlotta estivesse disposta a encontrar outro país que quisesse destruir.

E isso significava que Caroline terminaria morta se não fizesse algo bem rápido.

Davenport ainda agarrava o braço dela com força quando Caroline girou o corpo até encarar Carlotta e disparar:

– Eles já estão atrás de você.

Carlotta ficou imóvel, então virou-se devagar para Caroline.

– O que você quer dizer exatamente?

– Sabem que você está no país. Querem vê-la enforcada.

Carlotta riu.

– Eles nem sabem quem eu sou.

– Ah, sim, eles sabem, Srta. De Leon – retrucou Caroline.

Os nós dos dedos de Carlotta ficaram brancos ao redor do punho do revólver.

– Quem é você?

Agora foi a vez de Caroline rir.

– Acreditaria se eu lhe contasse que sou a mulher que foi confundida com você? É engraçado, mas é verdade.

– Apenas um homem já me viu...

– O marquês de Riverdale – completou Caroline.

Oliver já dissera o nome de James e de Blake, por isso não parecia haver muita necessidade de manter segredo.

– Se me permitem interromper... – veio a voz sarcástica de Davenport.

BANG!

A força foi tamanha que Caroline teve certeza de que fora atingida. Mas então se deu conta de duas coisas: não estava sentindo dor e Davenport não estava mais apertando o braço dela.

Caroline engoliu com muita dificuldade e se virou. Agora, dois corpos boiavam na água.

– Por que fez isso?

– Ele me irritou.

O estômago vazio de Caroline se revirava e ardia.

– Nunca soube o nome dele – disse Carlotta, baixinho.

– De quem?

– Do marquês.

– Bem, ele certamente sabe o seu.

– Por que me contou isso?

– Autopreservação, pura e simplesmente.

– E como isso poderia salvá-la?

Os lábios de Caroline se curvaram em um sorriso enigmático.

– Se sei tanto, imagine o que mais eu poderia lhe contar.

A espanhola a encarou com uma expressão dura e determinada.

– Se você sabe demais, então por que não devo matá-la agora mesmo? – indagou Carlotta com uma suavidade misteriosa.

Caroline se esforçou para manter a compostura. Seus joelhos estavam bambos e as mãos tremiam, mas torceu para que Carlotta atribuísse os gestos à agua fria que batia em suas panturrilhas. Caroline não sabia se Blake estava vivo ou morto, mas de qualquer modo precisava se manter forte. Se ele tivesse sido assassinado no alto do penhasco – que Deus não permitisse –, ela não deixaria de forma nenhuma que o trabalho da vida do marido fosse destruído por aquela mulher minúscula de cabelos escuros. Não se importava se morreria no processo, mas não iria permitir que a lista de agentes do Departamento de Guerra saísse do país.

– Eu não disse que sabia demais – respondeu Caroline por fim. – Mas talvez tenha exatamente a informação de que você precisa.

Houve um terrível momento de silêncio, então Carlotta ergueu o revólver.

– Vou arriscar – disse ela.

Naquele momento, Caroline percebeu que mentira para si mesma. Ela se importava, *sim*, com a possibilidade de morrer. Ainda não estava pronta para deixar aquele mundo. Não queria sentir a dor de um ferimento à bala, não queria saber que a bala penetrara sua pele e que seu sangue estava se misturando às águas frias do Canal da Mancha.

E, que Deus a ajudasse, não poderia morrer sem saber o que acontecera com Blake.

– Você não pode! – gritou. – Não pode me matar.

Carlotta sorriu.

– É mesmo?

– Está sem munição.

– Tenho outro revólver.

– Você nunca escapará sem mim.

– Ah, é?

Caroline assentiu freneticamente, então viu algo que a fez se sentir tão grata que esteve a um passo de se comprometer a entrar para um convento apenas para retribuir o gesto.

– E por quê, se me permite perguntar?

– Porque o barco está partindo.

Carlotta girou o corpo, viu o barco de Oliver seguindo para o mar aberto e praguejou algo que Caroline nunca ouvira na voz de uma mulher.

Quando Blake chegou ao chão de cascalho da praia, teve que se controlar para não entrar em disparada no oceano para resgatar a esposa. Mas escolhera o caminho mais íngreme para não perder o elemento surpresa e sabia que precisava agir com cautela e atenção. James aterrissou suavemente ao lado dele um instante depois e, juntos, avaliaram o cenário.

Carlotta parecia estar enlouquecida, acenando com o punho e praguejando contra o barco que se afastava, e Caroline estava recuando devagar, centímetro a centímetro, chegando cada vez mais perto da praia.

Mas bem no momento em que conseguira se afastar o bastante para ter uma chance de correr para se salvar, Carlotta se voltou de novo em sua direção e apontou o revólver para o abdômen de Caroline.

– Você não vai a lugar nenhum – disse em uma voz letal.

– Não poderíamos pelo menos sair da água? – perguntou Caroline. – Não consigo mais sentir meus pés.

Carlotta assentiu.

– Ande devagar. Um passo em falso e eu juro que atirarei na sua cabeça.

– Acredito em você – respondeu Caroline com um olhar significativo para o corpo de Davenport.

Devagar, sem tirarem os olhos uma da outra, as duas mulheres saíram da água e foram para a praia.

De onde estava escondido, atrás de uma árvore, Blake observou todo o diálogo e movimentação. Sentiu James se aproximar e logo ouviu o amigo sussurrar em seu ouvido:

– Espere até elas chegarem mais perto.

– Para quê? – perguntou Blake.

Mas o marquês não respondeu.

Blake observava Carlotta como um falcão, esperando o momento certo de atirar para arrancar a arma da mão dela. Não havia ninguém que atirasse melhor do que ele em toda a Inglaterra, e Blake sabia que conseguiria fazer aquilo, mas não enquanto Caroline bloqueasse o alvo.

No entanto, antes que Blake pudesse detê-lo, James se adiantou de súbito e entrou no campo de visão de Carlotta com as duas mãos erguidas.

– Deixe-a ir – disse o marquês em voz baixa. – É a mim que você quer.

Carlotta se virou depressa na direção da voz.

– Você!

– Em carne e osso.

Caroline ficou boquiaberta.

– James?

O revólver de Carlotta fez um arco no ar conforme ela mudava de presa.

– Venho sonhando com esse dia – sibilou ela.

James fez um movimento com a cabeça, sinalizando para que Caroline saísse do caminho.

– Isso é tudo com o que vem sonhando? – provocou ele.

Caroline ficou sem ar. James soava positivamente sedutor. Que diabo acontecera entre aqueles dois? E onde estava Blake?

– Caroline, afaste-se. Isso é entre mim e a Srta. De Leon – falou o marquês com um tom enérgico.

Caroline não sabia o que ele estava planejando, mas não iria deixá-lo ali a mercê de uma mulher que parecia querer esfolá-lo vivo.

– James, talvez eu...

– *MEXA-SE!* – rugiu ele.

Caroline fez o que ele mandou e, menos de um segundo depois, um tiro foi disparado. Carlotta uivou de dor e de surpresa, e James se jogou para a frente, prendendo-a no chão. Houve um breve momento de luta, mas James era uns bons 40 quilos mais pesado do que a espanhola, e ela não teve chance.

Caroline correu para ajudá-lo, mas antes que pudesse alcançar os dois, ela mesma foi puxada para o lado.

– Blake? Ah, Blake! – Caroline se atirou nos braços do marido. – Achei que nunca mais o veria de novo.

Ele a esmagou contra o corpo e a segurou com toda a força.

– Caroline, quando eu vi... quando ouvi... – falou Blake.

– Pensei que você estivesse morto. Oliver disse que você estava morto.

Blake a abraçou mais, ainda sem conseguir acreditar que a esposa estava segura. Sabia que a apertava com muita força, que a pele macia dela poderia se ressentir daquela força, mas não conseguia soltá-la.

– Caroline – repetiu em uma voz rouca –, tenho que lhe dizer...

– Eu não deixei Seacrest Manor! – interrompeu ela, as palavras saindo em um rompante. – Juro. Queria estar com você, mas não fiz isso porque não queria trair sua confiança. Mas então Oliver me raptou e...

– Eu não me importo. – Blake balançou a cabeça, ciente de que as lágrimas rolavam por seu rosto, mas completamente a mercê das próprias emoções. – Não me importo com isso. Achei que você morreria e...

Ela sussurrou o nome dele, tocou seu rosto e o gesto o desarmou de vez.

– Amo você, Caroline. Amo você. Você ia morrer e tudo em que eu conseguia pensar...

– Ah, Blake.

Ele se apoiou com força nos braços dela, o corpo todo parecendo estranhamente oscilante.

– Tudo em que eu conseguia pensar era que nunca iria poder dizer isso a você, que você nunca me ouviria dizer e...

Caroline pousou o dedo sobre os lábios dele.

– Eu amo você, Blake Ravenscroft.

– E eu amo você, Caroline Ravenscroft.

– E eu não amo nada Carlotta De Leon – grunhiu James. – Logo, se um de vocês estiver disposto a me ajudar, eu gostaria de amarrá-la e de acabar com esse assunto.

Blake se afastou da esposa com uma expressão constrangida no rosto.

– Desculpe, Riverdale.

Caroline o seguiu e observou enquanto a espiã espanhola era amarrada e amordaçada.

– Como pretende subir a montanha com ela?

– Ah, maldição – resmungou James. – Certamente não quero carregá-la.

Blake suspirou.

– Acho que poderíamos mandar um barco amanhã.

– Ah! – exclamou Caroline. – Isso me fez lembrar de uma coisa! Quase esqueci. Eu vi as pessoas no barco de Oliver antes que ele partisse. Uma delas era Miles Dudley, como pensamos. Não reconheci o outro homem, mas tenho certeza de que, se vocês prenderem o Sr. Dudley, ele saberá a resposta.

Nesse momento, Chartwell desceu escorregando pela colina.

– O que houve? – perguntou.

– Estou surpreso por você não ter visto da segurança do alto do rochedo – comentou Blake com acidez.

Mas o rosto de James se iluminou.

– Não, não, Ravenscroft, não repreenda o camarada. Ele chegou bem na hora.

Chartwell encarou o marquês com desconfiança.

– Bem na hora de quê?

– Ora, de ficar de guarda da Srta. De Leon. Mandaremos um barco pegá--los pela manhã. E, nesse meio-tempo, você pode muito bem tirar esses dois corpos da água.

Chartwell apenas assentiu, sabendo que não tinha escolha.

Blake ergueu os olhos para a colina.

– Maldição, estou cansado.

– Ah, não precisamos subir pela trilha – disse Caroline, apontando para leste. – Se não se importarem de caminhar cerca de um quilômetro pela praia, o rochedo desaparece e a estrada se torna relativamente plana.

– Pegarei a trilha – disse James.

– Tem certeza? – perguntou ela com o cenho franzido. – Você deve estar exausto.

– Alguém precisa buscar os cavalos. Vocês dois vão na frente, eu os encontrarei na estrada.

E antes que qualquer um dos Ravenscrofts pudesse argumentar, James já havia se afastado e começava a subir a trilha.

Blake sorriu e pegou a mão de Caroline.

– Riverdale é um homem muito esperto.

– Ah, é mesmo? – Ela saiu caminhando ao lado do marido, deixando Chartwell tomando conta da prisioneira. – E o que o leva a fazer essa observação no momento?

– Tenho a sensação de que ele se sentiria um pouco desconfortável em nossa companhia ao nosso lado.

– Ah. Por quê?

Blake a encarou com sua expressão mais ardente.

– Bem, como você sabe, há certos aspectos do casamento que exigem privacidade.

– Entendo – disse Caroline, muito séria.

– Talvez eu tenha que beijá-la uma ou duas vezes no caminho de volta.

– Só duas?

– Provavelmente três.

Ela fingiu pensar a respeito.

– Não acho que três será nem de perto o bastante.

– Quatro?

Caroline riu, balançou a cabeça e saiu correndo pela praia.

– Cinco? – ofereceu ele, as longas passadas alcançando-a com facilidade.

– Seis. Posso prometer seis e tentarei sete...

– Oito! – gritou ela. – Mas só se você me pegar.

Blake saiu correndo e a derrubou no chão.

– Agarrei você!

Caroline engoliu em seco e seus olhos ficaram marejados.

– Sim, você me agarrou. O que na verdade não deixa de ser engraçado.

Blake tocou o rosto dela, sorrindo para a esposa com todo o amor do mundo.

– O quê?

– Oliver estava determinado a agarrar uma herdeira para o filho, você estava disposto a agarrar uma espiã. E, no fim das contas...

Caroline deixou as palavras no ar e sua voz ficou embargada de emoção.

– No fim das contas...

– No fim das contas, eu agarrei você.

Ele a beijou uma vez, de leve.

– Você com certeza fez isso, meu amor. Com certeza.

SELEÇÃO DO DICIONÁRIO PESSOAL DE CAROLINE RAVENSCROFT

Julho de 1815
in.com.pa.ra.bi.li.da.de (substantivo). Qualidade de uma pessoa ou coisa sem igual; algo único.
Um ano de casada e ainda acho meu marido uma incomparabilidade!

Novembro de 1815
e.daz (adjetivo). Devotado a comer; voraz.
Ando absolutamente faminta agora que estou grávida, mas não tão edaz quanto me senti naqueles dias que passei confinada no lavatório de Blake.

Maio de 1816
tra.ta.do (substantivo). Livro ou escrito que trata de algum assunto em particular.
Blake não para de se gabar de nosso filho de 2 dias de idade. Prevejo que, em pouco tempo, um tratado será escrito sobre o tema do intelecto e encanto de David.

Janeiro de 1818
me.ren.da (substantivo). Refeição ou repasto ligeiros.
Esse confinamento não é nada parecido com o último. É um dia abençoado o que eu consigo ao menos participar de uma merenda fria.

Agosto de 1824
cur.si.vo (adjetivo). Que é escrito com a mão corrida, de modo que as letras sejam formadas depressa, sem se erguer a pena e, por consequência, tem ângulos arredondados e traços separados que, após um tempo, se tornam inclinados.
Hoje tentei ensinar a Trent a arte da letra cursiva, mas Blake interveio e declarou (de forma bastante impertinente, na minha opinião) que eu tenho a letra de alguém que não sabe escrever.

Junho de 1826
pro.le *(substantivo). Descendência, família, rebentos.*
Nossa prole insiste que os buracos na parede ao redor do alvo de dardos de Blake foram feitos por um pássaro silvestre que, de algum modo, ficou preso na casa, mas não acho essa explicação plausível.

Fevereiro de 1827
eu.fô.ni.co *(adjetivo). Agradável de ouvir.*
Nós a batizamos de Cassandra em homenagem à minha mãe e ambos concordamos que o nome soa extremamente eufônico.

Junho de 1827
be.a.tí.fi.co *(adjetivo). Que torna abençoado, que causa felicidade suprema.*
Talvez eu seja uma mulher tola e sentimental, mas às vezes paro para olhar ao redor, para tudo o que me é tão precioso – Blake, David, Trent, Cassandra – e uma alegria tão imensa me domina que devo ostentar um sorriso beatífico no rosto por dias. A vida, eu acho – eu sei! –, é boa, muito, muito boa.

LEIA UM TRECHO DO PRÓXIMO LIVRO DA SÉRIE AGENTES DA COROA

Como se casar com um marquês

CAPÍTULO 1

Surrey, Inglaterra
Agosto de 1815

Quatro mais seis mais oito mais sete mais um mais um mais um, menos oito, vai dois...

Elizabeth Hotchkiss somou os números pela quarta vez, chegou ao mesmo resultado das últimas três vezes em que fizera a conta e resmungou.

Quando ergueu os olhos, três rostos tristes a encaravam – eram seus três irmãos mais novos.

– O que houve, Lizzie? – perguntou Jane, de 9 anos.

Elizabeth deu um sorrisinho desanimado, enquanto tentava imaginar como conseguiria dinheiro para comprar lenha. Era inverno, e seria necessário aquecer o pequeno chalé em que moravam.

– Nós, hã... estamos com poucos recursos, lamento dizer.

Susan, que aos 14 anos tinha a idade mais próxima à de Elizabeth, franziu o cenho.

– Tem certeza? Devemos ter alguma coisa. Quando papai estava vivo, nós sempre...

Elizabeth encarou a irmã com ar de urgência e a fez silenciar. A família tinha muitas coisas quando o pai estava vivo, mas ele não lhes deixara nada além de uma pequena soma no banco. Nenhuma renda, nenhuma propriedade. Nada além de lembranças. E essas – ao menos as que Elizabeth guardava consigo – não eram do tipo que aquecia o coração.

– As coisas são diferentes agora – disse ela com firmeza, esperando pôr um fim ao assunto. – Não dá para comparar os dois momentos.

Jane sorriu com ironia.

– Podemos usar o dinheiro que Lucas vem enfiando na caixa em que guarda seus soldados de brinquedo.

Lucas, o único menino do clã Hotchkiss, gritou:

– Por que andou mexendo nas minhas coisas?! – Ele se virou para Elizabeth com uma expressão que poderia ter sido descrita como "severa" se não estivesse tornando mais bonitinho o rosto de um menino de 8 anos. – Não se tem privacidade nesta casa?

– Ao que parece, não – respondeu Elizabeth, distraída, encarando os números à sua frente.

Ela fez algumas anotações com o lápis, enquanto tentava pensar em novos meios de economizar.

– Irmãs são uma praga na minha vida – resmungou Lucas, parecendo exageradamente aborrecido.

Susan deu uma olhada nas contas de Elizabeth.

– Não podemos cortar algum custo? Fazer o dinheiro render um pouco mais?

– Não há nada para cortar. Graças a Deus o aluguel do chalé está pago, ou seríamos despejados.

– A situação está mesmo assim tão crítica? – sussurrou Susan.

Elizabeth assentiu.

– Temos o bastante para durar pelo resto do mês, e teremos um pouco mais quando eu receber meu pagamento de lady Danbury, mas depois...

Ela deixou as palavras se perderem, e desviou o olhar, pois não queria que Jane e Lucas vissem seus olhos marejados. Elizabeth vinha cuidando daqueles três havia cinco anos, desde seus 18 anos. Os irmãos dependiam dela para ter comida, teto e, o mais importante, estabilidade.

Jane cutucou Lucas e, como ele não esboçou reação, acertou-o no ponto delicado entre o ombro e a clavícula.

– O que foi? – perguntou ele, irritado. – Isso dói.

– Não é educado falar assim – disse Elizabeth, de imediato. – É preferível perguntar "Pois não?".

Lucas ficou boquiaberto, ultrajado.

– Não foi educado da parte *dela* me cutucar daquele jeito. E com certeza não sou eu que vou dizer "pois não?" a *ela*.

Jane revirou os olhos e suspirou.

– Você precisa lembrar que ele só tem 8 anos.

Lucas deu um sorrisinho afetado.

– E você só tem 9.

– Sempre serei mais velha que você.

– Sim, mas eu logo ficarei mais alto e então você vai se arrepender de fazer isso.

Os lábios de Elizabeth se curvaram em um sorriso melancólico enquanto ela observava a implicância entre os irmãos. Já ouvira a mesma discussão milhões de vezes, mas também já surpreendera Jane entrando na ponta dos pés no quarto de Lucas, depois de escurecer, para dar um beijo de boa-noite na testa do irmão.

Eles podiam não ser uma família típica – afinal, eram apenas os quatro, órfãos há anos –, mas o clã dos Hotchkisses era especial. Elizabeth se comprometera a manter a família unida cinco anos antes, e jurava que não seria um problema financeiro que os afastaria agora.

Jane cruzou os braços.

– Você deve dar seu dinheiro a Lizzie, Lucas. Não é certo mantê-lo intocado.

O menino assentiu com uma expressão solene e deixou o quarto, a cabeça loura abaixada. Elizabeth olhou de volta para Susan e Jane. As duas também eram louras, com os olhos azuis cintilantes da mãe deles. E Elizabeth se parecia com os irmãos – formavam um pequeno exército dourado, sem dinheiro para comida.

Ela suspirou e encarou as irmãs com uma expressão séria.

– Vou ter que me casar. Não há mais o que fazer.

– Ah, não, Lizzie! – protestou Jane com um gritinho. A menina pulou da cadeira e praticamente escalou a mesa até chegar ao colo da irmã. – Isso não! Qualquer coisa menos isso!

Elizabeth virou para Susan com uma expressão confusa, perguntando silenciosamente se ela sabia por que Jane ficara tão aborrecida com a ideia. Susan apenas balançou a cabeça e deu de ombros.

– Essa sugestão não é tão ruim – disse Elizabeth, acariciando os cabelos de Jane. – Se eu me casar, provavelmente terei um filho, e você será tia. Não seria bom?

– Mas a única pessoa que a pediu em casamento foi Squire Nevins, e ele é horrível! Simplesmente horrível.

Elizabeth deu um sorriso nada convincente.

– Estou certa de que podemos encontrar alguém que não seja Squire Nevins. Alguém menos... hã... horrível.

– Não vou morar com ele – declarou Jane cruzando os braços em um gesto de rebeldia. – Não vou. Prefiro ir para um orfanato. Ou para um desses péssimos reformatórios.

Elizabeth não a culpava. Squire Nevins era velho, gordo e cruel. E sempre encarava Elizabeth de um jeito que a fazia suar frio. Para dizer a verdade, ela também não gostava muito do modo como ele olhava para Susan. E para Jane, por sinal.

Não, ela não poderia se casar com Squire Nevins.

Lucas voltou para a cozinha carregando uma pequena caixa de metal. E estendeu-a para Elizabeth.

– Economizei uma libra e quarenta – disse ele. – Ia usar para... – O menino engoliu em seco. – Não importa. Quero que fique com o dinheiro. Para ajudar a família.

Em silêncio, Elizabeth pegou a caixa e olhou dentro dela. Lá estava... uma libra e quarenta, tudo em moedas.

– Lucas, meu querido – falou ela com gentileza. – Essas são suas economias. Você levou anos para juntar esse valor.

O lábio inferior do menino tremeu, mas ele deu um jeito de estufar o peito até ficar firme como um de seus soldados de brinquedo.

– Sou o homem da casa, agora. E tenho que sustentar vocês.

Elizabeth assentiu solenemente e passou o dinheiro do irmão para a caixa onde guardava o dinheiro para a manutenção da casa.

– Muito bem. Vamos usar esse dinheiro para comprar comida. Você pode ir fazer compras comigo na próxima semana e escolher algo de que goste.

– Minha horta logo deve começar a produzir legumes e verduras – avisou Susan, querendo ajudar. – O bastante para nos alimentar, e talvez um pouco a mais para que possamos vender ou trocar por mercadorias na cidade.

Jane começou a se remexer no colo de Elizabeth.

– Por favor, diga que não plantou mais nabos. Odeio nabos.

– Não é muito fácil de comer – resmungou Lucas.

Elizabeth deixou escapar o ar e fechou os olhos. Como haviam chegado àquela situação? A família deles era antiga e respeitada – o pequeno Lucas era um baronete! E, ainda assim, estavam limitados a cultivar nabos – que todos detestavam – em uma horta caseira.

Ela estava sendo um fracasso. Achara que poderia criar o irmão e as irmãs. A época em que o pai morreu fora a mais difícil da vida dela, e só o que a fizera seguir em frente fora o pensamento de que precisava proteger os irmãos, mantê-los felizes e acolhidos. Juntos.

Tias, tios e primos haviam se oferecido para cuidar de *uma* das crianças Hotchkisses, normalmente o pequeno Lucas, que, com o título que ostentava, em algum momento poderia se casar com uma moça com um belo dote. Mas Elizabeth recusou todas as ofertas, mesmo quando as amigas e os vizinhos a aconselharam a entregar o irmão.

Queria manter a família junta, dissera. Era pedir muito?

Mas estava fracassando. Não havia dinheiro para aulas de música ou qualquer uma das coisas que Elizabeth contara como garantidas quando era pequena. Só Deus sabia como ela conseguiria mandar Lucas para Eton. E ele precisava estudar lá. Há quatrocentos anos, todos os homens da família Hotchkiss estudavam em Eton. Nem todos conseguiram se formar, mas todos foram para lá.

Ela teria que se casar. E o marido precisaria ter muito dinheiro. Era simples assim.

– Abraão gerou Isaque; e Isaque gerou Jacó; e Jacó gerou Judá...

Elizabeth pigarreou baixinho e levantou os olhos com uma expressão esperançosa. Lady Danbury já adormecera? Ela se inclinou para a frente e examinou o rosto da velha dama. Era difícil dizer...

– ... e Judá gerou, de Tamar, Perez e Zerá; e Perez gerou Esrom...

Os olhos da senhora sem dúvida estavam fechados havia um bom tempo, mas, ainda assim, nunca era demais ser cuidadosa.

– ... e Esrom gerou Arão; e...

Aquilo foi um ronco? A voz de Elizabeth agora era apenas um sussurro.

– ... e Arão gerou Aminadabe; e Aminadabe gerou Naassom; e...

Elizabeth fechou a Bíblia e se encaminhou para sair da sala de estar pé ante pé, andando de costas. Normalmente não se importava de ler para lady Danbury – na verdade, essa era uma das melhores partes de seu trabalho como dama de companhia da condessa viúva. Mas nesse dia ela precisava voltar para casa. Se sentira muito mal por sair enquanto Jane ainda estava tão abalada com a perspectiva de Squire Nevins entrar para sua pequena família. Elizabeth assegurara à irmã que não se casaria com Nevins nem se ele fosse o último homem na face da Terra, mas Jane não levava muita fé de que outro pretendente pediria Elizabeth em casamento, e...

TUM!

Elizabeth quase morreu de susto. Ninguém era melhor do que lady Danbury em fazer barulho com uma bengala e um piso.

– *Não* estou dormindo! – bradou lady D.

Elizabeth se virou com um sorrisinho sem graça.

– Peço desculpas.

Lady Danbury deu uma risadinha.

– Até parece que está arrependida. Volte para cá.

Elizabeth reprimiu um murmúrio e voltou para a cadeira de espaldar reto. Gostava de lady Danbury. De coração. Na verdade, ansiava pelo dia em que poderia usar a idade como desculpa para exibir a franqueza que era a marca registrada de lady D.

Só que de fato precisava ir para casa, e...

– Você é muito ardilosa, é isso que é – comentou lady Danbury.

– Perdão?

– Todos aqueles "gerou". Escolhidos a dedo para me fazerem adormecer.

Elizabeth sentiu o rosto esquentar com um rubor culpado e tentou organizar as palavras que disse a seguir como uma pergunta.

– Será que entendi o que quer dizer?

– Você pulou uma parte. Ainda tínhamos que estar em Moisés e a grande enchente, não na parte do "gerou".

– Acho que não era Moisés que estava na grande enchente, lady Danbury.

– Bobagem. É claro que era.

Elizabeth acreditava que Noé compreenderia seu desejo de não prolongar a discussão sobre referências bíblicas com lady Danbury e ficou quieta.

– De qualquer modo, não importa quem foi atingido pela grande enchente. O que importa é que você se adiantou na leitura só para me fazer adormecer.

– Eu... Hã...

– Ah, admita logo, menina. – Os lábios de lady Danbury se alargaram em um sorriso sagaz. – Na verdade, eu a admiro por isso. Eu teria feito a mesma coisa na sua idade.

Elizabeth revirou os olhos. Se esse não era um caso de "encrencada por fazer e encrencada por não fazer", ela não sabia o que mais seria. Por isso, apenas suspirou, pegou a Bíblia e perguntou:

– Que trecho gostaria que eu lesse?

– Nenhum. Isso é muito entediante. Não temos nada mais animado na biblioteca?

– Acredito que sim. Posso checar, se desejar.

– Sim, faça isso. Mas, antes, poderia me passar aquele livro-caixa? Sim, aquele que está sobre a mesa.

Elizabeth se levantou, caminhou até a mesa e pegou o livro-caixa encadernado em couro.

– Aqui está – falou, entregando-o a lady Danbury.

A condessa folheou o livro com precisão militar antes de voltar a olhar para Elizabeth.

– Obrigada, minha menina. Contratei um novo administrador. Ele chega hoje e quero memorizar todos esses números para me certificar de que ele não terá me roubado tudo daqui a um mês.

– Lady Danbury, nem mesmo o demônio ousaria roubá-la – comentou Elizabeth com extrema sinceridade.

Lady D. bateu com a bengala como forma de aplauso e riu.

– Falou bem, minha menina. É bom ver alguém tão jovem com cérebro. Meus próprios filhos... ah, bem, não vou entrar nesse assunto agora, a não ser para lhe dizer que, certa vez, meu filho ficou com a cabeça presa entre as barras da cerca que contorna o Castelo de Windsor.

Elizabeth levou a mão à boca em um esforço para abafar uma risada.

– Ah, pode rir à vontade. – Lady Danbury suspirou. – Descobri que a única maneira de evitar a frustração materna é encará-lo como uma fonte de divertimento.

– Bem – disse Elizabeth com cautela –, essa parece uma sábia estratégia...

– Você daria uma excelente diplomata, Lizzie Hotchkiss – retrucou lady Danbury com uma gargalhada. – Onde está meu bebê?

Elizabeth nem piscou. As mudanças súbitas de assunto de lady D. eram bastante comuns.

– Seu *gato* está dormindo na otomana há uma hora – falou, apontando para o outro lado da sala.

Malcolm levantou a cabeça peluda e tentou focalizar os olhos levemente estrábicos, mas logo decidiu que não valia a pena e voltou a apoiá-la no estofado.

– Malcolm, venha com a mamãe – chamou lady Danbury.

Malcolm a ignorou.

– Tenho uma surpresa para você.

O gato bocejou, reconheceu lady D. como sua principal fonte de fornecimento de comida e desceu de onde estava.

– Bom gatinho – disse lady D., esticando os braços.

O gato esticou o corpo sobre o colo de lady Danbury, deitado de costas, as patas acima da cabeça.

– Isso não é um gato, é uma imitação ruim de um tapete.

Lady D. ergueu uma sobrancelha.

– Sei que você não teve a intenção de dizer isso, Lizzie Hotchkiss.

– Tive, sim.

– Tolice. Você ama Malcolm.

– Como amo Átila, o Huno.

– Ora, Malcolm ama você.

O gato levantou a cabeça e Elizabeth poderia jurar que o bicho mostrou a língua para ela.

Ela se levantou, soltando um grunhido indignado.

– Esse gato é perigoso. Vou para a biblioteca.

– Boa ideia. Encontre um novo livro para mim.

Elizabeth seguiu na direção da porta. Lady D. completou:

– E nada com "gerou!".

Elizabeth riu mesmo sem querer e atravessou o corredor até a biblioteca. Santo Deus, havia muitos livros ali. Por onde começaria?

Ela separou alguns romances, então pegou uma coleção de comédias de Shakespeare. Juntou à pilha um volume fino de poesia e então, quando já estava prestes a voltar para a sala de estar de lady D., outro livro chamou sua atenção.

Era muito pequeno, e encadernado no couro de vermelho mais intenso que Elizabeth já vira. Porém, o mais estranho em relação ao livro era que ele estava deitado, e não em pé, na estante de uma biblioteca que poderia ser a definição da palavra "ordem". Poeira nenhuma ousaria assentar sobre aquelas prateleiras, e com certeza nenhum livro ficaria deitado.

Elizabeth pousou a pilha que carregava e pegou o livrinho vermelho. Estava de cabeça para baixo, por isso ela teve que virá-lo para ler o título:

COMO SE CASAR COM UM MARQUÊS

Elizabeth largou o livro, quase como se achasse que um raio a atingiria bem ali na biblioteca. Com certeza aquilo devia ser algum tipo de brincadeira. Afinal, naquela tarde mesmo decidira que precisava se casar, e se casar bem.

– Susan? – chamou. – Lucas? Jane?

Ela balançou a cabeça. Estava sendo ridícula. Os irmãos, por mais atrevidos que pudessem ser, não entrariam escondidos na casa de lady Danbury e colocariam um livro falso na estante, e...

Ora, na verdade, pensou Elizabeth, virando o fino exemplar vermelho na mão, não parecia falso. A encadernação parecia resistente e o couro da capa de alta qualidade. Ela olhou ao redor para se certificar de que ninguém a estava observando – embora não estivesse certa do motivo pelo qual se sentia tão constrangida – e abriu com cuidado a primeira página.

A autora era uma tal de Sra. Seeton, e o livro fora impresso em 1792, o ano do nascimento de Elizabeth. Uma coincidenciazinha engraçada, pensou ela, mas não era supersticiosa. E com certeza não precisava de um livrinho para lhe dizer como viver a própria vida.

Além do mais, indo direto ao ponto, o que aquela Sra. Seeton realmente sabia? Afinal, se *ela* tivesse se casado com um marquês, não seria *lady* Seeton?

Elizabeth fechou o livro e devolveu-o a seu lugar na estante, certificando-se de que permanecesse deitado do modo como o encontrara. Não queria que ninguém pensasse que ela prestara atenção a uma tolice daquelas.

Pegou a pilha de livros que separara e voltou à sala de estar, onde lady Danbury ainda estava sentada, acariciando o gato e olhando pela janela como se estivesse esperando alguém.

– Encontrei alguns livros – disse Elizabeth. – Acho que a senhora não vai encontrar muitos "gerou" aqui, embora talvez em Shakespeare...

– Sem tragédias, espero.

– Sim, imaginei que em seu atual estado de humor se distrairia mais com as comédias.

– Boa menina – elogiou lady Danbury. – Mais alguma coisa?

Elizabeth ficou confusa por um momento e baixou os olhos para os livros nos braços.

– Uns dois romances e alguns livros de poesia.

– Queime os de poesia.

– Perdão?

– Bem, não *queime* exatamente... Livros sem dúvida são mais valiosos do que lenha. Mas com certeza não quero ouvir poesia. Meu falecido marido deve ter comprado esses. Era um sonhador.

– Entendo – falou Elizabeth, basicamente porque imaginou que era isso que se esperava que dissesse.

Com um movimento repentino, lady Danbury pigarreou e acenou com a mão.

– Por que não vai para casa mais cedo hoje?

Elizabeth encarou-a boquiaberta. Lady Danbury nunca a liberava mais cedo.

– Tenho que conversar com esse maldito administrador, e com certeza não preciso de você aqui para isso. Além do mais, se ele tiver um bom olho para jovens bonitas, nunca conseguirei que preste atenção em mim com você por perto.

– Lady Danbury, acho que dificilmente...

– Bobagem. Você é uma coisinha muito atraente. Homens adoram cabelos louros. Sei disso. Os meus eram tão claros quanto os seus.

Elizabeth sorriu.

– Eles ainda são claros.

– São brancos, isso sim – retrucou lady D. com uma risada. – Você é uma menina muito gentil. Não deveria estar aqui comigo, e sim em busca de um marido.

– Eu... hã...

O que poderia dizer?

– É muito nobre da sua parte se devotar aos irmãos, mas você também tem que viver.

Elizabeth ficou apenas encarando a patroa, horrorizada ao perceber que os próprios olhos começavam a ficar marejados. Trabalhava havia cinco anos para lady Danbury, e as duas nunca tinham conversado sobre esses assuntos.

– Vou... vou embora, então, já que a senhora disse que posso sair mais cedo.

Lady Danbury assentiu, parecendo estranhamente desapontada. Será que esperara que Elizabeth desse sequência ao assunto?

– Só coloque esse livro de poesia no lugar antes de ir embora – pediu a velha dama.

Elizabeth pousou o resto dos livros em um criado-mudo, recolheu suas coisas e se despediu.

Respirou fundo e entrou na biblioteca. Foi até onde ficavam os volumes de poesia, mantendo as costas viradas para o pequeno livro vermelho. Não queria pensar nele, não queria olhar para ele...

Devolveu o volume de poesia à prateleira e saiu pisando firme pela porta, porque já estava começando a ficar irritada consigo mesma. Aquele livrinho tolo não deveria afetá-la.

– Ah, pelo amor de Deus! – desabafou finalmente.

– Você disse alguma coisa? – perguntou lady Danbury da sala ao lado.

– Não! Eu só... ai, só tropecei na ponta do tapete – resmungou Elizabeth depois de sussurrar outro "Pelo amor de Deus" e seguir pé ante pé na direção do livro.

Ele estava com a capa virada para baixo e, para grande surpresa de Elizabeth, a mão dela, como se tivesse vida própria, pegou o volume e virou-o.

Lá estava, exatamente como antes. Encarando-a, zombando dela, parado ali como se dissesse que Elizabeth não tinha coragem o bastante para lê-lo.

– É só um livro – murmurou. – Só um livrinho tolo, com uma capa vermelha chamativa.

E ainda assim... Elizabeth precisava desesperadamente de dinheiro...

O único caminho para a riqueza era o casamento, e aquele livrinho atrevido alegava ter todas as respostas. Elizabeth não era tola a ponto de acreditar que pudesse chamar a atenção de um marquês, mas talvez alguns conselhos a ajudassem a conquistar um bom cavalheiro do campo... algum que tivesse uma situação financeira confortável. Ela se casaria até com um comerciante. O pai dela se reviraria no túmulo, mas uma moça precisava ser prática. Além do mais, ela estava naquela situação por culpa do pai. Se ele não tivesse...

Elizabeth balançou a cabeça. Aquela não era hora de pensar no passado. Precisava se concentrar em seu dilema do presente.

Encarou o livro com determinação.

Olhou ao redor. Será que havia alguém por perto?

Respirou fundo e, rápida como um raio, enfiou o livro na bolsinha de mão que carregava.

Então saiu correndo da casa.

CONHEÇA OS LIVROS DE JULIA QUINN

OS BRIDGERTONS
O duque e eu
O visconde que me amava
Um perfeito cavalheiro
Os segredos de Colin Bridgerton
Para Sir Phillip, com amor
O conde enfeitiçado
Um beijo inesquecível
A caminho do altar
E viveram felizes para sempre

Os Bridgertons, um amor de família

QUARTETO SMYTHE-SMITH
Simplesmente o paraíso
Uma noite como esta
A soma de todos os beijos
Os mistérios de sir Richard

AGENTES DA COROA
Como agarrar uma herdeira
Como se casar com um marquês

IRMÃS LYNDON
Mais lindo que a lua
Mais forte que o sol

OS ROKESBYS
Uma dama fora dos padrões
Um marido de faz de conta
Um cavalheiro a bordo
Uma noiva rebelde

TRILOGIA BEVELSTOKE
História de um grande amor
O que acontece em Londres
Dez coisas que eu amo em você

DAMAS REBELDES
Esplêndida – A história de Emma
Brilhante – A história de Belle
Indomável – A história de Henry

Os dois duques de Wyndham – O fora da lei / O aristocrata

A Srta. Butterworth e o barão louco